을유세계문학전집·88

페테르부르크에서 모스크바로의 여행

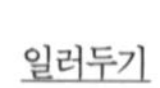

본문의 각주는 원주이며, 후주는 옮긴이 주이다.

을유세계문학전집 · 88

페테르부르크에서 모스크바로의 여행

PUTESHESTVIE IZ PETERBURGA V MOSKVU

A.N. 라디셰프 지음 · 서광진 옮김

을유문화사

옮긴이 서광진

서울대학교 노어노문학과 학사 및 석사. 서울대학교 노어노문학과 박사 과정 수료. 모스크바 국립대학 문학사학과 박사(박사 논문: 「18세기 말-19세기 초 러시아 문학 운동에 있어서의 라디셰프 산문」). 서울대학교 인문대학 박사후연구원이었으며 현재 서울대학교, 서강대학교, 숭실대학교 강사.

을유세계문학전집 88

페테르부르크에서
모스크바로의 여행

발행일 · 2017년 3월 30일 초판 1쇄 | 2020년 12월 25일 초판 2쇄
지은이 · A. N. 라디셰프 | 옮긴이 · 서광진
펴낸이 · 정무영 | 펴낸곳 · (주)을유문화사
창립일 · 1945년 12월 1일 | 주소 · 서울시 마포구 서교동 469-48
전화 · 02-733-8153 | FAX · 02-732-9154 | 홈페이지 · www.eulyoo.co.kr
ISBN 978-89-324-0470-7 04890 978-89-324-0330-4(세트)

• 값은 뒤표지에 표시되어 있습니다.
• 옮긴이와의 협의하에 인지를 붙이지 않습니다.

차례

"살찌고 더러우며 거대한, 백 개의 아가리를 가진 괴물이 짖고 있다(Чудище обло, озорно, огромно, стозевно и лаяй)."

—『틸레마히다』 2부, XVIII권, 514번째 시

A. M. K.

내가 가장 사랑하는 친구에게.

내 마음의 친구여! 내 마음과 이성이 하고자 하는 모든 것을 자네에게 바치네. 많은 점에서 우린 생각이 다르지만 자네의 심장은 나와 함께 고동치네. 우리는 친구이므로.

주위를 돌아보니 나의 영혼은 인간의 고통으로 몸서리쳤지. 하지만 나의 내면으로 눈길을 돌리자, 인간의 불행은 인간 그 자신으로부터 비롯되었으며 바로 그 이유 때문에 자신의 주위를 제대로 보지 못한다는 사실을 알았다네. 나 스스로에게 선언한 적도 있었지만, 자연은 자신의 자식들에게 매우 인색해서 죄 없는 방랑자에게 영원히 진리를 숨긴 것은 아닌지. 혹은 이 가혹한 계모가 우리에게 행복은커녕 불행만 느끼게 만들어 버린 것은 정녕 아닌지 하는 생각을 했다네.

이러한 생각이 들자 나의 이성은 몸서리쳤고, 나의 가슴은 이런 생각을 멀리 내쳐 버렸다네. 인간에게 위안이 되는 것을 나는 바로 인간 속에서 찾았지. "본능의 눈으로부터 장막을 걷어 내어라. 그래야 행복할 것이니!" 이런 본성의 소리가 나의 몸속에서 크게 울렸지. 나는 곧 나를 감성과 고통에 빠뜨렸던 우울함에서 벗어나 활기를 되찾았다네. 나의 내부에서는 망상에 대항할 만큼 강한 힘과 이루 말할 수 없는 즐거움을 느꼈지. 그리고 모두가 지복의 동료가 될 수 있다는 것을 느꼈다네.

이런 생각이 나로 하여금 자네가 앞으로 무엇을 읽을 것인지 대강의 밑그림을 그려 보게 했어. 하지만 나 스스로도 이미 말했듯이, 나의 의도에 동조해 줄 누군가를 찾을 것이네. 그 사람은 고귀한 목적을 위해서 비록 완전하지 못한 내 의도의 대의를 비난하지 않고, 동료들의 불행을 나와 함께 나눌 수 있는 사람일 것이며, 내가 내딛는 한 걸음 한 걸음마다 나를 든든히 지원해 줄 수 있는 사람이어야겠지. 그렇게 되면 내가 짊어진 이 일은 더욱 풍성한 열매를 맺지 않겠는가.

그런데 왜, 도대체 왜, 내가 이런 사람을 멀리서 찾겠는가? 나의 친구여! 자네가 내 심장 바로 옆자리에 살고 있지 않는가! 그리고 자네의 이름은 이미 이 일의 시작을 비추고 있지 않는가!

출발

친구들과 저녁 식사를 마치고 마차에 앉았다. 마부는 평소대로 전속력으로 말을 몰았고, 몇 분이 지나지 않아 도시를 벗어나 있었다. 살면서 매 순간 필요하게 되어 버린 사람들과 비록 짧은 시간이지만 헤어지는 것은 어려운 일이다. 그렇다, 헤어지는 것은 어려운 일이다. 하지만 웃지 않으면서 헤어질 수 있는 사람이 행복한 사람이다. 사랑이나 우정이 위안이 되어 줄 것이기 때문이다. 소리 내어 울어 보라. 그러고 나서 돌아올 때를 생각하면, 태양의 얼굴 앞에 놓인 이슬처럼 당신의 눈물은 사라질 것이다. 위안자가 되려고 하는 자, 행복할지어다. 가끔은 미래에서 사는 사람도 행복할지어다. 꿈속에서 사는 자 역시 행복할지어다. 그의 존재는 더욱 심오할 것이고, 즐거움은 배가 될 것이다. 상상의 거울 속에서 기쁨은 이미지들을 만들어 내면서도, 또한 동시에 평온은 우울을 예비할 것이다.

마차에 누웠다. 역마차 종소리가 내 귀를 괴롭히다가, 결국은 선량한 모르페우스를 불러냈다. 이별의 슬픔이 죽음과 같은 상태의 나를 뒤쫓아 와서는 고독을 부추겼다. 나는 태양이 내뿜는 폭염 때문에 자연의 푸르름이 알록달록한 다채로움을 잃어버린 휑한 계곡 안에 있음을 알았다. 그곳에는 갈증을 식혀 줄 샘도 없었고, 죽을 것 같은 태양을 피할 안식처도 없었다.

자연 속에 홀로 남겨진 은둔자였다! 몸이 떨려 왔고 절규했다. 불행한 이여! 너는 도대체 어디에 있는 것이란 말인가! 너를 매혹하던 그 모든 것들은 어디에 있단 말인가? 너의 삶을 행복하게 만들었던 것들은 어디에 있는가? 네가 맛보았던 즐거움은 꿈이고 환상이었단 말인가?

다행히 마차가 진창에 빠지는 바람에 꿈에서 깰 수 있었다. 마차가 섰다. 나는 고개를 들었다. 휑한 곳에 서 있는 3층짜리 건물이 보였다. 마부에게 그것이 무엇인지 물었다.

"역참입니다."

"그럼 우리는 지금 어디 있는가?"

"소피아에 있습니다."

그러면서 마구를 풀고 있었다.

소피아

사방이 조용하다. 말도 없이 생각에 깊이 잠겨 벌써 오랫동안 마차가 서 있다는 사실조차 알지 못했다. 날 데려다주는 마부가 깊은 생각에 빠진 나를 깨웠다.

"나리, 술이라도 한잔해야 하는뎁쇼."

이런 식의 갈취는 합법적인 것은 아니지만 고리타분하게 여행하기를 꺼려 했기 때문에 모두들 이런 식으로 돈을 지불했다. 20코페이카면 몸이 편해지니 말이다. 역참에 들러 본 사람이라면 역마권은 보증 문서로, 이것이 없다면, 아마도 장군의 것을 제외하고는 모든 이들의 지갑 사정이 불리해질 것이다. 사람들이 자신을 지키기 위해 십자가를 옮기듯 역마권을 지갑에서 꺼내 조심히 들고 안으로 들어갔다.

코를 골고 있는 역참지기를 보고, 가볍게 그의 어깨를 잡았다.

"누가 쫓아오기라도 합니까? 밤에 이 도시를 떠난다니 무슨 경우란 말입니까. 말도 없단 말입니다. 아직 너무 이릅니다. 어디 선술집에 들어가서 차라도 마시든가, 눈이라도 좀 붙이세요."
이렇게 말하고 우리의 역참지기 나리는 벽 쪽으로 몸을 돌리더니 다시 코를 골기 시작했다. 어떡하란 말인가? 다시 그의 어깨를 흔들었다.
"이게 도대체 무슨 경우입니까, 말이 없다고 이미 말씀드리지 않았습니까."
그러면서 우리의 역참지기 나리는 또다시 이불을 머리까지 올려 덮고 반대쪽으로 몸을 돌려 버렸다. 만약 모든 말들이 역참을 떠나 있다면, 내가 역참지기의 잠을 방해한 것은 분명 잘못된 일이라는 생각이 들었다. 그러나 만일 말들이 아직 마구간에 있다면……. 나는 역참지기가 한 말이 사실인지 알아보기로 했다.
마당으로 나와 마구간을 찾았다. 그리고 거기에 말이 스무 마리쯤 있다는 것을 알아냈다. 사실 그 말들은 뼈가 다 보일 지경이었지만, 그래도 다음 역까지는 충분히 마차를 끌고 갈 수 있어 보였다. 마구간에서 나와 다시 그 역참지기에게 돌아가서는 더 세게 그를 흔들어 깨웠다. 역참지기가 거짓말했다는 사실을 알았기 때문에 나에게는 그럴 권리가 있다고 생각했다. 그는 벌떡 일어나서는 잠이 덜 깬 상태로 누군가라도 왔느냐고 물었다. 그러나 이내 정신을 차리고 나를 보면서 이렇게 말했다.
"젊은이, 이전 마부들에겐 이렇게 대한 모양이구먼. 몽둥이로 후려치기나 했겠지. 하지만 지금은 예전과 달라."
화가 난 역참지기 나리는 침대에 누워 버렸다. 예전 마부들의 거짓말을 알아챘을 때 그들을 대하듯 그렇게 그를 후려치고 싶었다. 하지만 시내에서부터 데려온 마부에게 보드카 한잔으로 내가 베풀었던 관용이 소피아의 마부들을 자극시켜 서둘러 말을 바꾸게 했다. 그리고 역참지기의 등 뒤에서 범죄를 막 저지르려 하는 순간에, 마당에서 종이 울렸다. 그래서 나는 선량한 시민으로 남았다. 20코페이카 덕에 평화를 사랑하는 한 사람이 경찰 조사를 면하게 되었으며, 내 아이들은 분노를 참지 못하면 어떤 일이 생기는가에 대한 귀감도 모르게 되었다. 그리고 나는 이성이 조급함의 노예라는 사실을 깨달았다.

말들은 나를 태우고 내달렸다. 마부가 익숙하게 구슬픈 노래를 부르기 시작했다. 러시아 민중 노래의 음조를 안다면, 그 속에는 영혼의 슬픔을 암시하는 무엇인가가 있음을 알 것이다. 그런 노래의 대부분은 부드러운 톤이다. 부디 민중의 이러한 음악 취향처럼 통치권을 세우시라. 그 속에서 우리 민중의 영혼의 구조를 찾게 될 것이다. 러시아인을 보라. 그가 사색적이라는 것을 알게 되리라. 만일 애수를 내쫓고자 하거나, 혹은 그 스스로의 말에 따라 즐기려고 한다면 그는 선술집에 갈 것이다. 즐거운 시간을 보내는 중에라도 그는 충동적이 되고, 과감해지며, 말꼬리를 물고 늘어질 것이다. 만일 무엇인가가 그의 뜻대로 되지 않으면, 곧 언쟁을 일으키거나 싸움을 걸 것이다. 고개를 떨구고 선술집에 들어섰다가, 얻어맞아 피 칠갑이 된 채 돌아 나온 배 끄는 인부는 러시아 역사에서 지금까지도 풀리지 않는 수수께끼를 해결하는 데 도움이 될 것이다.

마부는 노래를 부르고 있다. 새벽 2시. 이전의 종소리처럼 지금 그의 노래는 나를 다시 꿈으로 유혹했다. 오, 자연이여! 당신은 태어날 때부터 인간을 비탄의 장막으로 둘러싸고, 일생 내내 그를 불안과 권태와 슬픔의 험난한 산줄기로 끌고 다니면서, 인간에게 그 위안으로 잠을 주었구나. 잠들면 모든 것이 죽는다. 불행한 인간에게는 잠에서 깨는 것이 참을 수 있는 일이다. 아! 그에게 죽음은 얼마나 달콤한 것인가! 그런데 죽음이 슬픔의 끝이란 말인가? 하느님 아버지시여, 정녕 자신의 비참한 삶을 용기 있게 끝내 버린 사람에게서 당신의 시선을 거두시렵니까? 이런 희생은 바로 당신에게, 모든 선의 근원이신 당신에게 바치는 것입니다. 자연이 격정적으로 몸서리치고 전율할 때, 오직 당신만이 굳건함을 줍니다. 이것은 어린 자식들을 당신의 품으로 불러들이는 아버지의 음성입니다. 당신이 나에게 생명을 주었으니, 나는 당신께 나의 삶을 돌려 드립니다. 지상에서의 삶은 이미 무용합니다.

토스나

페테르부르크를 떠나면서 도로 사정이 아주 좋을 것이라고 상상했었다. 황제가 갔던 길을 따라 여행한 사람이라면 누구나 그렇게 생각했다. 실제로도 그랬다. 아주 짧은 시간 동안이지만. 돋우어진 땅은 마른 시기에는 매끄럽지만, 여름처럼 비가 올 때는 진흙탕이 되어 버려 지나갈 수가 없게 된다. 거친 도로 사정에 지쳐 잠깐 쉴 요량으로 마차에서 내려 역참에 들어섰다. 그곳에서 한 여행객을 보았는데, 그는 흔한 기다란 농민용 의자의 상석(구석 모퉁이 자리)에 앉아 서류들을 훑으면서 역장에게 어서 빨리 말을 내오라며 요구하고 있었다. 이 사람은 누구지? 그는 구식 관리이며, 자신이 연구한 너덜너덜한 두꺼운 종이 뭉치를 가지고 페테르부르크로 가는 중이었다는 것을 곧 알았다. 나는 금세 그와 이야기를 시작했는데, 다음은 그와 나눈 대화이다.

"나리! 소생은 인사관리국 서기로 제 직분을 활용할 기회를 가졌습니다. 명확한 논거와 확신을 가지고 수많은 러시아 가문의 족보들을 어렵게 수집했지요. 저는 수 세기 전부터 시작된 그들의 귀족 지위와 고귀한 혈통을 증명해 보일 수 있습니다. 저는 그의 혈통이 블라디미르 모노마흐나 류리크로부터 유래했음을 보여 주어 공작의 권위를 회복시켜 줄 수 있습니다."

그는 종이 뭉치를 보여 주며 계속해서 말했다.

"나리, 훌륭한 러시아 귀족이라면 세상에 이런 물건은 없다 생각하고 최대한 값을 치르더라도 제 연구는 반드시 샀어야만 합니다. 하지만 감히 말씀드리면, 선생님, 나리, 귀하, 당신의 지위를 몰라서 그렇습니다, 그들은 무엇이 필요한지 모릅니다. 이미 아시다시피, 지금은 고인이 된 정교 신자 차르 표도르 알렉세예비치가 메스트니체스트보*를 폐지함으로써 러시아 귀족을 얼마나 모욕했습니까. 이 가혹한 법령으로 많은 왕족과 귀족 가문이 노브고로드 귀족과 동렬에 놓이게 되었습니다. 하지만 우리의 군주이자 황제인 표트르 대제가 귀족들을 관등표*라는 암흑으로 모두를 밀어 넣었습죠. 그는 귀족 작위를 받기 위해서는 군인이 되거나 공무원이 되는 길을 열어 놓았지만, 예전 귀족들은 진흙에 처박히게 되었습니다. 이제야 우리의 위대하고 관대한 어머니께서 예전 귀족의 지위에 관한 법령을 선포했습니다. 그것은 공직에 있는 모든 사람들을 두렵게 만들었죠. 왜냐하면 고대로부터 이어 온 귀족 가문들이 귀족 명부에서 제일 아래에 기록되었기 때문입니다. 그러나 소문에 의하면, 보충 법안이 조만간 반포될 거랍니다. 2백 년 혹은 3백 년 이전의 자신의 혈통을 보여 줄 수 있는 가문에는 후작이나 그 밖의 고위 작위에 봉해 다른 가문들과 구별되도록 말이죠. 나리! 이런 이유로 저의 연구는 모든 구귀족 사회에 환영받을 게 틀림없습니다. 하지만 누구나 적이 있습니다.

모스크바에서 저는 젊은 사람들 무리에 섞인 적이 있었습니다. 저는 제가 쓴 종이값과 잉크 값만이라도 벌면 된다는 생각에 호의를 가지고 그들에게 제 연구를 제공했습니다. 그러나 그들의 반가움 대신 비웃음만 돌아왔기에, 슬픔으로 이 수도를 떠나 피테르*로 길을 나섰습니다. 아시다시피 그곳은 훨씬 더 계몽되었다고 하니까요."

이렇게 말하고는 내 손을 잡고 인사했다. 그는 허리를 꼿꼿이 펴고 존경을 담아 내 앞에 섰다. 나는 그의 생각을 알아차렸고, 지갑에서 얼마를 꺼내 건네주었다. 그리고 페테르부르크에 도착하면 그가 연구한 종이들을 포장지에나 쓰도록 무게를 달아 팔아 버리라고 충고했다. 왜냐하면 가짜 후작들이 이성을 잃어버릴 수도 있는데, 그렇다면 그 자신이 바로 러시아 땅에서 이미 수명을 다한 족보를 따져 으스대는 악덕을 부활시킨 원인이 되기 때문이다.

류바니

내가 겨울에 길을 나섰든, 여름에 길을 나섰든, 여러분에게는 별 상관 없으리라 생각한다. 여름이든 겨울이든 똑같으니까. 여행자들에게는 썰매를 타고 출발해서 마차를 타고 돌아오는 것이 대수로운 일이 아니다. 여름이다. 통나무로 포장된 길이 내 옆구리를 괴롭혀, 나는 마차에서 내려 걸어갔다. 마차에 누워 갈 때는 끝을 잴 수 없는 세상의 광활함에 대해 생각했다. 정신적으로 이 지상을 멀리하니, 덜컹거리는 마차의 충격이 훨씬 가볍게 느껴졌다. 그러나 정신 운동이 언제나 육체를 구원해 주는 것은 아니었다. 결국 옆구리를 지키기 위해 마차에서 내려 걸었던 것이다.

길에서 얼마 떨어지지 않은 곳에서 밭 가는 농부를 보았다. 더울 때였다. 시계를 보았다. 12시 40분. 떠난 때가 토요일. 지금은 일요일. 밭 가는 농부는 물론 지주에게 속해 있었지만, 지주는 그 농부에게 소작료*를 가져가지는 않았다. 농부는 열심히 밭을 갈고 있었다. 물론 이 땅은 지주의 소유가 아니었다. 그가 놀랄 만큼 가벼운 몸놀림으로 밭을 갈았기 때문이다.

"수고하네."

나는 쉬지 않고 볼록 솟은 고랑을 손보는 농부에게 다가가며 말했다.

"수고하네."

나는 다시 한 번 말했다.

"고맙습니다, 나리."

농부가 보습에 묻어 있는 흙을 털고 새 고랑으로 옮기면서 말했다.

"일요일에도 밭을 갈다니, 자네는 당연히 구교도로구먼."

"아닙니다. 전 제대로 세례를 받았습니다" 하고 세 손가락을 모으면서 말했다.

"하느님께선 자비로우셔서 힘이 있고 가족이 있다면 우리가 굶어 죽도록 하시지 않습니다."

"그럼 자네에겐 평일 내내 일할 시간이 없단 말인가? 일요일에도 쉬지 못할 정도로, 그것도 이 더위에?"

"나리, 한 주에는 6일이 있죠. 그리고 우리는 한 주에 여섯 번씩 부역을 나갑니다. 날씨가 좋으면 저녁 무렵에는 숲에 떨어져 있는 건초를 지주의 집까지 옮겨야 하지요. 아녀자들과 계집애들은 휴일마다 집에서 노느니 숲으로 가서 버섯이랑 산딸기를 따러 다니지요."

그는 성호를 그으면서 계속했다.

"오늘 밤에는 비라도 내리게 해 주소서! 나리에게도 농부들이 있다면, 그들 역시 똑같이 기도하고 있을 겁니다."

"이 친구야, 나는 농부가 없어. 그런 이유로는 아무도 나를 저주하지 않지. 식솔은 많은가?"

"3남 3녀입니다. 첫째가 아홉 살입니다."

"일요일에만 자유롭다면, 도대체 어떻게 먹고사는가?"

"휴일에만은 아니지요. 밤도 우리 것입니다. '형제여, 게으르지 마라, 그러면 굶어 죽지는 않을 테니.' 말 한 마리가 쉬고 있는 게 보이시나요? 그놈이 지치면 다른 놈으로 바꿔 일하면 됩니다. 열심히 하다 보면 금방 끝납니다."

"주인 일을 해 줄 때도 그러는가?"

"아닙니다, 나리. 그렇게 일하는 것은 죄악입니다. 주인 밭에는 입 하나에 손이 백 개이지만, 저에겐 입이 일곱에 손은 둘입니다. 이 정도 계산은 되시죠? 주인 집에선 열심히 일해 봤자, 고맙다는 소리도 듣지 못합니다. 주인은 인두세(人頭稅)를 지불하지 않습니다. 그래도 양 한 마리, 닭 한 마리, 아마포 한 필, 버터 한 조각 양보하지 않습니다. 농민에게 소작료만 떼어 가는 주인이 있고, 또 마름만 없다면 우리 같은 사람들도 살 만합니다. 드물긴 하지만, 아무리 좋은 주인이라도 농민당 3루블을 떼어 가는데, 그것만 해도 부역보다는 훨씬 좋은 것이 사실입니다. 요즘에는 또 새로운 방식이 유행입니다. 말하자면 땅을 빌려 주는 겁니다. 우리는 이걸 우리의 머리를 내주는 꼴이라 여깁니다. 악독한 임차인 한 명이 몇 명의 농부들 가죽을 벗겨 내 버립니다. 심지어 좋은 시간도 남겨 주질 않습니다. 겨울엔 마부로도 일을 못하게 하고, 시내로 일하러 나가는 것도 허락하질 않습니다. 우리 대신 인두세를 내준다는 핑계로 자기만을 위해 일하라고 하지요. 자신의 농노를 처음 보는 임차인을 위해 일하라고 하다니, 악마의 계략이 아니고 무엇입니까? 악질적인 마름은 탄원이라도 하겠지만, 임차인은 누구에게 어떻게 해야 합니까?"

"이 친구야, 잘못 생각하고 있네. 사람들을 괴롭히는 것은 금지되어 있어."

"괴롭힌다고요? 그래도 분명 나리는 제 처지가 되고 싶진 않을 겁니다."

그러는 사이 농부는 쟁기를 다른 말에 매고, 새로운 고랑에서 일하기 시작했다. 그리고 우리는 헤어졌다.

농부와의 대화는 나에게 많은 생각을 불러일으켰다. 제일 먼저 떠오른 것이 농민 계급의 차별이었다. 나는 국영 농노와 지주의 농노를 비교해 보았다. 둘 다 시골에 사는 것은 같다. 한쪽은 이미 정해진 액수만 내면 되지만, 다른 쪽은 주인이 원하는 것이면 무엇이든 바칠 준비가 되어 있어야 한다. 한쪽은 평등하게 재판받는 반면, 다른 쪽은 법에 있어서는 죽은 것이나 마찬가지다. 특히 형사 사건인 경우에는 더 확실하다. 사회의 구성원이 사회적 결속을 파괴할 때, 즉 죄인이 될 때만 그의 보호자, 즉 정부에 알려지게 된다니! 이런 생각이 내 몸의 피를 끓게 만들었다. 잔인한 지주여, 두려워할지어다! 당신의 농노들 모두의 이마에서 당신의 낙인을 볼 수 있다. 이러한 생각이 깊어진 나는 우연히 앞에서 마차에 앉아 사방으로 몸이 흔들리고 있는 내 하인을 보았다. 갑자기

내 핏속으로 들어오는 한기를 느꼈다. 그리고 뒤이어 무엇인가 뜨거운 것이 내 정수리에 닿았다가 얼굴로 화끈거리며 퍼져 나갔다. 내 마음 깊은 곳에서부터 수치심을 느껴, 하마터면 울 뻔했다. 나는 스스로에게 말했다.

"너는 네 나름의 분노에 휩싸여 농부를 마음껏 부리는 오만한 지주에만 관심을 쏟고 있었다. 하지만 정작 나 자신이 그와 같은 놈이거나 더 못한 놈이 아니던가? 저 불쌍한 페트루시카에게 무슨 죄가 있단 말인가. 너야말로 정작 우리 불행한 사람들에게 자연이 주는 위대한 선물인 잠잘 권리를 빼앗은 것이 아니냔 말이다. 그는 보수를 받아 입고 먹을 수 있지만, 너는 회초리로 때리거나 몽둥이질을 하지는 않는다(아, 절제할 줄 아는 인간이여!). 그래서 넌 빵 한 조각, 누더기 한 장이 너와 비슷한 인간을 팽이처럼 대할 권리를 주었다고 생각하는 것이다. 게다가 넌 그 팽이를 자주는 내리치지 않는다고 자만하고 있구나. 넌 인간의 가슴속에 새겨진 최초의 근본법이 무엇인지 알고 있지 않느냐? 만약 내가 누군가를 때린다면, 그 역시 나를 때릴 수 있다. 언젠가 페트루시카가 술에 취해 네가 옷 입는 시간에 맞춰 오지 못한 적이 있었지. 넌 그에게 따귀를 올려붙였고. 아, 만일 그가 술에 취했지만, 네 질문에 적당한 대답만 할 수 있었더라도! 그런데 그런 권력을 누가 너에게 준 것인가? 법이다. 법이라고? 너는 감히 이 신성한 이름을 더럽히려는가? 불행한 인간이여……."

눈물이 흘러내렸다. 이런 와중에 늙다리 역마는 나를 다음 역참에 내려놓았다.

추도보

역참 안으로 들어서자마자 길에서 울리는 역마차의 방울 소리가 들렸다. 그리고 곧이어 친구 체(Ch)……가 들어왔다. 나는 그를 페테르부르크에서 남겨 두었는데, 그가 이렇듯 빨리 그곳을 떠날 계획이 없었기 때문이다. 불같은 성미의 인간이 페테르부르크를 떠났다는 것은 무언가 특별한 일이 있었기 때문일 것이다. 그가 내게 해 준 말은 다음과 같다.

자네가 떠날 준비를 마쳤을 때, 나는 페테르고프로 떠났다네. 난 그곳에서 떠들썩하게 정신을 잃을 만큼, 그리고 최대한 즐길 수 있을 만큼 휴일을 즐기고 있었지. 하지만 나는 내 여행이 보람차기를 바라면서, 크론시타트와 시르테르베크*에도 들러 보기로 작정했어. 들리기론, 그곳에 최근 들어 큰 변화가 있었다더군. 나는 크론시타트에서 외국의 배들과 크론시타트 요새의 외돌벽, 그리고 재빨리 하늘로 올라가고 있는 건물들에 만족하면서 매우 즐겁게 이틀을 보냈어. 나는 크론시타트의 새로운 계획을 호기심 어린 눈으로 관찰했고, 또 크론시타트가 얼마나 아름다워질까 하고 미리 그려 보기도 했지. 한마디로 체류 이틀째도 즐겁고 유쾌하게 끝났지. 밤은 고요하면서도 빛이 났어. 기분 좋은 공기가 나의 감각에 정다움을 불어넣었어. 백 마디의 설명보다 한 번 직접 느껴 보는 게 더 쉬울 거야. 자연의 자비를 느껴 보고 싶었고, 생애 단 한 번이라도 좋으니 지금까지 본 적이 없는 반짝이는 수평선에서 떠오르는 태양의 장관을 즐기고 싶었다네. 나는 열두 개의 노가 달린 배를 빌려 S로 향했지.

대략 4베르스타까지는 별일 없었다네. 단조로운 노 젓는 소리가 졸음을 안겨 주었고, 내 힘겨운 눈꺼풀은 노가 가장 높이 있을 때 떨어지는 물방울의 순간적인 반짝거림에도 번쩍 뜨이지 못했어. 시적 상상력 덕분에 난 이미 파포스와 아마투스*의 황홀한 초원 위를 날고 있었지. 하지만 갑자기 멀리서 일어난 바람이 내는 날카로운 소리에 잠이 완전히 달아났어. 아직 무거운 내 눈앞에는 시커멓게 쌓인 적운(積雲)들이 마치 내 머리 위로 돌진해서 퍼부을 듯 위협하고 있었네.

거울 같은 수면이 일렁이기 시작했고, 파도가 일기 시작하자 평온함이 사라졌지. 나는 그 모습을 보는 게 기뻤다네. 자연의 위대한 힘을 보았기 때문이지. 물론 거만하게 말하는 것은 아니지만, 다른 사람들이 놀랐다는 것이 나에겐 즐거움이었어. 베르네* 처럼 간간이 외쳤다네. 아, 얼마나 좋은가! 하지만 바람은 점차 거세졌고, 어서 해변으로 가야 한다고 생각했어.

희뿌연 먹구름으로 하늘은 완전히 가려졌어. 강한 파도가 키의 통제권을 가져가 버렸고, 돌풍은 우리를 파도의 마루에 올려놓기도 하고 또 푹 꺼진 골로 고꾸라지게도 하면서, 노를 저어 앞으로 나아가는 힘을 빼앗아 버렸어. 제멋대로 부는 바람 때문에 우리는 그저 떠밀려 다녔다네. 그러자 해안이 두려워지더군. 항해가 순조로울 때는 위안을 주었던 것이, 이제는 절망으로 인도했지. 그 순간 자연은 우리를 질투하는 듯 보였고, 우리는 이제 자연이 엄청난 소리의 천둥이나 번개로 공포스럽기까지 한 자신의 위대함을 펼쳐 보여 주지 않았다는 사실에 격분했다네. 하지만 인간을 극단까지 몰고 가는 희망은 우리를 더욱 강하게 만들었고, 할 수 있는 한 서로를 격려했다네.

파도에 떠다니던 우리 배가 갑자기 움직이지 않았어. 우리가 온 힘을 모아 용을 써도 멈춰 선 곳에서 꼼짝도 하지 않았지. 암초에서 우리 배를 빼내려 하던 중에, 우리는 온 생각을 거기에 집중하느라 그사이 바람이 거의 다 멈추었는지도 몰랐어. 하늘이 그 처량함을 감추었던 구름으로부터 서서히 맑아지기 시작하더군. 하지만 여명은 우리를 기쁨으로 인도하는 대신 우리의 난처한 상황을 똑똑히 보여 주었다네. 우리 배가 암초에 걸린 것이 아니라 두 개의 커다란 바위 사이에 끼여 있다는 것을 알았고, 아무리 힘을 써도 무사히 탈출할 수 없을 것 같았다네. 자네, 우리 처지를 한번 생각해 보게. 내가 말했던 바대로라면 그때 내 감정은 어떤 말로도 다 표현되지 않을 걸세. 내 마음에서 일어났던 모든 일을 낱낱이 설명할 수 있다 해도 자네에게 그 비슷한 감정이나 내 영혼에서 어떤 생각이 솟아나고 없어졌는지 완전히 다 표현하지 못할 거란 말이지. 우리 배는 S까지 이어진 만(灣)의 끝자락에 있는 암초 한가운데 끼여 있었어. 해변과는 1.5베르스타 떨어진 거리에 있었고. 사방에서 바닷물이 밀려오더니 우리를 완전히 침몰시키려고 위협했어. 세상의 빛이 우리를 넘어가려 하고 영원이 그 문을 여는 마지막 순간에는 인간의 이성으로 건설해 놓았던 모든 한계가 무너지더군. 그럴 때 인간은 인간일 뿐이었어. 다가오는 최후를 보자 누구 할 것 없이 물을 퍼내면서 우리가 어떤 신분인지도 잊어버리게 되었고, 오직 살아야겠다는 생각만 했어. 하지만 그게 무슨 소용이란 말인가. 모두 힘을 합쳐 물을 퍼내는 만큼 다시 물이 고이더군. 가까이서든 멀리서든 지나가는 배 한 척 보이지 않아 우리의 가슴은 끝없이 무너지고 있었네. 말이야 그렇지만, 우리의 시선에 그런 배가 나타나서 우리에게 기쁨을 주는 일이 있었다 하더라도, 그 배는 아마도 우리와 같은 처지가 되지 않으려고 우리로부터 멀어지려 했을 테니, 우리의 절망만 깊어졌을 거야. 결국 다른 누구보다도 바다에서 일어날 수 있는 위험에 익숙해 있었고, 터키 전쟁 때 에게 해에서의 숱한 해전으로 어쩔 수 없이 죽음을 냉철하게 받아들일 수 있었던 우리의 선장이 스스로 구출됨으로써 우리를 구출하든가, 아니면 이 위대한 시도를 하다가 죽을 것인가를 결심했지. 한자리에 계속 있으면 모두 죽을 수밖에 없었기 때문이야. 그는 배에서 뛰어나와 진심 어린 우리의 기도와 함께 이 바위 저 바위를 헤치면서 해변을 향해 갔어. 처음에 그는 바위들 사이를 이리저리 뛰어다니거나 암초가 있는 곳에서는 걷기도 하고 깊은 곳에서는 헤엄도 치면서 꽤 잘 전진했어. 우리는 그를 계속 지켜봤어. 결국 그가 힘이 빠지기 시작했다는 것을 알아차렸네. 왜냐하면 돌과 돌 사이를 점차 느리게 지나갔고, 자주 멈춰 서선 바위에 앉아 쉬었기 때문일세. 우리에게 그 모습은 그가 종종 이 길을 계속 가야 하는지에 대해 망설이거나 생각에 빠진 것처럼 보였네. 이 광경 때문에 그의 동료 중 하나가, 만일 선장이 해변에 닿는 것이 불가능하다고 여겨지면, 선장을 돕기 위해 뒤따라가게 만들었어. 혹 첫 번째 사람이 해변에 도착할 수 없다면 그가 직접 해변에 가려고 말이지. 우리의 시선은 주의 깊게 그들을 뒤따랐고, 그들을 안전하게 지켜 달라는 우리의 기도는 진심이었다네. 마침내 기적 없이 깊은 물을 두 발로 걸어가는 이 모세의 모방자 중에 마지막 사람이 바위 위에 우뚝 섰어. 첫 번째 사람은 시야에서 완전히 사라졌다네.

내면에서 일어났던 모두의 동요가, 말하자면 공포 때문에 그때까지는 잘 숨겨 왔지만, 희망이 점차 없어지자 서서히 드러나기 시작했어. 게다가 배 안에는 물도 점차 불어나고 있었고, 그것을 퍼내느라 눈에 띄게 힘이 빠졌다네. 인내심이 모자란 사람이 흥분하여 머리를 쥐어뜯다가 또 손가락을 깨물면서 이 여행을 저주했다네. 부지중에 괴로운 압박감을 느꼈는지 어느 소심한 사람은 퍼질러 앉아 눈물로 의자를 비 오듯 적시면서 울부짖었다네. 다른 사람은 집과 아이들, 안사람이 떠올라 완전히 굳은 채 앉아 있었는데, 자기가 아니라 그들이 죽을지도 모른다고 생각하고 있는 듯했어. 가족들은 그가 일하지 않고는 살 수 없었나 봐. 친구여, 심정이 어떠했겠나. 자네가 나를 잘 아니 짐작해 보게. 이것 한 가지는 이야기해 주지. 내가 정성으로 신에게 기도했다는 사실을 말이야. 우린 결국 절망에 무릎을 꿇었어. 왜냐하면 우리 배는 이미 반 이상 물로 차 버렸고, 무릎까지 물에 잠겼기 때문일세. 물론 우리가 이 배에서 빠져나가 바위틈을 지나 해변까지 갈 생각을 안 한 것도 아니라네. 하지만 우리 일행 중 하나가 이미 오랫동안 바위 위에 그대로 있는 데다 한 명은 더 이상 보이지 않게 되자, 아마도 이렇게 탈출하는 것이 실제 그런 것보다 더 우리에게는 위험하다고 생각했던 거야. 이런 절망적인 생각을 하는 중에 우리는 해변 반대편 근처에서, 얼마나 떨어졌는지는 확실히 모르겠지만, 바다 위에 두 개의 움직이는 듯한 검은 점을 보았다네. 우리 눈에 보인 그 검은 무엇인가는 조금씩 커지고 있는 것처럼 보였고, 결국 가까워져서 우리 눈으로 직접 확인해 보니 두 척의 작은 배였다네. 그 배는 우리에게 희망보다 몇 백 배나 더 큰 절망에 빠져 있던 바로 그곳으로 직진해서 다가오고 있었다네. 빛이라곤 전혀 들어오지 않는 어두운 건물에서 갑자기 문이 열리고, 한낮의 햇빛이 어둠 한가운데로 관통해 들어와 어둠을 몰아내며 사방 끝까지 환하게 만들었듯이, 바로 그렇게 말이야. 배들을 보자 구조되리라는 희망의 빛이 우리의 영혼에 스며들었어. 절망은 환희로 바뀌었고, 슬픔은 탄성으로 바뀌었네. 하마터면 환희의 몸짓과 파도 때문에 위험이 완전히 사라지기 전에 거의 죽을 뻔하기도 했어. 하지만 우리 마음에 다시 살았다는 희망이 돌아오자 위험이 사라진 이전의 상황과 달라졌다는 생각이 번쩍 일더군. 나는 화를 자초할 수 있는 과도한 기쁨을 꾸짖었네. 잠시 후 우리는 다가오는 두 척의 커다란 어선을 보았고, 우리에게 닿았을 때, 우리의 구세주가 그중 한 곳에 있다는 것을 알았어. 그는 바위틈을 지나 해변에 도착해 명백한 죽음 앞에서 우리를 구해 내기 위해 이 배를 찾았던 거야. 우리는 잠시도 지체하지 않고 새로 도착한 배를 타고 해변으로 향하면서, 대략 일곱 시간 동안 바위에 있던 동료를 데려오는 것도 잊지 않았네. 바위 사이에 끼여 있던 우리 배는 채 30분도 지나지 않아 그 무거움에서 벗어나 위로 떠오르더니 완전히 부서졌어. 구조되었다는 기쁨과 환호 속에서 해변에 도착하자 파벨 — 우리를 구해 준 동료 — 이 우리에게 다음과 같은 이야기를 해 주었다네.

"위험에 처해 있는 당신들을 남겨 둔 채 바위를 타고 해변으로 서둘러 갔습죠. 여러분을 구하겠다는 열망 때문에 초자연적인 힘이 생겼습니다. 그런데 해변을 백 사젠* 정도 앞에 두고 힘이 떨어지면서 여러분과 내 생명을 구하지 못한다는 데 절망했습죠. 하지만 30분 정도 바위에 앉아 있다 보니 기력이 솟아나서 더 이상 쉬지 않고, 말하자면 해변까지 기어갔습니다. 저기 풀밭에 퍼질러 누워 10분을 쉬고 나서는 다시 벌떡 일어나 S로 가는 해변을 따라 뛰었습니다. 힘이 거의 바닥난 것은 아니었지만, 여러분들 생각에 그곳에 도착할 때까지 뛰었습죠. 마치 하늘이 당신네들의 강인함과 나의 인내를 시험하는 것처럼 생각되었습니다. 해변에서든 S시에서든 여러분들을 구할 만한 배를 찾을 수 없었기 때문입죠. 절망에 빠져 있던 나는 다른 어느 곳보다 지방 장관에게 도움을 요청하는 것이 최상이라는 생각이 들어, 그가 살고 있는 곳으로 달려갔습니다. 이미 6시였죠. 저는 현관에서 부사관을 만났습니다. 그에게 내가 왜 왔으며, 여러분이 어떤 상황인지 짧게 설명한 다음 아직 자고 있는 모(某) 장관을 깨워 달라고 부탁했습니다. 부사관 나리가 답하더군요. '이보게, 난 그럴 수 없다네.' '뭐라고요? 깨울 수 없다고요? 스무 명이 죽어 가고 있는데 그들을 살릴 수 있는 사람의 잠을 깨우지 못한다니요? 이런 놈팡이를 봤나, 당신은 거짓말을 하는군요. 내가 직접 가겠소.' 부사관이 내 어깨를 거칠게 잡아채서 문밖으로 내쫓았습죠. 저는 화가 나서 폭발할 뻔했습니다. 하지만 내가 모욕받았다는 것과, 지방 장관과 그 부하의 냉혈함보다도 여러분들의 위급함을 떠올리고는 제가 쫓겨난 그 저주받은 집으로부터 2베르스타 정도 떨어진 초소로 뛰어갔습니다. 그곳에서 지내고 있는 병사들이 도로 포장에 필요한 돌을 구해서 팔기 위해 배를 가지고 있다는 것을 알고 있었습니다. 저에게는 아직 희망이 살아 있던 것이죠. 그 두 배를 찾고 나니 말할 수 없을 정도로 기뻤습니다. 여러분들 모두가 구출되는 것이었으니깝쇼. 만일 여러분들이 익사라도 했다면, 저도 뒤따라 갔을 것입니다."

이렇게 말하고 파벨은 눈물을 흘렸다네. 그사이 우리는 해안에 도착했어. 배에서 내려 나는 무릎을 꿇고 하늘을 향해 팔을 들었어. 그리고 외쳤지. "전지전능한 아버지시여! 우리가 살아 있는 것은 당신의 뜻입니다. 당신은 우리를 시험에 들게 하셨고, 당신 뜻대로 되었습니다."

친구, 이건 내가 느낀 바에 비하면 매우 빈약하게 묘사한 것이라네. 최후의 순간이라는 공포가 내 영혼을 관통했고, 나는 내 존재가 멈추는 그 순간을 보았다네. 나는 무엇이 되는 것일까? 알 수 없었다네. 미지의 것은 섬뜩한 것! 시간이 흐른다는 것을 이제야 느끼네. 하지만 내가 죽는다면 동작, 삶, 감정, 사상, 이 모든 것이 한순간에 사라져 버리지. 이보게, 생각해 보게나. 자네는 혈관을 따라 흐르다가 제 수명보다 일찍 삶을 멈추어 버리게 하는, 삶을 송두리째 뽑아 버릴 수 있는 그 서늘함을 죽음의 문턱에서 느끼지 못하겠는가? 오, 친구여! 우리 이야기로부터 너무 멀리 와 버렸나 보군.

기도를 마치자 내 심장에 분노가 일더군. 나 스스로에게 말했네. 정녕 우리 시대의 유럽에서, 그것도 수도 근교에서, 위대한 군주의 목전에서 이런 비인간적인 사건이 일어났다는 것이 가능한 일인가! 나는 벵골 수밥[1] 감옥에 수감되었던 영국인들이 생각났다네.

영혼의 심연으로부터 한숨이 올라왔어. 그때 우리는 S에 도착

---

1 영국인들은 뇌물을 받고 처형의 위기에 처해 캘커타로 도망쳐 온 벵골인 관리를 보호해 주었다. 당연히 화가 난 수밥은 군대를 모아 그곳으로 진격하여 그들을 붙잡았다. 영국인 전쟁포로들은 투옥되었고, 그곳에서 반나절 만에 죽어 버렸다. 그중 23명만 살아남았다. 이 불행한 사람들은 자신들의 처지를 왕에게 알리기 위해 간수에게 큰돈을 주었다. 그들의 탄식이 사람들에게 알려졌고 사람들의 동정을 샀다. 하지만 누구도 군주 앞에 나서려 하지 않았다. "주무시고 계십니다." 죽어 가는 영국인들에게 돌아온 대답이었다. 벵골에서는 150명의 불행한 사람들을 살리기 위함이라 할지라도 이 학대자의 잠은 한순간도 방해하면 안 된다고 모두 생각했다. 그렇다면 학대자란 도대체 무엇인가? 또 박해의 멍에에 매여 있는 사람들은 무엇이란 말인가? 사람들을 엎드려 절하게 만드는 것은 자비인가, 공포인가? 그것이 공포라면, 학대자는 낮이나 밤이나 기도를 드리고 하소연하는 신보다 더욱 무서운 존재이다. 그것이 자비라면, 불행을 만든 사람들을 숭배하게 만들 것이다. 이때 불행이란 미신만이 만들어 낼 수 있는 기적일 뿐이다. 무엇이 더 놀라운 것인가? 잠자고 있는 나봅(Nabob)*의 잔인함인가, 아니면 그를 깨우지 못한 사람들의 비겁함인가? - 레날, 『인디아의 역사』, 2권.

했고. 생각하기론, 이제 잠에서 깬 장관이 자신의 부사관을 벌하고 바다 위에서 고통을 받았던 사람들에게는 위안의 말이라도 할 줄 알았다네. 이런 희망으로 우린 곧장 그에게 갔어. 하지만 부하의 행동이 너무나 역겨웠기 때문에 내 말을 절제할 수 없었지 뭔가. 그를 보자마자 이렇게 말했지. "각하, 몇 시간 전에 스무 명의 사람이 바다 위에서 목숨을 잃을 뻔한 위험에 처해 있었고 당신의 도움을 구한다는 사실이 전달되지 않았습니까?" 그는 담배를 피우면서 내게 매우 냉정하게 대답했지. "좀 전에야 그 이야기를 들었소. 난 그때 자고 있었소." 나는 인간적인 분노로 몸을 떨었네. "사람들이 물에 빠져 죽어 가고 있고 그들이 당신의 도움을 요청한다면, 아무리 깊이 잠들었다고 한들, 망치로 머리를 내리쳐서라도 스스로 일어나야 하는 것 아니오?" 이보게, 친구, 그가 어떤 대답을 했는지 아는가? 그 대답에 나는 한 대 얻어맞은 것 같았다네. 그가 "그것은 나의 의무가 아니외다"라고 말하더군. 나의 인내심이 가출하고 말았어. "이 비열한 인간아! 그럼 네놈의 직무는 사람을 죽이는 것이냐? 이런 놈이 견장을 달고 다른 사람들을 지휘하고 있다니……!" 말을 다 끝내지도 못하고 그놈의 면상에 침을 뱉고 그곳을 나왔다네. 나는 분노 때문에 머리를 쥐어뜯었어. 그 짐승 같은 지방 장관에게 어떻게 복수할까 백번이고 고민했었다네. 그건 나를 위해서가 아니라 인류 전체를 위해서였어. 하지만 정신이 돌아오고, 비슷한 예들을 생각하니 내 복수는 별 소득이 없을 것이며, 오히려 내가 미쳤다거나 악한으로 소문날 것이라는 확신이 들었지. 타협할 수밖에 없었다네.

그러는 사이 우리는 사제에게 들렀고, 사제는 기쁘게 우리를 맞아들이며, 위로하면서 먹을 것을 주고 휴식처를 제공했어. 우리는 그의 환대와 대접으로 하루 종일 그와 함께 있었다네. 다음 날 우리는 큰 배를 찾아 타고 오레니엔바움에 무사히 도착했어. 페테르부르크에서 이 이야기를 이 사람 저 사람에게 말하고 다녔다네. 모두 나의 위험에 동정을 표했고 지방 장관의 잔인함을 욕했지만, 누구 하나 그에게 이 일에 대해 한마디도 하려 하지 않더군. 만일 우리가 익사라도 했다면, 그는 우리를 죽인 살인자가 되는 것이지. 누군가는 그러더군. "그에게 자네들을 구하라는 의무는 없어." 이제 나는 이 도시를 영원히 떠나네. 이런 호랑이 소굴 비슷한 곳에는 절대 가지 않을 거야. 호랑이들의 유일한 즐거움이라는 게 서로를 물어뜯는 것이고, 기쁨이란 권력에 아첨하고 숨이 넘어가도록 약자를 괴롭히는 것이지. 그런데도 자네는 내가 이 도시에 계속 살았으면 하나? 아닐세, 친구.

내 이야기꾼이 이렇게 말하고 나서 의자를 박차고 일어섰다. "나는 사람들이 다니지 않는 곳, 인간이 무엇인지 모르는 곳, 이름도 알려지지 않은 곳으로 갈 거네. 난 이만 가네." 그리고 마차에 앉아 내달렸다.

스파스카야 폴레스치

친구를 뒤쫓아 급히 말을 몰아 역참에서 그를 따라잡았다. 그리고 페테르부르크로 다시 돌아갈 것을 설득했으며, 작은 총알 하나가 넓은 바다에 떨어진다고 수면이 넘실거리지 않듯, 사회의 작고 부분적인 부조리가 사회적 결합을 망가뜨리지 않는다는 것을 증명해 보이려 애썼다. 하지만 그는 단호하게 말했다. "내가 작은 총알 하나여서 바닥까지 닿을 수 있겠지. 그리고 물론 그것이 핀란드 만에 폭풍을 일으키지도 못할 거야. 그렇다 해도 나는 바다표범들과 살아야 하는 것 아닌가." 그리고 그는 분노하면서 나에게 이별을 고한 뒤 마차에 올라 서둘러 떠났다.

말은 이미 수레에 매여 있었고, 내가 마차에 타려고 발을 들여놓으려 할 때 갑자기 비가 내리기 시작했다. '큰비는 아니군. 발을 덮어쓰면 젖지 않겠지'라고 생각했다. 하지만 이런 생각이 머리에서 채 가시기도 전에 얼음 구멍에 빠진 것 같았다. 하늘은 나와 상의도 없이 구름을 열어젖히고 양동이로 쏟아붓듯 비를 내렸다. 날

씨를 어떻게 할 수는 없는 노릇이다. "조용히 갈수록 더 멀리 간다"라는 속담처럼 마차에서 나와 맨 처음 보이는 농가로 달려 들어갔다. 집주인은 이미 곯아떨어졌고 농가는 어두웠다. 하지만 그 어둠 속에서라도 몸을 말릴 수 있도록 부탁했다. 젖은 옷을 벗고 머리 아래를 마른 옷으로 갈아입었다. 그리고 이내 긴 의자에서 잠들었다. 그러나 침구가 털로 된 것이 아니어서 오랫동안 불편했다. 속삭임 소리에 잠에서 깨고 말았다. 두 개의 목소리가 들렸는데, 대화를 나누는 중이었다. "여보, 이야기 하나 해 줘요"라고 여자의 목소리가 말했다. "그럼 들어 보오, 마누라."

"옛날 옛날에…… 정말 동화 같은 이야기지." "동화를 어떻게 믿어요?" 하고 아내가 반쯤 잠긴 목소리로 졸린 듯 하품을 하면서 말했다. "폴칸이나 보바, 꾀꼬리 강도 따위의 이야기를 믿으란 말인가요?" "누가 억지로 믿으라고 때리기라도 하는가? 믿고 싶으면 믿는 거지, 뭐. 하지만 말이야, 옛날엔 힘센 사람이 존경받았고 장사들이 그 힘을 나쁜 곳에 썼다는 것만은 사실이지. 당장 폴칸이 그렇잖아. 꾀꼬리 강도 이야기만 읽어 보게. 우리 어머니는 러시아 옛날이야기의 해설자였다고. 꾀꼬리 강도는 자신의 뛰어난 웅변술 때문에 꾀꼬리로 불렸다는 것을 알게 될 걸세. 내 이야기에 끼어들지 마. 어쨌든 옛날 옛날 어느 곳에 황제의 총독이 살았어. 젊었을 때 낯선 땅을 돌아다니다 굴 먹는 법을 배운 이후 애호가가 되었지.* 그때까지는 돈이 없었기 때문에 자신의 식탐을 꾹 참았다가 페테르부르크에 들를 때면 열 개씩 먹곤 했다네. 그가 재빨리 승진한 만큼 식탁 위의 굴도 점차 늘어 갔지. 그러다 총독이 되어, 자신의 돈은 물론이고, 자신이 처리할 수 있는 국고도 많아지자 임신한 여편네처럼 굴을 대하게 되고 말았어. 굴 먹을 생각에 잠도 자고 눈도 떴단 말이지. 굴이 제철일 때는 누구도 한가하지 못했어. 모든 부하들이 순교자가 되었단 말이지. 무슨 일이 있더라도 굴을 먹어야 했다네. 그는 관청에 명령을 내렸어. 페테르부르크에 가져갈 중요한 서류가 있으니 즉시 급사를 준비시키라고 말이야. 모두 급사가 굴을 구하러 가는 것이라고 알고 있었어. 급사는 어딜 가든 괜찮았지. 경비가 나오니까. 국고에는 새는 돈이 있기 마련이잖아. 역마권과 거마비를 지급받은 급사는 재킷과 기병용 바지를 입고 각하 앞에 섰어. 총독이 훈장으로 촘촘한 옷을 입고 그에게 위엄 있게 명령했어. '자네는 빨리 떠나게. 서둘러 이 보따리를 발샤야 마르스카야에 있는 그에게 가져다주거라.' '누구라고 하셨는지요?' '주소를 읽어 보거라.' '그에게…… 그…….' '그렇게 읽는 게 아니야.' '각하에게…… 각…….' '젠장…… 상트페테르부르크 발샤야 마르스카야 거리에 사는 존경받는 상인 코르진킨 씨라네.' '알겠습니다. 각하.' '자네는 어서 길이나 썩 나서게. 닿는 즉시 조금도 지체 말고 곧바로 돌아오게나. 그러면 한 번으로 고마워하지는 않을 걸세.'

그리고 이러쿵저러쿵 얼씨구절씨구 하면서 세 마리 말을 전속력으로 몰아 페테르부르크의 코르진킨 집 앞에 바로 당도했어. '환영합니다. 각하는 정말이지 웃긴 사람이군요. 이런 실없는 일로 수천 베르스타나 사람을 보내다니요. 친절한 나리라고 해야 되나. 그를 도울 수 있게 되어 기쁘군요. 여기 시장에서 막 가져온 굴이 있습니다. 한 통에 최소 150루블이라고 말씀해 주세요. 흥정은 없습니다. 그 가격에 들어왔으니까요. 내가 직접 각하와 셈을 하지요.' 마차에 통을 싣고 채를 돌려 급사는 다시 말을 몰았어. 선술집에 들러 곡주 두 잔만 겨우 마셨다네.

짤랑짤랑……. 성문에서 역마차 방울 소리가 들리자마자, 초소의 장교가 총독에게 달려가 멀리서 마차가 보이며 방울 소리가 들린다고 보고했다네(제대로 돌아가는 곳에서는 일이 이렇게 되어야 하는 법이지). 급사가 문으로 급히 들어오는 바람에 미처 보고를 다 하지도 못했어. '각하, 대령했습니다.' '(앞서 있는 사람에게 몸을 돌리며) 시간을 딱 맞추었구나. 정말이지 믿을 만하고 정확한 사람에다 주정뱅이도 아니구나. 1년에 두 번씩 페테르부르크에 다닌 지도 얼마더냐. 모스크바는 또 얼마나 다녔고. 서기, 내가 말하는 대로 받아 적게. 급사로서 많은 공로와 정확한 임무 수행으로 승진시킬 것을 명한다.'

재정관의 지출 대장에는 다음과 같이 기록되었어. '각하의 명으로 매우 중요한 전갈을 가지고 S. P.에 급파된 급사 N. N.에게 왕복 세 마리 말에 해당하는 경비를 특별 회계비에서 지급한다.' 재정관의 회계 대장은 감사를 받았지만 굴 냄새가 나지는 않았지.

'장군 등의 명에 의해 N. N. 하사를 소위보로 임관시킬 것을 명한다.' 바로 이거야, 여보." 남자 목소리가 들렸다. "그들이 어떻게 진급하는지 말이야. 그런데 나는 아무리 열심히 일해도 한 뼘도 앞으로 나가질 못하더군. 법령대로라면 모범적인 복무로 훈장이라도 받아야 한단 말일세. 차르는 은총을 내리시지만, 그를 지키는 문고리 권력은 그렇지 못해. 우리 재정관 나리가 딱 그래. 나는 그자 때문에 벌써 두 번이나 형사 법정에 다녀왔단 말이지. 내가 만일 그와 한통속이었다면 이런 형편없는 삶이 아니라 매일이 축제 같았을 거야." "그래요, 클레멘티치, 됐다고요. 허튼소리 말아요. 그가 왜 당신을 좋아하지 않는지 모른단 말이에요? 당신이 뭐라도 바꿔치기해서 가져오면 그걸 그와 나눠 갖지 않기 때문이에요." "조용해, 쿠즈미니치나, 조용하라고. 누가 듣기라도 하면 어쩌려고." 두 목소리는 잦아들었고, 나는 다시 잠들었다.

아침이 되자 나는 이 농가에서 서기와 그의 아내가 나와 함께 밤을 보냈다는 것을 알았다. 그들은 여명이 오기 전에 노브고로드로 떠났다.

내 마차에 역마를 매는 동안 트로이카* 한 대 더 들어왔다. 그 마차에서 넓은 망토를 두르고 각 면이 다 해진 모자를 깊게 눌러써서 얼굴을 제대로 알아볼 수 없는 행색을 한 사람이 내렸다. 그는 역마권 없이 말을 요구했다. 그러자 많은 마부들이 그에게 몰려들어 흥정이 붙었지만, 흥정을 끝내지도 않고 그중 한 사람에게 급히 말했다. "어서 말을 매게. 베르스타당 4코페이카를 내겠네." 마부는 말을 가지러 달려갔다. 다른 사람들은 흥정이 더 이상 소용없다는 것을 보자 모두 떠나갔다.

나는 그로부터 멀어야 5사젠 거리에 있었다. 그가 나에게 다가오더니 모자도 벗지 않고 말했다. "자비로우신 선생님, 이 불행한 사람에게 뭐라도 베풀지 않으시겠습니까?" 그 말은 나를 매우 놀라게 했다. 소요 경비를 흥정하려 들지도 않고 심지어 다른 사람들에 비해 두 배나 주겠다는 사람이 이런 적선을 요구하다니 나는 매우 놀랐다고 말하지 않으려 했지만, 끝내 참지 못했다. 그러자 그가 말했다. "당신은 평생 장애를 만난 적이 없는 것 같군요." 너무나 확신에 찬 대답이 내 마음에 들었다. 그래서 나는 즉시 지갑을 꺼내며 말했다. "미안하오만, 지금 당장은 더 도울 수 없군요. 하지만 목적지에 도착하면 아마 더 마련할 수 있을 겁니다." 이렇게 말함으로써 나는 그가 더 솔직해지기를 바랐다. 그리고 내 생각은 틀리지 않았다. 그가 말했다. "당신은 아직 감상적인 성격을 가지고 있군요. 그래서 세상살이와 자신의 이익 추구가 당신의 마음에 이르는 길의 문을 닫게 하지 않은 것처럼 보입니다. 당신의 마차에 같이 타게 해 주십시오. 당신의 하인은 제 마차에 오르게 하고요." 말을 매는 동안 그의 소원을 들어주었고 우리는 함께 가게 되었다.

"아, 선생님, 제가 불행하다는 것을 믿을 수 없습니다. 몇 주일 전만 해도 저는 즐겁고 유쾌했으며 부족한 것이라곤 하나 없이 사랑받고 있었습니다. 혹은 그렇게 보였지요. 왜냐하면 우리 집은 매일 고관들로 북적댔으니까요. 우리 집 식탁에서는 항상 성대한 파티가 열렸습니다. 하지만 허영심이 만족을 주는 만큼, 또 그만큼 영혼도 진정으로 행복을 누렸습니다. 수많은 결실 없는 고뇌와 장애, 실패를 겪고 나서는 제가 원하는 사람을 아내로 맞이했습니다. 서로 간의 뜨거운 열정은 영혼과 감정 모두를 만족시켰으며 우리에게 모든 것을 환하게 비추어 주었습니다. 흐린 날은 보이지 않았죠. 우리의 행복은 절정에 달해 있었습니다. 아내가 임신을 했고, 출산할 날이 곧 다가왔습니다. 그러나 이 모든 행복은 한

순간에 파괴되는 것으로 운명지어져 있었습니다.

한번은 저녁 식사에 소위 친구라는 사람들이 모였고 그들은 쓸모도 없으면서 자신들의 허기를 제 덕분에 해결했죠. 거기에 속으로는 나를 좋아하지 않는 사람 하나가 앉아 있다가, 비록 속삭이긴 했지만 집사람과 다른 사람들에게 충분히 들리도록, 옆에 앉아 있는 이에게 이렇게 말했습니다. "혹시 형사 법정에서 이 집 주인의 사건이 이미 판결이 내려졌다는 것을 알고 있습니까?"

내 동행은 나에게로 몸을 돌리며 계속 말했다. "당신에게는 이상하게 들리겠지만, 제가 좀 전에 묘사한 그런 상황에 있는, 게다가 관직도 없는 사람이 형사 재판을 받는다는 것이 가능하기나 한 일입니까? 저 역시 한동안 그렇게 생각했습니다. 그런데 그것도 제 사건이 하급심을 거쳐 상급심으로 올라갈 때까지만이었죠. 사건 내용은 이렇습니다. 저는 상인회에 가입해 있었습니다. 제 자본을 굴리기 위해 세금 징수권 사업에 참여하게 되었죠. 확인도 하지 않고 사기꾼을 믿은 것이 제 잘못이었습니다. 그는 개인적으로 죄를 저질러 세금 징수권이 박탈되었습니다. 그래서 그의 장부에 따르면, 그는 엄청난 금액을 변상해야 되었던 모양입니다. 그는 사라졌고, 얼굴마담은 제가 되어 버렸으니 그 변상은 제가 해야만 되었습니다. 저는 제가 할 수 있는 한 최대한 수습을 해 보았고 그 변상액에 대해 나에겐 책임이 전혀 없거나 있어도 아주 적다는 것을 알았습니다. 그래서 전 정산을 할 것이라고 했습니다. 제가 그의 보증을 섰기 때문이죠. 그러나 제가 감당해야 할 만큼의 배상액이 아니라 체납금 모두를 배상하라는 명령을 받았습니다. 첫 번째 부당한 재판이었지요. 그러나 설상가상이었습니다. 제가 징수권 사업을 시작하면서 보증을 설 때 저에게는 영지가 전혀 없었습니다. 하지만 관례에 따라 제 영지는 민사 법원에 귀속되어 처분을 할 수 없게 되었죠. 이상한 일입니다. 존재하지도 않는 영지를 팔 수 없게 금지한다니요! 이후에 저는 집을 사고 다른 물건들을 취득했습니다. 게다가 상인의 신분에서 직급을 가지는 귀족의 신분으로 올라갈 기회가 제게 왔습니다. 이익을 실현할 목적으로 좋은 조건에 집을 팔 기회를 찾았습니다. 그리고 차압을 한 바로 그 법원에서 등기 권리를 신청했습니다. 이것이 저를 죄인으로 만들었습니다. 왜냐하면 제 삶의 행복을 없애 버리는 것이 자신들에겐 행복인 사람들이 있었기 때문입니다. 세금 징수원은, 제가 집을 살 때의 직위가 아니라 그 이전의 직위를 사용했기 때문에 배상금 지불을 회피하기 위해 집을 팔았고 민사 법원을 기만했다고 고발했습니다. 저는 존재하지도 않는 부동산을 판매 금지한다는 것이 불가능하다고 주장했지만 허사였습니다. 더구나 최소한 남아 있는 재산을 팔아서 그 돈으로 배상금을 마련한 다음에야 다른 방법을 찾을 수 있지 않겠느냐고 진술했지만 그것도 헛수고였습니다. 또 제가 집을 구입할 당시에는 이미 귀족이었기 때문에 제 신분을 속이지도 않았던 것입니다. 그러나 이 모든 진술은 부정되었고 집의 매매는 무효가 되었으며 부정한 행위로 제 귀족 신분도 박탈되었습니다." 그는 계속 말했다. "지금은 이 사건이 끝날 때까지 그 집의 주인은 구금되어야 한다고 법원에서 판결했습니다."

마지막 말을 하면서 나의 대화 상대자는 목소리를 높였다. "그 이야기를 듣자마자 아내는 저를 안고 절규했습니다. '안 돼요, 저는 당신과 함께할 거예요.' 그녀는 더 이상 말을 하지 못했습니다. 그녀의 사지는 축 늘어졌고 제 품에 힘없이 쓰러졌지요. 나는 그녀를 들어 의자에서 침실로 옮겼습니다. 저녁 식사가 어떻게 끝났는지 알 겨를도 없었지요.

얼마 후 아내가 정신을 차렸을 때는 우리 열정의 열매가 곧 태어날 것임을 알리는 산통을 느꼈습니다. 그러나 제가 구금되어야 한다는 생각을 해서인지 그녀는 '저도 당신과 함께 가겠어요'라는 말만 되풀이하는데 이것은 우리 둘 모두에게 얼마나 잔인한 일입니까. 이런 말도 안 되는 불행한 일 때문에 출산이 한 달이나 앞당겨졌고, 산파와 의사의 온갖 노력도 소용없이 제 아내는 꼬박 하루를 넘길 때까지 아이를 낳을 수 없었습니다. 그녀의 영혼은 아이의 출산으로 평온해질 줄 알았지만, 오히려 더 거세졌고 이 때문에 열병에 걸렸습니다. 제가 왜 이 이야기를 떠벌리는 것인지요! 아내는 아이를 낳은 셋째 날에 죽었습니다. 짐작하시겠지만, 그녀의 고통을 보니 한순간도 그녀를 혼자 내버려 둘 수 없었습니다. 슬픔에 빠진 나머지 제 사건과 재판은 완전히 잊었습니다. 완전히 피어 보지도 못한 내 사랑이 죽기 하루 전에 우리 열정의 결실도 죽고 말았습니다. 그녀의 병에만 전념해 있었기 때문에 아이를 잃었다는 것이 당시에는 대수롭지 않은 일이었습니다. 생각해 보세요."

그가 두 손으로 머리를 쥐어뜯으면서 말했다. "생각해 보세요, 저는 제 사랑과 영원히 이별했습니다. 아주 영원히!" 그는 거친 목소리로 외쳤다. "하지만 제가 왜 도망가야 되나요? 나를 감옥에 처넣으라지. 나는 이미 무감각해져 버렸으니까. 내게 고통을 주고 내 삶을 앗아 가라지. 아! 야만인들, 호랑이들, 잔인한 뱀들이여! 이 심장을 갉아 먹고 당신들의 지독한 독을 나에게 퍼뜨려 보거라. 죄송합니다. 제가 흥분했나 봅니다. 당장이라도 이성을 잃을 것만 같군요. 사랑하는 사람을 잃어버린 그 순간을 생각만 해도 저는 모든 것을 잊어버리고 제 눈에서는 빛이 꺼져 갑니다. 그래도 이야기는 마쳐야겠지요. 숨이 멎은 제 사랑을 놓고 가혹한 절망에 빠져 있을 때, 진정한 친구 하나가 저에게 달려왔습니다. '자네를 잡으러 사람들이 왔다네. 문 앞에 와 있어. 뒷문에 마차를 준비했으니, 여기서 어서 도망치게. 모스크바 혹은 가고 싶은 곳에 가서 자네 운명이 누그러질 때까지만이라도 거기서 좀 살게나.' 저는 그의 말에 귀 기울이지 않았지만, 친구가 데려온 사람들이 저를 강제로 잡아끌고는 마차에 태웠습니다. 그런데 저에게 돈이 필요하다는 걸 깨닫고는 50루블밖에 들어 있지 않은 지갑을 저에게 건넸습니다. 그는 돈을 꺼내 저에게 건넬 요량으로 제 방에 직접 올라왔지만, 침실에서 이미 와 있던 관리들을 보고는 제가 떠나야 한다는 말만 전하는 데 겨우 성공했습니다. 첫 번째 역에 어떻게 도착했는지 기억나질 않습니다. 그사이 어떤 일이 있었는지 친구의 하인이 설명해 주고 나서 저와 헤어졌습니다. 저는 지금, 속담대로, 눈길 닿는 곳으로 가고 있습니다."

동행자의 이야기는 형용할 수 없을 만큼 내 마음을 움직였다. 나는 혼자 되뇌었다. 요즘 같은 선량한 통치 체제에서 어떻게 이런 잔인한 일이 일어날 수 있단 말인가? 어떻게 이런 미친 재판이 있을 수 있으며, 국고를 채우기 위해(아마 실제로도 국가 재정의 요구를 충족시키기 위한 불법적인 재산 강탈일 것이다) 사람들의 재산과 명예, 삶을 앗아 갈 수 있단 말인가? 나는 최고 권력자에게 이 사건이 어떤 식으로 보고될지 상상해 보았다. 전제 정치에서는 다른 무엇보다도 최고 권력자만이 공명정대할 수 있다고 생각하는 것이 당연하기 때문이다. 그럼 내가 나서서 그를 변호해 주면 되지 않는가? 최고 정부에 상소를 올릴 것이다. 사건의 내막을 자세히 밝히고 판결의 부당함과 누명 쓴 이의 결백을 보여 줄 것이다. 하지만 내 상소는 받아들여지지 않을 것이고, 이 일에 무슨 권리가 있냐고 나에게 묻겠지. 또 위임장을 요구할 것이고. 내게 무슨 권리가 있냐고? 고통받는 인간이라는 존재. 재산과 명예를 빼앗기고, 생의 절반이 날아가 버린 한 인간이 치욕적인 투옥을 피해 스스로 유형 길에 올랐다. 그런데도 위임장을 요구할 것인가? 누구로부터? 우리의 시민이 고통받고 있는데도 모자라단 말인가? 당연히 위임장은 필요 없다. 그가 인간이라는 것. 그것이 내가 가진 권리의 이유이고, 그것이 바로 위임장인 것이다. 오! 인신(人神)이시여! 당신은 무엇 때문에 야만인들을 위해 당신의 법을 만드셨나이까. 그들은 당신의 이름으로 성호를 긋겠지만, 피 묻은 희생물을 악마에게 바칠 것입니다. 당신께서는 왜 저들에게 관대하십니까? 미래에 사형을 약속하는 대신 현재의 형벌을 더욱 무겁게 하시고 악행을 거듭할수록 자신들의 양심을 더 자극하도록 하셨어야 했습니다. 그들에게는 낮이나 밤이나 그들이 저지른 모든 죄악을 고통으로 씻어 내기 전까지 평안을 주면 안 되었습니다. 이런 생각을 하느라 내 몸이 지쳐 깊은 잠에 빠졌고 오랫동안 깨어나지 못했다.

잠든 동안 이런저런 생각 때문에 괴로워하는 내 몸의 액즙이 머리로 향했다. 그리고 뇌의 연약한 부위를 자극하여 상상을 불러일으켰다. 꿈속에서 수많은 장면이 떠올랐지만 공기 속의 수증기처럼 사라져 버렸다. 결국 언제나처럼 어떤 뇌 섬유가 내부의 혈관으로부터 강하게 솟아오른 뜨거운 김에 자극을 받아 다른 곳보다 떨림이 오랫동안 이어졌다. 이것이 내가 꾼 꿈이다.

나는 차르이자 샤이며, 칸이고 왕이며, 베이이고 나봅이며 술탄 등과 같이 뭐라고 불러도 좋을 왕좌의 권력을 차지하고 있었다. 내가 높이 앉은 자리는 순금으로 만들어졌으며, 다양한 색의 값비싼 보석으로 화려하게 장식되어 빛을 발하고 있었다. 또한 내 의복은 화려함에서 어떤 것과도 비교되지 않았다. 머리는 월계관으로 장식되었다. 주위에는 나의 권세를 뽐내는 상징들이 놓여 있다. 어느 기둥에는 은으로 세공된 칼 한 자루도 놓여 있었는데, 칼에는 해전과 육지전 그리고 여러 도시들의 정복 등을 묘사하고 있었다. 모든 곳에서 나의 이름이 '영광의 화신'으로 이 모든 업적 위에 펄럭이는 것이 보였다. 한쪽에는 순금으로 세공되어 실제와 똑같이 만들어져 풍성한 알맹이로 무거워진 곡식의 단 위에 나의 왕홀이 놓여 있었다. 단단한 지게에는 저울이 매달려 있었다. 한 접시에는 '자비의 법'이라는 이름의 책이, 다른 접시에는 '양심의 법'이라는 똑같은 생긴 책이 얹혀 있었다. 하나의 돌을 쪼아 만든 보주는 대리석으로 만든 아이의 가슴에 의해 지지되고 있었다. 나의 왕관은 가장 높은 곳에 있었는데, 장사의 어깨 위에 얹혀 있었다. 그의 가장자리는 진리에 의해 지탱되고 있었다. 반짝이는 금속을 쪼아 만든 거대한 뱀이 내 옥좌의 발아래에 똬리를 틀고 있었고, 아가리가 꼬리 끝을 물고 있어서 영원성을 상징했다.

하지만 생명 없는 것들만 나의 권력과 위용을 높여 주는 것은 아니었다. 온갖 계급의 관료들이 겁에 질려 나의 시선을 비굴하게 갈구하며 옥좌 주위에 서 있었다. 또 옥좌에서 조금 떨어진 곳에서는 셀 수 없이 많은 사람들이 모여 있었는데, 그들의 다양한 의상과 얼굴형, 태도, 외모, 국적으로 미루어, 그들이 다양한 인종임을 알려 주고 있었다. 그들의 불안한 침묵은 나의 의지에 완전히 복종하고 있음을 확인시켜 주는 것이었다. 약간 높은 곳에 위치한 또 다른 쪽에는 온갖 매혹적인 옷을 입은 여인들도 있었다. 그들의 시선에는 나를 바라보고 있어서 무척 행복하다는 것이 드러나 있었으며, 그들은 다시 태어난다고 하더라도, 내가 시키는 바를 하고자 했을 것이다.

그 자리에는 깊은 침묵이 흐르고 있었다. 모두가 사회의 평화와 행복이 결정될 중요한 무엇인가를 기다리고 있는 것처럼 보였다. 정신을 차린 나는 지금 일어나고 있는 일의 단조로움 때문에 내 영혼의 깊은 곳에서 지루함을 느꼈고, 자연에 대한 나의 의무를 다했다. 있는 힘껏 입을 벌려 하품을 했던 것이다. 그러자 모두가 내 감정의 변화에 주목했다. 갑자기 나타난 이 곤혹스러움에 모두의 즐거운 얼굴에 어두운 그림자가 퍼져 나갔다. 다정한 입술에서는 웃음이 달아났고, 행복한 두 뺨에서는 즐거운 광채가 사라졌다. 찡그린 시선은 절망적인 공포와 닥쳐온 불행을 드러내 보였다. 절망의 전조를 알리는 한숨 소리가 들려왔고, 두려움을 참고 있는 소리도 울려 퍼지기 시작했다. 절망과, 죽음보다도 더 괴로운 죽음에 대한 공포가 모든 사람들의 가슴속으로 성큼성큼 걸어 들어왔다. 슬픈 광경에 마음 깊이 떨려 왔고, 안면 근육은 감각을 잃은 채 귀를 향해 오그라들었으며, 입술은 마치 미소 짓는 것처럼 곡선으로 당겨진 채 크게 재채기를 하고 말았다. 짙은 안개로 어두워진 대기를 한낮의 햇빛이 뚫고 들어왔다. 태양이 가진 생명의 열기는 수증기로 덮인 빡빡한 습기를 날려 버렸고, 그 구성 입자 일부는 끝을 알 수 없는 에테르의 공간을 향해 날아가 버렸고, 또 다른 일부는 지상의 무게를 그대로 간직한 채 아래로 가라앉았다. 빛을 내뿜는 태양이 없을 때에는 도처에서 기세를 떨치던 어둠이 갑자기 사라지고, 어둠의 장막을 재빨리 걷어치웠다. 자신이 있었다는 흔적을 남기지 않고 순식간에 사라졌다. 나의 미소에 따라 슬픔의 표정은 사라졌고, 군중의 얼굴에는 즐거운 표정이 나타났다. 행복이 모든 사람의 가슴에 파고들었으므로, 불만족스러운 표정은 어디에도 남아 있지 않았다. 모두가 외치기 시작했다. "우리의 위대하신 군주 만세! 만만세!" 마치 나뭇잎을 간지럽히고 참나무 숲에서 이는 요염한 속삭임을 자극하는 한낮의 산들바람처럼, 군중 속에서 즐겁게 속삭이는 소리가 울려 퍼졌다. 누군가 반쯤 잠긴 목소리로 말했다. "그는 국내외의 적들을 진압하셨고, 조국의 영토를 확장시켰으며, 자신의 국가 앞에 수천의 민족을 무릎 꿇게 만드셨습니다." 그러자 다른 사람이 소리쳤다. "그는 국가를 부유하게 만들었고, 국내외의 무역을 확장시켰습니다. 그는 학문과 예술을 사랑하시며, 농업과 수공업을 장려했습니다." 또 여인들이 부드럽게 말했다. "젖꼭지를 물고 죽는 일이 없도록 수천의 유능한 사람들이 죽게 내버려 두지 않았습니다." 또 다른 사람이 위엄 있게 목소리를 높였다. "그는 나라의 수입을 늘리셨고 국민의 세금을 경감시켰으며, 튼실한 보육을 제공해 주셨습니다." 하늘로 팔을 높이 들고 한 젊은이가 외쳤다. "그는 자비로우며 공명정대하시다. 그의 법은 모두에게 공평하며, 스스로 제일가는 하인이라 생각하신다. 그는 현명한 입법자이시며, 공평한 재판관이자, 정열적인 행정가이고, 다른 어떤 차르보다 위대하고 모두에게 자유를 주신다."

이런 말들이 고막을 때리며 내 영혼 속에서 크게 울렸다. 이런 찬사들이 겉으로 드러난 표정에서는 진심처럼 느껴졌기 때문에 내 이성의 눈엔 진실된 것처럼 보였다. 그렇게 받아들이자 내 영혼은 일반적인 통찰력을 상회하게 되었다. 그래서 그 본질로 확장되었으며 모든 것을 받아들이면서도 신적인 지혜의 단계까지 건드릴 수 있게 되었다. 하지만 어떤 것도 명령을 전파할 때의 자기만족과는 비교가 되지 않았다. 나는 최고 사령관에게 수많은 부대를 이끌고 나의 완전한 별자리에서 독립해 나간 땅을 정복하라고 명령 내렸다. 그가 대답했다. "폐하! 당신 이름의 영광만으로도 그 땅에 사는 사람들은 정복될 것입니다. 당신의 군대는 공포를 무기 삼아 앞장설 것이고, 여러 차르들의 공물을 가지고 돌아오겠습니다." 나는 해군 대장에게 말했다. "나의 배로 하여금 모든 해양을 뒤덮고 미지의 민족들이 그것을 보게 하라. 나의 깃발을 동서남북에 알려라." "분부대로 하겠습니다, 폐하." 그러고는 내 명령을 수행하기 위해 배의 돛을 부풀리고 마치 바람처럼 떠났다. 나는 법관에게 말했다. “오늘은 나의 생일이니, 방방곡곡에 알려 오늘을 용서의 날로 연대기에 영원히 남도록 기념하라. 감옥을 열어 죄인들이 구도를 위해 나섰다가 길 잃은 사람처럼 집에 돌아가게 하라.” “자비로우신 폐하! 당신은 관대함의 표본이십니다. 저는 이 기쁜 소식을 자식 때문에 비탄에 잠긴 아버지들과 배우자 때문에 슬퍼하는 배우자들에게 서둘러 알리겠습니다.” 나는 수석 건축가에게 일렀다. “뮤즈의 안락처와 같은 웅장한 건물을 세우도록 하여라. 다채로운 자연을 닮은 것으로 장식하고 뮤즈들을 위해 마련된 것이니 천상의 건물들과 같이 절대 파괴되지 아니하게 하라.” 그가 대답했다. “현명하신 분이시여! 당신의 초자연적인 명을 받들겠나이다. 황무지와 밀림에 고대의 그 어떤 영광스러운 위대한 도시보다도 뛰어난 거대한 도시를 건설하는 데 저의 힘을 다 쏟겠습니다. 그래서 당신의 명령을 열정적으로 수행하는 집행관들에게는 오히려 하찮은 것이 되게 하겠습니다. 당신께서 말씀만 하신다면, 하찮은 재료들도 이미 당신의 목소리를 듣고 있을 것입니다.” 내가 말했다. “이제 관용의 손을 펼쳐, 흘러넘치는 것은 도움받지 못한 사람들에게 흘러들어 가게 하고 필요치 않은 보물들은 원래 자리로 돌려보내게 하라.” “자비로우신 주권자시여! 하늘이 우리에게 내리신 이여! 당신 자식들의 아버지시여! 가난한 자를 부유하게 만드시는 이여! 당신의 뜻은 이루어질 것입니다.” 내가 말할 때마다 나의 앞에 있던 모든 사람들은 기쁨의 환호를 질렀고, 그때만이 아니라 내 생각보다 앞서 박수가 터져 나오기도 했다.

그런데 한 여자만이 기둥에 꼿꼿이 서서 비탄 섞인 숨을 내쉬며 경멸과 분노한 모습을 보이고 있었다. 그녀의 얼굴 표정은 준엄하였고, 옷은 소박했다. 그녀의 머리는 모자로 덮여 있었는데, 다른 사람들은 아무것도 쓰고 있지 않았다. "저 사람은 누구인가?" 가까이에 있는 사람에게 물었다. "순례자입니다. 우리는 모르는 사람입니다만 스스로 '프라모브조라'*라고 하며 안과 의사라고 합니다. 하지만 그녀는 독을 가지고 다니는 위험한 마법사로 남의 슬픔과 파멸이 자신에겐 행복인 사람입니다. 항상 찌푸린 얼굴로 모두를 비방하고 저주를 내립니다. 심지어 폐하의 머리 위에도 욕을 퍼붓는 데 주저하지 않습니다." "어째서 저 고약한 년을 내 왕국에 들어오게 허락하였는가? 하지만 그녀는 내일 처리하기로 하지. 오늘은 은총과 기쁨의 날이지 않나. 힘들게 국가 운영을 하는 나의 공무원들이여, 오라. 자네들의 일과 업적에 걸맞은 보상을 가지고 가게나." 그리고 자리에서 일어나 앞에 모인 사람들에게 다양한 명예를 상징하는 훈장을 내렸다. 그 자리에 참석하지 않은 사람들도 잊지 않았으나, 나의 말을 기쁜 표정으로 받아들인 자는 나의 성은 덕분에 보다 큰 몫을 받을 수 있었다.

계속해서 나는 말을 이었다. "가자, 내 왕국의 지주이자 내 권력의 버팀목들이여. 가서 노동의 즐거움을 만끽하자꾸나. 열심히 일한 자만 자신의 열매를 맛볼 자격이 있는 법. 차르 역시 모든 사람들에게 많은 즐거움을 베풀기에 충분히 즐거움을 누릴 만하지 않겠는가. 자네가 준비한 축하연 자리로 안내하시오. 우리는 자네 뒤를 따르겠네." 이렇게 주연 담당자에게 일렀다.

"멈춰 보세요." 자기 자리에서 순례자가 내게 말했다. "멈추시고 제게 오십시오. 저는 당신과 당신 같은 사람에게 보내진 의사입니다. 당신의 시력을 깨끗이 만들어 드립니다." 그리고 외쳤다. "아, 백내장이라니!" 내 주위의 사람들이 나를 방해하고 실력으로 저지도 해 보았지만, 나는 어떤 보이지 않는 힘에 끌려 그녀에게 가고 있었다.

순례자가 말했다. "두 눈 모두 백내장이 있습니다. 그래서 당신께서는 모든 것에 대해 그토록 단호하게 판단하였습니다." 이런 말을 한 다음 그녀는 나의 두 눈을 건드렸고, 두꺼운 막을 떼어 냈다. 그것은 각막 같았다. 그녀가 내게 말했다. "이제 보이실 겁니다. 당신은 장님, 그것도 완전한 장님이었습니다. 저는 **진리**입니다. 당신의 지배를 받는 백성들의 탄식에 동정심을 느껴 신께서 저를 천상계에서 아래로 내려보냈습니다. 당신의 시야를 가로막고 있는 어둠을 물리치라고 말입니다. 이제 그 일을 수행했습니다. 지금부터는 모든 사물이 자연 그대로의 모습으로 당신의 눈앞에 나타날 것입니다. 당신은 마음의 내부까지 꿰뚫어 볼 것입니다. 마음의 굴곡에 숨어 있던 뱀은 더 이상 당신으로부터 숨지 못할 것입니다. 당신께서는 당신에게서는 멀리 있지만, 당신이 아니라 조국을 사랑하는 충실한 신하들을 알게 될 것입니다. 그들은 인간을 노예로 만드는 것에 복수하기 위해서라면 당신에게 타격을 가할 준비가 항상 되어 있습니다. 하지만 그들은 아무 때나 아무런 목적도 없이 시민들의 안정을 해치지는 않습니다. 그들을 친구 삼아 곁에 불러 두십시오. 그리고 당신 앞에서 번쩍이는 옷으로 자신들의 파렴치한 영혼을 숨기고 있는 저 거만한 어중이떠중이들은 멀리하십시오. 이자들이야말로 당신의 눈을 가리고 내가 당신에게 다가가는 것을 막는 진짜 적입니다. 저는 차르들의 통치 기간 중에 딱 한 번 나타나 저의 본모습을 알아볼 수 있게 합니다. 하지만 저는 절대 속세의 집을 버리지도 않습니다. 저의 거처는 왕궁 같지 않습니다. 수백의 눈이 왕궁을 둘러싸고 밤낮없이 순찰을 돌면서 문지기들이 저의 출입을 가로막고 있습니다. 또 제가 이 빽빽한 감시를 뚫고 들어간다 하더라도, 당신을 둘러싸고 있는 모든 사람들이 박해의 채찍을 들어 당신의 거처에서 나를 쫓아내려 애쓸 것입니다. 해서 제가 다시 당신과 멀어지지 않도록 주의하십시오. 그렇지 않으면 아첨의 말들이 독을 품은 증기를 내뱉어 백내장을 도지게 하고, 빛으로도 뚫을 수 없는 막을 씌워 다시 눈을 멀게 할 것입니다. 당신은 너무나 지독하게 눈이 멀어 한 걸음도 제대로 걸을 수 없을 것입니다. 그래도 당신의 눈엔 모든 것이 즐겁게 보이겠지요. 비명 소리로 당신의 귀가 고통받을 리도 없이 매 순간 황홀한 노랫소리로 즐거울 것입니다. 향초의 연기가 아첨이 되어 당신의 영혼을 떠돌 것입니다. 당신이 느끼는 감촉은 언제나 반들반들할 것입니다. 매끄러운 표면은 절대 당신의 촉각을 기분 나쁘게 하지 않을 것입니다. 이제는 이런 상황에 전율하십시오. 먹구름이 당신의 머리 위에 일어날 것이고, 징벌의 천둥이 화살이 되어 당신을 파멸시키기 위해 준비를 마칠 것입니다. 하지만 약속드리오니, 저는 당신의 영토 안에 살고 있을 것입니다. 제가 보고 싶으시다면, 혹은 간교한 아첨에 둘러싸인 당신의 영혼이 저를 보고 싶으시다면, 멀리서라도 저를 부르십시오. 저의 강인한 목소리가 들리는 곳이라면 어디든 저를 찾을 수 있을 것입니다. 그러니 제 목소리를 두려워하지 마십시오. 만일 사람들의 무리 중에 당신을 비판하는 용감한 사람이 있다면, 그가 당신의 진정한 친구임을 알아야 할 것입니다. 보상을 전혀 알지 못하고, 노예와 같은 두려움도 전혀 모르는 그는 용감한 목소리로 저를 당신에게 높이 세울 것입니다. 그를 대중의 선동꾼으로 오해하여 처형하지 마시고 잘 보호하여 주십시오. 그를 곁에 부르시고 순례자처럼 잘 대접하십시오. 왜냐하면 차르의 권력이 미치는 곳에서, 모두가 그 앞에서 벌벌 떠는 곳에서 차르를 비판하는 사람은 모두 순례자이기 때문입니다. 다시 말씀드리지만 그를 대접하시면, 그는 언제든 다시 돌아와 거짓 없는 이야기를 들려 드릴 것입니다. 하지만 그처럼 용감한 심장을 가진 사람은 지극히 드뭅니다. 세속에서는 한 세기를 통틀어 한 명입니다. 당신의 경계심이 권력이 주는 즐거움에 심취하게 하지 않기 위해 이 반지를 드립니다. 그런 즐거움을 누리고자 한다면, 이 반지가 당신의 부도덕함을 일깨울 것입니다. 그렇게 되면 당신 스스로가 사회에서 최초의 살인자, 최초의 도둑, 최초의 배신자, 최초의 사회 질서 파괴자, 약자를 향해 자신의 악함을 휘두르는 가장 야만적인 적이 될 수도 있다는 것을 알게 될 것입니다. 만일 어머니가 전투에서 죽은 아들 때문에 울고 있다면, 그리고 아내가 자기 남편에 대해 그렇게 울고 있다면, 당신에게 죄가 있습니다. 왜냐하면 포로가 될 위험이 전쟁으로 인한 살인을 정당화시켜 주지 못하기 때문입니다. 만일 농지가 황폐화되고, 농부의 아이가 어머니의 젖을 제대로 빨아 보지도 못한 채 생명을 잃었다면 당신에게 죄가 있는 것입니다. 이제는 당신 자신과 당신 앞에 있는 사람들에게로 시선을 돌리십시오. 당신의 명령이 어떻게 수행되는지 시선을 돌려 보십시오. 그것을 보고 당신의 영혼이 공포에 떨지 않는다면 저는 당신을 떠날 것이고, 또한 내 기억에서 이 궁전은 영원히 지워질 것입니다."

말을 마친 순례자의 얼굴은 행복해 보였고 광채로 번쩍였다. 그녀를 보는 것만으로도 내 영혼은 기쁨에 들떴다. 그녀에게서는 허영이나 거만함을 느낄 수가 없었고 평온함을 느꼈다. 공명심에 대한 충동과 야망의 폭풍우조차 그 평온함을 건드릴 수 없었다. 내가 입은 옷은 더할 수 없이 번쩍였지만, 피에 물들고 눈물로 젖어 있는 것처럼 느껴졌다. 내 손가락에서는 인간이 지닌 지혜의 찌꺼기가 보였다. 내 주위에 있는 사람들은 더욱 비열해졌다. 그들의 내면은 탐욕의 어두운 불길로 온통 시커메졌다. 그들은 나에게 그리고 서로에게 탐욕과 질투, 욕심과 증오로 가득한 찡그러진 시선을 던지고 있었다. 정복을 위해 파견된 나의 최고 사령관은 쾌락과 사치에 빠져 있었다. 군대에 지휘 계통은 존재하지 않았다. 나의 병사들은 가축보다 못했다. 자신들의 건강은 물론 보급에도 어떠한 열의를 보여 주지 않았다. 그들의 목숨은 누구도 책임지지 않았다. 그들은 정해진 보수조차 받지 못했는데, 그 돈은 쓸데없는 허세에 쓰였다. 신병의 절반 이상이 지휘관의 무관심 또는 불필요하고 시도 때도 없는 군기 단속 때문에 죽었다. 예비군을 유지하기 위해 책정된 금액은 오락 담당관의 손아귀에서 유용되었다. 군대의 존엄을 상징하는 훈장은 용맹함이 아니라 비굴한 노예근성에 따라 수여되었다. 나는 나의 호의로 최고 훈장을 받았던, 모든 사람들이 저명하다고 말하는 사령관 한 명이 내 앞에서 있는 것을 보았다. 그의 탁월한 업적이란 것이 실은 그가 자기 직속상관의 탐욕을 채워 주는 데 유능했기 때문이라는 것을 이제 명확히 알게 되었다. 더구나 그에게는 자신의 용감함을 보여 줄 기회조차 없었다. 그는 멀리서라도 적을 본 적이 없었기 때문이다. 나는 이런 군인들로부터 새로운 월계관을 기다렸던 것이다. 나는 눈앞에 펼쳐진 수천 가지 재난으로부터 눈을 돌렸다.

먼바다로 떠나라는 명령을 받았던 나의 배들이 항 어귀의 정박지에 떠 있음을 알아차렸다. 내 명령을 수행하기 위해 바람을 타고 날아갔던 지휘관이 보드라운 침대에 사지를 파묻은 채 육욕과 안락함에 도취되어 자신이 고용한 쾌락의 자극제에 안겨 있는 것을 보았다. 그의 명령에 따라 완전히 상상으로 준비된 항해도에는 특유의 과일들로 풍성한 새로운 섬들이 세계 도처에 보였다. 드넓은 영토와 수많은 민족들이 항해자들의 붓끝에 묘사되어 있었다. 한밤의 촛불 빛 아래에서 화려하고 웅장한 어구로 이 항해와 그 전리품들에 대한 장엄한 묘사가 만들어졌던 것이다. 금장식의 표지도 이 중요한 창작물의 겉표면으로 이미 준비되어 있었다. 아, 쿡*이여! 왜 당신은 그토록 궁핍하고 힘든 삶을 보냈는가? 도대체 왜 비참하게 삶을 마감하였는가? 당신이 만일 이 배에 탔더라면, 즐겁게 여행을 시작하여 즐겁게 마무리하면서도 한곳에 앉아(나의 나라에서도) 당신이 칭송받는 것만큼이나 많은 것을 발견하지 않았겠는가. 당신은 당신의 국왕으로부터 존경을 받았으니 말이다.

내가 소경이었을 때, 나의 영혼이 가장 자랑스럽게 여긴 공적은 사형의 폐지와 죄인들을 풀어 준 것이었는데, 이는 복잡다단한 백성들의 생활에선 거의 눈에 띄지 못했다. 나의 명령은 제대로 전달되지 못하고 완전히 무시되거나 또는 왜곡된 해석과 느릿한 집행으로 원했던 바를 달성하지 못했다. 나의 자비는 사고파는 물건이 되어, 동정과 관용의 망치를 두드려 더 비싼 값을 부르는 사람에게 팔렸다. 죄수들을 사면한 후에 나의 백성들은 나를 자비롭다 생각하지 않고, 오히려 사기꾼, 위선자, 파멸의 광대라고 불렀다. 수천의 목소리가 말했다. "당신의 자비를 멈추소서. 당신께서 실제로 무언가 이루어지기를 원하지 않으신다면, 당신의 그 장엄한 말씀을 이르지 마시옵소서. 모욕을 조롱과 동일시하지 마시고, 괴로움을 괴로운 감각과 같은 것이라고 생각하지 마시옵소서. 우리는 평화롭게 잠들었습니다. 그런데 당신께서 우리의 꿈을 어지럽혔고, 우리는 깨고 싶지 않았습니다. 왜냐하면 깨어날 이유가 없기 때문입니다."

나는 도시를 건설하는 곳에서도 백성들의 피와 눈물이 맺힌 국고가 낭비되는 것만 보았다. 장엄한 건물을 세우는 곳에선 낭비는 물론이고 더러는 진정한 예술에 대한 몰이해도 더했다. 내부와 외부의 배치에는 최소한의 취향도 보이지 않았다. 그것들의 외관은 고트족이나 반달족이 융성하던 시기에나 볼 법한 것이었다. 뮤즈를 위해 마련된 거처에는 카스탈리아나 히포크레네의 영감도 전혀 유용해 보이지 않았다. 나는 주위의 일상적인 것들보다 좀 더 높이 있는 굴욕적인 예술만 겨우 볼 수 있을 뿐이었다. 건물 도면 작업을 하는 건축가들은 그것의 아름다움에 대해서가 아니라, 어떻게 하면 돈을 챙길 수 있을지를 궁리하였다. 나는 나의 허망한 욕심에 진절머리가 나서 시선을 돌려 버렸다.

무엇보다도 나의 후한 인심이 내 영혼에 가장 큰 상처를 주었다. 눈이 멀었을 때, 국가에 반드시 필요하지 않은 예산은 빈민을 구호한다든지, 헐벗은 자에게 옷을 마련해 준다든지, 굶주린 사람에게 식량을 나눠 준다든지, 혹은 불행한 사건으로 죽어 가는 사람을 돕거나, 자신의 공로와 업적에 비해 제대로 금전적 보상을 받지 못하는 사람을 돕는 일 등에 쓰는 것보다 더 잘 쓸 수는 없다고 생각했다. 그러나 수치스럽게도 나의 후한 인심은 부자들과 거짓말쟁이, 사기꾼, 간혹은 은밀한 살인자, 또 사회의 신뢰를 저버린 파괴자와 배신자, 나의 욕망을 이용하려는 자, 내 약점을 잡은 자, 자신의 몰염치함을 뽐내는 여인네들 몫이었다. 내 자비의 빈약한 원천은 드러나지 않는 가치와 겸손한 공로에는 가 닿지 않은 것이다. 눈에서 눈물이 흘러, 나의 분별없는 자비가 얼마나 가난한 생각이었는지를 가려 버렸다.

내가 나눠 준 명예가 언제나 그럴 자격이 없는 자들에게 나누어졌다는 사실을 이제 명확히 보았다. 죽도록 원했던 꿈과 명예를 찾는 일, 지금껏 경험해 보지 못한 가치는 허무한 행복의 화려함에 도취되어 아침과 함께 비루한 영혼만으로 시작되었다. 그러나 비딱한 자신의 발걸음에 이끌려 몇 발자국 만에 항상 탈진하였고, 세상의 명예란 먼지와 연기 같은 것이라는 자기 확신으로 만족되기가 쉬웠다. 나는 나의 유약함과 장관들의 교활함으로 모든 것이 왜곡되어 있음을 보았다. 그리고 나의 다정함이 내 사랑에서 자신의 헛된 욕망을 채우는 데에만 열을 올리고 단지 겉으로만 나의 즐거움을 주었으나, 그녀의 마음은 나를 혐오하였을 나의 부인을 보게 되었다. 이 모든 것을 본 나는 격노하고 말았다.

"이 자격 없는 범죄자들! 악당 놈들아! 당신들 주인의 신임을 어떻게 악용했는지 말해 보거라. 이제 당신들의 법관 앞에 서 있음을 생각해 보라. 네놈들의 악행에 무감각해져 버렸음에 전율하노라. 네놈들 짓거리를 무엇으로 정당화한단 말인가! 어떤 변명이 통하리라 생각하는가? 이 사람, 바로 이 사람을 비참한 오막살이로부터 불러들일 것이다. 자, 이리 오시오."

내 광활한 영토의 변방, 이끼 덮인 오두막에서 명상을 하며 지내던 노인에게 말했다.

"와서 나의 짐을 가벼이 해 주오. 와서 어지러운 내 마음과 낭패를 겪은 이성에 다시 평화를 돌려주시게."

이렇게 말하고 나서 나의 지위를 되돌아보았다. 내 책임의 광범위함을 깨달았고, 나의 권위와 권력이 어디에서 유래되었는지도 깨달았다. 나의 내부에서부터 전율에 떨었고, 내가 맡은 일이 두려워졌다. 피가 거세게 요동치기 시작했다. 그때 깨어났다. 정신이 완전히 돌아오지 않았지만, 손가락을 쥐어 보았다. 그러나 거기에는 가시로 만든 반지가 없었다. 아! 그 반지가 황제의 새끼손가락에라도 있었더라면!

세계의 지배자여, 내 꿈 이야기를 읽으면서도 비웃거나 이마를 찡그린다면, 내가 보았던 순례자는 당신을 멀리 떠났으며, 당신들의 화려한 궁전을 비웃고 있음을 알아야 하리라.

포드베레졔

나는 그토록 이상한 몽상을 경험한 이 영웅적인 꿈에서 간신히 깨어났다. 내 머리는 납이 된 것만 같았는데, 일주일 내내 술을 퍼마신 주정뱅이보다 더 상태가 안 좋았고 무거웠다. 나는 덜컹거리는 나무 마차(내 마차에는 스프링이 없었다)에서 계속 여행할 수 있는 상태가 아니었다. 가정용 민간요법서를 꺼내 찾아보았으나, 거기에는 꿈이나 생시에서 비롯된 헛소리로 인해 발생한 어지럼증 치료법은 없었다. 항상 여분의 약을 상비하고 다녔는데, 원숭이도 나무에서 떨어진다고 어지럼증에 아무런 주의를 하지 않았다. 그런 이유로 역참에 도착했을 때 내 머리는 나무토막보다 더 상태가 안 좋았다.

나의 행복한 기억에 따르면, 나의 보모 클레멘티예브나는 — 이름이 프라스코비야인 이유로 금요일의 성녀라고 불렸다 — 커피를 무척 좋아했는데 커피가 두통에 좋다고 말한 것이 떠올랐다. 그녀는 이렇게 말했다. "커피 다섯 잔을 마시니까 제정신이 들더군요. 커피가 없었더라면 사흘 만에 죽었을 거예요."

나는 보모의 약을 집어 들었으나, 다섯 잔을 한꺼번에 마시는 데 익숙지 않았으므로 남은 것을 나와 같은 의자에 앉아 있지만 반대편 창문가 구석에 앉아 있는 젊은이에게 권했다. "정말 감사합니다." 커피 잔을 받으며 그가 말했다. 호감형의 외모, 대범한 시선, 공손한 태도는 기다란 남성용 상의와 크바스*를 칠해 넘긴 머리와는 어울리지 않았다. 독자들이여, 내가 내린 결론에 양해를 구하노니, 나는 수도에서 나고 자란 터라 고수머리가 아니거나 화장을 하지 않은 사람은 대수롭지 않게 보아 왔기 때문이다. 만일 당신이 촌놈이라서 화장도 하지 않고 고수머리가 아니라면 내가 당신을 알아보지 못하고 지나친다 하더라도 나를 비난치 말아 주시오.

말을 계속 나누면서 이 새로운 친구와 친해지게 되었다. 그는 노브고로드의 신학교 출신으로 페테르부르크의 어느 현에 서기로 일하는 삼촌을 만나러 나선 길이었다. 그의 방문 목적은 제대로 공부할 기회를 찾는 것이었다.

그가 내게 말했다.

"우리는 문명의 도움이 얼마나 모자랍니까. 라틴어로 된 정보만 가지고는 우리의 지성과 학문에 대한 갈망을 만족시킬 수 없습니다. 베르길리우스, 호라티우스, 티투스 리비우스, 심지어 타키투스까지도 외울 만큼 잘 알고 있지만, 제가 우연히 얻은 지식과 신학생들의 지식을 비교해 보면 우리의 교육 기관은 지난 세기의 것임을 알 수 있습니다. 우리 모두 고전 작가들을 알고 있습니다만, 오늘날에도 그 작품이 어떻게 해서 명작인지, 그 영원함은 어떤 것인지를 이해하기보다는, 그 문헌들에 대한 비평적 해석이나 알고 있다는 것이 맞을 겁니다. 우리는 철학을 배우고 논리학, 형이상학, 윤리학, 신학을 익혀 왔습니다. 하지만 『미성년』의 쿠테이킨*에 따르면, 우리는 철학 공부를 마치고 다시 처음으로 되돌아갑니다. 당연하지요. 아리스토텔레스와 스콜라 철학자들이 오늘날에도 신학교를 지배하고 있으니까요. 저는 운 좋게도 노브고로드 현의 공무원과 친해져서 프랑스어와 독일어로 된 지식을 적게나마 얻을 기회가 있었고, 그 집의 책들을 이용할 수 있었습니다. 오직 라틴어만 학교에서 활용되던 시대와 오늘날의 계몽된 상황이 도대체 무슨 차이란 말입니까! 학문이 라틴어를 아는 사람들에게만 개방된 비밀이 아닐 때, 모국어로 교육될 때 배움이란 얼마나 유용하겠냔 말입니다."

그는 잠시 말을 멈추었다가 계속했다.

"하지만 우리는 도대체 왜 우리의 말, 러시아어로 학문을 가르치는 고등 교육 기관을 설립하지 않는 것일까요? 모든 이에게 교육을 한다면 더 명료했을 것입니다. 그랬다면 훨씬 더 빨리 모두에게 계몽의 열매가 돌아갔을 것이고, 한 세대 뒤에는 한 명의 고대 로마인 대신 2백 명의 계몽된 사람이 나타났을 것입니다. 적어도 모든 법정에서 법률이나 신학이 무엇인지 이해하는 사람이 한 명은 있었을 것입니다. 오, 신이시여!" 그는 소리치며 계속 말했다. "사건에 대한 판사의 공상이나 헛소리를 예로 들어 생각해 보세요! 호라티우스, 몽테스키외, 블랙스톤이 무엇이라 말했는지 말입니다."

“당신이 블랙스톤을 읽었단 말입니까?”

“러시아어 번역본으로 첫 두 권을 읽었습니다. 우리의 법관들이 교회력서(教會曆書) 대신 이 책을 지니고 다니도록 강제하고 달력보다 이 책을 더 자주 들여다보게 하는 것이 나쁜 일은 아닐 겁니다.” 그는 반복해서 이야기했다. “학문을 우리 말로 가르치는 교육기관이 없다는 게 얼마나 개탄스러운 일입니까.”

막 들어온 마부가 우리의 대화를 방해했다. 하지만 나는 신학생에게 그의 소망이 곧 이루어질 것이며, 그가 바라는 방식대로 학문을 배우는 새로운 대학 설치령이 이미 공포되었음을 말해 줄 수 있었다.

“이제 갈 시간입니다요, 나리…… 어서…….”

마부에게 역마차 값을 지불하는 동안 신학생은 밖으로 나갔다. 그는 나가면서 두껍지 않은 종이 뭉치를 떨어뜨렸는데, 나는 그것을 주웠지만 돌려주지는 않았다. 친애하는 독자들이여, 날 비난하지는 마시오. 만약 그런다면 내가 도둑질했다고 말할 수밖에 없소이다. 만일 당신들이 그것을 읽어 본다면, 내가 도둑질을 했다고 공공연하게 말할 수는 없을 것이오. 왜냐하면 훔친 자만이 도둑이 아니라 그것을 취한 자 역시 도둑이라고 러시아 법에는 쓰여 있기 때문이오. 내 손이 깨끗지 못하다는 것은 인정하오. 그럴 만한 것이 눈에 띄면 즉시 손을 댄단 말이오. 그러니 당신들은 정신을 놓지 마시오. 자, 이제 신학생이 무슨 말을 하는지 읽어 보시오.

“세계를 법륜(法輪)에 비유했던 자는 위대한 진리를 말했던 것으로, 아마도 지구와 천체의 다른 거대한 형상들의 둥근 모습을 보고 그렇게 말했거나, 그가 본 대로 말했던 것이다. 자연 과학의 세계에 들어서면 영혼 혹은 도덕적 존재와 육체적이고 물리적인 존재의 끊을 수 없는 비밀스러운 결합을 알게 될 것이고, 도덕적 혹은 영혼의 세상의 모든 변화, 변형 및 전환의 원인은 아마도 우리가 살고 있는 곳과, 마찬가지로 다른 천체들이 둥글며 회전하듯이, 태양계에 속해 있는 다른 천체의 둥근 모습 때문임을 알게 될 것이다. 이것은 마르티니스트(Martinist)와 유사하며, 스베덴보리의 가르침과 유사하다……. 하지만 그렇지 않다네, 친구들이여! 나는 단지 살기 위해 먹고 마시는 것이 아니라 적당한 쾌락을 위해 그러는 것이라오. 내 영혼의 아버지에게처럼 당신에게서 안식을 찾노니, 나는 히브리어나 아랍어 혹은 암호나 이집트 상형 문자에 파묻혀 영혼과 육체를 분리시키면서까지 고대와 현대의 영혼의 기사가 되어 무의미한 탁상공론만 늘어놓느니, 어여쁜 처녀와 밤을 지새우고 그녀의 품 안에서 기쁨에 넘치는 달콤한 쾌락을 맛보며 잠들고 싶다네. 내가 죽더라도 알 수 없을 만큼 충분한 시간이 있기에 내 영혼은 마음껏 방랑할 것이라네.

뒤돌아보면, 미신과 그 부역자들이 어깨를 마주한 듯 가까운 시간이었음을 알게 되리라. 무지와 노예 제도, 마녀재판 등등. 목이 쉬도록 볼테르가 미신을 비판한 것이 얼마나 지났는가. 프리드리히*가 말과 행동으로써만이 아니라 자신의 통치력으로 더욱 매섭게 타협하지 않고 미신을 적으로 만든 지 얼마나 오래되었단 말이냐! 그러나 이 세계는 모든 것이 이전 단계로 돌아가고 있다. 왜냐하면 자신의 시작은 파괴 속에서 이루어졌기 때문이지. 생장하는 동물은 자신과 닮은 종(種)을 생산하기 위해 나서 자란다. 그리고 죽어서 자신의 자리를 그들에게 양보한다. 떠돌아다니던 민중은 도시에 모여들어 왕국을 건설하고 용맹함을 과시하며 위용을 떨치다가 약화되어 소멸되거나 멸망한다. 그들이 있었던 흔적도 찾을 수 없게 되고 그들의 이름조차 사라져 버린다. 기독교 사회는 처음엔 온순하고 평화로웠으며 황야와 동굴 속에서 숨어 지냈다. 그 후 세력을 키우고 수장을 옹립했다가, 자신의 길을 잃어버린 다음에는 미신에 빠져 버렸다. 보통의 민중에게 기독교 사회는 광란의 길로 가 버렸다. 지도자를 세우고 자신의 권력을 넓혔으며, 교황이 가장 강력한 차르가 되었기 때문이다. 루터가 개혁에 착수하여 분열을 일으키고 그 권위를 몰수하여 많은 추종자를 거느리게 되었다. 교황의 권력에 대한 경고가 붕괴되어 미신 또한 사라져 버렸다. 진리는 애호가를 찾았고, 편견이라는 거대한 요새를 파괴했다. 그러나 이 길은 오래가지 않았다. 사상의 자유는 방종으로 전락했다. 계획했던 모든 일에 신성한 것이라고는 없어져 버렸다. 극단에 치달을 경우 자유사상은 다시 돌아온다. 사유 양식에서의 이러한 변화는 우리 세대 앞에 당도해 있다. 우리는 여전히 한계가 없는 자유사상의 중간쯤에라도 도달해 본 적이 없지만, 이미 많은 사람들이 미신에 빠져들기 시작했다. 최근의 신비주의 저작들을 펼쳐 보면, 인간의 이성이 무엇에 대해 의견을 나누는지는 고려하지 않고 토론 그 자체에만 관심을 보이는 스콜라 철학 시대의 설전에서나 있을 법한 잘난 척만 늘어놓은 것을 알 수 있을 것이다. 그 당시는 진리를 연구하는 사람들이 바늘 끝에 얼마나 많은 영혼이 앉아 있을 수 있는가에 대한 문제를 해결하는 것이 지혜의 목적이던 시대였다. 만일 우리의 후손들이 길을 잃어버리고, 또 자연의 법칙에 대한 탐구를 내버려 두고 공상이나 뒤쫓게 된다면, 이전에 행위로부터 인간의 이성이 어떻게 전진해 왔는지를 보여 주는 작가들의 책은 매우 값지게 될 것이다. 그때 인간의 이성은 편견의 안개를 흩어 버리고, 고상한 진리를 추구하기 시작했으나, 말하자면 불철주야의 연구에 지친 나머지 또다시 자신의 힘을 타락시키기 시작했고, 미신과 편견의 안개 속에 내려앉아 권태를 느끼기 시작했다. 작가들의 이 저작들은 절대 무용할 리 없다. 왜냐하면 진리와 망상에 대해 우리들이 어떻게 사고하는지 그 과정을 밝혀내면, 단 몇 명이라도 파멸의 길에서 벗어나게 할 수 있고, 무지가 활개 치는 것을 제어할 수 있기 때문이다. 단 한 명이라도 자신의 글로 계몽시킬 수 있는 작가들이라면 복 받을 것이다. 만일 한 사람의 마음에라도 덕을 심어 줄 작가가 있다면 그 또한 복될 것이다.

우리는 운이 좋을 수도 있다. 이성적 피조물이 극단적으로 모욕받는 장면을 보지 않을 수도 있으니까. 우리의 가까운 후손들은 우리보다 더 운이 좋을 수도 있을 것이다. 하지만 혐오의 진창에서 죽은 이들이 내뿜는 증기는 이미 부풀어 올라 주위의 시계(視界)를 완전히 사로잡도록 예정되어 있다. 새로운 마호메트를 보지 않는 것이 다행일 것이다. 망상의 시간은 점차 멀어진다. 사색 안에서, 그리고 사물에 대한 도덕적이고 정신적인 판단 안에서 성숙이 시작되고, 진리와 매혹을 대함에 있어 진취적이고 강인한 사람이 나타나면, 그때서야 왕조의 교체가 일어나고, 그때서야 신앙의 교체가 뒤따른다는 사실을 마음에 새겨 두어야 할 것이다.

인간의 이성이 망상의 어둠으로 딛고 내려가는 사다리 위에서, 우리가 무엇이든 우스꽝스러운 것을 보여 줄 수 있다면, 그리고 미소로써 선을 행할 수 있다면 우리는 행복하다고 말할 수 있지 않을까.

사색에서 사색으로 옮겨 갈 때, 아, 내가 사랑하는 사람들이여, 다음 단계의 연구로 들어가고자 할 때에는 스스로를 잘 살펴보아야 할 것이다.

아키바가 이르기를, "랍비 여호수아의 가르침에 따라 은둔처에 들어갔을 때, 나는 세 가지를 배웠다. 처음 깨달은 것은 동쪽이나 서쪽이 아닌 북쪽과 남쪽으로 향해야 한다는 것, 두 번째로 깨달은 것은 서 있는 자세가 아니라 앉아서 대변을 보아야 한다는 것, 세 번째로 깨달은 것은 오른손이 아닌 왼손으로 뒤를 닦아야 한다는 것이다. 벤 하자스가 이에 반대하고 나섰다. '망신을 당할 때까지 당신은 스승, 그것도 배변 활동을 하고 있는 스승을 바라볼 만큼 비위가 좋단 말입니까.' 그가 대답했다. '이것이 법의 비밀이니라. 그렇게 할 필요가 있었고, 나는 피조물들을 창조하며 그 비밀을 알게 되리라.'"

벨(Bayle)의 사전, 아키바 항목을 보라.*

노브고로드

자랑스러워하라, 도시의 허망한 건설자들이여, 자랑스러워하라, 국가의 건설자들이여. 당신들 이름의 영광이 영원하길 꿈꾸어라. 구름에 닿을 때까지 돌을 쌓고 쌓아라. 당신들의 공적을 서명과 함께 새겨 넣고, 당신들의 위대한 일들도 새겨 넣거라. 반드시 필요한 법으로 통치의 굳건한 기초를 다져 놓아 보거라. 시간이 그 뾰족한 이빨을 드러내 보이며 당신들의 그 으스댐을 비웃을 것이다. 솔론과 리쿠르고스의 공정한 법은 어디에 있으며, 아테네와 스파르타가 증명했던 자유는 또 어디에 있는 것인가? 책 속에 있다. 그들이 있었던 곳에 지금은 전제의 몽둥이에 내몰린 노예들이 지나다닐 뿐이다. 화려했던 트로이는 어디에 있고, 카르타고는 어디에 있는가? 도시가 위풍당당하게 서 있었던 그 장소는 이제 보이지 않는다. 영원한 희생이 고대 이집트의 신전들 안에서 유일한 존재를 위해 스스로 연기가 되어 은밀히 타고 있는 것인가? 그 위대한 도시들의 잔재는 한낮의 폭염이 한창일 때 울고 있는 가축들에게 피난처가 될 뿐이다. 전지전능한 아버지께 감사드리는 기쁨의 눈물이 아니라 가축들의 역한 배설물들만 흐른다. 아, 자랑스럽도다. 오, 인간의 오만함이여! 이것을 보면서 인간이 얼마나 비열한지 깨달을지어다!

나는 이런 생각을 하는 가운데 노브고로드에 도착했고, 그 주위에 있는 수많은 수도원을 보았다.

이 모든 수도원들이, 심지어 도시에서 15베르스타나 떨어진 수도원들도 수만 명 이상의 병사가 이 성벽에서 나올 정도였다고 전해진다. 연대기에 따르면, 노브고로드는 민중 통치 기구를 가지고 있었다. 공후들이 있었다고는 하지만 그들은 권력이 적었다. 모든 통치권은 포사드니키*들과 티샤츠키*들에게 있었다. 베체*에 모여 있던 민중들이 진정한 군주였다. 노브고로드의 영토는 북쪽으로는 볼가 강 너머까지 달했다. 이 자유국은 한자 동맹의 일원이었다. "누가 신과 대(大)노브고로드에 저항할 수 있는가"라는 오래된 속담은 노브고로드의 권위를 보여 주는 증거일 것이다. 무역은 이 도시가 번성한 이유였다. 그러나 내부의 알력 다툼과 탐욕스러운 이웃은 이 나라를 몰락시켰다.

볼호프 강의 유유한 흐름을 즐기기 위해 나는 다리 위에 선 마차에서 내렸다. 차르 이반 바실리예비치가 노브고로드를 정복할 때 취했던 행동들이 내 기억 속에 되살아났다.* 이 공화국의 항쟁에 자존심 상한 이 오만하고 짐승 같은, 하지만 영리했던 군주는 이 도시를 근본까지 파괴하려 했다. 누군가가 말한 대로, 그가 격분하여 노브고로드의 원로들과 장군들을 희생물로 만든 다음 곤

봉을 들고 이 다리 위에 서 있는 모습이 눈에 선하다. 하지만 그가 무슨 권리로 그들을 상대로 미쳐 날뛰었단 말인가? 무슨 권리로 노브고로드를 복속시켰는가? 혹 러시아 최초의 대공들이 이 도시에 살았기 때문에? 아니면 그가 전(全) 루시 최초의 차르였기 때문에? 혹은 노브고로드인들이 슬라브족이라서? 무력으로 실력을 행사했을 때 그 권리는 어디에서 기인한 것이란 말인가? 어떤 결단이 사람들의 핏속에 각인된다면 그 권리가 정말 존재하기는 하는 것인가? 민중들의 권리에 대해서는 수없이 쓰여 왔고, 드물지 않게 인용되고 있다. 하지만 입법자들은 민중들 사이에서 그런 판결이 가능한 것인지에 대해서는 생각지 않았다. 그들 사이에서 적대감이 분출되거나, 증오 혹은 이기심이 서로를 향할 때, 그들의 판결은 칼이었다. 죽거나 무장이 해제된 사람에게 죄가 돌아갔고, 이 결정에는 군말 없이 복종하며 그에 대한 반항은 존재하지 않는다. 이것이 바로 노브고로드가 차르 이반 바실리예비치에게 복속된 이유이다. 또한 바로 이것이 노브고로드를 파괴하고 연기를 내뿜는 폐허를 자신의 것으로 만든 이유이다. 안전과 보전을 위한 열망과 필요에 의해 왕국이 만들어지지만, 불화와 간계와 무력 때문에 왕국은 파괴된다.

대체 국가의 권리란 무엇인가? 법학자들에 따르면, 국가가 다른 국가와 맺는 관계는 자연 상태에서 인간이 인간과 맺는 관계와 동일하다. 그렇다면 질문: 자연 상태에 있는 인간은 어떤 권리를 가지는가? 답: 그를 보라. 그는 파렴치하고 게걸스러우며 탐욕스럽다. 자신의 욕망을 충족시키기 위해서라면 취할 수 있는 모든 것을 빼앗는다. 만일 무엇인가가 자신이 원하는 것을 가로막는다면, 그는 그것을 없애고 파괴하여 자신이 원하는 것을 결국 얻어 낸다.

또 질문: 만일 자신의 욕구를 충족시키는 중에 자신과 같은 사람을 발견한다면, 가령 배고픔을 느끼는 두 사람이 빵 조각 하나를 사이에 두고 있다면, 둘 중 누가 이것을 차지할 권리가 더 큰가?

답: 빵 조각을 가지는 사람이.

질문: 누가 빵 조각을 가져 가는가?

답: 힘이 더 센 자.

이것이 정녕 자연적인 권리이고, 국가의 권리란 말인가? 모든 시대에 일어났던 예들을 보면, 힘이 없는 권리란 실제로 공허한 말이었음을 증명하고 있다.

질문: 시민권이란 무엇인가?

답: 역참으로 가는 사람은 쓸데없는 일에 신경 쓰지 말고, 어떻게 하면 말을 더 빨리 몰 수 있나 생각해야 한다.

『노브고로드 연대기』 일부

야로슬라브 야로슬라비치 대공과 함께 노브고로드 사람들은 전쟁을 치렀고, 서면으로 평화 조약을 체결함.

노브고로드인들은 자신의 자유를 수호하기 위해 서류를 만들었고, 58개의 도장을 받아 그것을 확인함.

노브고로드인들은 타타르인들이 들여와 유통시켰던 각인 주화의 유통을 금지함.

노브고로드는 1420년 자신의 주화를 만들어 내기 시작함.

노브고로드가 한자 동맹의 일원이 됨.

노브고로드에 공동의 일을 논의하기 위해 베체에 사람들을 불러 모으기 위한 종이 만들어짐.

차르 이반이 노브고로드인들에게 서류들과 종을 빼앗음.

그리고 1500년. 1600년. 1700년. ××××년 ××××년. 노브고로드는 예전 자리에 있음.

하지만 모두가 과거를 생각해서도 안 되고, 내일을 생각해서도 안 된다. 만일 끊임없이 하늘만 쳐다보면서 발밑에는 무엇이 있는지 살피지 않는다면, 넘어져서 진창에 빠질 것이다……. 이런 생각을 했다. 과거에 얼마나 대단했다고 한들, 노브고로드에서 예전처럼 살 수는 없다. 앞날은 신만이 주실 뿐이지. 이제 저녁 먹을 시간이다. 카르프 데멘티치에게로 갔다.

"어이, 어이, 어이, 어서 오시게! 어찌 여기 왔는가!" 친구 카르프 데멘티치가 말했다. 그는 제3길드의 상인이었고, 지금은 명예시민*이다. 속담처럼, 운 좋게 식사 시간에 도착했고, 자비가 있었기에 자리를 잡았다

"이 잔칫상은 뭔가?"

"내 은인이여, 어제 아들놈을 장가보냈다네."

은인이라니, 별 이유도 없이 그는 나를 그렇게 높여 불렀다고 생각했다. 나는 다른 사람들처럼 그가 명예시민으로 등록되는 데 조금 힘을 써 주었을 뿐이다. 나의 조부는 1737년 내가 알지 못하

는 누군가에게 1천 루블짜리 어음을 끊어 주었다. 카르프 데멘티치는 1780년에 어디선가 그 어음을 샀는데, 어음 인수 거절 증명서가 붙어 있었다. 그는 유능한 대리인을 데리고 내 앞에 나타났다. 그때 내가 은혜를 베풀어 저당 잡힌 원금은 모두 나에게 갚더라도, 이자는 50년간 갚도록 했던 것이다. 카르프 데멘티치는 염치 있는 사람이었다.

"며느리야, 뜻밖에 나타난 반가운 손님에게 보드카를 내오거라."

"나는 보드카를 마시지 않는다네."

"맛이라도 보게. 젊은이들의 건강을 위해……."

그리고 우리는 식사를 하기 시작했다.

내 옆에는 주인의 아들이 앉았고, 다른 쪽에는 카르프 데멘티치가 젊은 며느리를 앉혔다.

……독자여, 잠시 이야기를 멈추자. 연필과 종이 몇 장을 준다면, 기꺼이 독자들에게 이 명예로운 가족의 모든 것을 묘사해 보이겠다. 지금 알류산 열도에서 비버를 잡고 있다 할지라도 독자들이 마치 결혼 잔치에 참석해 있다고 느낄 만큼 해 주겠네. 정확한 초상이야 그릴 수 있겠는가만은 그 실루엣이라면 만족할 만하지. 라바테르와 그를 따르는 사람들이 누가 어리석고 누가 현명한지 구별하는 법을 가르쳐 주었기 때문이지.*

카르프 데멘티치는 아랫입술로부터 8베르쇼크*나 되는 회색 턱수염을 기르고 있었다. 코는 재갈을 물린 듯했고, 눈은 움푹 들어갔으며, 눈썹은 새까맣다. 악수를 하고 턱수염을 쓰다듬으며 모든 이를 '나의 은인'이라고 높여 부른다.

그가 사랑하는 배우자인 아크시니야 파르펜티예브나. 예순에도 눈처럼 희고 양귀비꽃처럼 붉으며, 입술은 항상 동그랗게 오므리고 있다. 라인 지방의 포도주는 마시지 못하지만, 손님이 왔을 때는 식전에 반 잔 정도 마시고, 창고에 있는 보드카 한 잔 정도는 마실 수 있다. 남편의 집사가 그것을 기록하여 주인에게 보여 준다. 아크시니야 파르펜티예브나의 명령에 따라 르제프스키산 분 3푸드*와 연지 30푼드* 1년 치를 사 놓는다. 남편의 집사는 아크시니야의 몸종이기도 하다.

알렉세이 카르포비치는 식탁 옆자리에 있다. 콧수염도 없고 턱수염도 없으며, 코는 이미 진홍색이고 눈썹은 깜작거린다. 둥글게 깎은 머리에 거위처럼 인사를 하고 머리를 흔들면서 머리카락을 쓸어 넘긴다. 페테르부르크에서는 점원으로 있었다. 1아르신*을 잴 때마다 1베르쇼크씩 모자라게 잰다. 아버지가 그를 자기 자신처럼 사랑하는 이유는 그가 열다섯 살이 되었을 때 어머니의 따귀를 때렸기 때문이다.

프라스코비야 데니소브나는 이제 막 결혼한 그의 신부로 희고 붉었다. 이는 마치 석탄과 같았다.* 눈썹은 실처럼 가늘었고 숯보다 검었다. 사람들이 많은 곳에서는 아래만 쳐다보았으나, 하루 종일 창가에 앉아 나가지는 않고 모든 남자들을 주시했다. 저녁 무렵이면 울타리 문에 서 있곤 했다. 한쪽 눈은 얻어맞았는데, 첫날밤 그녀의 사랑스러운 남편으로부터 받은 선물이다. 이것이 궁금한 사람은 왜 그런지 금방 알게 될 것이다.

사랑하는 독자여, 그대들은 이미 하품을 해 대고 있구나. 실루

엣은 그만하면 충분하구나. 하기야 코 자리에 코가 있고, 입술 자리에 입술이 있다는 것 말고 무엇을 더 이야기할 수 있겠는가. 나는 심지어 이 실루엣에서 자네들이 분과 연지를 어떻게 구분하는지도 모른다고 생각하니까.

"카르프 데멘티치, 요즘은 무엇으로 장사하나? 페테르부르크에 다니지도 않고, 아마(亞麻)도 이제 가져오질 않고, 또 설탕, 커피, 물감도 사들이질 않으니 말이야. 그래도 자넨 손해 보는 장사는 하지 않았잖아."

"그것 때문에 망할 뻔했는데 겨우 신이 구해 주셨지. 어느 한 해에는 제법 괜찮은 수익을 올려서 아내에게 이곳에 집을 지어 주기도 했네. 그런데 다음 해에 아마를 수확하지 못해서 예약된 만큼 대주지 못했어. 그것 때문에 장사를 그만두었다네."

"내가 기억하기론, 카르프 데멘티치, 미리 밀린 3천 루블로 아마 천 푸드를 채권자들에게 나눠 가지라고 하지 않았던가?"

"아이고, 그런데 더 이상 어떻게 할 수가 없었다니까. 내 양심을 믿게."

"하긴 물 건너 상품들도 그해엔 흉작이었지. 자네는 2천 정도를 미리 받았고……. 그래, 기억나네. 그것 때문에 두통이 왔었지."

"내 은인이여, 정말로 내 머리는 너무 아팠지. 하마터면 깨질 뻔했다니까. 그런데 채권자들도 나한테 어떻게 불평할 수 있겠나? 내 전 재산을 주었으니 말일세."

"루블당 3코페이카씩 쳐주었나?"

"천만에, 15코페이카씩이었다네."

“안사람 집은?”

“그것까지 건드릴 순 없잖나. 내 것도 아닌데.”

“그럼 뭘로 장사를 하나?”

“전혀, 전혀 하지 않는다네. 내가 파산한 이후로는 내 아들이 하지. 이번 여름엔 운 좋게 2만 루블어치 아마를 수확했더군.”

“내년에는 5만을 계약하는 게 당연할 터이고, 그중에 우선 절반은 젊은 아내에게 집을 지어 주는 데 쓰겠지…….”

알렉세이 카르포비치가 웃음을 지어 보였다.

“내 은인이여, 자네는 노련한 재담꾼일세그려. 실없는 소린 이제 충분히 했으니, 하던 일이나 마저 하자고.”

“알잖나, 나는 술을 안 마신다네.”

“맛이라도 보라니깐.”

그렇게 맛만 보다가 결국은 뺨이 확 달아오르는 것을 느꼈다. 식사가 끝날 때쯤이면 다른 사람처럼 잔뜩 취할 것만 같았다. 하지만 항상 똑똑할 수도 없는 것처럼, 다행히 식탁에서 세월아 네월아 하며 앉아 있을 수도 없었다. 내가 가끔 바보짓거리를 하고 헛소리를 해 대는 바로 그 이유 때문에 피로연에서 멀쩡한 정신으로 버틸 수 있었다.

친구 카르프 데멘티치의 집을 나선 후에 사색에 빠져들었다. 도처에서 도입된 어음법은 상업의 의무에 따라 엄격하고 즉각적인 징계를 뜻하는 것으로, 나는 이것을 지금까지 신용을 보호하는 법이라고 생각해 왔다. 다시 말해, 고대 국가에서는 전혀 존재하지 않았던 상업에서의 재빠른 유통을 도모하기 위해 새로운 시대에 나타난 유익한 발명품으로 여겨 왔던 것이다. 하지만 약속 어음을 발행하는 사람이 정직하지 못하다면, 그것은 쓸데없는 종잇조각이 되어 버리고 마는가? 어음에 대해 엄격한 징계가 이루어지지 않는다면, 정말 상업은 없어지는 것일까? 채권자는 누구를 신용해야 하는지 정말 몰라도 된단 말인가? 법률은 채권자와 채무자 중 누구에게 더 관심을 가져야만 하는가? 인간의 눈에는 누가 더 존경을 받아야 하는 사람인가? 누구를 믿어야 할지 모른 채 자신의 돈을 날린 채권자와 수감되어 있는 채무자 중에서 말이다. 한쪽은 경솔하게 남을 믿은 것이고, 다른 쪽은 거의 도둑이다. 누군가는 엄격한 법 집행을 전제로 해서 사람을 믿었지만, 이 경우는 어떤가? 어음과 관련된 처벌이 엄격하지 않다면? 경솔하게 사람을 믿는 일도 없을 테고, 그러면 아마 어음 거래에서 사기 행위도 없어진다고 할 수 있을까.

나는 구제도는 악마에게로 사라져 버렸다고 한 번 더 생각했다. 그리고 텅 빈 머리로 잠자리에 들었다.

브론니치

마차에 다른 말을 매는 동안 나는 브론니치 근처에 있는 높은 언덕에 가 보고 싶었다. 그곳에는 짐작건대 슬라브족이 도래하기 전 고래로부터 북방의 지배자들이 칭송해 마지않을 만큼 신통한 예언을 한다는 사원이 있던 곳이다. 바로 그곳에 오늘날의 브론니치라는 마을이 있으며, 북방의 고대사에서 이름을 떨친 홀모그라드라는 도시가 있었다고 전해진다. 고대 슬라브의 사원이 서 있던 바로 그곳에 지금은 작은 교회가 서 있다.

언덕을 올라가면서 내가 과거로 돌아가 그 마을로 들어가는 사람이라 상상했는데, 그 신성함으로부터 미래를 알게 될 것이고 나의 우유부단함에서 평온을 발견하고 있었다. 신에 대한 공포가 나의 온몸을 휘감았고, 나의 가슴은 빠르게 뛰기 시작했다. 나의 시선이 어두워지고 눈 속에 비친 빛도 가물거렸다. 그리고 흡사 천둥 같은 소리가 들렸다.

"어리석도다! 그대는 어째서 인간들로부터 숨겨, 뚫을 수 없는 덮개로 막아 놓은 비밀을 알려고 하는가? 건방진 이여, 어째서 시원을 알 수 없는 유일한 사상만 도달할 수 있는 것을 탐욕스레 알려고 하느냐? 미래를 알지 못한다는 사실이 자네가 처한 상황이 덧없다는 사실과 어울린다는 것을 알아야 하리라. 이미 알고 있는 행복은 오랜 기다림에서 오는 달콤함을 잃어버린다. 무기력과 조우하게 되면, 현재의 즐거움에서 비롯된 매혹은 뜻밖에 얻게 되는 쾌락이 주는 기분 좋은 떨림을 더 이상 만들어 내지 못하게 됨을 알아야 하리라. 미리 알게 된 파멸 역시 영원한 안식을 앗아 가며 그 파국을 알지 못했을 때 누리게 될지 모를 위안을 해친다는 것도 알아야 하리라. 어리석은 아들아, 무엇을 찾고 있느냐? 나의 지혜는 네 지성과 가슴속에 필요한 모든 것을 심어 놓았다. 슬픈 날에는 거기에 물어보거라. 그리하면 위안을 얻을 것이니라. 기쁜 날에도 거기에 물어보면, 네 뻔뻔한 행복에 재갈을 물릴 수 있을 것이다. 집으로, 네 가족들에게로 돌아가거라. 그리하여 혼란스러운 생각에 평온을 찾고 자신의 내면으로 들어가거라. 그곳에서 나의 신성함을 발견하고 나의 예언을 들을지어다." 페룬*의 권능에서 울려 퍼지는 강한 타격의 천둥소리가 멀리 계곡에서 들려왔다.

정신이 번쩍 들었다. 언덕 정상에 올라 교회를 보고 하늘을 향해 팔을 들어 올려 소리쳤다.

"오, 주여! 이것은 당신의 사원이요, 사람들이 말하길, 유일하고 진정한 신의 사원입니다. 오늘날 당신의 거처가 되어 버린 이곳에는 이교의 사원이 있었다고 합니다. 하지만 전지전능하신 이여, 저는 인간들이 당신이 아닌 다른 존재에게 진심의 기도를 드렸다고 믿지 않습니다. 당신의 전능한 오른팔은 눈에 띄지 않게 온 사방에 뻗어 나가 당신의 전능한 의지를 부정하는 자까지도 자연의 조물주와 경영자가 누구인지 고백하게 만들어 버립니다. 만일 방황하는 인간이 당신을 이상하고 천한 짐승 같은 이름으로 부르며 부정한다고 해도, 그는 곧 끝을 알 수 없는 당신을 경배할 것이며, 당신의 전능 앞에서 전율할 것입니다. 여호와, 주피터, 브라만, 아브라함과 모세의 신, 공자의 신, 조로아스터의 신, 소크라테스의 신, 마르쿠스 아우렐리우스의 신, 기독교의 신, 아, 신이시여! 당신은 유일하며 어디에나 계십니다. 방황하는 사람들은 유일한 당신을 숭배하지 않는 것처럼 보이지만, 그들은 당신의 비할 데 없는 힘과 행위를 경배했던 것입니다. 당신의 전능함은 도처에 있으며 모든 것에서 느낄 수 있습니다. 또한 모든 곳에서 경배됩니다. 당신을 부정하고 불변하는 자연의 원리를 인정하는 무신론자도 결국 우리의 찬송가보다 더욱더 당신을 찬양하는 것입니다. 왜냐하면 당신이 창조하신 것의 그 아름다움의 깊이에 한번 빠지면, 그는 전율할 수밖에 없기 때문입니다. 인자하신 아버지시여, 당신은 진실한 가슴과 순결한 영혼을 찾고 있습니다. 그들은 당신이 가시는 어디에나 있습니다. 주여, 내려오셔서 그들의 왕이 되소서!"

그리고 나는 한동안 나를 둘러싼 것들에서 해방되어 나의 내면 깊이 내려간 상태에 있었다. 눈을 들어, 근처에 있는 마을을 바라보았다. 그리고 말했다.

"폐허가 돼 버린 오두막들은 원래 당당하고 위대한 도시가 성벽을 세웠던 곳에 있었다. 하지만 그것의 조그마한 흔적도 남아 있지 않구나. 이성은 이 이야기조차 믿으려 하는 데 방해가 될 뿐이다. 이성은 놀랍고도 확실한 논거를 줄기차게 요구하기 때문이다. 우리가 보고 있는 것은 모두 사라질 것이다. 모든 것이 파괴되어 한 줌의 재가 되리라. 그러나 어떤 신비한 목소리가 내게 무엇인가는 영원히 살게 될 것이라 말하고 있다.

> 시간이 흘러 모든 별은 으스러질 것이고,
> 태양 빛도 사그라들 것이다. 자연도 늙고
> 노쇠하여 고개를 숙이리라.
> 하지만 그대는 영원한 젊음 속에서 꽃이 필 것이니,
> 자연의 흉포한 힘이 휘몰아치는 중에서도,
> 모든 사물과 세상이 무너진 폐허 속에서도,
> 끄떡없이.[2]

2 『카토의 죽음』, 에디슨의 비극, 5막 1장.

자이초보

자이초보 역참에서 나는 오랜 친구인 크레스티얀킨을 만났다. 그와는 어릴 적부터 알고 있었지만 같은 도시에서 산 적은 드물었다. 우리의 대화는 자주 있는 일은 아니었지만 솔직했었다. 크레스티얀킨은 군에 오래 복무했음에도, 군대의 잔인함에 진절머리를 느껴 문관으로 전직하였다. 특히 거대한 폭력이 전쟁의 권리라는 이름으로 미화되는 잔인성에 진절머리를 느꼈다. 하지만 불행하게도 문관 생활에서도 군 생활에서 피하고자 했던 것으로부터 달아날 수 없었다. 그는 매우 감상적인 영혼의 소유자였으며 또한 인류애를 지니고 있었다. 그리고 매우 뛰어난 자질 덕에 형사 법정의 장(長)을 맡을 수 있었다. 처음부터 그가 이 자리를 받아들이려 한 것은 아니었다. 하지만 얼마간의 고심 끝에 내게 이렇게 말했다.

"이보게, 친구. 내 영혼의 달콤한 취향을 만족시키기에는 얼마나 광활한 세상이 펼쳐져 있단 말인가! 소심한 사람에겐 혹독한 연습이라네! 무고한 죄인의 어깨를 짓누르는 잔혹한 왕홀의 무게를 줄여야 하네. 감옥을 열고 실수투성이인 겁쟁이와 조심성 없는 미숙한 자들이 다시는 감옥을 못 보게 해야 하네. 우연이라도 다시는 위법한 일에 말려들게 하지 말아야 하겠지. 아, 친구여! 직무를 수행함으로써 나는 자식 때문에 부모의 눈물을 짜내게 하고 배우자가 한숨을 짓게 만들겠지. 하지만 그 눈물은 축복받을 회개의 눈물이 될 것이네. 피해자와 선량한 사람들의 눈물은 마르게 되겠지. 이런 생각은 나를 흥분시킨다네. 자, 어서 출발을 서두르세. 아마 그곳에서는 내가 빨리 왔으면 할 걸세. 나의 출발이 늦어져서 청원이나 허가를 받은 수감자와 기소자를 풀어 주지 못한다면 그게 바로 나를 살인자로 만드는 것일세."

이런 생각을 하며 친구는 자신의 발령지로 떠났다. 하지만 그가 관직을 그만두고 은퇴해서 살려 한다는 사실을 알고 나는 매우 놀랐다. 크레스티얀킨은 나에게 이렇게 말했다.

"직무를 수행하면서 나는 이성적인 만족과 풍성한 결실을 찾으려 했었다네. 하지만 그 반대로 쓴맛과 가시밭길만을 보았어. 지금은 그 일에 진절머리가 나서 선의로 일할 힘이 없어졌고, 탐욕스러운 짐승 같은 놈에게 그 자리를 넘겨주었다네. 짧은 시간 동안 그는 미제 사건들을 재빨리 처리해 버림으로써 칭송을 받았지. 그리고 나는 굼벵이가 되어 버렸고. 그들은 나를 종종 뇌물도 받는 사람이라고 생각했던 모양이야. 왜냐하면 나는 자신의 의지와는 관계없이 범죄에 빠져 버린 불행한 사람들의 운명을 서둘러 질곡으로 몰아넣지 않았기 때문이지. 내가 문관으로 오기 전에 나는 인간적인 지휘관이라는 아첨 섞인 별명을 가지고 있었다네. 한데 내가 그토록 자랑스러워하던 바로 그 자질이 지금은 심약하고 막돼먹은 방종으로 여기더군. 나는 내 판결이 말끔하다는 이유로 웃음거리가 되는 것을 목도했네. 그리고 그 판결들이 아무런 효력을 갖지 못한 채 방치되는 것도 보았다네. 진짜 악당들과 사회에 해악이 되는 구성원들을 석방시키기 위해, 혹은 조작된 범죄에 재산과 명예, 삶의 박탈이라는 형벌을 내리기 위해 애쓰는 나의 상관을 경멸적으로 바라보았어. 그는 악당들을 법에 관계없이 석방하거나 죄 없는 자를 기소하는 데 나를 끌어들이려고 나의 동료들을 이용하였네. 게다가 종종 내가 최선을 다한 판결이 공기 중에 연기처럼 사라져 버리는 것을 목격했다네. 내 동료들은 추악한 순종에 대한 보상으로 명예를 얻었네. 그들에게 그것은 번쩍일 만큼 매력적일지는 몰라도, 내가 보기엔 빛바랜 명예에 불과했다네. 죄인의 무죄에 대한 확신이 없어서 마음이 약해지는 복잡한 사건인 경우에 나의 우유부단함을 해소할 근거를 찾기 위해 법에 의지했어. 하지만 법 속에는 자비가 아니라 잔인함이 있었다네. 그 이유는 법 자체가 아니라 법의 시대착오적인 성격에 있었어. 죄와 벌이 서로 어울리지 않는다는 사실이 나를 눈물짓게 했어. 나는 법이란 행위를 판단하는 것이지, 그렇게 된 원인에는 관심이 없다는 것을 알았네(그렇지 않을 수도 있을까?). 그리고 그런 행동과 관련된 최근의 어떤 일 때문에 나는 은퇴했어. 왜냐하면 어쩔 수 없는 운명의 손에 이끌려 범죄에 말려들게 된 죄인들을 구할 수 없다면, 그들을 처형하는 데 동참하고 싶지 않기 때문이라네. 나의 결백한 손으로 그들의 운명을 되돌려 줄 수 없었기 때문에, 이 잔인한 일들로부터 멀어진 것이라고 할 수 있지.

우리 현에는 이미 몇 해 전에 퇴직한 귀족 하나가 살고 있었어. 그의 이력은 이렇다네. 그는 자신의 경력을 궁정의 난방공으로 시작해 시종과 시종장을 거쳐 헌작(獻爵) 시종*이 되었다네. 나는 궁정에서 승진하기 위해서는 어떤 자질이 필요한지 알지 못하네. 하지만 그가 포도주라면 사족을 못 쓴다는 것은 알고 있었어. 15년간 헌작 시종으로 지낸 후에 그는 자기 관등에 맞는 문장국(紋章局)의 관리로 보내졌어. 하지만 그 일과 맞지 않는다고 여겨 곧 사직을 청원하였고, 8등 문관이 부여되었네.* 그 계급으로 그는 고향인 우리 현으로 6년 전에 돌아왔지. 자기 고향에 대한 굉장한 애착은 대부분 허영심을 기반으로 하고 있다네. 귀족 신분에 올랐지만 낮은 계급 출신인 사람, 혹은 끝내 부를 얻은 가난한 사람은 선의 가장 약하고 최후의 근본인 수오지심을 모두 잃어버리고 고향에서 자신의 허영심과 거만함을 뽐내고 싶어 하는 법이라네. 그곳에서 그 8등관은 마을 하나를 살 기회를 얻었는데, 그 마을에 적지 않은 수의 그의 가족들과 정착했다네. 만일 호가트*가 우리에게서 태어났다면, 이 8등관 가족의 모습에서 풍부한 소재를 발견했을 걸세. 하지만 나는 솜씨 나쁜 화가라네. 또 아니면 라바테르의 통찰력을 가지고 있어 그의 얼굴에서 인간의 내면을 읽어 낼 수 있었다면, 그 가족의 모습을 눈에 띄게 만들 수 있었을 텐데 말이야. 이런 자질이 없으니, 그들이 한 행동만을 이야기하겠네. 진정한 행동은 영혼이 발전해 가는 데 언제나 밑그림이 되니까 말이야.

8등관은 가장 비천한 계급 출신이라네. 이젠 자신과 같은 계급의 사람을 수백이나 거느리는 존재가 되었지만 말이야. 이것이 그의 머리를 획 돌게 만들었어. 권력이 사람을 바꾸어 버린다고 불평할 사람이 그 혼자만은 아닐세. 그는 스스로를 높은 지위에 있는 사람이고, 농부들을 자신에게 주어진 가축으로 여겼다네(그는 그들에 대한 자신의 권력이 신으로부터 주어진 것이라 생각했던 모양이야). 그래서 마음대로 그들을 부려 먹었지. 그는 탐욕스러웠으며, 돈을 쌓아 두기만 하였고, 천성적으로 잔인하였으며, 거드름 떨고 야비했기 때문에, 가장 약한 자들에게 교만하게 굴었지. 이로써 판단컨대, 그가 농부들을 어떻게 대했는지 알지 않겠나? 농부들은 옛 지주와는 소작료를 내는 관계였고, 지주는 그들에게 경작지를 내주었지. 한데 새로운 8등관은 그들에게서 땅을 빼앗았고, 그들의 가축을 자신이 정한 가격으로 사들였으며, 일주일 내내 자신의 땅에서 일하게 강제했다네. 굶어 죽지 않게 하려고 집 마당에서 일주일에 한 번씩 먹을 것을 주었어. 어떤 사람에게는 호의를 베풀어 메샤치나*를 주기는 했지. 그런데 만일 누군가가 게으르다고 판단되면, 그 정도에 따라 채찍과 몽둥이, 매로 때렸어. 그러나 진짜 범죄, 가령 누가 다른 사람의 물건을 훔친 사실에 대해서는, 빼앗긴 사람이 자신과 관계가 없다면 한마디도 하지 않았어. 그는 자신의 영지에서 고대 라케데몬*이나 자포로지예 세치*의 풍습을 부활시키려 하는 것 같았다고나 할까. 그래서 그곳 농부들은 먹을 것을 얻기 위해 행인을 상대로 도적질을 하고 다른 사람들을 죽이기도 하는 일을 저질렀다네. 8등관은 그들을 법정에 넘기기는커녕 자신의 집에 숨겨 주고 당국에는 그들이 도망가 버렸다고 보고했지. 악행의 대가로 농부들이 매질을 당하고 강제 노동을 하러 떠나는 것이 그에게는 별 이득이 되지 않았다고 말하면서 말이야. 만일 농부 중에 누군가 그의 것을 훔친다면, 게으른 농노들이나 자기에게 건방지고 날카로운 답변을 한 농노가 매질을 당하는 것처럼 매질을 했다네. 하지만 그전에 그들의 발에 족쇄를 채우고, 목에는 쇠칼을 채웠어. 물론 그런 현명한 조치들에 대해서는 끝도 없이 이야기해 줄 수 있어. 하지만 이 영웅을 아는 데 이 정도면 충분하다네.

그의 처는 아낙네들에게 막강한 권력을 가졌네. 그녀의 아들딸들은 그녀의 남편은 물론이고 그녀의 명령을 충실히 수행하는 조력자였지. 이것은 왜냐하면 농부들을 일하는 곳에서 절대로 벗어나게 하지 않는다는 원칙을 지키느라 그랬던 것일세. 지주의 집에는 모스크바에서 사 온 소년 하나와 딸들의 미용사 그리고 요리를 하는 노파가 있었어. 그들에게는 마부도, 말도 없는 대신, 밭 가는 말을 항상 타고 다녔다네. 아들놈들은 직접 농부들을 매질했고, 딸들은 아낙네들과 처녀들의 뺨이나 머리카락을 잡아당기곤 했어. 아들들은 한가한 시간에 마을과 들을 돌아다니며 처녀들과 아낙들을 괴롭히면서 문란한 짓거리를 하고 다녔는데 누구도 그들의 희롱을 피할 수는 없었다네. 약혼자가 없는 딸들은 자신의 지루함을 방직공에게 풀었는데, 그들 상당수는 거의 불구가 되었어.

친구, 한번 생각해 보게, 그런 행동의 결말이 어떻게 되어야 한다고 생각하는가. 나는 많은 선례를 통해 러시아 민중이 매우 참을성이 많으며 극도로 인내한다는 사실에 놀란다네. 하지만 그 인내심에 한계가 닥치면, 어떤 잔인한 일에도 무릎 꿇지 않고 어떠한 것도 그들을 막을 수 없다네. 그런 일이 실제 8등관에게 닥쳤다네. 그 일은 아들 중 하나의 잔인하고 방탕한, 아니 차라리 짐승 같은 행동에서 발생했지.

그의 마을에는 처녀가 있었는데, 그녀는 제법 예뻤고 같은 마을의 젊은 농부와 결혼하기로 이야기가 되어 있었다네. 그런데 도중에 그의 아들이 그녀를 마음에 들어 했고, 그래서 그녀의 사랑을 얻을 수 있다면 모든 가능한 일을 다 동원했지. 하지만 처녀는 젊은 약혼자에게 한 약속을 지켰어. 농부들 사이에서는 드문 일이지만 불가능한 일은 아니지. 일요일에 결혼식을 치를 예정이었어. 약혼자의 아버지는, 다른 지주들에게 흔히 있는 일처럼, 지주네 집에 결혼 허락용 선물인 2푸드의 꿀을 가지고 갔네. 젊은 귀족 놈은 자신의 욕망을 채울 마지막 순간으로 생각했어. 누군지 모를 소년을 시켜 신부를 안뜰로 불러내고, 나머지 두 형제를 불러와 그녀를 재갈 물리고 헛간으로 끌고 갔네. 그녀는 소리칠 힘도 없었지만, 온 힘을 다해 젊은 주인의 짐승 같은 의도에 저항했지. 하지만 세 명의 힘을 이길 수 없었고, 결국 그 힘에 굴복하고 말았어. 그리고 이 비열한 괴물이 자신의 계획을 실행하려는 순간, 그녀의 약혼자가 주인의 집을 돌아보면서 안뜰로 들어오다가 헛간 근처에 아들 중 하나가 서 있는 것을 보고는 그들의 파렴치한 계획을 알아 버렸지. 도움을 청하기 위해 자기 아버지를 큰 소리로 부른 다음, 그는 즉시 헛간으로 달려 들어갔어. 어떤 일이 일어나고 있었겠나. 그가 다가가자마자 헛간은 잠겨 버렸어. 하지만 이성을 잃어버린 약혼자를 두 형제의 힘으로는 막을 수 없었겠지. 그는 근처에 있는 말뚝을 집어 들고 헛간으로 뛰어 들어가 자기 약혼녀를 겁탈하고 있는 놈의 척추를 그대로 내리쳤네. 그들은 약혼자를 붙잡으려 했지만, 말뚝을 들고 도움을 주러 온 약혼자의 아버지를 보자, 자신들의 포획물을 버려두고 헛간을 나와 도망갔다네. 하지만 약혼자는 그중 하나를 따라잡아 머리를 내리쳐 깨 버렸지.

악당 놈들은 자신들이 당한 모욕에 대해 복수하려고 곧장 아버지에게 갔네. 그리고 그에게 마을을 거닐다가 한 처녀를 만나 그녀와 농담을 하고 있었는데, 이것을 본 약혼자가 자기 아버지와 함께 자신들을 때리기 시작했다고 일렀지 뭔가. 그 증거로 형제 중 한 녀석의 깨진 머리통을 보여 줬어. 자기 자식이 다쳤다는 말에 머리끝까지 화가 난 아버지는 분노로 소리까지 질렀다네. 그는 세 명의 악당 — 약혼자, 신부 그리고 약혼자의 아버지를 그는 이렇게 불렀다네 — 을 즉시 데려오라 명령했어. 그들이 나타나자 그의 첫 질문은 누가 아들의 머리를 깨부쉈느냐였지. 약혼자는 자초지종을 설명하면서도 자신이 한 일을 부인하지 않았어. 그 나리는 이렇게 말했다네.

'네놈이 어찌 자기 주인에게 손을 들 수 있단 말이냐? 네놈의 결혼식 전날 내 아들이 네 약혼자와 밤을 보냈다 해도, 그건 오히려 감사해야 할 일이 아니더냐! 네놈은 저년과 결혼하지 못할 것이다. 저년은 내 집에 머물게 될 것이고, 너희들은 벌을 받을 것이다.'

이런 판결을 내린 뒤 그는 아들에게 채찍을 주면서 약혼자를 모질게 후려치라고 명령했네. 그는 용감하게 견뎌 냈고, 아버지가 똑같이 매질 당하는 것을 당당히 지켜보았어. 그런데 아들놈들이 약혼녀를 집 안으로 데리고 가려는 것을 보자 더 이상 참을 수가 없었단 말이야. 벌은 마당에서 주고 있었는데, 순식간에 그는 약혼녀를 겁탈자들로부터 빼앗았고, 그 둘은 마당에서 달아났지. 이것을 본 아들놈들은 노인을 매질하던 일을 멈추고 두 사람을 쫓아갔어. 그들이 잡으러 온다는 것을 알아차린 약혼자는 울타리 나무 한 장을 집어 방패로 삼았다네. 그러는 사이, 소란 때문에 다른 농부들이 주인집 마당에 몰려들었어. 그들은 젊은 농부의 편에서 동정을 느끼고 있었고, 자기 주인에게 적의를 느끼고 그를 보호하려 했지. 이것을 본 8등관이 달려와 그들을 욕하고 처음 마주친 농부를 자신의 지팡이로 강하게 내리쳤다네. 농부는 그대로 힘없이 바닥에 엎어졌고. 이것이 총공격의 신호였다네. 그들은 네 명의 지주를 둘러싸고, 간단히 말하자면, 그 자리에서 죽을 때까지 패 주었지. 그들은, 나중에 그렇게 자백도 했네만은, 그 네 명을 죽이는 일에 빠지고 싶어 하지 않을 만큼 증오했다네.

때마침 그 지방의 헌병대장이 자신의 병력과 함께 지나가고 있었지 뭔가. 헌병대장은 이 사건의 목격자가 되었지. 죄인들을 구치소로 데려왔는데, 마을 사람 절반이 죄인이었다네. 그리고 수사가 시작되었고, 절차를 거쳐 결국 형사 법정에 배당되었다네. 이 사건은 매우 명백했는데, 죄인들이 모든 것을 자백했고, 그 현에서는 이미 유명했던 지주 일가의 야만적 행위 때문이었다면서 선처를 부탁했네. 나는 내 직위의 임무에 따라 이 사건의 최종 판결을 내려야 했는데, 죄인들에게 사형을 언도하거나, 그게 아니라면 신체형*이나 종신 강제 노동을 언도하는 것이었다네.

그런데 나는 이 사건을 심리하면서, 죄인들을 기소해야 할 충분하고도 확증적인 이유를 찾지 못했어. 주인을 살해한 농부들은 살인자였지만, 이 경우에 살인은 피할 수 없는 일이 아니었던가 말이야! 산수에서도 앞선 두 개의 숫자에서 세 번째 숫자가 명확히 도출되듯이, 이 사건에서도 그 결과는 필연적이었단 말일세. 이 살인자들의 무죄는, 최소한 내게는 수학적으로 명확했어. 만일 내가 길을 가는데, 악당이 나를 찌르려고 단도를 들어 공격했을 때, 내가 먼저 그를 발로 차서 넘어뜨려 그의 숨을 끊어 놓는다고 내가 살인자라고 할 수 있을까? 만일 금세기 최고의 철면피가 응당 자신이 받아야 할 모욕에 격분하여 나에게 복수하려 할 때, 나와 외진 골목에서 만났다면 그는 칼을 빼 들고 공격을 감행하겠지. 그래서 그는 내 목숨을 빼앗거나 적어도 나를 베려 할 테고. 그렇다면 나 스스로를 방어하기 위해, 그리고 구성원의 안녕을 위협하는 자로부터 사회를 지키기 위해 내가 칼을 빼 든다고 해서 죄인이 되는 것이냔 말일세. 만일 내가 나의 목숨을 구하기 위해 그렇게 했다면, 그리고 나의 죽음을 피할 수 있었다면, 그렇게 하지 않아 나의 행복이 영원히 슬픔에 잠겨 버리게 되었다면, 그 행동은 사회의 보전을 위협하는 것으로 여겨지는 것일까?

이런 생각으로 가득했으니, 그 사건을 심리할 때 내가 받았던 고통이 어떠했는지 자네는 짐작할 수 있을 걸세. 평소에도 솔직하게 살아왔기 때문에, 나는 내 생각을 동료들에게도 이야기했다네.

모두가 한목소리로 내 의견에 반대했어. 그들은 선량함과 인류애가 죄인들의 악행을 방어해 주는 것으로 여겨 왔다네. 나에게 살인을 교사했다고 하면서, 살인자와 공범이라는 딱지를 붙이더군. 그들의 생각에 따르면, 나의 이 해로운 생각들이 널리 퍼지면 가정의 안전이 사라질 거라더군. 그들은 이렇게 말했어.

'이제 귀족이 자신의 마을에서 편안히 살 수나 있겠소? 그가 내리는 명령이 수행이나 되겠느냔 말이오? 만일 주인의 말을 거역하는 자, 혹은 그보다 더해서 주인을 살해한 사람을 무죄로 판결한다면, 복종은 사라질 테고 집안의 결속은 파괴될 것이며 미개 사회에서나 있을 법한 혼란이 다시 찾아올 것이오. 농업이 죽을 것이고 도구들은 파괴될 것이며 경지는 비어서 열매를 맺지 못하는 풀들만 자랄 것이오. 농부들을 권위 아래 두지 못한다면, 그들은 게으르게 빈둥거리며 건달 짓이나 하다 도망갈 것이오. 도시들은 그 파괴의 위력을 곧 느낄 거란 말입니다. 시민들은 일에서 손을 놓을 것이고 수공업은 근면과 끈기를 상실할 것이며 상업은 그 뿌리에서부터 고갈될 것이오. 또한 부는 파렴치한 가난에 자리를 내줄 것이며 위대한 건축물들은 낡아 버리고, 법은 그 빛을 잃어 효력이 없어질 것이오. 그때면 거대한 사회 구조는 산산조각 나기 시작하여, 전체에서 떨어져 나와 죽어 갈 것입니다. 더불어 오늘날 사회의 지주요 요새이자 결합에 기초하고 있는 황제의 권좌는 곧 사라지거나 파괴될 것이오. 그리되면 인민의 지배자는 평범한 시민의 한 사람으로 간주될 것이고 사회는 결국 끝장날 것이오.'

내 동료들은 악마의 붓질로 그려진 듯한 이 광경을 이 사건에 대해 전해 들은 사람들의 눈앞에 그려 보이느라 애를 썼다네. 그들은 이렇게 말했어.

'우리 재판장님은 농부들의 살인 행위를 방어해 주는 것처럼 보입니다. 그분이 어디 출신인지 물어봅시다. 우리가 실수하지 않았다면, 그분은 젊은 시절에 쟁기질을 직접 하셨을 겁니다. 이렇듯 새롭게 지위를 얻은 귀족 나리들은 농민들에게 가지는 귀족의 자연적 권리에 대한 이상한 이해를 항상 가지고 있죠. 나리의 의견을 따르다 보면, 그분은 자신의 출신과 우리의 출신을 동급으로 여겨, 아마도 우리 모두를 소지주쯤이나 된다고 생각하는 건 아닌지 모르겠습니다.'

이런 비슷한 말로 동료들은 나를 모욕했고, 사회에 증오심을 품은 사람으로 만들었지. 하지만 그걸로는 모자랐어. 듣기론, 내가 8등관의 아내로부터 뇌물을 받았다는 거야. 그러면 그녀가 노동 형에 처해진 자신의 농부들을 잃지 않기 때문이지. 그리고 이것이 내가 귀족 계급의 권리를 무시하는 이상하고 유해한 의견을 낸 진짜 이유라는 거야. 멍청한 사람들은 그들의 비웃음이 나를 상처 주고, 비난이 나를 모욕 줄 것이며, 나의 좋은 의도를 거짓으로 모략하는 것이 나를 어지럽게 만든다고 생각했을 거야. 그러나 그들은 내 진심을 알지 못했다네. 그들은 내가 나의 고유한 판결에 절대 흔들리지 않고, 나의 두 뺨은 양심의 붉은 홍조로 물들지 않는다는 것을 몰랐어.

나의 뇌물 수뢰설은 8등관의 부인이 남편의 죽음에 대해 복수를 원치 않는다는 생각에 기초해 있었다네. 그런데 그녀 역시 남편과 마찬가지로 자신의 이기심에 충실했어. 그녀 역시, 스스로 말한 바에 따르면, 자기 재산을 잃지 않으려고 농부들의 사면을 원했던 것일세. 그녀는 그런 청원을 가지고 나에게 왔다네. 그녀의 남편을 죽인 일에 대한 용서를 구한다는 점에서 나는 그녀와 의견이 같았던 것이지. 하지만 그 동기가 달랐다네. 그녀는 자신이 직접 그들을 벌하겠다고 나를 설득했어. 그런데 나는 그녀의 남편을 죽인 사람들을 사면해 준다면, 그런 극한의 상태로 다시 몰아넣어서는 안 된다고 그녀를 설득했어. 왜냐하면 그들은 전혀 그럴 사람들이 아니므로, 다시 죄인이 되어서는 안 되기 때문일세.

곧 지방 장관이 이 사건에 대한 나의 견해를 알게 되었네. 즉, 내가 동료들을 내 생각대로 움직이려 하고 있으며, 동료들은 자신들의 판단이 흔들리고 있다고 말이야. 하지만 그들은 내가 내린 결론의 확고부동함이나 설득력 때문에 그런 것이 아니라 8등관의 아내가 준 돈 때문에 흔들리고 있었다네. 지방 장관은 농부들에 대한 지배권이 확실해야 된다는 원칙에 의해 자라 왔지. 따라서 그는 절대 나의 의견에 동의할 수 없었을 것이며, 다양한 이유에 기인한 것이긴 하겠지만, 나의 의견이 이 사건에 대한 심리의 대세가 되어 가고 있다는 이야기를 듣고선 크게 분개했다네. 그는 내 동료들을 불러 훈계했는데, 그들에게 그러한 의견은 사악한 것이며, 귀족 사회에 대한 모욕이고, 또한 법률을 파괴함으로써 최고 권력을 모욕한 것임을 분명히 했다네. 그는 법을 지키는 자들에게 포상을 약속했는데, 그것은 법을 지키지 않는 자에게 벌을 내리는 것을 방해하는 짓이었다네. 그러자 애초에 자신들의 소신과 확신이라고는 없었던 소심한 판사들은 맨 처음 자신들이 품었던 의견으로 돌아갔어. 나는 이런 변심에 크게 놀라지 않았는데, 예전에도 그들이 그랬던 것을 봐 왔기 때문일세. 권력의 위협에 굽신거리며 오히려 그것을 반기는 것이야말로 심약하고 소심한 밑바닥 영혼의 모습이지.

내 동료들을 변심하게 만든 후, 우리의 지방 장관은 나를 꼬드기면 나 역시 그렇게 만들 수 있을 것이라 생각했던 것 같아. 휴일 아침에 나를 부르더군. 그는 나를 부를 수밖에 없었는데, 교만한 자는 신민의 의무라 여기고, 게으른 자들은 필수 불가결한 것으로 여기며, 현자들만이 인간에 대한 경멸이자 불명예라고 생각하는 그런 무분별한 순종의 모습을 보이면서 내가 이런 일에 사람을 찾아다니지 않았기 때문이야. 그는 일부러 자기 집에 사람들이 많이 모이는 휴일을 골랐다네. 그는 또 나를 보다 더 잘 설득할 수 있을까 싶어 공적인 모임을 골랐다네. 그는 내 영혼이 병들었다거나 내 사상이 취약하다는 점을 분명히 하고 싶었던 거야. 그는 이런저런 점을 부각시키며 자신의 말을 해 나갔지. 하지만 나는 나의 자만심과 공명심 그리고 나의 통찰력과 박식함을 나의 말솜씨로 과시하지 않기 위해서라도 그가 했던 말 모두를 옮기지는 않겠네. 나는 그의 자만심을 무심하고 평온한 태도로 응대했으며, 그의 권력에 흔들리지 않고 논박을 준비하면서 들었어. 그리고 오랫동안 침착하게 이야기했지. 그러나 결국 동요하는 마음 때문에 끝없이 쏟아 내고 말았어. 앞에 서 있는 사람들이 비위를 맞추면 맞출수록 내 말들은 더욱 격렬해졌지. 단호한 목소리와 쨍쨍한 발음으로 결국 이렇게 소리치고 말았다네.

'인간은 모두가 평등하게 세상에 태어납니다. 모두가 동일한 사지를 가지고 있으며, 모두가 이성과 자유 의지를 가지고 있습니다. 따라서 사회적 관계를 고려치 않더라도 인간은 자신이 행동하는 데 어느 누구에게도 의존하지 않는 존재입니다. 하지만 인간은 그것의 한계를 설정하고, 자신의 모든 일에서 의지대로 하는 것은 아니라는 데에도 동의하고 있죠. 그래서 다른 사람들의 명령에도 스스로를 복종시킵니다. 즉, 한 명의 시민이 되는 것입니다. 무슨 죄가 있어서 인간은 자신의 욕망에 굴레를 씌우는 것이겠습니까? 왜 자신을 권력 아래에 두는 것입니까? 자신의 의지를 실행함에 아무런 한계가 없음에도 불구하고, 복종이라는 형태로 한계를 짓는 것입니까? 이성이 답하길, 그것은 자신의 이익을 위해서입니다. 내밀한 감정이 말하길, 그것은 자신의 이익을 위해서입니다. 현명한 법이 말하길, 그것은 자신의 이익을 위해서입니다. 따라서 시민이 된다는 사실이 인간에게 이익이 되지 않는다면, 그곳에서 인간은 시민이 아닙니다. 그러므로 시민에게서 이익을 빼앗아 간다면, 그는 곧 적입니다. 시민은 자신의 적에 대항해 법률 안에서 스스로 방어하고 복수할 수 있을 뿐입니다. 만일 법률이 폭력으로써 인간을 지켜 주지 못한다면, 혹은 지켜 주고자 하지 않는다면, 또한 법 권력이 당면한 재난에 즉각적인 도움을 주지 않는다면, 시민은 방어, 보존, 복지에 있어 자연법에 의지하게 될 것입니다. 왜냐하면 시민은 한 명의 시민이 되는 과정에서 인간이 되길 멈추지는 않기 때문입니다. 인간이 태어날 때부터 가지는 제일의 의무는 자신의 보존, 방어, 복지입니다. 농부들에게 살해된 8등관은 짐승 같은 행위로 시민의 권리를 파괴했습니다. 아들들의 폭력을 부추겼던 바로 그 순간, 그가 다정한 예비 부부의 상처에 모욕을 더한 바로 그 순간, 그리고 악마 같은 자신의 권력에 반기를 든 것을 보고 그들이 처벌받게 된 바로 그 순간에 시민을 보호해야 할 법은 멀어지고, 법의 권위는 사라져 버린 것입니다. 그리고 그 순간에 자연법이 부활하였고, 억압받은 시민들의 권력은, 법에 의해 그 사람들에게 내려진 비난을 거두어 갈 수 없게 되어, 실제로 이제 그 힘이 발휘된 것입니다. 그리고 8등관을 죽인 농부들은 법적으로 유죄가 될 수 없습니다. 이성적 판단에 의거해 보면, 그들이 8등관을 죽인 행위는 폭력적이었지만 옳은 일이며, 나는 심정적으로 그들이 정당하다고 생각합니다. 누구라도 사회의 안녕이나 정책의 용의주도함에서 8등관을 살해한 자들에게 내려진 형벌의 논거를 찾을 수는 없을 것입니다. 그들은 8등관이 사악했기 때문에 죽인 것입니다. 어떤 출신으로 태어나든 한 사람의 시민은 언제나 한 명의 인간이고 인간일 것입니다. 그리고 그가 인간인 이상, 자연법은 마르지 않는 지복의 원천과 같이 영원히 고갈되지 않을 것입니다. 그것의 신성불가침하고 자연적인 속성을 욕보이는 자는 죄인입니다. 만일 시민법이 그런 자를 벌하지 않는다면 얼마나 슬픈 일입니까. 그런 자는 동료 시민들에게 추악한 사람으로 낙인찍힐 것이고, 충분한 힘을 가진 사람이라면 누구든 그가 저지른 죗값을 치르게 할 것입니다.'

조용했지. 지방 장관은 아무 말도 하지 않았다네. 그는 무기력한 분노와 악에 받친 복수심으로 가득 찬 불쾌한 시선으로 나를 간혹 올려다보았지. 모든 법을 모독한 내가 체포되기를 모두들 기다리며 침묵을 지키고 있었다네. 비굴한 입술에서 흘러나오는 분노의 웅성거림이 들리기도 했어. 모든 사람들이 나에게서 시선을 거두었네. 짐작건대, 내 주위에 있던 사람들은 공포에 사로잡혔을 거네. 그들은 치명적인 전염병에 걸린 사람들을 피하듯 눈에 띄지 않게 나로부터 멀어졌지. 나는 최악의 비열함과 자만심만 뒤섞인 광경에 진절머리가 나서 곧바로 그 거짓 소굴에서 나와 버렸지.

내 마음속에서는 이미 무죄를 선고받은 그 선량한 살인자들을 구할 방법을 찾지 못했기 때문에, 나는 그들을 처벌하는 데 공범은커녕 증인도 되고 싶지 않았다네. 은퇴를 청원하여 수리가 되었고, 이제는 농민들의 슬프디슬픈 운명에 같이 울어 주고, 친구들과 함께 우울함을 달래기 위해 고향으로 가는 중일세."

이렇게 말하고 우리는 헤어져 자신의 갈 길로 떠났다.

이날 내 여행은 실패했다. 말들이 형편없어서 끊임없이 마구를 벗어 버렸다. 결국 낮은 언덕을 내려갈 때 마차의 축이 망가졌고 더 이상 나아갈 수 없었다. 나에게 걸어 다니는 일은 익숙한 것이었다. 지팡이를 쥐고 역참을 향해 나아갔다. 그러나 좁은 길을 걸어가는 것은 페테르부르크에 사는 사람 입장에서는 불쾌한 일이었다. 요즘 정원이나 바바*를 산책하는 것과는 전혀 다르기 때문에, 이내 피로를 느꼈고 앉아 쉬어야만 했다.

돌 위에 앉아 모래 위에 아무렇게나 삐뚤빼뚤 그림을 그리며 이 생각 저 생각에 잠겨 있을 때, 내 옆으로 마차 한 대가 지나갔다.

마차 안에 있는 사람이 나를 보더니 마차를 세우라고 했다. 나는 그가 나의 지인이라는 것을 알아챘다. "여기서 뭐하시는가?" 그가 물었다. "생각에 잠겨 있었네. 생각할 시간이 너무나 많아서 말이야. 마차 축이 부서졌거든. 뭐 새 소식이라도 있는가?" "그렇고 그런 오랜 이야기들이지 뭐. 날씨는 바람이 불었다가, 궂은 날이었다가, 또 맑았다가. 아, 새 소식이 있어. 두린딘이 결혼했다네." "설마! 그의 나이가 이미 여든일 텐데." "그렇다니까. 여기 자네한테 온 편지도 있어. 쉴 때 읽어 보게. 난 이만 서둘러야 하네. 그럼 잘 가게."

우리는 헤어졌다.

편지는 친구에게서 온 것이었다. 그는 오지랖이 넓어, 내가 없는 동안 이런저런 소식들을 내게 전해 주겠노라 약속했다. 다행히 여분으로 가지고 왔던 마차 축을 그사이에 새로 갈아 끼울 수 있었다. 길을 가면서 그 편지를 읽었다.

페테르부르크

사랑하는 친구!

최근에 이곳에서 일흔여덟 된 젊은이와 예순둘이나 먹은 처녀가 결혼했다네. 내가 말해 주지 않는 한, 자네는 두 늙은이가 왜 이제야 짝을 이루었는지 그 이유를 추측조차 못할 걸세. 친구, 귀를 열고 잘 들어 보게. SH…… 부인은 예순두 살인데 남자들에게 그다지 인기 없는 편은 아니었지만, 스물다섯 살 이후로 과부 신세였어. 그리 성공하지 못한 상인과 결혼했고, 얼굴은 반반한 편이었지. 남편이 죽고 과부 신세가 되었는데, 남편의 동료들이 질 좋은 사람들이 아니라는 것을 알았네. 비굴하게 구걸이나 하며 살고 싶지 않아서 스스로 일해야겠다고 판단한 모양이야. 젊음의 아름다움이 얼굴에 아직 남아 있을 때까지는 그녀는 항상 일을 할 수 있었고 제법 괜찮게 벌었어. 그러나 곧 그녀의 미모가 시들기 시작하고 사랑에 대한 관심이 외로움에 자리를 내주는 때가 되자, 자신의 늙어 버린 매력을 사려는 사람이 더 이상 없을 것이라 생각했네. 그녀는 언제나 변하지 않는 아름다움을 가질 수 없다면 새로운 것이라도 가져야 한다고 생각해서 다른 이들의 아름다움을 팔 생각을 했어. 이런 방식으로 비천한 포주 사회에서 수천을 모을 수 있었고, 명예는 박탈되었지. 그리고 자신이 파렴치하게 모은 돈을 이자를 붙여 빌려 주기 시작했다네. 시간이 흐르자 그녀의 이전 직업은 잊혔고, 이전의 포주는 속물들의 소비 사회에서는 필요한 존재가 되었어. 큰 탈 없이 예순두 살까지 살았는데 악마가 그녀더러 결혼하라고 꼬드겼지. 그의 지인들은 이 사실에 놀랐다네. 가까운 친구였던 N……이 와서 머리가 센 신부에게 말했다네.

"내 사랑, 네가 시집간다는 소문이 돌고 있던데, 거짓말 같아. 어떤 호사꾼이 지어낸 이야기일 거야."

SH. "아니 정말이야. 내일 약혼식을 하니까 와서 축복해 줘."

N. "너, 정말 제정신이니? 예전의 피가 다시 뜨거워지기라도 한 거야? 어떤 애송이가 네 품에 접근한 거야?"

SH. "아, 그게 아니야. 넌 나를 어린 말괄량이들과 같은 수준으로 보는 거야? 나한테 잘 어울리는 사람을 골랐어."

N. "물론 너한테 잘 어울리겠지. 하지만 말이야, 돈이 목적이 아니라면, 무엇도 우릴 사랑에 빠지게 할 수 없는 나이라고."

SH. "그런 사람이라면 내가 선택하지도 않았을 거야. 내 신랑은 나보다 열여섯이나 많아."

N. "농담이지?"

SH. "정말이야. 두린딘 남작이야."

N. "그럴 순 없어!"

SH. "내일 저녁에 들러 줘. 내가 거짓말을 좋아하는지 아닌지 보게 될 테니까."

N. "그렇다고 해도, 그는 너와 결혼하는 게 아니라 네 돈을 보고 결혼하는 거라고."

SH. "누가 준대? 내 전 재산을 줄 만큼 첫날밤에 정신을 잃진 않을 테니까. 그럴 시기는 이미 오래전에 지나갔어. 금으로 된 담뱃갑, 은색 허리띠, 기타 등등이 지참금의 전부인데 그건 모두 나에게 저당 잡힌 물건이야. 절대 팔 수도 없는 것들이고. 그리고 만약 그가 시끄럽게 잠을 잔다면, 침대에서 내쫓을 거야."

N. "그 사람은 담뱃갑은 건지겠네. 그런데 너한텐 뭐가 도움이 되는 거지?"

SH. "무슨 소리야? 무엇보다도 요즘에 좋은 관등을 얻어서 내가 '마님'으로 불리면 좋은 일 아니니? 멍청한 사람들은 '각하'라고도 부르겠지만 말이야. 또 긴 겨울밤에 누군가와 카드놀이라도 할 수 있잖니. 그렇지 않으면 오늘처럼 평생 그냥 혼자만 있는 거라고. 게다가 내가 기침을 하면 '건강 조심해요!'라는 말을 듣는 즐거움도 없단 말이야. 하지만 남편이 있다면, 어떤 감기에 걸려도 '오, 내 사랑, 감기 조심하구려'라는 말을 들을 거란 말이야."

N. "그럼 이만 갈게."

SH. "내일은 약혼식이고 일주일 뒤에 결혼식이야."

N. (나간다.)

SH. "(기침을 하며) 아마 돌아오지 않을 거야. 나에게 남편이 생겨도 그럴까!"

친구, 놀라지 말게나. 세상에 있는 모든 것이 한 바퀴씩 돈다네. 지성이 오늘날의 유행이라면 바보짓은 내일의 유행인 법이야. 자네도 수많은 두린딘 남작과 같은 사람을 보게 되길 바라네. 그들이 결혼을 통해 드러나는 게 아니라면, 다른 무엇으로도 그렇게 될 거야. 두린딘 같은 사람들이 없다면, 세상은 3일도 제대로 굴러가지 못할 걸세.*

크레스티치

크레스티치에서 나는 아이들과 헤어지는 어느 아버지의 모습을 보았는데, 무척 가슴 아픈 일로 다가왔다. 나도 아버지인 데다 아이들과 곧 헤어질지도 모르기 때문이다. 귀족들은 이상한 편견을 가지고 복무를 명령받는다.* 이 일에 귀족이라는 칭호를 사용하는 것만으로도 내 피는 거꾸로 솟는다. 복무를 시작하는 백 명의 귀족 중에 아흔여덟은 건달이 될 것이며, 그나마 나머지 둘도 나이 때문에, 더 정확히 말하자면 단지 나이가 많아서가 아니라 이미 노쇠했기 때문에 선한 사람이 될 수밖에 없다는 것이 천배 백배 옳은 말일 것이다. 나머지는 관직을 얻으면서 재산을 비롯해 많은 것들을 축재하고 또 탕진해 버릴 것이다. 나의 덩치 큰 아들을 보면서 그가 곧 복무를 시작한다고 생각하니, 비유하여 어린 새가 새장을 떠난다고 생각하니 머리카락이 곤두선다. 공직에 복무하는 일 자체가 도덕을 타락시켜서가 아니라, 성숙한 윤리관을 가지고 공직에 임해야 되기 때문이다.

어떤 사람은 이렇게 말할 것이다. "어떤 아비가 애송이들을 그리 험한 곳에 내쫓을 수 있을까? 어느 누가? 일반적인 예를 생각해 보자고. 열일곱 살의 참모, 스무 살의 대령, 스무 살의 장군, 궁중의 시종, 지방 장관, 사령관. 아비가 되어 누가 자기 아들이, 비록 어리다고 하더라도, 부와 명예와 학식이 따르는 높은 지위에 오르는 걸 마다하겠나?"

내 아들을 보면서 나는 다음과 같은 상상을 해 본다. 그놈이 공직을 시작하면 경솔한 인간, 난봉꾼, 노름꾼, 겉멋쟁이 들을 만나게 될 것이다. 그리고 깨끗하게 옷을 차려입는 법, 카드놀이하는 법, 카드놀이로 호구지책을 마련하는 법, 아무 생각이 없으면서도 무엇에 관해서든 이야기할 수 있는 법, 처녀들을 쫓아다니는 법, 유한부인들에게 수작 거는 법 따위를 배우겠지. 행운의 여신 모습을 한 여인이 닭 다리를 하고 돌아다니면서,* 그놈을 귀여워할 수도 있을 것이다. 그러면 내 아들놈은 면도도 할 나이에 이르지 못했으면서도 저명한 귀족이 되겠지. 그는 세상에서 가장 현명한 사람이라고 스스로를 생각하게 될 테고…….

그런 장군이나 시장에게서 어떤 좋은 점을 기대할 수 있겠는가? 자식을 사랑하는 아버지라면, 진정한 시민이라면 솔직히 대답해 보시오! 당신은 당신 아들을 복무하러 내보는 것이 아니라, 목을 매러 가게 한다고 말하는 편이 더 정확한 것이 아니오? 당신의 아들이 고관대작이 되어 공훈들과 소중한 가치들을 멸시한다면 당신 마음이 아프지 않소? 그런 것들을 얻기 위해서는 간계를 부리는 짓은 물론이고 관직의 세계에서 비굴하게 박박 기어 다녀야 하기 때문이라오. 또 웃음기 가득한 당신의 사랑스러운 아들이 귀족으로서의 수완과 총신들의 발톱을 이용하여 다른 사람들의 재산과 명예를 빼앗고 그들을 괴롭히고 난도질한다면, 당신은 눈물을 흘리지 않겠는가 말이오.

크레스티치의 귀족은 쉰 살가량으로 보였다. 밝은 갈색 머리 사이로 드문드문 흰머리가 튀어나와 있었다. 반듯한 얼굴은 정념이 도저히 접근할 수 없는 그의 평온한 영혼을 나타내 보였다. 온순함에서 비롯된 평온한 만족감이 드러난 부드러운 미소는, 여자에게 있었다면 꽤 매력적이었을 보조개를 만들어 보였다. 그가 앉아 있던 방으로 들어갔을 때, 그의 시선은 자신의 두 아들에게로 향해 있었다. 그의 두 눈은 선한 분별력을 가지고 있었고, 가벼운 슬픔의 박막으로 덮여 있는 듯했다. 하지만 강인한 불꽃과 희망이 이글거렸다. 앞에는 두 젊은이가 서 있었는데, 같은 해에 태어나 나이는 같았지만, 지성과 마음 씀씀이는 둘의 성장이 달랐다. 왜냐하면 부모의 열정이 동생에게 지성의 발전을 촉진시켰다면, 우애는 형에게 학문에 대한 관심을 포기하게 만들었기 때문이다. 사물에 대한 이해력과 삶의 원칙에 대한 지식은 두 형제 모두 비슷했지만, 자연은 지적 능력과 감정을 상이하게 부여하였다. 형의 눈빛은 강인했으며 얼굴도 강인했다. 이는 강인한 정신력과 어떠한 일에도 굴하지 않는 대담함을 비쳐 보였다. 동생의 눈빛은 날카로웠으나 그의 얼굴 생김새는 불안정하고 동요하는 듯한 모습이었다. 하지만 그들의 유쾌한 몸짓은 아버지의 자비로운 조언을 보여주는 틀림없는 지표였다. 그들은 지금 눈앞에 닥친 이별의 슬픔 때문에 처음 느껴 보는, 겁이 가득한 눈빛으로 아버지를 바라보았다. 그것은 그들이 곧 맞닥뜨리게 될 권력이나 지휘권에서 비롯된 슬픔은 결코 아니었다. 그들의 눈에서는 이따금 눈물이 흘렀다.

아버지가 말했다. "내 친구들아, 오늘 우리는 헤어진단다." 그리고 통곡하면서 두 아들을 꽉 껴안았다. 나는 이미 몇 분 동안 문가에 움직이지 않고 서서 이 광경의 증인이 되어 있었다. 아버지가 나에게 부탁을 했다.

"감상적인 여행자여, 부디 증인이 되어 주시오. 내가 얼마나 진심으로 일상생활에서 엄청난 의지대로 살고 있는지, 세상 앞에서 나의 증인이 되어 주시오. 아이들을 지켜 주는 부모의 품에서 애들을 떼어 놓는 유일한 이유는, 이 애들이 경험을 쌓아 행동을 보고 사람을 판단하며, 너저분하고 세속적인 삶에 진저리를 느껴 그러한 삶을 기꺼이 버리게 만들 수 있는 일깨움을 주기 위해서입니다. 하지만 그와 동시에 힘들 때에는 피난처가 필요하고 굶주릴 땐 한 줌의 빵이 필요한 법이지요. 그래서 나는 나의 논밭에 남아 있을 것입니다. 자비로우신 만물주여, 아들들이 고관들에게 자비를 구하지 않게 하시고, 그들에게서 위안을 찾지 않게 하오소서! 그들의 마음을 위안으로 주시고 그들의 지성을 자비로 주옵소서!

앉아서 내 말을 주의 깊게 듣거라. 자네들의 영혼 깊은 곳에서 살아 숨 쉬어야 할 테니까. 한 번 더 말하자면, 오늘 우리는 헤어진단다. 이루 말할 수 없는 기쁨으로 자네들의 뺨을 타고 흘러내리는 눈물을 보고 있어. 나의 충고가 자네들의 영혼에서 우유부단함을 없애 주고, 지금을 기억할 때 활짝 웃을 수 있게 해 주고, 내가 자네들을 증오와 슬픔으로부터 벗어나게 할 수 있었으면 좋겠네.

너희들을 어머니의 배 속에서 낳아 안았을 때, 너희들과 관계된 일이라면, 누구도 너희들의 보육자가 되게 하고 싶지 않았다. 그래서 유모도 너희들의 털끝 하나 건드리지 못했고, 가정 교사도 너희들의 마음과 지성에 간섭하지 못하게 했다. 나는 낮이나 밤이나 너희들을 두 눈 부릅뜨고 지켜보면서, 곤혹스러운 일이 너희들에게 다가오는 것을 막았지. 너희들과 헤어지는 이 순간까지 그것이 행운이었다고 생각한다. 하지만 나는 너희들로부터 잘 키워 줘서 고맙다는 말을 듣고 싶어서라든가, 비록 큰일은 아니었지만, 너희들을 위해 한 일을 생색내기 위해 이런 말을 한다고는 생각하지 말아 다오. 나 자신의 이익과 동기로 했을 뿐이고, 너희들에게 이익이 되는 것은 항상 나의 즐거움이기도 했단다. 그러니까 자네들이 나의 권위 아래 있다는 생각일랑 버리거라. 너희들은 나에게 어떤 의무도 없어. 우리의 끈끈한 결합을 법에서 찾는다면 그것은 헛된 일이다. 우리의 결합은 너희들의 마음에 기초해 있는 것이란다. 이것을 잊어버린다면 얼마나 괴로운 일이냐! 우리의 우정을 파괴하는 자를 끝까지 뒤쫓아 그 은신처에서 찾아내어 우리의 끈끈한 결합이 되돌아올 때까지 끔찍한 처벌을 하자꾸나. 한 번 더 말하거니와 너희들은 나에게 어떤 의무도 없다. 너희들은 나를 이방인이나 떠돌이라고 생각해도 된다. 그러나 만일 너희들의 마음에서 어떤 사랑스러운 감정이 느껴진다면, 우리는 이 땅의 가장 위대한 축복 속에서 우정을 유지하며 살게 될 것이다. 그런 감정이 없다면, 우리는 애초에 태어나지도 않은 것처럼 서로 모르고 지낼 것이다. 자비로운 신이시여, 당신의 뜻 안에서 이런 광경을 보지 않기를 빕니다!

너희들은 나에게 너희가 태어난 것은 물론이고 먹을 것을 주고 교훈을 준 것에 대해 어떤 빚도 없다. 태어난 것? 너희가 그 과정에 참여하기라도 했었니? 태어날 것이냐고 누가 물어보기라도 했더냐? 너희들이 태어나는 것이 너희들에게 이익이 되는지 해가 되는지 알기라도 했단 말이더냐? 아버지와 어머니가 아이를 낳아서 행복해질지 불행해질지 어떻게 알겠느냐! 결혼하자마자 상속과 후손 문제를 고민했다고 어느 누가 말하더냐? 만일 그런 고민을 한 사람이 있다면, 자신의 행복을 위해 결혼한 것일까, 그저 자신의 대를 잇기 위해 결혼한 것일까? 알지도 못하는 사람의 행복을 바랄 수가 있으며, 그런 것이 존재하기는 하는 것이냐? 불확실성으로 흔들리는, 정의되지 않는 바람을 행복이라고 할 수 있을까?

결혼하고자 하는 동기는 아이를 낳는 이유를 설명해 준단다. 너희들 어머니의 아름다운 얼굴보다 그 선한 마음에 이끌려, 나는 서로의 열정과 진정한 사랑을 확인할 가장 분명한 방법을 사용했지. 너희들의 어머니와 결혼한 것이란다. 그런데 무엇이 우리의 사랑을 일깨웠을까? 그건 바로 서로의 쾌락이었다. 몸과 마음의 쾌락. 자연이 선사한 그 즐거움을 맛보면서, 우리는 너희들 생각은 하지 않았다. 너희들이 태어난 건 우리의 기쁨이었지만, 너희들을 위해서 그렇게 한 건 아니란다. 이것은 우리의 허영심에 불을 놓았지. 너희들의 출생은 말하자면, 새롭고 감격적인 결합, 즉 진심을 확인하는 결합이었다. 이것이 부모가 자식을 그토록 뜨겁게 사랑하는 이유란다. 그것은 습관, 자신의 권위에 대한 자각, 그리고 아버지를 존경하는 자식의 마음이 반영되어 더욱 확고해진다.

자네들의 어머니 역시 태어났을 때부터 너희들에겐 아무런 의무가 없다는 나의 의견과 같은 생각이었다. 그녀는 너희들을 배 속에서 키웠다고 너희들 앞에서 자랑하지도 않았고, 자신의 피로 너희들을 키웠다고 인정하라고 하지도 않았지. 그리고 자신의 젖으로 너희들을 먹일 때의 고생이며, 산통에 존경을 바라지도 않았다. 너희 어머니는 그녀 자신이 가졌던 선한 영혼을 주려 했고, 의무라든지 강제 혹은 노예와 같은 순종이 아니라 우정을 심어 주려 했다. 그녀의 잔혹한 운명은 그 결실을 보도록 허락되지 않았단다. 그녀는 우리에게 확고한 정신을 남겨 주었지만, 어린 자식들과 나의 불같은 사랑을 보면서 그렇게 일찍 죽고 싶어 하지 않았다. 우리는 그녀를 닮았기에, 그녀를 완전히 잃어버리지는 않았어. 너희 어머니에게 가기 전까지 그녀는 우리와 함께 살 것이다. 내가 너희와 가장 나누고 싶은 대화가 너희들을 낳아 준 사람에 대한 이야기라는 것을 알아야 한다. 그러면 그녀의 영혼이 우리와 함께 대화하고 있는 것 같고, 그녀가 우리와 함께 있는 것 같은 기분이 들고, 우리에게 나타나 여전히 같이 살고 있는 느낌이다."

그리고 그의 영혼에 묶여 있던 눈물을 훔쳤다.

"너희들을 낳았다고 해서 너희들이 나에게 어떤 의무도 없는 것처럼, 너희들을 키워 준 것에도 아무런 의무가 없다. 내가 손님을 대접하고, 새들에게 먹이를 주며, 내 손을 핥고 있는 강아지에게 먹이를 줄 때, 이것이 그들을 위한 것이더냐? 즐거움, 기쁨 혹은 그로 인한 이익은 오직 나의 것이니라. 바로 이런 이유로 아이들을 기르는 것이다. 세상에 태어나자마자 너희들은 너희들이 살고 있는 사회의 시민이 되었다. 나의 의무는 너희들을 기르는 것이다. 왜냐하면 내가 너희들을 때 이르게 죽게 놔둔다면, 나는 살인자가 되기 때문이지. 만일 내가 보통 사람들보다 너희들을 더 잘 키웠다면, 내 마음이 감정을 그대로 따랐기 때문이다. 나의 권력은 너희들에게 먹을거리를 잘 제공하거나 무관심해하는 것에 있다. 또 너희들을 하루하루 잘 지켜 주는 것에 있다. 즉, 너희들을 살리고 죽이는 것은 내 손에 달렸지. 이것이 너희들이 지금까지 살아 있다는 것에 대해 나에게 어떤 빚도 없다는 명확한 증거이니라. 만약 나의 무관심 때문에 너희들이 죽었다면, 법의 복수는 나를 쫓지 않았을 거야.

하지만 세상은 너희들이 배우고 훈육을 받은 건 내 덕이라고 말하겠지. 너희가 복되다면 그것이 나의 이익인가. 너희들이 행한 좋은 일, 정확한 판단, 높은 학식, 아름다운 예술 작품으로 인해 듣게 되는 칭찬은 햇빛이 거울에 반사되듯 나에게까지 확장되고 나를 반영하는 것이 아니겠느냐. 너희들을 칭찬하는 것은 나를 칭찬하는 것이란다. 너희들이 악덕에 빠지고 학문에 소홀하고 판단력도 흐려져 고약하고 비루하며 다정한 감정을 가지지 않는다면 내가 무엇이 되겠니? 너희들의 비행으로 나는 고통을 받았을 것이고, 어쩌면 너희들의 광란에 희생되었을지도 모르겠다. 하지만 오늘 너희들이 떠나는데도 마음이 평온하단다. 이성은 올곧고 심장은 튼실하며 나는 그 안에 살고 있기 때문이지. 아! 내 친구들, 내 마음의 아들들아! 너희들을 낳으면서 나는 너희들에게 많은 의무를 지게 되었지만, 너희들은 내게 어떤 의무도 없단다. 나는 너희들의 우정과 사랑을 바랄 뿐이다. 너희들이 나에게 그것을 준다면, 나는 생명의 근원으로 행복하게 떠날 것이며 너희들을 남겨두더라도 내가 죽을 때 전혀 괴로워하지 않을 것이다. 너희의 기억 속에 영원히 살아 있을 것이므로.

그러나 내가 너희들을 기르는 나의 의무를 이행했다면, 이제 나는 너희들을 왜 이렇게 키웠으며, 왜 이렇게 가르쳤는지 이야기해 주마. 그러면 왜 너희들이 이 이야기를 들어야 하고, 너희들의 행동거지에 대해 내가 왜 그렇게 했는지 알게 될 것이다.

어릴 때부터 너희들은 강제라는 걸 느껴 보지 못했을 것이다. 너희들의 행동을 내가 직접 그렇게 하도록 시켰더라도, 그 방향은 느끼지 못했을 것이다. 너희들의 행동은 미리 준비되어 있었고 또 그렇게 될 줄 알고 있었지만, 나 자신은 조금의 순종과 비굴도 너희 운명의 무게에 나타나길 바라지 않았다. 그 때문에 너희들의 영혼은 비이성적인 명령은 참지 못하지만, 우정 어린 충고에는 온순하게 되었다. 너희들이 어릴 때, 내가 준비해 둔 길에서 우연히 벗어났다는 걸 알았을 때도, 너희들이 가는 길을 내버려 두었다. 아니 더 정확히 말하자면, 눈치채지 못하게 그 이전의 길로 인도했다는 편이 옳을 것이다. 마치 둑을 넘어 버린 물줄기를 사람의 힘을 이용해 강으로 돌려보내는 것처럼 말이다.

흉포한 자연의 힘과 날씨로부터 너희들을 제대로 지키지 못했다고 생각할 때도, 나의 소심한 유약함 때문은 아니었다. 차라리 완전한 성인이 되어 편안히 지내는 것보다, 그 순간에는 너희의 육체가 지나가는 병으로 고통받는 게 낫다고 생각했다. 그래서 너희들은 종종 맨발이나 머리에 아무것도 쓰지 않고 돌아다니면서 벤치나 바위 위에서 먼지와 오물을 뒤집어쓴 채 쉬기도 했다. 그래도 나는 최소한 너희들이 건강에 치명적인 음식과 음료를 멀리하도록 노력했단다. 우리가 일하고 난 뒤의 식사는 우리만이 누릴 수 있는 최고의 권리였지. 우리가 집으로 가는 길을 잃어 헤매고 있을 때 어느 낯선 마을에서 한 식사가 얼마나 즐거웠는지 기억나지 않느냐. 호밀 빵과 시골식 크바스도 그땐 얼마나 맛있었는지!

너희들이 세련된 걸음걸이를 몰라서, 또한 유행이나 관습에 적당치 않은 행동거지로 때때로 놀림을 받더라도 나에게 화를 내지 말아라. 또한 취향껏 옷을 입지 못한다거나, 이발사의 손질된 머리가 아니라 되는 대로 머리를 쓸어 넘겼다고 놀림받는 경우에도 마찬가지다. 특히 여자들이 많이 모인 자리에서 무심하게 굴면서 여성들의 아름다움을 찬미하는 방법을 모른다고 하더라도 화를 내지 말아라. 대신 이 점을 기억하거라. 너희들은 빨리 달릴 수 있고, 지치지 않고 수영할 수 있으며, 큰 힘을 들이지 않고도 무거운 것을 들 수 있다. 또 쟁기질도 할 수 있으며, 이랑을 팔 수도 있고, 낫, 도끼, 대패, 끌 등을 자유롭게 사용할 수 있다. 게다가 말도 탈 수 있고 사냥도 할 수 있지. 스코모로히*처럼 묘기를 부리지 못한다고 해서 슬퍼하지 말거라. 가장 멋진 춤도 위엄을 나타내는 것이 아니라는 점을 알고 있어야 한다. 언젠가 너희들이 그런 춤을 추는 모습에 감동받는다 하더라도, 그 뿌리는 욕정이며 그 외 다른 모든 것들은 부차적인 것임을 알고 있어야 한다. 반면 너희들은 살아 있는 것과 죽어 있는 모든 것을 묘사할 줄 알고, 자연의 왕인 인간의 모습을 묘사할 수 있단다. 회화 작품에서 너희들은 감정적으로뿐만이 아니라 이성적으로도 진정한 즐거움을 찾을 수 있어. 나는 너희들에게 음악을 가르쳤다. 너희의 신경에 맞추어 울리는 현이 너희의 예민한 마음을 일깨우기 위해서 말이다. 왜냐하면 음악은 내면 깊숙이 우리를 인도하여 부드러운 마음씨가 우리에게 익숙하게 만들어 주기 때문이란다. 나는 또한 칼을 가지고 싸우는 야만적인 무예도 가르쳤다. 하지만 이 무예는 자신을 보호하기 위해 그것을 일깨우기 전까지는 너희들 안에서 죽은 듯 있을 것이다. 나는 그것이 너희들을 불손하게 만들지 않을 것이라고 기대한다. 왜냐하면 너희들은 강인한 정신을 가지고 있어, 양이 뒷발로 차거나 음탕한 돼지가 주둥이를 들이민다고 해서 이를 모욕이라고 여기지 않을 것이기 때문이다. 누구에게라도 너희들이 소젖을 짤 수 있고, 죽을 쑬 줄 알며, 고기를 잘게 다져 맛있게 요리할 줄 안다고 말하는 것을 꺼리지 말아라. 스스로 모든 것을 할 줄 아는 사람은 다른 사람이 그렇게 하도록 명령할 수 있으며, 그 일을 행하는 데 따라오는 어려움을 알기 때문에 타인의 실수에도 관대할 수 있단다.

어린 시절과 소년 시절에 나는 미리 준비된 생각이나 다른 사람의 생각으로 너희들의 생각을 옥죄지 않았으며, 필요 없는 과목들로 너희들의 기억력에 부담을 주지 않으려 했다. 그러나 자신이 가진 이성의 힘을 느끼게 해 준 이후, 즉 너희들에게 지식에 이르는 길을 놓아 준 뒤에는 너희들 스스로 너희에게 열려 있는 길을 따라 전진해 나가고 있다. 너희들의 지식은 기초가 매우 튼튼하단다. 왜냐하면 속담에 있듯이 야곱의 까치처럼 다짜고짜 암기만 한 것이 아니기 때문이다. 이런 원칙에 따라 너희들에게서 이성의 힘이 완전히 발휘되기 전까지는 계시는커녕 절대자와 그에 대한 개념을 너희들에게 알려 주지 않았다. 이성적인 사고를 하기 전에 배우는 모든 것은 편견일 뿐이고, 이성적 판단을 방해하기 때문이다. 그러나 너희들의 판단력이 충분히 이성적이라는 것을 알았을 때는 신에 대한 인식에 이르는 모든 개념들을 보여 주었다. 내 마음 깊은 곳에서는, 자비로우신 아버지는 지식의 촛불에 편견으로써 불을 밝히는 사람이 아니라, 스스로 그 불의 근원으로까지 올라가는 순수한 두 영혼을 보는 것을 좋아하신다고 확신한다. 그제야 나는 너희들에게 많은 사람들에 의해 그것이 논박당했던 그 모든 사실까지 포함하여 계시의 율법을 보여 주었다. 그래서 나는 너희들 스스로 우유와 쓸개를 구분하여 선택할 수 있었으면 했다. 너희들이 위안의 그릇을 용기 있게 들어 올리는 것을 보는 것은 나에게 큰 기쁨이었다.

학문을 가르치면서 너희들이 외국어를 익혀 다양한 나라에 대해 알게 하고 싶었다. 하지만 내 교육의 최우선은 모국어를 익혀 너희들의 생각을 땀 흘리지 않고 자연스럽게 말과 글로써 명확히 표현할 줄 아는 것이었다. 영어, 그다음엔 너희들이 라틴어를 공부하게끔 노력했다. 언술로 표현되는 자유로운 영혼의 탄력성은 모든 정부에서 필요할 만큼, 확고부동한 지식에 대한 이성이라는 습관을 길러 내기 때문이지.

하지만 너희들의 지성을 학문의 길로 인도하면서 너희들의 도덕관에 보다 큰 관심을 기울였다. 너희들 속에 있는 순간적인 분노를 억제하려고 애썼으며, 계속된 분노로 인해 복수가 일어나는 것을 억제시켰단 말이다. 복수! 너희들의 영혼은 복수에 구역질을 느낄 것이다. 이 인간의 자연적인 감정에서 너희들에게 남은 것은 타인에게 모욕을 되돌려 주려는 욕망을 없애 버리고, 자기 자신을 소중히 여기는 감정뿐이었다.

너희들은 자극적인 감정이 극한에 달하긴 했지만, 무엇에 의해 그렇게 되었는지는 모르던 때를 지나, 이제 온갖 외부의 자극에 의해 감정이 동요하고 너희들의 내부에서 위험한 파문을 만들어 내는 시기가 되었단다. 사람들이 말하듯, 이제 이성이 정당한 행위와 부당한 행위를 판단하는 기준이 되었단 말이다. 지금까지는 어린애의 응석받이로 이해될 수 있었던 감정들이 혼란을 느끼기 시작하고, 젊음의 그릇을 가득 채운 생의 에너지가 분출구를 찾아 끓어넘치기 시작했다고 말하는 것이 더 좋겠다. 나는 타락한 감정에 흥분한 나머지 거기에 경도될까 두려워 그것으로부터 너희들을 보호해 왔지만, 숨기지도 않았다. 쾌락의 감정에서 죽음에 이르는 길로 미혹되어 일어나는 파괴적인 결말을 알지 못하게 하였다. 너희들은 감각적 극한을 추구하는 것이 얼마나 불쾌한 것인지 스스로 목격해 왔고, 혐오해 왔다. 또한 너희들은 폭발하는 정념이 자연적인 흐름을 벗어났을 때, 어떻게 황폐화되고 공포스럽게 변하는지도 지켜보았다. 나의 오랜 경험은 새로운 아이기스*처럼 너희들 위에 있으면서 불합리한 곤경에 빠지지 않도록 지켜 왔다. 이제 너희들은 자신의 주인이 되었다. 그리고 나의 조언은 언제나 너희들이 하는 일에 등불이 될 것이다. 너희들의 마음과 영혼이 나에게 열려 있기 때문이지. 하지만 사물과 멀어지면 약해지는 불빛처럼, 너희들도 내가 없다면 내 우정의 감정을 약하게 느낄 것이다. 이러한 이유로 너희들에게 개인 생활의 원칙과 사회생활의 원칙을 이야기해 주마. 너희들은 감정을 자제함으로써 행동에 거리낌이 생길 것이며, 후회하지 않게 될 것이다.

개인 생활의 원칙은, 너희들에게 이 원칙이 적용되는 한, 너희들의 육체와 윤리에 관련될 수밖에 없다. 너희들의 육체적인 힘과 감정을 이용해야 한다는 것을 절대 잊지 말거라. 힘과 감정에 대한 적당한 훈련은 그것들이 고갈되지 않게 강화해 주고, 무병장수에 도움을 줄 것이다. 이를 위해 너희들이 익혀 온 기술과 예술과 공예를 계속 갈고닦아야 한다. 완전히 숙달해 두면 이따금 필요할 것이니라. 미래의 일은 아무도 모르는 법. 만일 불운한 일이 닥쳐 너희들에게서 모든 것을 앗아 간다면, 그렇게 숙달해 둔 것을 이용하여 스스로 호구지책을 마련해 그럭저럭 살 수 있을 것이다. 그러나 너희들이 좋은 시절을 허비한다면, 힘든 날이 닥쳤을 때 고민해 봐야 이미 늦어 버린 것이다. 안이함, 게으름 그리고 무절제한 감정은 영혼과 육체 모두를 타락시킨다. 왜냐하면 절제되지 않은 육체는 정신의 견고함도 소진시키기 때문이다. 힘을 자주 사용하면 육체가 튼튼해지고 그와 함께 영혼도 건강해진다. 만일 밥맛이 떨어지고 병 기운이 느껴진다면, 너희들의 감각을 애무하는 침대에서 벌떡 일어나 힘 빠진 너희들의 팔다리를 움직여 새롭게 힘이 솟아나는 것을 느껴 보거라. 건강에 필요하다면 스스로 알아서 음식을 먹거라. 굶주림은 너무 많이 먹어 먹기 괴로웠던 음식도 달콤하게 만들 것이다. 배고픔을 해소하는 데는 빵 한 조각과 물 한 바가지면 충분하다는 사실을 항상 기억하거라. 만일 외적 감각의 유익한 박탈, 즉 잠이 너희들의 생각대로 들지 않는다면, 방에서 뛰어나가 지칠 때까지 몸과 마음을 새롭게 하거라. 그러면 잠자리에 쉽게 누울 수 있을 것이다.

단정히 옷을 입고 몸을 깨끗이 하거라. 왜냐하면 청결은 건강에 이롭지만, 몸이 불결하고 악취가 나는 것은 종종 추악한 타락으로 이르는 길을 내주기 때문이다. 그렇다고 중도를 지키지 말라는 것은 아니다. 마차가 진창에 빠졌을 때 그 마차를 끌어내거나, 넘어진 사람에게 도움을 주어야 할 때는 피하지 말거라. 손, 발, 몸은 더러워질 수도 있지만 마음은 빛으로 가득 찰 것이다. 초라한 집에 들어가 가련한 사람들을 위로하거라. 그들의 초라한 음식도 맛보거라. 비탄에 잠긴 사람들에게 기쁨을 줄 때 너희들의 마음도 행복을 느끼게 될 것이다.

한 번 더 말하거니와, 너희들은 이제 정념은 깨어났지만, 이성이 그것을 제어하기에는 여전히 약한 시기에 이르렀다. 의지라는 저울에서 경험 없는 이성의 저울판이 올라가면, 정념의 저울은 즉각 내려가기 때문이다. 그러므로 저울추가 평형에 이르는 방법은 열심히 노동하는 것밖에 없다. 몸으로 일하거라. 그리하면 너희들의 정념은 강하게 요동치지 않을 것이다. 너희들의 온순함, 감성, 관대함, 너그러움, 용서를 훈련한다 생각하고 마음으로 일하거라. 그러면 너희들의 정념은 유익한 결실을 향해 갈 것이다. 독서, 명상, 사건과 진리의 탐구를 훈련한다 생각하고 이성적으로 일하거라. 그러면 이성이 너희들의 의지와 정념을 지배하게 될 것이다. 그러나 이성에 도취되어 열정의 뿌리를 뽑아 버리고 그것 없이 살 수 있다고 생각하지는 말아라. 열정의 뿌리 자체는 좋은 것이고 우리의 자연스러운 감정에 기초하고 있는 것이다. 우리의 내외부 감각이 약해지고 무너져 내릴 때, 정념 역시 약화된다. 정념은 인간 속에서 기분 좋은 긴장도 만들어 내는데, 그것 없이는 인간은 무력하게 잠이나 잘 것이다. 정념이 완전히 없어진 사람은 머저리이자 허망한 인형에 불과하고, 좋은 것과 나쁜 것도 구분하지 못한다. 나쁜 생각을 행하지도 못하는 사람이 그 생각을 절제한다고 해서 가치 있는 것은 아니다. 서툰 솜씨로는 누구를 다치게 할 수도 없지만, 물에 빠진 사람을 도울 수도 없고 바다에 몸을 던지는 사람을 잡아 둘 수도 없다.

그러므로 정념에 있어서도 중도를 유지하는 것이 최선이다. 중앙으로 가야 좋은 것이란 말이다. 정념이 한 극단으로 치달으면 파국이 되고, 정념이 완전히 없어지면 도덕적 죽음을 초래하게 된다. 길 가운데를 벗어난 보행자가 양쪽 도랑에 빠질 위험이 있는 것처럼, 도덕의 길을 갈 때도 마찬가지다. 하지만 경험과 이성, 마음으로 무장된 정념은 신중함의 재갈을 풀고 좋은 결말을 향해 가는 질주를 계속하게 두어라. 그 목적지는 언제나 위대한 것이고, 목적지에 다다라서만 멈출 수 있기 때문이지.

그러나 내가 너희들에게 정념이 없으면 안 된다고 일깨우긴 했지만, 무엇보다도 젊었을 때에는 사랑에 대한 열정에 있어서는 적당해야 할 필요가 있다. 그것은 자연이 우리의 행복을 위하여 우리 마음에 심어 준 것이다. 그런 까닭에 너희들 안에서 일깨워질 때는 실수가 없을지 모르지만, 사랑의 대상이나 과도함에 있어서는 그렇지 않다. 그래서 너희들은 사랑을 하되, 사랑하는 상대를 고르는 데 조심하고, 상상하는 사랑을 실제 서로 간의 뜨거운 감정과 혼동하지 말아야 한다. 사랑하는 이와 함께 있다면 이 사랑의 열정이 적당한지 어떤지를 너희들은 판단할 수 없을 것이다. 사랑에 대해 이야기하다 보면 자연스레 결혼을 이야기하게 된다. 이 성스러운 사회적 결합은 그 원칙을 자연이 우리 마음속에 새겨 주는 것이 아니다. 결혼의 성스러움은 사회적 원칙에서 흘러나오는 것이다. 첫걸음을 막 시작하는 너희들의 판단력으로는 이 말이 이해되지 않겠지. 너희들의 마음은 사회의 이기적인 사랑의 열정이 무엇인가를 느껴 보지 못했으므로 이에 대한 내 이야기가 와 닿지도 않을뿐더러 무용하다고 생각할지도 모르겠다. 결혼이 무엇인지 이해하고 싶다면, 너희들을 낳은 어머니를 생각하면 된다. 나와 어머니를 생각하면서, 우리가 나누었던 말과 입맞춤을 상상해 보고 그 장면을 너희들의 가슴에 새겨 보거라. 그러면 그 장면 속에서 어떤 전율이 느껴질 것이다. 그게 무엇일까? 시간이 지나면 알게 될 것이다. 오늘은 그런 감각이 있다는 것을 아는 것만으로도 충분하다.

이제 사회생활의 원칙에 대해 간단히 알아보자. 그것들을 정확히 기술하는 것은 불가능하다. 왜냐하면 그 원칙은 상황과 조건에 따라 시시때때로 변하기 때문이다. 하지만 실수를 최대한 줄이기 위하여, 어떤 일이든 시작할 때 너희들의 마음에 물어보아라. 너희들의 선한 마음은 너희들을 속일 수 없기 때문이다. 마음이 이르는 대로 행하거라. 선한 마음을 가지고 있다면, 젊은 시절에도 마음 가는 대로 행동한다고 해서 실수하지 않을 것이다. 하지만 충분한 경험을 의미하는 수염도 나기 전에 그런 척 판단하고 행동한다면, 멍청이란다.

사회생활의 원칙은 관습과 풍습, 법률 또는 선행과 관련된다. 만일 사회의 관습과 풍습이 법에 저촉되지 않는다면, 또한 법률이 선행의 확산에 어떤 장애물이 되지 않는다면, 사회생활의 원칙을 실행하는 것은 쉬운 일이다. 하지만 그런 사회가 존재할까? 우리가 알고 있는 사회는 관습과 풍습, 법, 선행을 실현함에 있어 모순으로 가득하다. 게다가 자주 그것들은 극단적으로 모순되는 경우가 많기 때문에, 한 명의 인간과 시민으로서의 의무를 이행하기란 매우 어려운 일이다.

덕행이 인간의 행동에서 최고의 목표이기에, 그것의 실현은 무엇으로도 늦추어질 수 없다. 관습과 풍습, 시민법과 교회법이 아무리 신성하다 하더라도 그것을 지키는 일이 덕성과 멀어지는 것이라면, 과감하게 그것들을 버리거라. 감히 신중하고 겁이 많다는 핑계로 덕성이 파괴되어야 한다고 절대로 비호하지 말거라. 그것들 없이도 외견상 평온할 수는 있지만, 결코 행복하지는 못할 것이다.

관습과 풍습이 우리에게 부과한 삶을 잘 따름으로써, 우리는 우리와 함께 사는 사람들로부터 대우받을 것이다. 법 조문을 잘 실천함으로써, 우리는 명예로운 인간이라는 칭호를 얻을 것이다. 그러나 덕을 실천함으로써는, 심지어 그렇게 생각하고자 하지 않는 사람들조차로부터도 보편적인 신임과 존경, 경탄을 얻을 수 있다. 그래서 교활한 아테네의 원로원이 소크라테스에게 독배를 내렸을 때, 내심으로는 그의 덕행에 몸서리를 쳤던 것이다.

법과 배치되는 관습을 실천하려 하지 말거라. 법은 아무리 악법이라 하더라도 사회의 관계망이다. 만일 군주가 너희들에게 법을 어기라고 명령하거든 그의 말을 따르지 말거라. 왜냐하면 군주는 자기 자신과 사회에 해악을 끼치고 있기 때문이다. 너희들에게 어기라고 한 그 법률을 폐지시킨 다음 복종하거라. 왜냐하면 러시아에서는 군주가 모든 법의 원천이기 때문이다.

법이나 군주 혹은 지상의 어떠한 권력이 거짓을 강요하고 덕행을 파괴하라고 사주하더라도 절대 흔들리지 말거라. 조롱에도, 고통에도, 병에도, 감금 그리고 죽음조차도 두려워하지 말거라. 몰아치지만 해를 가할 수 없는 파도, 그 한가운데 있는 바위처럼 너희의 영혼은 흔들림이 없어야 한다. 너희를 괴롭히는 자들의 광포함은 너희의 굳건한 의지 앞에서 부서질 것이다. 만일 그들이 너희들에게 죽음을 주려 한다면, 그들은 비웃음을 사게 될 것이고 너희들은 여러 세기가 지나더라도 고귀한 사람들의 기억 속에서 영원히 살게 될 것이니라. 행동하는 데 있어 우유부단함을 신중함으로 잘못 이름 붙이지 말거라. 그것은 덕행의 적일 뿐이다. 이런

저런 이유로 오늘 덕행을 파괴한다면, 내일은 그 파괴가 덕행으로 간주될 것이다. 그렇게 되면 타락이 너희의 마음을 지배할 것이고, 너희의 얼굴과 영혼에 나타난 순결함을 왜곡시켜 버릴 것이다.

덕행은 사적인 것이기도 하고, 사회적인 것이기도 하다. 온화함, 온순함, 친절함이 그것의 첫 번째 동기이며, 그 뿌리는 언제나 선이다. 사회적 덕행의 동기는 종종 허영과 야망에서 비롯된다. 그렇다고 이 때문에 사회적 덕행을 실천하지 말라는 것은 아니다. 그 근처를 맴돌게 하는 이유가 그것에 중요성을 부과한다. 쿠르티우스가 자신의 조국을 위해 보여 준 행위*에서 누구도 허영이나 삶에의 절망을 볼 수는 없을 것이다. 그는 영웅이었던 것이다. 사회적 덕행을 실천하기 위한 우리의 동기가 인간의 확고부동한 정신에 그 기원이 있다면, 그 광채는 훨씬 더 클 것이다. 사회적 덕을 실행할 자격을 더욱 갖추기 위해서라도 개인적 덕행의 실천을 게을리하지 말거라.

너희들에게 인생의 실천 원칙 몇 가지를 더 이야기해 주마. 무엇보다도 너희들은 어떤 행동을 하든 너희들 스스로 존경할 수 있도록 하여야 한다. 그러면 스스로의 내면을 들여다볼 때, 자기가 한 일에 대해 후회하지 않을 뿐만 아니라, 스스로를 공경할 수 있을 것이다.

이러한 원칙을 지키면서 절대로 비굴한 모습을 보여서는 안 된다. 세상에 나아가면, 사회에서는 휴일 아침 이름난 인사들을 방문하는 것이 관례임을 곧 알게 될 것이다. 그러나 이러한 관습은 경멸할 만한 것이다. 왜냐하면 방문자들은 그의 소심함이 드러나고, 주인은 교만함과 흐릿한 이성이 드러나는, 그야말로 아무 의미도 없는 관습이기 때문이다. 로마인들에게도 이와 비슷한 관습이 있었다고 한다. 그들은 이것을 '암비티오'*라고 불렀는데, 탐방 혹은 교제를 의미했다. 이로부터 암비티오는 '야망'을 의미하게 되었다. 왜냐하면 젊은이들은 저명한 인사들을 방문함으로써 스스로 관등과 가치 있는 길을 찾고 있다고 생각했기 때문이지. 오늘날에도 똑같은 일이 반복되고 있다. 그러나 로마인들에게는 이러한 관습이 젊은이들이 경험 많은 사람들을 찾아 배우기 위해 도입되었다고는 하지만, 그것이 변함없이 항상 무결하게 지켜져 왔는지에 나는 의심이 간다. 우리 시대에는 저명인사를 방문하는 것이 배움을 목적으로 하는 것이 아니고 그들로부터 특혜나 받자고 하는 것이기 때문이다. 그래서 아첨과 의무의 경계선을 넘지 말아야 한다. 너희에게 주어진 직무를 다하고자 하는 경우가 아니라면, 저명인사의 집에는 절대 찾아가지 말거라. 그러면 비록 너희들에게 분노하더라도, 결국에는 노예근성으로 가득 찬 비굴한 사람들 무리에서 너희들을 구별할 것이다.

만일 너희들이 영광으로 가는 길목에서 죽음이 나의 생을 끊어 놓는다든가, 혹은 정념이 너희들을 이성의 길에서 벗어나게 꼬여 낸다 하더라도, 너희들이 잘못된 길을 따라가고 있음을 알아차렸다면 절망하지 말거라. 너희들은 그러한 태만과 오판을 통해 선을 더욱 사랑하게 될 것이다. 방탕한 생활, 무절제한 야망, 거만함 그리고 젊은 시절의 모든 허물은 너희의 마음에 상처를 남기는 것이 아니라 표면만을 미끄러져 가는 것이므로 교정될 수 있다는 희망이 남아 있다. 나는 너희들이 자기중심적이고 허영을 부리며 다른 것은 제쳐 두고 치장에만 관심을 쏟는 것보다, 어렸을 때는 오히려 방탕하고, 낭비벽이 있으며, 당돌한 편이 나았다고 생각한다. 소위 맵시에 대한 체계적인 관심은 꽉 막힌 이성을 의미하니까 말이다. 만약 율리우스 카이사르가 멋쟁이라고 말한다면, 그의 맵시에는 목적이 있었을 것이다. 젊은 시절 여성들에 대한 욕망이 그 이유였지. 하지만 그가 자신이 원하던 것을 얻을 수 있었다면, 그는 즉시 그 옷을 벗어 던지고 악취 나는 어떤 누더기 옷이라도 갈아입었을 것이다.

사람이 젊을 때에는 일시적인 겉멋도 그렇고, 온갖 바보짓도 용서받을 수 있단다. 그러나 사기, 거짓말, 게으름, 이기심, 자만, 복수심, 야만성 등을 인생에서 최고의 행위로 위장하려 한다면, 그래서 피상적인 광채로 너희 동료들의 눈을 멀게 한다든가, 진실의 거울을 비춰 줄 만큼 너희들을 사랑한다는 단 한 명의 사람도 찾지 못한다 하더라도, 통찰력을 가진 사람들의 눈마저 흐리게 할 것이라고는 꿈도 꾸지 말아라. 그들은 번쩍이는 교활함이라는 옷을 뚫어 보고, 덕은 너희들의 시커먼 영혼을 드러내 보일 것이다. 너희들은 그것이 뼛속까지 싫겠지. 덕은 미모사처럼 너희들이 닿으면 움츠리지만, 그것은 순간적일 뿐, 미모사 줄기는 멀리서도 너희들에게 상처를 입히고 괴로움을 줄 것이다.

용서하거라, 내 사랑하는 사람들아, 용서하거라, 내 영혼의 친구들아! 오늘 순풍에 돛을 달고 서툰 솜씨로 배를 띄워 나서는구나. 스스로 통제하는 법을 익혀, 삶이라는 파도를 따라 나아가거라.

배가 파괴되지 않고 고대하던 목적지에 배를 댄다면 얼마나 좋을까. 너희의 항해에 행운이 깃들길 바란다. 이것이 나의 진심 어린 바람이다. 나의 자연적인 힘은 움직이고 살아오면서 쇠잔해 버렸고, 소진되어 사그라들 것이다. 너희들을 영원히 남겨 두어야 한다. 그러므로 이제 너희들에게 마지막 유언을 주겠다. 만일 흉포한 운명이 너희들에게 빗발치는 화살을 내린다면, 그런데도 덕의 피난처가 지상에 남아나지 않았다면, 그리고 극단까지 쫓겨서도 피할 곳이 없다면, 너희들은 인간이라는 것을 기억해라. 너희들이 위대하다는 것도 떠올려라. 그리고 너희들로부터 지복의 왕관을 빼앗아 가려거든 미련 없이 죽어라.

너희들에게 죽어 가는 카토의 말을 유산으로 남긴다. 하지만 덕행 속에서 죽을 수 있다면, 악의 한가운데에서도 죽거라. 그리고 악 속에서도 덕행을 행하거라. 만일 나의 충고를 잊어버리고 악한 일에 뛰어든다면, 선행에만 익숙해진 너희들의 영혼은 전율할 것이고, 내가 너희들의 꿈에 나타날 것이다. 그리하면 너희들은 침대에서 일어나 환영을 쫓아내거라. 그때 눈물이 흘러내리면 다시 잠에 들거라. 하지만 너희들이 내 생각을 하면서도 악한 일을 한다면, 너희들의 영혼은 꿈쩍도 하지 않을 것이고, 눈물도 말라 버릴 것이다. 이것이 쇳덩어리이자 독이란다. 나를 슬픔에서 구해 다오. 그런 치욕스러운 일로부터 세상을 구해 다오. 나의 아들로 남아 있으려거든, 덕행을 위해 죽는 수밖에 없다."

이렇게 말한 후 늙은이에게는 젊은이다운 홍조가 그의 주름진 뺨을 뒤덮었다. 그의 눈빛에서는 희망의 기쁨이 넘쳐흘렀고, 얼굴에는 초자연적인 어떤 물질이 번쩍였다. 그는 아들들에게 키스를 하고 나서 마차까지 데려다주었는데, 마지막 작별의 순간까지 의연했다. 하지만 역마차의 방울 소리가 울려, 아들들이 멀어져 가고 있음을 알려 주자 꿋꿋하던 영혼이 무너지고 말았다. 눈물이 그의 눈에서 새어 나왔고, 그의 가슴은 부풀어 올랐다. 그는 팔을 뻗어 떠난 이들의 뒤를 쫓았다. 그렇게 하면 말을 세울 수 있을 것 같았기 때문이다. 젊은이들은 멀리서 슬픔에 잠겨 있는 아버지의 모습을 보고 얼마나 목을 놓아 통곡했는지, 그 신음이 바람에 실려 우리 귀에까지 들려왔다. 그들 역시 아버지에게 팔을 뻗었는데, 아버지를 부르고 있는 것 같았다. 노인은 이 광경에 더 이상 참을 수 없었는지 힘이 빠져 내 품속으로 넘어지고 말았다. 그사이 작은 언덕 때문에 떠난 이들이 우리의 시야에서 사라져 버렸다. 정신이 들자, 노인은 무릎을 꿇고 눈과 팔을 하늘로 향했다. 그리고 울부짖었다.

"오 주님, 당신께 기도드리니, 덕행의 길로 나선 그들을 더욱 강하게 만드소서. 그리고 행복이 임하게 하소서. 자비로우신 아버지시여, 당신은 제가 쓸모없는 기도로 당신을 괴롭힌 적이 없다는 걸 알고 계시지 않습니까. 저의 온 영혼으로 당신의 은총과 공평무사함을 확신합니다. 당신께서 가장 사랑하시는 것은 덕행입니다. 순수한 마음에서 우러나는 행동은 당신을 위한 최고의 제물입니다. 오늘 나는 아들들과 헤어졌습니다. 주님이시여, 당신의 뜻이 함께하길!"

그는 괴로워했지만, 자신의 희망을 확신하며 집으로 돌아갔다.

크레스티치의 귀족이 한 말이 내 머릿속에서 떠나질 않았다. 아이들에 대한 부모들의 권력이 아무 근거 없음을 주장하는 그의 견해는 나에게 이견의 여지가 없는 것처럼 보였다. 잘 구성된 사회에서는 젊은이들이 경험과 연륜을 존경하지만, 그렇다고 부권이 무제한적일 이유는 전혀 없기 때문이다. 아버지와 아들 사이의 결합이 사랑의 감정에 기반하지 않는다면, 그것은 당연히 견고하지 않으며, 모든 법적인 조치를 취해도 마찬가지일 것이다. 만일 아버지가 자신의 아들을 노예 취급하고 법률에서 권위의 원천을 찾는다면, 그리고 아들은 상속받기 위해서만 아버지를 존경한다면 그런 사회에서 어떠한 행복을 기대할 수 있을까? 그것은 점점 늘어가는 수많은 노예에 노예 하나를 더 보태는 것이거나, 품속에 있는 뱀일 뿐이다……. 아버지는 아들이 크기 전까지는 기르고 가르쳐야 하며, 그의 잘못을 벌해야 한다. 그리고 아들은 진심으로 자신의 의무를 받아들여야 한다. 만일 그가 아무것도 느끼지 못한다면, 아버지의 잘못이다. 왜냐하면 아무것도 가르쳐 주지 않았기 때문이다. 아들은 아직 허약하거나 어리다면 정당하게 아버지로부터 도움을 요구할 권리가 있다. 그러나 성년이 되었다면 자연적인 이러한 관계는 끊어진다. 어린 새는 스스로 먹이를 구할 수 있게 되면, 어미 새로부터 도움을 받지 않는다. 수컷과 암컷은 새끼들이 성장하면 그들을 잊는다. 이것이 자연법의 원리이다. 만일 시민법이 이와 멀어지게 되면 불구를 낳는다. 아이들은 자신의 사랑이 다른 대상으로 옮겨 가기 전까지만 자신의 아버지, 어머니 그리고 스승을 사랑하는 법이다. 자식을 사랑하시는 아버지시여,

이런 말에 화내지는 마십시오. 자연이 그것을 원합니다. 당신에게 유일한 위안은, 당신의 아들의 아들이 다 클 때까지는 당신을 사랑한다는 사실입니다. 그리고 그의 사랑을 당신에게로 돌리는 것은 당신 몫입니다. 만일 이 일에 성공한다면, 당신은 행복할 것이며 존경받을 자격이 있는 것입니다.

이러한 생각에 빠져 있는 동안 나는 다음 역참에 도착했다.

야젤비치

이날은 운명이 나를 시험에 들게 하기로 예정한 날이었다. 나도 한 명의 아버지로서, 내 아이들에게 각별한 애정을 가지고 있다. 그런 이유로 크레스티치의 귀족이 한 말들은 나에게 깊은 감동을 주었다. 그 말은 내 마음 깊은 곳까지 흔들어 놓으면서, 어떤 희망의 즐거움도 주었다. 그것은 아이들과의 관계에서 오는 우리들의 행복은 우리 자신에게 달려 있다는 것이다. 하지만 야젤비치에서 나는 슬픔이 내 영혼에 깊이 뿌리박고 있으며, 그것을 뽑아 버릴 수 있다는 희망조차 없는 비참한 광경을 목격해야 했다. 오, 젊은 이들이여! 내 이야기를 들어 보시라. 그리하여 스스로의 허물을 깨달아, 때 이른 파멸을 피하고, 미래에 있을지도 모를 후회를 일찍 없애 버릴지어다.

공동묘지 옆을 지나고 있었다. 산발한 사람의 심상치 않은 통곡 때문에 멈추지 않을 수 없었다. 가까이 다가갔을 때 그곳에서 장례가 치러지고 있음을 알았다. 관을 이미 무덤 속에 내리고 있었다. 하지만 내가 멀리서 본 그 산발한 사나이가 온 힘으로 관을 붙들고 있었기 때문에, 땅속으로 관이 내려가지 못하고 있었다. 사람들이 억지로 그를 관에서 떼어 놓은 다음에야 무덤 속으로 관을 내릴 수 있었고, 서둘러 관을 묻기 시작했다. 그 불행한 남자가 그곳에 있는 사람들에게 소리쳤다.

"어째서 관을 나에게서 빼앗아 가는 것이오? 어째서 나를 관과 함께 산 채로 묻어 버리지 않소? 그래야 내 슬픔과 후회가 끝난단 말이오. 이미 알고 있잖소, 내가, 바로 내 사랑하는 아들놈을 죽인 장본인이란 걸. 이 정도에 놀라지 마시오. 나는 그 녀석을 칼이나 독을 써서 숨통을 끊어 놓은 것이 아니오. 아니, 더 심한 짓을 했단 말입니다. 나는 이미 그 아이가 태어나기도 전에 그에게 죽음을 안길 준비를 했소. 내가 아들에게 독이 가득한 생명을 주었기 때문이오. 나는 다른 살인자들과 마찬가지이기도 하지만, 그중에서도 가장 악질이오. 왜냐하면 아들이 태어나기도 전에 죽였기 때문이지요. 내가, 바로 내가, 처음부터 고통스러운 독을 아이에게 주었기 때문이오. 그래서 그의 몸은 튼튼해질 틈이 없었소. 그놈은 살아생전 내내, 단 하루도 건강이라는 것을 누린 적이 없단 말이오. 그리고 그 치명적인 독이 온몸에 퍼져 삶을 앗아 간 것이지요. 내가 한 짓에 누구도, 그 누구도 죗값을 물을 수도 없다니 말이 되냔 말이오!"

그의 얼굴에 절망이 여실히 드러났고, 사람들은 거의 숨도 제대로 쉬지 못하는 그를 그곳에서 옮겼다.

돌연 서늘함이 내 핏줄을 타고 돌았다. 나는 온몸이 마비되었다. 나에게 하는 소리처럼 들렸기 때문이다.

나는 방탕했던 젊은 시절을 떠올렸다. 흥분한 나의 감정이 쾌락을 좇아, 자위를 위해 돈으로 산 여인을 진정한 열정의 대상이라 생각했던 그 모든 사건들이 내 머릿속에 떠올랐다. 나는 나의 욕정을 자제하지 못하고 결국 치욕스러운 병을 얻었던 것도 기억했다. 아, 그 병이 더 이상 뿌리를 내리지 않았더라면! 욕정이 충족되는 것과 동시에 그 병이 없어져 버렸더라면! 쾌락 속에서 이 독을 취한 후, 우리는 우리의 몸속에서만 그것을 키운 것이 아니라 후손에게도 물려주었다. 아, 사랑하는 친구들이여, 내 사랑하는 아이들이여! 너희들 앞에서 얼마나 큰 죄를 저질렀는지 알겠느냐! 너희들의 파리한 이마는 나에게 내려진 하늘의 심판이다. 이따금 너희들이 짐작하고 있을 그 병에 대해 말해 주기가 두렵구나. 아마 너희들은 나를 증오할 것이고, 그 증오는 정당하다. 너희들의 핏속에 갑자기 너희들의 숨통을 끊어 놓을 비밀스러운 독침이 있지 않다고 그 누가 우리에게 확답해 줄 수 있겠는가. 나는 이 더러운 독을 성인이 되어서야 얻었기에, 나의 몸은 병이 심화되는데 저항할 수 있었고, 치명적인 독과 싸울 수 있었다. 하지만 너희들은 태어날 때부터 그것을 가지고 있었기에, 너희들의 몸을 이루고 있는 필수 불가결한 요소로 그 병을 지니고 있었다. 그러니 어찌 이 파괴적인 병에 너희들이 저항할 수 있겠느냐. 너희들의 병은 이 독의 결과이다. 아, 사랑하는 아들이여! 젊은 날의 나의 방탕에 슬퍼하거라. 그리고 의술의 도움을 받되, 가능하다면 나를 증오하지는 말아 다오.

그러나 이제 욕정으로 가득 찬 나의 기행이 만방에 그 정체를 드러냈다. 나는 젊었을 적에 때 이르게 애어른이 되었기 때문에, 나 스스로에게 죄를 지은 것이다. 또한 너희들이 태어나기도 전에 독을 전해 주었기 때문에, 그래서 너희들이 병약한 몸을 가지게 되었고, 아마도 이른 죽음을 맞이할 것이기에, 너희들에게도 죄를 지은 것이다. 나는 죄를 지었고, 이 때문에 벌을 받을 것이다. 나는 너희 어머니와 결혼함으로써 나의 열정에도 죄를 지었다. 내가 그녀를 죽인 것이 아니라고 누가 보장해 줄 수 있는가? 쾌락 속에서 내뿜은 치명적인 독이 그녀의 순결한 몸에 들어가 그녀의 깨끗한 몸 구석구석에 퍼졌다. 그것이 치명적이면 치명적일수록 더 눈에 띄지 않았다. 거짓된 부끄러움 때문에 그녀에게 경고하지 못했다. 그녀는 자신의 열정을 독으로 망칠 사람을 막지 못했던 것이다.

그녀에게 발병한 염증은 내가 심은 독의 결과였을 것이다. 아, 사랑하는 이들이여, 너희들은 나를 얼마나 증오하겠는가!

그러나 이 치명적인 병이 모든 국가에서 유행하고 있을 뿐만 아니라 현세대의 사람들은 물론이고 미래 사람들의 생명까지 단축시킨다면, 이것은 누구의 잘못이란 말인가? 정부가 아니라면 누구에게 잘못이 있는가? 정부는 매매춘을 허용하여 타락에 이르는 수많은 길을 열었을 뿐만 아니라, 시민들의 삶을 중독시켰다. 공창의 여자들에게는 보호자들이 있고, 몇몇 국가에서는 국가의 관리가 비호자들이다. 만일 제 돈으로 살 수 있는 욕정의 충족이 금지된다면 사회에서는 폭력적인 파탄이 자주 감지되었을 것이라고 말하는 사람도 있을 것이다. 강간, 폭력, 살인은 종종 정념에 그 뿌리를 두고 있다. 그것들은 사회의 가장 깊은 곳에 있는 근간을 흔들어 놓았을지도 모른다.

너희들은 소동과 안녕과 용기가 아니라, 평온과 근심 그리고 슬픔을 선호한다. 그 입을 다물라, 파렴치한 서생들아. 너희들은 박해의 앞잡이일 뿐이니라! 너희들은 항상 평화와 평온을 설교하지만, 너희들이 내리는 결론은 족쇄를 달고 있는 사람의 아첨에 불과하다. 너희는 타인의 소동도 두려워한다. 너희들은 오직, 사람들이 권위에서 만족을 취하며 정념에 빠져 있기만을 바랄 뿐이다……. 나는 당신들의 이런 말에 놀라지 않는다. 노예들은 모든 사람들이 족쇄를 차고 있는 것을 보고 싶은 법이다. 운명이 동일하다면 그들의 운명은 가벼워지지만, 누군가가 뛰어나다면 나머지의 이성과 정신을 짓누르기 때문이다.

발다이

이 작고 새로운 도시는, 차르 알렉세이 미하일로비치 치세(治世)에 잡혀 온 폴란드 포로들이 정착한 곳이라고 한다.* 이 작은 도시는 이곳의 거주민들, 특히 미혼 여성들의 호색으로 이름이 높다.

발다이에 와 보지 않은 자가 누구이며, 어느 누가 발다이의 도넛과 발다이의 처녀들을 모른다고 할 수 있겠는가? 파렴치하고 수치심을 모르는 발다이의 처녀들은 지나가는 사람을 붙잡고, 자신의 정절을 희생하고 그들의 관대함을 이용하면서까지 여행자들의 욕정을 불러일으키려 애쓴다. 이 도시에 사는 사람들의 관습을 다른 러시아 도시들의 관습과 비교해 본다면, 그것은 매우 오래된 관습이며 타락한 관습은 단지 고대의 흔적이 조금 남은 것이라고 생각할 수도 있을 것이다. 하지만 이곳은 불과 수백 년 전에 세워진 도시이기 때문에, 처음부터 이곳 주민들은 타락했다고 생각할 수도 있다.

바냐*는 예나 지금이나 욕정을 푸는 장소이다. 여행자는 노파나 그 아들과 흥정하여 자신이 묵을 곳에 대한 계약을 치른다. 그다음, 라다*에게 희생 제물을 바치고자 하는 집 뜰 앞에 멈춰 선다. 밤이 되었다. 바냐는 그를 위해 이미 준비되었다. 여행자는 옷을 벗고 바냐로 들어간다. 그곳에는 여주인이, 젊다면 그녀가 직접, 그것이 아니라면 그녀의 딸이나 친척 혹은 이웃이 그를 기다린다. 그들은 여행자의 지친 몸을 씻겨 주고, 때를 벗겨 낸다. 이 일은 옷을 벗고 하기 때문에 남자에게서 욕정의 불꽃을 타오르게 한다. 그리고 그곳에서 밤을 보내는데, 그것은 돈과 건강 그리고 소중한 여행 시간을 잃는 것이다. 들리는 바에 따르면, 언젠가 욕정의 정사와 술에 취한 여행자가 그의 재물을 노린 이 음탕한 괴물들에게 살해된 일도 있었다고 한다. 이것이 사실인지 아닌지는 알 수 없지만, 발다이 처녀들의 뻔뻔스러운 행동이 줄었다는 것은 사실인 듯싶다. 오늘날에도 여행자들의 욕망 채워 주기를 거절하는 것은 아니지만, 이전의 뻔뻔함은 보이지 않기 때문이다.

이 도시에 자리 잡고 있는 발다이 호수에는 자신의 애인을 위해 목숨을 희생했던 수도사 이야기가 전해 내려온다. 도시에서 1.5베르스타 떨어진 호수 한가운데의 섬에는 니콘 총대주교가 세운 이베론 수도원이 있다. 이 수도원의 한 수도사가 발다이에 다녀와서 그곳 주민의 딸과 사랑에 빠졌다. 그들의 사랑은 곧 상호적인 것이 되었고, 그 끝을 보고자 했다. 그 쾌락에 한번 발을 들이자, 어떤 힘으로도 막을 수 없었다. 하지만 그들의 상황 때문에 한계가 있었다. 사랑에 빠진 남자는 수도원에서 자주 나올 수 없었고, 사랑에 빠진 여인 역시 남자의 수도원에 갈 수 없었기 때문이다. 하지만 그들의 열정은 모든 것을 극복했다. 사랑에 빠진 수도사는 두려움을 모르는 사내가 되었고, 그는 거의 초자연적인 힘을 얻게 되었다. 이 새로운 레안드로스*는 애인의 품에 안겨 달콤한 쾌락을 즐기기 위해, 거의 매일 밤 검은 망토를 두르고 아무도 보이지 않게 조용히 자신의 거처를 나와 수사복을 벗어 던지고 반대편 해안으로 호수를 가로질러 헤엄쳐 넘어갔다. 그곳에서 그는 애인의 품에 안길 수 있었다. 바냐와 다정한 위안이 그를 위해 준비되어 있었다. 그는 그곳에서 강을 건너갈 때의 위험과 어려움, 또 그가 수도원을 떠났다는 것이 알려졌을 때의 불안까지 모두 잊어버렸다. 해가 뜨기 몇 시간 전에야 그는 자신의 거처로 돌아갔다. 그는 이런 식으로 오랫동안 이 위험한 수영을 계속했고, 낮 시간의 갇힌 생활에서 오는 울적함을 밤 시간의 쾌락으로 보상받았다. 하지만 운명은 그들의 애정 행각에 끝을 만들어 놓았다. 어느 날 밤, 이 불굴의 사나이가 파도를 넘고 넘어 애인을 보기 위해 나아가고 있을 때, 갑자기 중간쯤에서 맞바람이 일었다. 무섭게 일어난 파도를 이겨 내기엔 그의 힘이 모자랐다. 온 근육을 긴장시켜 힘을 써 봐도 소용이 없었다. 위험에 빠진 자신을 알리기 위해 목소리를 높여 보았지만 그것도 소용이 없었다. 해안에 다다를 수 없다는 것을 깨닫자, 그는 육지에 도달하기 위해 순풍을 등에 업고 수도원으로 돌아가려 했다. 그러나 방향을 돌리자마자, 파도가 지친 근육을 덮쳐 바닷속으로 그를 가라앉혔다. 아침에 그의 시체는 멀리 떨어진 해안에서 발견되었다. 만일 내가 이 일에 대한 서사시를 쓰고 있었다면, 독자에게 절망에 빠진 그의 애인을 묘사했을 것이다. 하지만 그것은 여기서 불필요한 일이다. 애인이 죽었다는 소식을 들은 첫 순간에는 그녀가 비탄에 잠겼을 것이라고 누구나 추측할 수 있다. 하지만 이 새로운 히어로가 호수에 몸을 던졌는지, 아니면 다음 날 밤에 다시 여행객들을 위해 바냐에 물을 데우고 있었는지는 모를 일이다. 사랑의 연대기는 발다이의 미녀들이 사랑 때문에 죽었다고는 말하고 있지 않다…… 병원에서라면 모르지만.

발다이의 풍습은 바로 다음 역참인 짐노고리예까지 알려져 있었다. 그곳에서 여행객들은 발다이에서와 같은 환대를 받곤 한다. 무엇보다도 먼저 도넛을 들고 있는 화장이 진한 여인들이 눈에 들어온다. 하지만 내 젊은 날들이 이미 지나가 버린 것처럼, 나는 발다이와 짐노고리예의 시레나*들을 서둘러 떠났다.

에드로보

마을에 도착하자 마차에서 내렸다. 길에서 멀지 않은 곳의 물가에 처녀들과 아낙네들이 서 있었다. 지금은 사그라들었지만, 한때 나를 지배했던 열정에 이끌려 습관처럼 한 무리의 시골 미녀들에게 향했다. 서른 명도 더 되는 무리였다. 그들 모두 명절 복장을 하고 있었는데, 목은 드러내었고, 맨발에, 팔꿈치는 내놓았다. 원피스는 허리띠로 중간에 한 번 매어져 있으며 흰색 루바하*를 입고 있었다. 눈빛은 매우 쾌활하였으며, 뺨에 건강함이 묻어 나왔다. 비록 폭염과 추위 때문에 거칠어지긴 했지만, 그녀들의 이 유쾌함이야말로 어떠한 복잡함도 없이 매력적인 것이다. 활짝 피어난 젊음의 아름다움은 미소 혹은 따뜻한 웃음을 짓는 입술에 있었다. 그리고 상아와도 비교가 되지 않을 만큼 깨끗한 가지런한 이들이 보인다. 이 이들은 멋쟁이들을 정신 나가게 할 것들이다. 사랑하는 우리 모스크바와 페테르부르크의 귀족 여성 나리들, 여기로 오셔서 그들의 이를 보고 배우시기 바랍니다. 어떻게 그리도 깨끗이 관리했는지를. 이들에게는 치과 의사도 없습니다. 누구도 매일 같이 칫솔과 치분으로 윤기를 내지 않는데도 말이다. 아무나 그들 중 한 명을 입술을 마주하고 세워 보라. 그들 중 누구의 숨결도 당신들의 폐를 감염시키지 않을 것이다. 그런데 당신네들은 아마도…… 그…… 병…… 균을…… 그 병균이 무엇인지 말하기가 끔찍하다. 이 말을 하면 당신네들은 얼굴을 붉히지는 않겠지만, 화를 낼지도 모르기 때문이다. 어디 내가 틀린 말을 했는가? 당신들 중 누구의 남편이라도 추잡한 여자들과 놀아나지 않았던가. 그러고는 병에 걸려, 술을 마시고 또 식사를 하고 당신과 잠자리를 한다. 또 당신들과 그녀들은 매년, 매달, 매주, 신이시여, 그들을 구원해 주시옵소서, 심지어 매일매일 애인을 갈아 치운다. 오늘 소개를 나누고 욕망을 채운 후, 내일이면 그를 잊는다. 심지어 이따금 단 한 번의 입맞춤으로 감염되었다는 사실조차 알지 못한다. 열다섯의 비둘기 같은 처녀들인 너희들이야말로 아직 순결하리라! 그러나 너희들의 이마에서는 너희들의 피가 이미 감염되었음이 보인다. 훌륭한 기억력을 가진 너희의 아버지는 의사의 손을 벗어난 적이 없었다. 너희들을 정직한 길로 이끄는 너희들의 안주인인 어머니는 이미 늙은 공훈 장군을 애인으로 삼아 놓고, 너희들을 서둘러 시집보내려 할 것이다. 왜냐하면 너희들과 고아원에 방문하지는 않아야 하니 말이다.* 너희가 그렇게 되길 원한다면, 늙은이의 수발을 들며 사는 것도 나쁘지 않다. 너희들이 그런 남자에게 시집간다면, 모든 아이는 그의 아이이다. 그가 질투한다면 차라리 잘된 일이다. 왜냐하면 훔친 쾌락에서 더 큰 만족을 얻는 법이며,

첫날밤부터 아내와 동침한다는 멍청하고 오래된 유행을 따를 수 없다고 그에게 가르치면 되기 때문이다.

나의 사랑하는 오만한 사돈댁들, 아주머니들, 누이동생들, 사촌들아, 너희들이 나를 그토록 오랫동안 붙잡아 두었는지 처음에는 눈치채지 못했었다. 사실, 당신네들은 그럴 가치가 있지도 않다. 당신네들은 뺨에도 화장, 가슴에도 화장, 양심에도 화장이 덕지덕지 붙어 있고, 진실함에는 검댕이 묻어 있다. 그러나 화장품이든 검댕이든 무슨 상관이랴. 나는 너희들을 떠나 시골의 미녀들에게 전속력으로 달려가겠다. 실제로는 그들 중에서도 너희와 같은 부류가 있다. 그래도 도시에서라면 들어 보지도, 구경해 보지도 못한 사람들이 있다. 이곳 시골 처녀들의 가슴이 얼마나 통통하고 봉긋하며 또 손을 타지 않았는지 보라. 그들의 발바닥이 5베르쇼크 혹은 6베르쇼크라고 너희들은 비웃을 수도 있다. 자, 내 사랑하는 조카딸아, 너의 3베르쇼크 발로 그들과 나란히 서서 달리기 경주를 해 보거라. 누가 더 빨리 들판 끝에 서 있는 자작나무에 도착하겠느냐? 하지만…… 이건 너와는 상관없는 일이겠지. 그리고 나의 귀여운 누이야, 몸집이 그들의 4분의 3 정도라고 해서, 나의 시골 루살카들의 마음대로 튀어나온 배를 비웃을 수 있겠느냐. 나는 오히려 너를 비웃겠다. 너는 겨우 열 달 전에 시집갔지만, 너의 그 몸매는 이미 망가지지 않았느냐. 산달이 다가올 텐데, 그때는 다른 소리를 할 것이다. 신이시여, 비웃음 없이도 모든 것이 잘 해결되길! 친애하는 나의 매제는 낙심하여 돌아다닌다. 그는 네가 가진 화려한 옷들을 모두 불구덩이에 던져 버렸다. 네 모든 옷들 중에서 아주 일부만 꺼내 보았으나, 이미 늦었다. 이미 구부정하게 굳어 버린 네 몸은 더 이상 곧게 펼 수 없다. 내 사랑하는 매제야, 울어라! 우리의 어머니는 출산할 때 죽음을 초래하는 슬픈 관습을 좇았기에 자네에게 오랜 기간 동안 슬픔을 준 것이며, 그녀의 딸은 병을, 너의 아이들에게는 약한 몸을 준비하셨던 것이다. 그것은 지금도 내 동생의 머리 위에 치명적인 칼을 들고 있다. 그리고 만일 그 칼이 네 부인을 건드리지 않는다면, 그 행운에 감사하거라. 신의 섭리가 이를 보며 살핀다고 자네가 믿는다면, 그것에 감사하라. 네가 원한다면 말이다. 하지만 나는 여전히 도시의 귀족 부인들과 함께 있다. 이것이 습관이다. 나는 그들을 떠나고 싶지 않은 것이다. 그리고 실제로도, 내가 너희들이 자신의 얼굴과 진정함에 분칠을 하지 않는다고 설득할 수만 있었다면, 너희들과 헤어지지 않았을 것이다. 그러나 이제 안녕.

내가 시골의 님프들이 빨래하는 것을 보고 있는 동안, 마차가 떠나 버렸다. 마차를 따라나서려고 하는데, 보기에는 스무 살가량이었으나, 물론 열일곱 살도 되지 않은 한 소녀가 자신의 젖은 옷을 멜채에 걸치고 혼자 나와 같은 길을 가고 있었다. 그녀를 따라잡은 뒤 그녀에게 말을 걸었다.

"이보게 아가씨, 그리 무거운 짐을 지고 가는데 무겁지도 않으냐? 그리고 몰라서 그러는데, 어떻게 부르면 되지?"

"저는 안나예요. 짐도 무겁지 않은걸요. 그리고 무겁다 하더라도 도와 달라고 하지 않을 텐데요, 나리."

"귀여운 안누시카야, 왜 그리 각박하게 구느냐? 나는 너에게 해

코지를 하려는 게 아니란다."

"네, 네, 고맙습니다요. 그런데 우린 나리처럼 수작 거는 사람을 너무 자주 봐 와서요. 죄송합니다만, 제 갈 길이나 가시지요."

"안뉴투시카, 나는 네가 생각하는 그런 사람이 아니란다. 내가 말하는 그런 사람도 아니고. 그런 사람들은 시골 처녀들과 이야기를 시작할 때, 항상 키스부터 하고 보지. 하지만 내가 하는 키스는 당연히 내 친누이에게 하는 것과 같은 것이란다."

"살금살금 다가오지 마세요. 그런 식의 이야기도 늘 듣는 이야기이죠. 나쁜 생각이 없다면, 저한테 원하시는 게 뭐죠?"

"안누시카, 나는 그저 네 부모님은 계시는지, 어떻게 사는지, 부유한지 가난한지, 행복하기는 한지, 또 약혼자는 있는지 알고 싶을 뿐이란다."

"그게 나리와 무슨 상관이죠? 그런 말은 태어나서 처음 들어 보네요."

"아뉴타, 내가 건달이 아니며, 너를 해치고 싶어 하거나 귀찮게 하려 하는 것이 아니라는 걸 어떻게 해야 믿을 수 있겠니? 내가 여자를 좋아하는 이유는 그들이야말로 내 사랑을 충분히 이해하면서 받아 줄 수 있기 때문이야. 그리고 나는 시골 여자 혹은 농사꾼 여성들을 좋아하는데, 그녀들은 위선을 모르고 위선적인 사랑의 가면 역시 쓰고 있지 않기 때문이지. 그들은 사랑에 빠지면 온 마음과 정성을 다해 사랑하거든……."

이때 처녀는 깜짝 놀란 눈으로 나를 쳐다보고 있었다. 이런 반응은 물론 당연한 것이다. 뻔뻔한 귀족 철면피들이 시골 처녀들에게 농을 걸 때, 건방지고 무례하게 그 순결함을 희롱한다는 걸 누가 모르겠는가? 나이가 많건 적건, 귀족들의 눈에 시골 처녀들은 단지 그들의 쾌락을 위해 창조된 피조물일 뿐이다. 그리고 실제로 그렇게 행동하는데, 특히 운 나쁜 여자들은 귀족의 말을 들을 수밖에 없다. 모든 하인들이 자신의 주인에게 항거하기 위해 무장했던 푸가초프 반란 때, 어떤 농노들은 (이것은 실제로 있었던 이야기이다) 자기 주인을 붙잡아 운명의 처형대로 끌고 갔다. 그 이유는 무엇일까? 그는 모든 점에서 친절하고 자비로운 주인이었지만, 남편은 아내의 안위를 걱정할 수밖에 없었고, 아버지는 딸을 걱정할 수밖에 없었다. 매일 밤 주인이 보낸 급사는 주인이 점지한 능욕의 희생물을 주인에게 데려갔다. 한 시골 마을에서는 주인이 60명의 처녀들의 순결을 빼앗아 능욕했다고 알려져 있다. 지나가던 부대가 분노하던 사람들의 손아귀에서 이 야만인을 구해 냈다. 어리석은 농민들이여, 참칭자에게서 정의로운 판결을 구하려 하다니!* 하지만 왜 너희들은 법적인 판결에 호소하지 않았더냐? 그러면 재판관들이 그에게 시민으로서의 죽음을 선고했을 것이고, 너희들은 무죄로 남았을 텐데 말이다. 그러나 지금 그 파렴치한은 목숨을 부지했다. 만일 곧 닥칠 죽음의 광경이 그의 생각을 바꾸어, 삶의 에너지를 다른 흐름으로 돌렸더라면 얼마나 좋았을까. 하지만 우리는 농민들이 법의 테두리 안에서 죽었다고 말한다. 아니다, 아니. 절대 그렇지 않다. 살고자 한다면, 농민은 살아 있고, 살아 있을 것이다…….

아뉴타가 내게 말했다.

"나리, 만일 저를 놀리시는 게 아니라면 말씀드리죠. 저에겐 아버지가 안 계세요. 두 해 전에 돌아가셨죠. 엄마와 어린 여동생이 있어요. 아버지는 우리에게 말 다섯 필과 암소 세 마리를 남겨 주셨죠. 작은 가축과 날짐승은 충분할 만큼 있습니다. 하지만 집에는 일할 남자가 없어요. 그래서 저는 부잣집의 열 살짜리 애에게 시집갈 뻔했어요. 그러나 저는 그렇게 하고 싶지 않았어요. 그 꼬맹이가 뭐란 말이죠? 저는 그 애를 사랑할 수 없을 거예요. 그 애가 겨우 어른이 되면 전 늙어 버릴 테고, 그러면 그 애는 다른 여자들의 품에 있겠죠. 그리고 소문대로라면, 아들이 자라기 전까지 시아버지가 어린 신부와 잠을 잔다더군요. 그래서 이런저런 이유로 그 가족에게 시집가고 싶지 않았어요. 저는 동갑내기가 좋아요. 저는 남편을 사랑할 것이고, 그 역시 저를 사랑하겠죠. 의심할 여지가 없어요. 저는 젊은 애들과 어울리고 싶지 않아요. 남편을 원하는 거라고요, 나리. 왜 그런지 아세요?"

아뉴타가 고개를 숙이며 말했다.

"귀여운 아뉴투시카, 부끄러워하지 말고 말해 다오. 순결한 입에서 나오는 모든 말들은 순수한 법이니까."

"그 이유를 말해 드릴게요. 지난해 여름, 그러니까 1년 전에, 우리 이웃집 남자애가 제 친구와 결혼했어요. 그 친구와 저는 마을 청년 모임에 항상 같이 나간 사이였죠. 남자애는 제 친구를 사랑했고, 그녀 역시 남편을 사랑한 나머지 결혼 열 달 만에 사내아이를 낳았어요. 매일 밤 제 친구는 아이를 튼튼하게 키우기 위해 문밖을 나섰죠. 아무리 애를 봐도 질리지 않았나 봐요. 짐작에 아이 역시 자신의 엄마를 사랑하는 것 같았죠. 아기에게 까꿍, 까꿍 할 때마다 아기는 웃었어요. 저 역시 매일 눈물을 흘렸답니다. 왜냐하면 저도 일찌감치 그런 아기를 가지고 싶었거든요."

나는 더 이상 참을 수 없어 아뉴타를 안아 버렸고, 진심에서 우러난 키스를 퍼부었다.

"이럴 줄 알았어요. 나리도 사기꾼이에요. 저를 가지고 놀았군요. 저한테서 떨어지세요. 불쌍한 고아를 그냥 내버려 두란 말이에요. 만약 아버지가 살아 계셔서 이 꼴을 봤다면, 당신을 흠씬 두들겨 패 버렸을 거예요."

아뉴타가 울면서 말했다.

"아뉴투시카, 제발 그렇게 생각하지 말아라. 나의 키스는 네 순결을 빼앗으려 한 것이 아니란다. 그건 신성한 것이야. 내 키스는 너를 존경한다는 표시이자, 내 영혼이 깊게 감명받았다는 뜻이란다. 아뉴타, 나를 두려워하지 말아 다오. 나는 어떤 짓을 해서라도 여자를 품에 안아 순결을 빼앗으려는 우리 귀족 놈들 같은 탐욕스러운 짐승이 아니란다. 나의 키스가 너를 욕보이게 한다는 것을 알았다면 하지 않았을 거야. 신 앞에 무릎 꿇고 맹세하마."

"나리, 생각해 보세요. 네가 어떻게 그 키스에 화를 내지 않을 수 있을까요. 제 모든 것은 이미 다른 사람에게 주기로 약속했어요. 이미 그렇게 되었고, 저는 어쩔 수가 없어요."

"이미 제대로 사랑을 할 줄 알다니, 그거 반가운 소리구나. 너는 네 마음을 줄 다른 사람을 찾았고, 그도 마찬가지겠지. 너는 행복할 거다. 그 무엇도 너희들의 결합을 방해할 수 없어. 파멸의 미끼를 던지는 구경꾼들로부터 너는 안전할 것이다. 너에 대한 믿음을 저버리도록 유혹하는 목소리에 너의 진실한 친구는 절대 상처받지 않을 것이다. 한데 너는 왜 사랑하는 사람의 품에 안겨 행복을 누리지 않는 것이냐?"

"아, 나리, 그가 저희 집에 장가올 수 없기 때문이에요. 백 루블을 요구하거든요. 또 엄마도 절 보내고 싶어 하지 않아요. 집에 일할 사람이 저밖에 없거든요."

"그래도 그는 너를 사랑하잖아?"

"물론이죠. 말해 무엇해요. 저녁 무렵이면 그는 우리 집에 와서 같이 제 친구의 아이를 봐요. 그도 아기를 가지고 싶어 하거든요. 우울한 일이죠. 그래도 잘 참을 거예요. 나의 바뉴하는 페테르부르크로 가서 뱃일을 하길 바라요. 그리고 토지 대금으로 백 루블을 벌기 전까지는 돌아오지 않을 거예요."

"아뉴투시카, 절대로 그를 보내지 말거라, 절대로. 이건 제 발로 파멸의 길에 들어서는 거야. 그는 그곳에서 술 마시고, 돈을 쓰면서 식탐을 부릴 거야. 결국 농사일은 쳐다보지도 않을 것이다. 무엇보다도 너를 더 이상 사랑하지 않게 될 거다."

"아, 나리, 저를 겁주지 마세요." 거의 울먹거리면서 아뉴타가 말했다.

"더 나쁜 것은 그가 귀족의 집에서 일하는 경우이다. 귀족의 행동거지는 직급 있는 하인들을 물들이고, 그들은 또다시 아래 하인들을 물들이지. 그리고 그들로부터 문란의 전염병이 시골에까지 퍼지는 법이거든. 본보기야말로 최악의 역병이다. 누군가가 무엇을 본다면 그대로 따라서 한단다."

"그럼 어떻게 되죠? 그럼 저는 그와 결혼할 수 없겠네요. 그도 이미 결혼할 나이가 되었어요. 그는 다른 여자들과 어울리지 않아요. 아무도 절 그 집에 시집보내려 하지 않겠네요. 만약 다른 사람과 결혼하라면, 저는, 불쌍한 저는 슬픔에 죽고 말 거예요."

그녀는 이 말을 하고 눈물을 흘렸다.

"아니다, 사랑하는 아뉴투시카. 너는 내일 그와 결혼할 거야. 나를 너희 어머니에게 안내하거라."

"여기가 저희 집이에요. 그런데 저리로 돌아오세요. 엄마가 저를 보면 나쁘게 생각할 거예요. 저를 때리지는 않겠지만, 엄마의 말 한마디면 저는 맞은 것보다 더 상처받거든요."

멈춰 서면서 그녀가 말했다.

"그럴 필요 없다, 아뉴타. 너와 함께 가겠다……."

그리고 나는 그녀의 대답을 기다리지도 않고 문으로 들어가 곧장 초막 계단으로 올라섰다.

아뉴타가 뒤에서 소리를 질렀다.

"거기 계세요. 서란 말이에요, 나리."

하지만 나는 그녀의 말을 듣지 않았다. 나는 집 안에서 밀가루를 반죽하고 있는 아뉴타의 어머니를 보았다. 그녀 옆 의자에는 미래의 사위가 앉아 있었다. 나는 긴말하지 않고 당신의 딸이 이반에게 시집갔으면 좋겠다는 바람과 이 일에 방해되는 것들을 제거할 방법이 있다고 그녀에게 말했다. 노파가 대답했다.

"고맙습니다, 나리. 그런데 이젠 그럴 필요가 없습니다. 바뉴하는 지금 그의 아버지가 우리 집에 장가오도록 허락했다는 것을 알려 주러 왔습니다. 우리는 일요일에 결혼식을 올릴 겁니다."

"그렇다면 제가 아뉴타의 지참금을 내도록 해 주십시오."

"그렇게 말씀해 주시다니 감사합니다. 그런데 귀족은 처녀에게 아무 이유 없이 지참금을 주지 않습니다. 만일 나리께서 우리 아뉴타에게 무슨 짓을 해서 그녀에게 지참금을 주시는 거라면, 신께서 당신의 행실에 벌을 내릴 것입니다. 돈은 받지 않겠습니다. 만일 나리께서 친절한 분이시고 가난한 사람들을 어여삐 여기신다면, 제가 그 돈을 받았다고 질 나쁜 사람들이 쑥덕거릴 것입니다."

시골 사람들이 이러한 고귀함을 지니고 있다는 사실을 알고 나는 놀라지 않을 수 없었다. 그사이 아뉴타는 어머니에게 나를 칭찬했다. 나는 이반이 집 짓는 데 쓰라고 재차 그들에게 돈을 주려 했다. 그러나 이반이 나에게 말했다.

"나리, 저에게는 두 손이 있습니다. 제 두 손으로 집을 지으면 됩니다."

나의 방문이 그들에게 그리 유쾌한 일이 아니라는 것을 알아차리고, 그들을 떠나 마차로 돌아갔다.

에드로보를 떠났지만 아뉴타가 내 머리에서 떠나질 않았다. 그녀의 순결한 솔직함이 나를 사로잡았던 것이다. 어머니의 품격 있는 행동 역시 나를 매혹시켰다. 나는 소매를 걷어붙이고 밀가루를 만지거나 젖소 옆에서 우유 통을 들이미는 그녀의 어머니와 도시의 어머니들을 비교해 보았다. 그 시골의 어머니는 내가 제시한 선의의 깨끗한 돈 백 루블을 거절했다. 대령 부인이나 고등 문관의 아내들, 소령, 장군의 아내들에게는 1천, 1만, 1만 5천 혹은 그 이상의 돈에 해당하는 것이다. 만일 이들 대령 부인, 소령 부인, 고등 문관의 부인 혹은 장군의 아내가 제법 예쁘장하거나 그럭저럭 착한 딸을 데리고 있다고 해 보자. 어느 지체 높은 귀족이 여든, 아니 여든둘의 나이에, 오 신이시여, 1천, 1만, 1만 5천 루블을 결혼의 대가로 그들에게 약속한다면(그것은 내가 에드로보의 마부 아내에게 주고자 했던 돈에 맞먹는다), 혹은 은밀히 지참금을 약속하거나 또 관등 높은 남편을 찾아 주거나, 그녀를 궁녀로 추천하겠다고 한다면, 내가 감히 당신에게 묻노니, 도시의 어머니들이여, 심장이 놀라 두근거리지 않겠는가? 만일 당신들의 딸이 지금까지 걸어 다녔다면, 금으로 번쩍이는 사두마차를 타고 다니는 것을 보고 싶지 않은가? 혹은 두 마리의 늙은 말이 끄는 마차 대신 말을 두 열로 세운 마차를 타고 다니는 것을 보는 게 낫지 않겠는가? 나는 당신들이 극장에 드나드는 여성들처럼 질서와 예절을 그처럼 쉽게 버리지 않을 것이라는 데에는 당신들에게 동의할 수 있다. 하지만 더도 말고 한 달 혹은 두 달의 시간을 당신에게 줘 보겠다. 만일 당신들이 최고 등급의 고관을 당신 때문에 한숨짓게 할 수 있다고 하더라도, 그는 나랏일에 바빠서 당신들을 내버려 둘 것이다. 사회에 보다 유용하게 쓰일 수 있는 소중한 시간을 당신에게 허비하지 않을 것이기 때문이다. 수천의 목소리가 들고일어나 온갖 모욕적인 언사로 나를 괴롭힌다. 사기꾼, 협잡꾼, 잡놈, 악마 등등. 그러나 진정하시오, 내 여인들아. 나는 당신들을 욕보이는 것이 아니오. 당신들 모두 그런 것은 아니잖은가? 이 거울을 한번 보시오. 거울 속에서 진정한 자신의 모습을 볼 수 있는 사람이라면 나를 무자비하게 비난하시라. 이런 일에 나는 불평하지 않을 것이며, 법의 힘을 빌리지도 않을 것이다.

아뉴타, 아뉴타! 너는 내 머리를 어지럽게 만들었다. 왜 너를 15년 전에 알지 못했단 말이냐! 너의 솔직함과 순결함은 욕정으로 가득 찬 오기조차 정복할 수 없는 것이며, 내가 결백의 길을 따라 살도록 가르쳤다. 왜 내 인생의 첫 키스는 영혼의 환희에 도취되어 너의 뺨에 해 준 나의 키스가 아니었던가. 그랬다면 네 인생이 나에게 전이되어 내 마음 깊은 곳으로 뚫고 들어왔을 테고, 내가 행한 그 모든 후회스럽고 부끄러운 삶을 피할 수 있었을 텐데! 또한 구역질 나는 욕정의 대상으로부터 멀어져 아내와의 잠자리를 소중히 여겼을 것이고, 육체적 탐욕으로 가족 관계도 파괴하지 않았을 것이다. 순결은 나에게 신성한 것 중의 신성한 것이어서, 감히 그것을 건드리고자 하지도 않았을 것이다.

아, 나의 아뉴시카! 언제나 나의 울타리 근처에 앉아 있으면서 너의 빛나는 고결함으로 나에게 가르침을 다오. 나는 네가 막 타락하려는 사람을 선행의 길로 되돌릴 수 있으며, 타락의 길을 걷고자 하는 사람에게는 선행의 길에서 굳건히 버티게 해 줄 수 있다고 확신한다. 이미 방탕의 길에 깊이 빠져 수치심도 모른 채 지나가는 길에 너를 멸시한다고 해서 흥분하지 말거라. 또한 너와 대화하는 즐거움에 빠진 그의 길을 막지도 말거라. 그의 심장은 이미 돌덩어리이다. 그의 영혼은 금강석으로 덮여 있다. 순결한 덕행이라는 유익한 침으로도 그에게는 일침을 가할 수 없다. 덕행의 침 끝은 이미 굳어 버린 타락의 표면을 매끄럽게 스쳐 갈 뿐이다. 너의 예봉이 무뎌지지 않도록 주의할 뿐이로다. 그렇다고 젊은이들이 화려함의 위험에 빠져들게 해서도 안 된다. 네 그물에 그들이 걸리게 하여라. 그는 거만하며, 성급하고 무례하고, 파렴치한에, 저돌적이며, 무뢰한처럼 보인다. 하지만 그의 마음은 네가 주는 영향에 굴복할 것이고, 네가 보여 주는 선행의 예를 받아들일 것이다. 아뉴타, 나는 너와 헤어질 수 없구나. 이미 너와 헤어져 스무번째 말뚝을 지나왔는데도 말이다.

아뉴타가 내게 말해 준 풍속이란 무엇인가? 그녀는 열 살짜리 아이에게 시집갈 뻔했다. 누가 그런 결혼을 허락할 수 있는가? 법의 수호자들은 어찌하여 이 악법을 철폐하려고 팔을 걷어붙이지 않는 것인가? 교회법에서의 결혼은 신비로운 의식이고, 시민법에서의 결혼은 합의 혹은 계약이다. 어떤 사제가 불평등한 결혼에 축복을 내릴 수 있으며, 어떤 판관이 그것을 일지에 기록할 수 있겠는가? 나이 차이가 적당하지 않다면, 결혼은 불가능한 것이다. 이것은 인간에게 전혀 무용하므로 자연법의 원칙에 따라 금지되어 있다. 이것은 사회에 해로운 것이므로 시민법으로도 금지되어야 한다. 남편과 아내는 사회에서 계약을 한 두 시민이다. 그들은 법으로 보호를 받으며, 그들은 무엇보다도 상호 간에 쾌감을 나누도록 약속하였던 것이다(어느 누구도 이러한 부부 생활의 첫 번째 법칙이자 부부 관계의 기반이 되는 순수한 사랑의 원천과 부부간 합의의 굳건한 초석을 부정할 수는 없다). 또한 함께 살면서 공동의 재산을 소유하고, 자신들의 정열의 열매를 공유하고, 안정되게 살기 위하여 서로 상처 주지 않겠다고 약속하였다. 나이 차가 불평등할 경우에 이러한 합의의 조건이 지켜질 수 있을까? 만일 농민들에게 흔히 있듯이, 남편이 열 살이고 신부는 스물다섯 살이라면, 또는 귀족들에게 흔히 있는 일처럼, 남편은 쉰 살이고 아내는 열다섯 혹은 스무 살이라면 서로 간에 쾌감을 나누는 것이 가능한 일일까? 나이 많은 신랑들이여, 양심에 손을 얹고 내게 말해 다오. 당신들이 정녕 새신랑이라고 할 수 있는지. 당신들은 정열의 불꽃에 불을 붙일 수 있을지언정, 절대로 그것을 끌 수는 없다.

불평등한 나이 차이는 자연의 법칙 중에서도 첫 번째 것을 파괴한다. 그렇다면 자연에 뿌리를 두고 있지 않은 인간의 법은 어떻게 공고할 수 있겠는가? 명확하게 대답할 수 있다. 그런 것은 존재하지 않는다. 서로가 정열의 열매를 공유한다니. 한쪽은 불이 붙었는데, 다른 한쪽이 불감증이라면 '서로'라는 것이 가능하기나 한 것인가? 또 뿌리 내린 나무에 단맛 나는 비와 영양 많은 이슬이 없다면 '열매'라는 것은 어떻게 가능할까? 언젠가는 열매가 맺힌다 하더라도, 그 열매는 바짝 말라 있을 것이며, 볼품없고, 곧 썩어 버릴 것이다.

서로가 서로에게 상처를 주지 말아야 한다. 이것은 영원하고 틀림없는 진리이다. 부부가 동등하게 교감을 나누고 행복을 누릴 때 무탈한 결혼 생활이 되는 것이다. 그렇게 되었을 때 자잘한 집안의 풍파도 즐거움이 찾아오면 곧 그치게 된다. 서릿발 같은 늙음이 찾아와 감각적인 쾌락을 뚫을 수 없는 껍질로 싸게 되면, 예전의 즐거움을 회상하는 것만으로도 꺼칠한 노년에 평온을 안겨 줄 것이다. 불평등한 결혼에서도 가능한 유일한 결혼의 조건은 함께 사는 것뿐이다. 하지만 여기에 상호성이라는 것이 있을까? 한 명은 전권을 가진 지배자가 되고 다른 한쪽은 힘없는 신하나 완전한 노예가 되어 자기 주인의 명령을 수행할 뿐이다. 아뉴타, 이것이 네가 나에게 불어넣은 사상이다. 잘 있거라, 사랑스러운 나의 아뉴투시카여. 너의 교훈은 내 마음에 영원히 각인될 것이고, 내 아들의 아들에게도 남겨질 것이다.

어느덧 호틸로프의 역참이 보이기 시작했지만, 나는 여전히 에드로보의 처녀를 생각하고 있었다. 나는 환희에 차서 큰 소리로 외쳤다. "오, 아뉴타, 아뉴타!" 길이 매끄럽지 못해 말들은 한 발짝씩 천천히 나아가고 있었다. 마부가 내 말을 듣고 뒤돌아보았다. 그리고 미소를 짓더니 모자를 고쳐 쓰며 말했다.

"알겠습니다요, 나리. 아뉴타에게 완전히 빠지셨군요. 맞습니다요, 그런 처자가 또 없지요. 그 애에게 넋이 빠진 사람이 나리 하나만은 아닙죠. 모두가 그랬습니다. 우리 마을엔 고운 처녀들이 많지만, 그녀에게 비교할 바는 아닙죠. 춤도 얼마나 잘 추는지! 누구도 그 애보다 잘 추지는 않을 겁니다. 들에 나가 수확하는 모습도 장관이지요. 여하튼 반카는 운 좋은 녀석입니다요." "이반이 자네 형제인가?" "제 사촌입죠. 훌륭한 녀석이지요! 세 젊은이가 갑자기 아뉴트카에게 청혼했지만 이반이 모두를 물리쳤습니다. 그들은 고만고만했습죠. 그중에서도 바뉴하가 그 애를 잡아챘습니다. (우리는 이미 마을의 경계를 넘어 들어가고 있었다.) 나리, 모두가 춤을 추지만, 모두가 스코모로히 같지는 않습니다요."

그는 역참 안뜰로 마차를 몰아 들어갔다. "모두가 춤을 추지만, 모두가 스코모로히 같지는 않다……."

나는 마차에서 내리며 한 번 더 되뇌었다. "모두가 춤을 추지만, 모두가 스코모로히 같지는 않다……"라고 반복하며 몸을 숙였다가 다시 펴면서 일으켰다.

호틸로프

미래로의 질주

사랑하는 나의 조국은 차근차근 번영해 지금에 이르게 되었다. 따라서 오늘날 우리는 지금껏 인간에게 허락된 최고 수준의 학문과 예술, 수공업의 발전을 볼 수 있으며, 우리의 영토 안에서 인간의 이성이 자신의 날개를 마음껏 펼쳐 거침없고 투명하게 그리고 어디에서나 그 위대함을 뽐내면서 입법의 수호자가 되었음을 보았다. 그리고 우리의 마음은 이성의 완벽한 보호 아래 자유롭게, 그리고 이루 형언할 수 없는 기쁨으로 지고하신 조물주에게 우리의 조국은 신이 보시기에 행복한 곳이라고 기도를 올릴 수 있었다. 왜냐하면 우리의 조국은 편견과 미신이 아니라 모두의 아버지께서 지니신 자비의 감정에 깊은 뿌리를 내리고 있기 때문이다. 우리는 자신들의 신앙 때문에 인간들을 그렇게 자주 갈라놓았던 반목을 알지 못한다. 또 우리는 종교에 대한 강요도 알지 못한다. 이러한 자유 속에 태어난 우리는 진정으로 서로서로를, 같은 가족에 속하여 한 명의 아버지, 즉 신에게 속해 있는 형제라고 여긴다.

법률을 밝혀 주는 학문이라는 등대는 오늘날 우리의 법률을 다른 세속의 수많은 법률들과 구별되게 만들었다. 권력의 균형과 부의 평등은 시민들의 반대 의사까지도 뿌리째 없애 버렸다. 양형(量刑)에서의 합리성은 최고 권력의 법을 다정한 아버지가 자식에게 내리는 명령처럼 받아들이게 만들었고, 사심 없이 행한 단순한 범죄조차도 예방하게 만들었다. 재산의 취득과 보호에 관한 법률의 투명함은 가정불화를 허락지 않는다. 어느 시민이 소유 관계에 있어 다른 사람의 소유와 구별되게 해 주는 경계는 명확하여 모두가 알 수 있고, 모두가 그것을 신성한 것으로 받아들인다. 개인들 간의 모욕은 드물며 우정에 기초하여 화해된다. 시민 교육은 온화하며 평화를 사랑하는 시민으로, 무엇보다 한 명의 인간으로 만들기 위해 주의를 기울여 왔다.

내적인 평온과 외적(外賊)이 없는 상태를 즐기면서 우리 사회는 시민들의 삶에 최고의 행복을 안겨 주었다. 하지만 우리가 인간애를 상실하고, 동정심도 낯설어지며, 고귀하고 다정한 마음이 결여되어, 형제애가 없어져 버린다면? 우리와 같은 시민이며 자연 상태에서도 우리가 사랑해야 하는 형제임에도 불구하고, 우리 후손의 3분의 1이 부자유와 노예의 굴레에 묶여 있다면, 우리에게 가해질 비난과 비방을 참을 수 있겠는가? 자신과 같은 사람을 노예로 만들어 버리는 야만적인 이 관습은 아시아의 더운 지방에서 유래한 것으로, 미개한 부족의 관습이며, 돌처럼 굳어 버린 마음을 상징하며 영혼의 완전한 제거를 의미한다. 이 관습은 온 땅으로 재빨리 그리고 광범위하게 멀리 확산되었다. 그리고 우리, 영광의 자식들은* 그 이름과 업적에서 모든 세대들 중에 가장 영광스러움에도 불구하고, 무지의 어둠에 패하여 이 관습을 받아들이게 되었다.* 그리고 우리는 물론 우리 선조와 이성의 시대에 부끄럽게도, 오늘날까지 그 관습을 파괴하지 못한 채 간직하고 있다.

당신들 아버지의 업적으로 당신들에게도 알려져 있고, 우리 연대기를 통해 우리에게도 알려져 있듯이, 우리 민족의 현명한 지도자들은 진정한 인류애에 고무되었고, 사회적 결합의 자연적 관계를 완전히 이해하였기에 백 개의 머리를 가진 이 악습에 종지부를 찍고자 하였다. 하지만 그들의 권위적인 업적은 허망한 것이 되고 말았다. 우리 국가의 특권적인 지위로 오만하던 그들은, 이제 세습 귀족들에 의해 낡아 빠진 경멸의 대상이 되고 말았기 때문이다. 우리의 선대 권력자들은 자신의 왕홀로 전권을 휘두를 수 있었으나 예속 상태라는 시민의 족쇄를 파괴하는 데는 무력하였다. 자신의 선한 의도를 실현하기는커녕, 국가 최고위직들의 간교로 자신의 판단과 자신의 의도와 반대되는 일을 할 수밖에 없었다. 우리의 아버지들은 사회에서 가장 유용한 구성원들의 고삐와 족쇄를 더욱 조이는 이 파괴자들을 아마도 뜨거운 눈물로 지켜보았을 것이다. 농민들은 오늘날까지도 우리 사이에서 노예일 뿐이다. 우리가 그들을 우리와 동등한 시민으로 인식하지 않고, 그들도 자신이 인간이라는 사실을 잊어버렸기 때문이다. 아, 사랑하는 시민들이여! 아, 진정한 조국의 아들들이여! 당신들의 주위를 둘러보고 당신들이 오판했음을 인정해야만 하리라. 사회의 선과 인간의 행복을 엮어 내고 영원한 신에게 봉사하는 사람들은 하나같이 자비로우신 신의 이름으로 설파한 가르침을 당신들에게 설명해 왔다. 그분의 사랑과 지혜는 자신의 이웃을 자의적으로 지배하는 데 반대하는 것이다. 그들은 증명하고자 했다. 자연과 우리의 마음에서 가져온 예를 들어 당신들의 잔혹함과 불의 그리고 죄를 보여 주고자 했다. 그들의 목소리는 아직까지도 살아 있는 신의 사원에서 웅장하게 울리고 있다.

"미몽에 빠진 자들이여, 정신을 차릴지어다! 잔인한 자들이여, 진정할지어다! 네 형제들의 족쇄를 파괴하고, 속박의 감옥을 열어라. 그리하여 당신의 동족들로 하여금 함께 사는 것의 즐거움을 누리도록 하여라. 그들 역시 당신들처럼 자비로우신 그분에게 갈 준비가 되어 있기 때문이다. 그들은 당신들과 함께 자비로운 햇볕을 누리고, 당신들과 똑같은 신체와 감각을 지니고 있다. 그것을 누릴 권리는 동등해야 한다."

사제들은 한 사람이 다른 사람을 노예로 삼는 것이 얼마나 부당한 일인지를 당신들에게 보여 주었다. 하지만 그것이 사회에 얼마나 해로우며 시민 사회에서 부당한 일인지를 당신들에게 보여 주는 것은 우리들의 몫이다. 오래전에 발흥한 철학의 정신 덕에 인간의 본질과 그에 따른 시민의 평등을 탐구하는 것은 이미 잉여적인 것으로 여겨진다. 자유의 비호 아래 성장하여, 평등의 제일성에 대한 증거에 편견을 가지지 않으며, 고결한 감정에 충실한 사람에게 그것은 일상적인 마음일 뿐이다. 빛 속에서도 헤매고 자신의 눈앞에 있는 것조차 보지 못하는 것이야말로 지상의 인간에게 주어진 불행이다.

어렸을 때 당신들은 교육 기관에서 자연법과 시민법의 기초에 대해 배웠다. 자연법은 사회 외부에 존재하는 가설적인 인간을 보여 주었다. 그는 자연으로부터 자연과 동일한 본질을 부여받았으며, 따라서 인간들 모두는 동일한 권리를 가지고 있다. 결과적으로 그들 모두는 동등하며 한 사람이 다른 사람을 지배할 수 없는 것이다. 시민법은 그것을 사용하는 데 있어 평화로움을 유지한 채, 제한 없는 자유를 가진 인간을 보여 주었다. 하지만 그들 모두 자신의 자유에 한계를 설정하고 행동에 원칙을 도입했다고 하더라도, 자연 상태에서 그들은 어머니의 배 속에 있을 때부터 평등하기에, 자유가 제한된 상황에서도 평등해야 한다. 따라서 한 사람은 누구에게도 종속되지 않는다. 사회의 제일가는 지배자는 법이다. 왜냐하면 법이야말로 모든 사람들에게 동일하기 때문이다. 하지만 행동에 임의적인 경계를 설정하고 사회를 돌아가게 만든 이유는 무엇인가? 이성은 말할 것이다, 자신의 이익을 위해서라고. 마음은 말할 것이다, 자신의 이익을 위해서라고. 파기될 수 없는 시민법은 말할 것이다, 자신의 이익을 위해서라고.

우리는 이미 수많은 단계를 거쳐 발전해 온 사회에서 살고 있다. 그 때문에 우리는 그 최초의 상태를 잊어버렸다. 하지만 새로운 나라들과—그렇게 말할 수 있다면— 자연 상태의 사회를 한번 보라. 첫째, 노예제는 범죄이다. 둘째, 오직 범죄인이나 적에게만 노예의 멍에를 씌운다. 이런 상황을 이해한다면, 우리는 우리가 사회의 존재 목적에서부터 얼마나 멀어졌는지, 또한 사회적 행복이라는 최고의 가치로부터 얼마나 떨어져 있는지 알게 될 것이다. 우리가 너희에게 말해 준 모든 것은 일상적인 것이다. 그리고 그러한 원칙들은 어머니의 젖을 빨면서 받아들였다. 단지 한순간의 편견과 이기심(이 말에 상처 받지 말기를)이 우리의 눈을 멀게 하고 우리를 어둠 속에서 미쳐 날뛰는 사람과 비슷하게 만들었다.

그런데 우리 중에서 누가 족쇄를 차고 있는가? 누가 노예의 짐을 지고 있는가? 농민들이다! 그들은 여윈 우리를 먹여 주는 사람들이고 우리의 배고픔을 해결해 주는 사람이며, 우리에게 건강을 가져다주고 우리의 삶을 이어 주는 사람들이다. 그럼에도 자신이 수확하고 가공한 것에 대한 처분권이 없다. 도대체 일하지도 않으면서 경작지에 더 막강한 권리를 가지고 있는 사람은 누구인가? 사회를 건설하기 위해, 생계를 유지하기 위해 황무지에 들어온 한 남자를 가정해 보자. 자신의 생계를 유지하기 위해 그들은 씨앗을 땅에 뿌린다. 누가 어떻게 땅을 나누어 가질 것인가? 밭 갈 줄 아는 사람이어야 하지 않겠는가? 경작할 힘이 있고, 경작하고자 하는 마음이 있는 사람이어야 하지 않겠는가? 어린애나 늙은이, 약하고 무능력하며 게으른 사람에게 땅을 나누어 줘 봤자 소용없을 것이다. 경작지는 황폐한 채로 남을 것이고, 바람이 그 위로 불지 않아 곡식이 여물지 않을 것이다. 만일 경작자에게 그 땅이 무용하다면, 사회에도 무용한 것이다. 왜냐하면 경작자가 자신에게 필요한 것도 가지지 못하는데, 잉여 생산물을 사회에 내놓을 리 없기 때문이다. 그래서 원시 사회에서는 땅을 경작하는 자가 땅을 소유할 권리를 가지며, 그가 땅을 독차지한다. 하지만 우리는 소유권과 관련하여 원시 사회로부터 얼마나 멀어졌는가. 우리는 땅에 대한 자연법적 권리를 가지고 있는 자가 땅으로부터 완전히 소외되어 있으며, 다른 사람의 땅을 경작하면서도, 그의 권력에 자신의 생계를 의탁하고 있다. 당신들의 계몽된 이성으로 이 진실을 분명히 이해하고 있겠지만, 이 진실을 실현하기 위한 당신의 행동은, 우리가 이미 말했듯이 편견과 이기심으로 얼룩져 있다. 과연 인간에 대한 사랑으로 가득 찬 당신의 마음이 행복한 감정보다 이기심을 더 좋아할 수 있는 것일까? 당신의 이기심이란 무엇인가? 시민 3분의 2가 시민이라는 직위를 박탈당하고 법 속에서 죽어 가고 있다면 제대로 된 국가라고 할 수 있을까? 러시아에서 농민의 시민적 상황이 제대로 되었다고 할 수 있을까? 그들은 흡혈귀만이 행복하다고 말할 수 있을 것이다. 왜냐하면 그들의 형편이 더 좋을 수 있을 것이라고는 상상도 하지 못하기 때문이다.

이제 우리가, 우리의 선배들이 언젠가 행동으로 논박하려 했지만 실패하고 말았던 이 야만적인 지배 원리를 논박해 보자.

시민의 행복은 다양한 모습으로 나타난다. 한 국가는 평온하고 조직이 잘 정비되어 있을 때 행복하다고 말한다. 농경지가 비어 있지 않고 도시에 웅장한 건물들이 솟아 있으면 행복한 것처럼 보인다. 또한 권력이 멀리 뻗어 나가 자신의 영토를 힘으로써뿐만 아니라, 말로써도 지배하고 있다면 행복한 것이다. 그러나 이 행복은 피상적이고, 순간적이며, 덧없으며, 부분적이고, 허구적일 수도 있다.

우리 앞에 있는 계곡을 보자. 무엇이 보이는가? 광활한 군 병영. 온통 침묵만이 지배하고 있다. 모든 병사들이 제자리에 있다. 그 계급 체계에서 가장 상위의 질서가 보인다. 하나의 명령, 사령관의 손짓 하나가 전 병영을 질서 있게 움직이게 한다. 하지만 이 병사들이 행복하다고 할 수 있을까? 군인다운 복종은 그들을 꼭두각시로 만들어 버렸고, 모든 살아 있는 것의 특성인 동작과 자유 의지를 박탈했다. 그들은 사령관의 명령만 알 뿐이며, 사령관이 무엇을 원하는지만 생각할 뿐이고, 사령관이 가고자 하는 방향으로만 움직인다. 한 국가의 가장 강한 무력을 지휘하는 지휘봉은 전능한 것이다. 그들은 뭉쳐서는 무엇이든 할 수 있지만, 흩어지거나 혼자서는 목동이 원하는 곳에서 풀을 뜯는 가축들처럼 무력하다. 자유를 대가로 한 이러한 체제는 스스로의 속박임은 물론이고, 우리의 행복과 배치되는 것이다. 노를 저어 앞으로 나아가는 선박에서 자기 자리에 묶여 있는 백 명의 노예는 평화롭고 잘 조직화되어 있다. 하지만 그들의 마음과 영혼을 들여다보라. 고통, 비탄, 절망만 있다. 그들은 종종 삶과 죽음을 바꾸고 싶어 하지만, 그조차 마음대로 되는 것이 아니다. 그들의 고통이 끝나야 행복이 온다. 행복은 종속 상태와는 어떠한 관련성도 없으며, 그렇게 그들은 겨우 살아 있는 것이다. 그래서 우리는 어느 국가의 표면적인 평온함과 질서에 눈멀지 말아야 하고, 이러한 이유만으로 한 나라가 행복하다고 생각해서는 안 될 것이다. 항상 시민들의 마음을 살펴보아야 한다. 그 안에서 평온과 평화를 찾는다면, 이 나라는 행복하다고 진정으로 말할 수 있을 것이다.

유럽인들은 아메리카를 황폐화시키고 주민들을 죽여 그 피로 땅에 거름을 준 다음에야, 새로운 탐욕 때문에 살인 행위를 멈추었다. 자연의 격변으로 황폐화된 이 새로운 반구(半球)의 땅은 땅끝까지 박히는 쟁기질을 느꼈다. 비옥한 들에서 자라 열매도 맺지 못하고 시들어 버렸던 곡초들은 잘 벼린 낫 끝에 잘려 나가는 몸을 느꼈다. 예전부터 그늘을 만들어 주었던 언덕 위 거대한 나무들은 베어졌다. 쓸모없는 숲과 산속의 밀림은 경작지로 바뀌어, 아메리카의 토생종이든 외래종이든 수백의 생장물로 덮이게 되었다. 인간에 의해 길들여져 일을 하거나 식용으로 쓰이는 수많은 가축이 비옥한 초원을 메웠다. 일하는 사람의 손이 미치지 않은 곳이 없었고, 복지와 질서의 단초들이 보이기 시작했다. 한데 그토록 인색하고 게으른 자연에 풍성한 열매를 맺도록 만든 것은 누구의 요령 있는 손이었던가? 순종과 인류애를 가르치는 교사이며 진리의 신이라는 이름을 내걸고 평화를 사랑하는 선교사들인 유럽인들은 독기를 품고 한꺼번에 인디언들을 학살하였다. 그러고 나서 그들은 정복자들의 맹렬한 살인 행위에 더해, 매매로 노예를 사들여 그들에 대한 냉혹한 살인까지 저질렀다. 니제르와 세네갈의 태양이 작열하는 강가 출신의 불행한 희생자들은 자신의 고향과 가족들에게서 유리된 채 전혀 알지 못하는 나라로 끌려왔다. 그들은 질서라는 가공할 만한 지휘봉 아래 아메리카의 비옥한 땅을 경작했지만, 정작 사람들은 그들의 노동을 무시하였다. 그리고 우리는 이 황폐한 나라를 행복한 땅이라 부르게 되었는데, 그 땅에는 이제 가시가 자라지 않고, 경작지가 온갖 작물로 가득 차 있기 때문이다. 백 명의 오만한 시민은 화려하게 살지만, 수천의 사람은 제대로 생계가 없으며 추위와 더위를 피할 거처도 없는 나라를 행복하다고 부르는 것이다. 아! 부유한 이 나라는 다시 황폐화될지니! 가시나무가 깊이 뿌리를 내리고 널리 퍼져 아메리카의 다른 산물들을 없애 버리리라! 사랑하는 이들이여, "이름만 바꾸면 당신들 이야기이다"라고 말해도 흥분하지 말지어라.

우리는 여전히 이집트 건축물의 웅장함에 놀란다. 오랫동안 비교조차 되지 않았던 피라미드들은 이집트의 대담한 건축 양식을 보여 주었다. 하지만 무엇 때문에 이 어리석은 돌무더기들을 쌓아 올려야 했는가? 거만한 파라오들을 묻기 위해서였다. 이 오만한 지배자들은 영생을 갈구하면서도, 죽을 때조차 자신의 백성들과 자신이 외형에서 구별되기를 바랐다. 그래서 사회에 전혀 쓸모없는 웅장한 건물은 노예제의 명확한 증거가 된다. 한때는 공공의 복리가 융성했지만 지금은 몰락한 도시의 폐허에서는 수많은 학교, 병원, 여관, 수도 시설, 극장 등과 유사한 건물들이 있다. '우리'가 아니라 '짐'으로 더 유명한 도시에서는 웅장한 왕궁과 거대한 마구간, 동물 사육장의 폐허를 볼 수 있을 뿐이다. 전자와 후자를 비교해 보라. 우리의 선택은 어렵지 않을 것이다.

정복의 영광에서 찾을 수 있는 것이 무엇인가? 소리, 분노, 자만, 소진……. 이런 영광은 18세기에 발명된 기구(氣球)와 비교해 볼 수 있다. 비단으로 만든 이 기구에 뜨거운 공기를 불어넣으면 순식간에 부풀어 재빨리 창공 끝까지 날아 올라간다. 하지만 위로 떠오르게 부력을 주었던 그 힘이 촘촘한 틈을 통해 끊임없이 빠져나가면, 기구는 자연스럽게 골짜기로 향하면서 추락한다. 한 달 내내 돈을 들여 힘들게 노력하고 준비한 것이 고작 몇 시간 동안만 구경꾼들을 즐겁게 할 뿐이다.

하지만 물어보라. 정복자들이 인구가 많은 나라들을 황폐화시키거나 자신의 나라 안에 있는 황무지들을 개간하면서까지 얻고자 했던 것이 무엇이며, 무엇을 찾고 있었던 것인가? 우리는 이에 대한 대답을 폭군 중의 폭군 알렉산드로스에게서 얻을 수 있다. 그는 위대하였지만, 자신의 업적이 아니라 강인한 정신력과 파괴 행위 때문이다. 그가 말했다. "오, 아테네인들이여! 나는 얼마나 당신들의 칭송을 받기에 충분한가!" 멍청한 사람이여! 당신이 지나온 길을 보라. 당신의 영토에서 광포하게 솟구쳐 오르는 회오리바람은 그 거주민들을 바람에 날아가게 만들어 버렸고, 온 나라가 힘을 모아 지향했던 바는 결국 황량하게 죽어 버린 땅만 남기고 말았다. 오, 광포한 멧돼지 같은 이여. 자신의 승리를 위하여 자신의 땅을 황폐화시키는 싸움에서도, 당신은 당신을 즐겁게 해줄 그 무엇도 찾지 못하리라는 걸 알지 못했던 것이다. 만일 황무지를 획득했다면, 그곳은 당신의 시민들을 위한 무덤이 되어, 모두가 그곳에 묻힐 뿐이다. 새로운 황무지에 사람들을 데려다 놓았다 한들, 비옥한 땅을 황량하게 만들었을 것이다. 황무지를 거주지로 만들었지만, 다른 거주지를 황무지로 만들어 버린다면 그것이 무슨 소용이 있단 말인가? 만일 사람들이 많은 땅을 획득한다면 당신이 저지를 살인의 숫자를 헤아려 보고, 공포에 떨어야 할 것이다. 당신은 당신을 끔찍이도 증오하게 된 모든 사람의 심장을 뽑아 버려야 한다. 당신을 사랑하게 만들 수 없다면, 두렵게 만들 필요가 있기 때문이다. 용감한 시민들이 학살됨으로써 남는 것은, 노예의 상태를 받아들일 준비가 된 영혼이 유약한 사람들이 당신에게 복종하는 것뿐이다. 하지만 당신의 억압적인 승리에 대한 그들의 증오심은 뿌리가 깊어질 것이다. 스스로에게 솔직하게 말해 보자. 당신이 일으킨 정복 전쟁의 결과는 살인과 증오일 뿐이다. 후손의 기억 속에는 학대자가 있을 것이다. 당신의 새로운 노예들이 당신을 저주하고 당신의 죽음을 간곡히 기다리고 있다는 사실을 안다면, 당신은 고통받을 수밖에 없을 것이다.

하지만 농민들의 상황을 면밀히 살펴보면, 우리 사회는 매우 위험한 처지에 놓여 있다.

그것은 경제와 인구 성장에 해로우며, 그것의 불안정성을 보여주는 위험 때문에 해롭다. 인간은 무엇보다도 자신의 이익 때문에 움직이는 존재이므로, 당장 혹은 언젠가라도 이익이 될 수 있는 것들은 받아들이지만, 이익이 되지 않는 것은 멀리하게 마련이다. 이런 자연적인 동기 때문에 자기 자신을 위해 착수하는 모든 일은 강요 없이도 해내며, 열과 성을 낸다. 이러한 모든 일은 좋은 것이다. 그와는 반대로, 자유롭지 못하며, 자신의 이익과 아무 관계도 없는 일은 게으르고 아무렇게나 그리고 삐딱하게 한다. 우리나라의 농민들이 그렇다. 경작지는 자신의 것이 아니고, 그 수확물도 자신들의 것이 아니다. 일을 게으르게 하는 이유이다. 열심히 일할 이유도 없고, 땅이야 비어 있든 말든 관심이 없다. 이 땅을, 오만한 주인이 경작자의 생계나 하라고 나눠 준 땅과 비교해 보라. 그는 자신이 세운 계획 때문에 힘든 노동에도 불평하지 않는다. 그는 어떠한 일에도 관심을 주지 않을 것이다. 계절의 변화라는 악조건도 당당하게 이겨 낸다. 휴식 시간으로 정해 놓은 시간도 일하면서 보낸다. 낮 시간 동안의 오락 시간도 그는 관심이 없다. 자신이 일하는 것이 스스로를 위한 것이기 때문이다. 그러므로 그의 땅은 그에게 풍성한 결실을 가져다줄 것이다. 그러나 현재 농민들의 모든 노동의 결실은 죽어 가고 있으며, 다시는 그들에게 돌아오지 않을 것이다. 만일 농사일을 적극적으로 자유롭게만 할 수 있다면, 시민들을 배불리 먹여 살릴 수도 있었을 것이다.

그러나 만일 강요된 일이 초라한 결과를 가져온다면, 토지 대비 목표량을 달성하지 못했으므로 인구의 증가는 방해받을 수밖에 없다. 먹을 것이 없는 곳에는 그것을 먹을 사람도 없어질 것이다. 탈진하여 죽을 수밖에 없다. 따라서 원래 자연적으로는 남아돌 만큼 생산물이 풍부해야 하지만, 노예들의 경작지는 충분치 못한 수확물만 제공하여 시민들을 아사시킨다. 하지만 이것만이 노예제 아래에서의 풍족한 삶을 방해하는 것일까? 먹을 것과 입을 것을 위해 그들은 기력이 다할 때까지 다른 일도 더불어 한다. 인간의 섬세한 감정에 교만함 때문에 받는 치욕스러움과 권력으로 받는 괴로움이 더해진다고 생각해 보라. 그러면 우리는 노예제의 파괴력이 어떠한지 공포를 안고 보게 될 것이다. 노예제의 파괴력은 승리나 전투와 구별되는데, 승리가 지나간 자리에는 생명을 주지 않기 때문이다. 하지만 그보다 더한 해로움도 있다. 한쪽이 우연적이고 순간적으로 황폐화시킨다면, 다른 쪽은 오랜 기간 동안,

나아가 영원히 파멸시킴을 쉽게 볼 수 있다. 한쪽은 압도적인 우위를 점하게 되면 그 흉포함을 끝내지만, 다른 쪽은 끝난 곳에서 흉포함이 시작되고, 내부의 동요로 위험해지는 경우가 아니라면 절대 변하지 않는다.

그러나 다른 무엇보다도, 노예제가 언제까지나 존재한다는 것을 보는 일만큼 해로운 것은 없다. 한편에는 교만심이, 다른 쪽에는 소심함이 있다. 그들 사이에는 폭력 이외에 다른 관계란 있을 수 없다. 그리고 이것은 작은 환경에 집중되었다가, 그 전제적 영향력이 온 사방으로 퍼져 나간다. 하지만 손에 권력과 칼을 들고 있는 노예제의 옹호자들은 스스로 족쇄를 차고 있으면서도 노예제의 가장 열성적인 전도사가 된다. 노예들에게는 자유의 정신이 이미 사라져 버렸기 때문에, 자신의 고통을 끝내려 하지도 않고, 다른 사람들이 해방되는 것을 보는 것도 힘든 일이다. 그들은 자신의 족쇄를 사랑한다. 만일 인간이 자신의 파멸을 사랑할 수 있다면 말이다. 나는 그런 사람들 속에서 최초의 인간을 타락시켰던 뱀을 볼 수 있다고 생각한다. 지배는 전염성이 있다. 우리는 인정해야 한다. 시민들에게 준비된 공공의 양식을 먹어 치우는 백 개의 머리를 가진 괴물을 쓰러뜨리고자 용기라는 철퇴와 자연법으로 무장하였지만, 결국 우리 스스로 전제적 행위로 빠져들어 가고 있었던 것인지도 모른다. 또한 비록 우리의 의도는 항상 선하고 전체의 행복을 지향했을지 모르겠지만, 우리의 전제적인 행동은 그 결과가 유용하다고 해서 정당화되지 않음도 인정해야 할 것이다. 이제 우리는 우리가 생각지 못했던 패기가 불러온 결과들에 대해 용서를 구하고 있다.

사랑하는 시민들이여, 우리에게는 어떠한 파멸이 기다리고 있으며, 우리가 어떤 위험에 처해 있는지 알지 못하겠는가! 움직임에 있어 약간의 자유가 허락된다 하더라도 냉랭해진 노예들의 모든 감정은 내적인 감각을 더욱 강하고 공고하게 만들 것이다. 자신의 길이 막혀 버린 흐름은 반대의 흐름을 만나게 되면 더욱 강해진다. 한번 보가 터져 버리면 범람을 막기란 불가능하다. 우리가 사슬을 매어 놓은 우리의 형제가 바로 그렇다. 그들은 기회와 때를 기다리고 있다. 경종이 울린다. 그리고 이 야만적인 파국은 빠르게 퍼져 나갈 것이다. 우리는 주변에서 칼과 독약을 보게 될 것이다. 죽음과 잿더미가 우리의 냉혹함과 비인간성에 대한 대가가 될 것이다. 우리가 그들의 족쇄를 풀어 주는 데 완고하고 주저했던 것만큼, 그들의 복수는 더욱더 가혹할 것이다. 지난 시대의 이야기들을 기억에 떠올려 보라. 성난 노예들을 기만했던 것이 결국 주인을 죽게 만들지 않았던가! 난폭한 참칭자에게 속았던 사람들은 그를 따라 주인의 멍에로부터 해방되기만을 바랐다. 그들은 이러한 상황에 대해 다른 예를 아는 것이 없었으므로, 주인을 죽이는 것 말고는 다른 방도를 생각하지 못했다. 그들은 성별과 나이를 따지지 않았다. 그들은 족쇄를 풀어 버림으로써 얻는 이익보다 복수의 즐거움을 갈구했던 것이다.*

바로 이것이 우리를 기다리고 있는 것이며, 반드시 닥칠 무엇이다. 파국은 점차 고조되고 있으며, 위험은 이미 우리 머리 위에 맴돌고 있다. 낫을 들 시간이 다가왔으며, 적당한 시간이 다가오고 있다. 그러다가 선동가나 인류애로 가득 찬 사람이 나타나 불행한 이들을 각성시킨다면, 낫질은 더욱 거세질 것이다. 그러니 조심할지어다!

그러나 만일 파멸의 공포와 재산을 잃어버릴 위험이 당신들 중에서도 소심한 사람들까지 움직일 수 있다면, 우리의 편견을 극복할 만큼 용감해질 수 있지 않겠는가? 즉, 우리의 이기심을 억제하여 형제들을 노예의 굴레에서 해방시키고, 자연법에 입각한 만인평등권을 수립할 수 있지 않겠는가 말이다. 당신들의 마음 상태를 알고 있기에, 당신들이 위험에 빠져서가 아님은 물론이고, 또한 이기적 이성의 계산에 의해서가 아니라, 당신들의 인간적인 마음으로 이러한 결론에 도달할 것이라고 기쁘게 확신한다. 사랑하는 사람들이여, 우리 형제들의 집으로 가서 그들의 운명이 바뀌었음을 선언하라. 진심으로 이렇게 말하라. "당신들의 운명에 동정을 느끼고, 당신과 우리가 평등하다는 것을 깨달았으며, 공공의 이익임을 확신하게 되었기에, 우리는 우리의 형제에 입 맞추게 되었습니다. 우리는 한때 당신과 우리를 갈라놓았던 오만한 차별을 내버렸으며, 우리 사이에 존재하는 불평등을 잊어버렸습니다. 우리의 승리를 축하합시다. 그리고 오늘은 우리 사랑하는 시민들의 족쇄를 파괴해 버린 날입니다. 오늘은 우리 연대기의 기념비적인 날이 될 것입니다. 우리가 예전에 당신들께 행했던 잘못은 부디 잊어 주시고, 진정으로 서로를 사랑합시다."

당신은 이렇게 말할 것이다. 당신의 마음 깊숙한 곳에서부터 이미 그 소리를 듣고 있었던 것이다. 사랑하는 사람들이여, 지체하지 말지어다. 시간은 쏜살같이 흘러간다. 우리의 전성기는 무기력하게 지나가고 있다. 우리는 좋은 생각을 가졌지만, 그것을 실현하지 못한 채 우리의 삶을 마치지는 말자. 우리의 후손들이 이것을 이용하여 우리의 왕관을 차지하지 못하게 하자. 그리고 그들이 우리를 일컬어 "그런 사람들도 있었지"라며 경멸 조로 말하지 못하게 하자.

이것은 마차에서 내려 역참 앞에서 주운, 진흙 묻은 더러운 종이 뭉치에 있던 내용을 읽은 것이다.

역참으로 들어서면서, 나는 바로 전에 나간 여행자가 누구였는지 물어보았다. 마부가 대답했다. "마지막에 들른 사람은 쉰 살가량 되었습니다. 역마권에는 페테르부르크로 간다고 되어 있었습죠. 그분이 서류 한 뭉치를 잊고 가셨습니다. 그래서 제가 지금 그분을 쫓아가 돌려 드리려고 합니다."

나는 마부에게 서류 뭉치를 나에게 달라고 부탁했다. 그것을 펼쳐 보고 내가 주운 종이 뭉치도 그것의 일부라는 것을 알았다. 나는 그에게 적당한 돈을 주면서 그 종이 뭉치를 달라고 설득했다. 종이 뭉치를 살펴보면서 그것이 나의 절친한 친구의 것임을 알았기 때문에 그것을 훔쳤다고 생각하지 않았다. 오늘날까지 그는 그것을 돌려 달라고 요구하지 않았으며, 내가 하고 싶은 대로 그것을 처분하라고 나에게 남겨 주었다.

말을 교체하는 동안, 내 손에 들어온 종이들을 흥미롭게 읽어보았다. 이미 읽어 보았던 내용과 유사한 것들을 많이 찾을 수 있었다. 곳곳에서 인간을 사랑하는 사람의 마음이 어떠한지 알 수 있었으며, 곳곳에서 미래의 시민상을 볼 수 있었다. 무엇보다도 친구가 시민들 사이의 불평등함에 대해 놀랐다는 사실이 확연해 보였다. 종이 뭉치와 법률 초안은 러시아에서 노예 제도를 폐지하는 것에 관한 내용이었다. 하지만 나의 친구는 최고 권력이 자신의 의견을 갑자기 바꿀 만큼 강하지 못하다는 것을 알고 있었기 때문에, 러시아의 농민을 점진적으로 해방시킬 수 있는 과도기적인 법률의 초안을 마련해 놓았다. 여기에 그의 생각의 골자를 보여 주겠다.

첫 번째 법률은 농촌의 농노와 가사 농노를 구별하는 것에 대한 내용이다. 후자가 먼저 폐지되며, 주민들과 인구 조사에서 등록된 어떠한 사람도 집 안으로 데려오지 못한다. 지주가 농민을 자신의 집에 들여 하인 노릇을 시키거나 기타 일을 시킨다면, 그 농민은 해방된다. 주인의 동의를 구하지 않고도 농민은 결혼을 할 수 있다. 결혼 허가비*는 금지된다. 두 번째 법률은 농민의 재산과 그 보호에 관한 것이다. 그들은 자신이 농사짓도록 할당된 경작지를 사유하게 된다. 왜냐하면 이미 인두세를 내기 때문이다. 농민이 획득한 영지는 그 자신의 소유가 되어야 하며, 누구도 그것을 임의로 박탈할 수 없다. 농민은 시민으로 복권된다. 그는 자신과 동등한 사람들, 즉 농민 재판소*에서 농민들에 의해 재판 받을 권리를 가지는 것이다. 농민들은 부동산을 취득할 권리, 즉 땅을 살 수 있는 권리를 가진다. 농민이 주인에게 정해진 금액을 지불하고 농노 해방 증서를 구입하면 자유를 얻을 수 있다. 재판 없이 자의

적으로 벌주는 것을 금지한다. "야만인의 관습은 사라졌다. 호랑이의 권력이여, 파괴되리라!" 우리의 입법자가 말한다. 이를 뒤따라 노예제가 완전히 폐지된다.

시민들의 평등권을 복권시킬 수 있는 수많은 법령들 중에서도, 나는 관등표를 발견했다. 그것이 오늘날에는 얼마나 적절치 않으며 불공정하게 운용되는지는 모두가 쉽게 상상할 수 있을 것이다.

그런데 이제 새로 교체한 말의 등에서 종이 울려, 나에게 출발할 때가 되었다고 알려 왔다. 그래서 다음 역참까지 가는 여행자에게는 말을 빨리 모는 게 좋은지 아니면 천천히 모는 게 좋은지, 또 역참의 늙다리 말에게는 천천히 가는 것이 좋은지, 빨리 가는 것이 좋은지 따위의 건설적인 고민을 하기로 했다. 그것이 존재하지도 않는 문제에 매달리는 것보다 낫지 않은가.

비시니 볼로초크

이곳의 수문을 구경하지 않은 채 이 새로운 도시를 그냥 지나칠 수가 없었다. 자연을 개발하여 손수 강물을 만들어 국토의 어떤 끝자락과도 연결되게 하려고 마음먹은 최초의 사람은 먼 후손들에게도 충분히 기억되리라. 현재의 권력이 자연적이고 또 도덕적인 이유로 타락하여 꽃뱀과 독사, 두꺼비 들이 한때 찬란했던 교만한 지배자들의 왕궁이 남긴 폐허를 뒤덮고 있을 때, 호기심 많은 여행객은 한 시절 무역으로 번성했음을 짐작할 수 있는 거대한 폐허를 발견한다. 로마인들은 공평하게 오늘날과 비교해 보아도 그 견고함이 놀라움을 주는 거대한 도로와 관개 시설을 건설했다. 하지만 유럽에 존재하는 운하에 대해서라면, 유럽인들은 별 관심이 없었다. 로마인들에게 있었던 도로를 우리는 앞으로도 가지지 못할 것이다. 오래 이어지는 겨울과 강한 한파가 방해하기 때문이다. 하지만 우리의 운하는 마무리가 다 되지 않았다 하더라도 곧장 물로 메워지지는 않을 것이다.

나에게는 페테르부르크로 먼 항해를 떠나기 위해 빵과 함께 다양한 물건들을 가득 실은 짐배가 갑문 지날 준비를 하며 운하를 가득 채우고 있는 광경을 바라보는 것이 적지 않은 즐거움이었다. 여기서 우리는 땅이 주는 진정한 풍요로움과 농민들의 잉여 농산물을 볼 수 있었다. 그것을 통해 인간의 행위를 추동하는 절대적 동기가 이기심이라는 것이 명약관화하게 드러나는 것이다.

하지만 그것을 처음 보았을 때 나의 이성은 행복을 느꼈지만, 생각이 깊어지면서 기쁨은 곧 시들어 버렸다. 왜냐하면 러시아에서는 많은 농민들이 자신을 위해 일하지 않는다는 사실을 떠올렸기 때문이다. 러시아의 수많은 지역에서 땅의 풍요로움은 그곳 사람들의 가혹한 운명을 보여 주고 있을 뿐이다. 나의 기쁨은 내가 여름날 부둣가의 세관을 지나면서 우리에게 아메리카의 잉여 농산물과 설탕, 커피, 물감 등의 값나가는 물건들을 실어 나르는 배를 보고 있을 때 느끼는 것과 똑같은 크기의 분노로 바뀌었다. 그 물건들에 묻은 땀과 눈물 그리고 피가 채 마르지 않았기 때문이다. 언젠가 친구가 말한 적이 있다.

"생각해 보게. 자네 잔에 채워진 커피와 또 그 속에 녹아 있는 설탕은 자네와 동등한 사람들의 안정이 박탈당한 결과라네. 그것들은 자신의 능력을 넘어서는 노동을 한 결과이며 그들의 눈물과 신음, 체벌과 모욕의 산물이지. 자네가 잔인한 사람이라면, 어디 한번 목구멍을 채워 보게."

말을 하면서 그는 나를 말리는 눈치를 보였고 그것이 내 마음을 흔들어 놓았다. 내 손은 떨렸고, 커피를 쏟고 말았다.

아, 페테르부르크에 사는 주민들이여! 당신들은 우리의 조국, 그 중에서도 풍요로운 지방의 농산물을 먹으며 살고 있지 않느냐. 성대한 연회에서든, 친구들끼리의 파티에서든, 혹은 혼자 있든 당신들의 배를 채워 줄 빵 한 조각을 처음 들 때면 잠시 멈추고 생각해 보시오. 친구가 아메리카의 물건들에 대해 나에게 했던 이야기를 당신들에게도 똑같이 들려줄 수 있지 않겠는가? 그것이 자란 땅은 눈물과 땀과 신음으로 살찌지 않았던가? 만일 당신의 허기를 채워 주는 그 빵이 황실령에서, 혹은 지주에게 소작료를 지불하는 땅에서 생산된 것이라면 그나마 좋은 것이다. 하지만 그것이 귀족의 곡창 지대에서 생산된 낟알로 만들어진 것이라면 그 얼마나 괴로운 일일 텐가. 그 빵에는 슬픔과 절망이 있으며, 고결하신 분의 분노에 찬 저주가 함께하고 있기 때문이다. "이 땅에서 벌어지는 모든 일에 저주 있으라."

당신들이 게걸스레 먹는 음식에 독이 없는지 잘 살펴보라. 가난한 사람들의 쓰디쓴 눈물이 그 위에 두껍게 발려 있다. 당신들의 입에서 음식을 떼어 놓고, 진실한 마음가짐으로 절식하라.

어느 지주에 대한 이야기는 인간이 자신의 이익을 위해서라면 자신과 같은 인간에 대한 사랑도 잊고, 먼 나라까지 잔인한 사람의 예를 찾거나 혹은 기적을 찾으러 멀고 먼 땅을 찾아 나설 필요가 없다는 것을 보여 준다. 그것은 우리 나라, 바로 눈앞에서 벌어지고 있는 일이다.

모(某) 씨가, 속된 말로 하면 나라의 녹을 받아먹지도 못했고, 더 이상 그런 자리를 차지할 행운도 없었고, 이제 원하지도 않았기에 수도를 떠났다. 그는 대략 백 명, 2백 명 하는 작은 마을을 하나 사서 농사로 돈벌이를 하며 살려고 했다. 그는 스스로 쟁기질을 하지는 않았지만, 가장 효과적인 방식으로 농민들이 가진 최대의 자연력을 이용하여 땅을 일구는 데 전력했다. 그는 이를 위한 최선의 방식으로 자신의 농민을 자유도 없고 개인적 동기도 가지지 못하는 도구로 생각하였다. 실제로 그것은, 한 무리가 되어 진격하고 전쟁에 임하지만, 개별적으로는 아무런 의미도 가지지 못하는 오늘날의 군인들을 대하는 태도와 흡사했다. 자신의 목적을 달성하기 위해 그는 농민들에게 배당된 작은 농지와 초지를 빼앗았다. 그것은 귀족들이 농민들에게 최소한의 생계를 위해 주었던 것으로, 귀족들이 농민들에게 요구하는 강제 노동에 대한 보상과 같은 것이다. 한마디로 이 귀족은 모든 농민과 그의 아내 그리고 아이들까지 1년 내내 자신을 위해 일하도록 강제한 것이다. 그는 농민들이 굶어 죽지 않게 하려고 메샤치나라고 이름 붙인 일정량의 빵을 나눠 주었을 뿐이다. 가족이 없는 사람들은 이조차도 받지 못하였는데, 라케데몬의 관습에 따라 육식일에는 아무것도 든 게 없는 양배춧국을, 금식 기간에는 빵과 크바스를 영지에서 받아 함께 먹었다. 부활절 주간에만 진짜 육식을 할 수 있었다.

이런 형편 때문에 그들은 옷도 자신의 상황에 맞게 적당히 만들어 입었다. 그들은 오누치*를 주인으로부터 받았지만, 겨울 장화, 즉 짚신은 직접 만들어 신었다. 여름에는 맨발이었다. 당연하게도 이러한 '죄인들'에게는 암소나 말, 양 등이 없었다. 주인은 이들을 기르는 것은 허용하였으나, 자기 마음대로 처분하였다. 누군가가 먹을 것을 아껴 가며 쥐어 짜내 몇 마리의 가금류를 키울 수 있었는데, 주인은 제멋대로 값을 매겨 처분하곤 했던 것이다.

이런 상황에서도 모 씨의 마을에서 농업이 번창했다는 것은 그리 놀라운 일이 아니다. 모두가 작황이 좋지 않았을 때에도 그는 네 배의 수확을 거두었다. 다른 사람들의 작황이 좋을 때면, 그는 열 배 혹은 그 이상의 수확을 거두었다. 오래지 않아 그는 2백 명의 새로운 농노를 이미 있는 2백의 농노에 자기 이기심의 희생물로 더했다. 그리고 그들을 첫 2백 명의 농민들처럼 다루어 해가 지날수록 자신의 재산을 불려 나갔고, 그와 동시에 그의 영지에는 신음하는 사람의 수가 늘어 갔다. 지금 그는 수천의 농민을 거느리며 명예로운 농업인으로 추앙되고 있다.

야만인! 당신에겐 시민이라는 호칭이 어울리지 않는다. 매년 천 수백 이상의 곡식이 생산된다고 한들, 그것을 생산하는 사람들이 거친 밭고랑을 매는 소 취급을 받는다면, 그것이 국가에 무슨 소용이란 말인가? 그것이 아니라면, 우리의 창고는 곡식으로 가득 차 있지만 사람들의 배는 비어 있는 것이 시민들의 행복이라고 생각한단 말인가? 수천의 사람이 아니라 한 사람이 정부를 숭상하기 때문인가? 피를 빨아 먹는 이 박쥐의 부(富)는 제 것이 아니다. 그것은 도둑질로 번 것이어서 법의 심판을 받아야만 한다. 그래도 여전히 이 교살자의 비대한 밭을 보면서 농업의 성공 사례라고 치켜세우는 이들이 있다. 그래서 당신들은 선한 사람이라 불리길 바라며, 공공선의 수호자라는 이름을 달고 있다.

이런 폭력을 국가 부의 원천이라 생각하며 치켜세우는 대신, 당신들의 인류애적 복수는 바로 이 공익의 적에게 향하도록 해야 할 것이다. 그의 농기구들을 파괴하라. 그의 곳간, 건조장, 비옥한 땅을 불태우고, 그 재를 그가 고문을 저질렀던 땅에 뿌려라. 그가 공공의 적임을 만방에 알려, 그를 보면 모두 그를 경멸할 뿐만 아니라 그가 한 짓이 멀리 퍼지지 않도록 그와 가까워지는 것을 막아야만 할 것이다.

비드로푸스크

이곳에서 다시 내 친구의 종이 뭉치를 습득했다. 내 손에 들린 것은 궁정 관료 체계의 폐지에 관한 법률 초안이었다.

미래 구상

사회에서 파괴된 자연법적이고 시민법적인 평등권을 단계적으로 다시 도입하기 위해, 우리의 선조는 귀족의 권리를 축소시키는 것이 최후의 방법이라고 생각하지 않았다. 개인적 공로로 처음에는 국가에 유용했지만, 세습이 이루어지면서 그들의 공훈은 희미해져 갔다. 심을 때는 달콤한 뿌리가 결국에는 쓴 열매를 맺은 것이다. 용기 대신 자만심과 이기심이 자리 잡았고, 고귀한 정신과 자비심 대신 우유부단함과 위대한 것에 대한 인색함의 씨앗이 뿌리내렸다.

많은 지배자들이 대대로 물려받은 장점과 덕목인 아첨으로 작은 일에만 움직이는 그토록 작은 그릇을 가진 자들 틈에 살게 되면서, 자신들이 신이며, 그가 건드리는 것은 곧 축복이 되며 빛을 발할 것이라 생각하게 되었다. 그렇게 되어야 하겠지만, 우리의 행동은 공공의 이익을 위해서일 때만 그래야 한다. 이런 권력자들의 백일몽에서 차르는 그의 노예와 시종들은 항상 그의 시야에 있어야만 하며 그의 광채를 받고 있다고 생각했다. 또 황제의 광채란, 말하자면 새로운 번쩍임 속에서 굴절되어 훨씬 더 다양하게 반사된다고 생각했다. 이런 망상에서 황제들은 궁정에 우상을 만들어, 그것이 연극에서의 요정들이 호각 소리나 똑딱거리는 소리에 복종하는 것처럼 만들어 놓았다.

궁정 관료 체계를 살펴보면, 우리는 거만한 관리들로부터 쓴웃음을 지으며 우리의 시선을 거둘 수밖에 없다. 그렇지 않고 그들이 이루어 낸 공로를 보면 통곡하고 말 것이다. 집사와 마구간지기, 심지어 마부, 요리사, 음식 시종, 새잡이꾼과 그에 속해 있는 사냥꾼, 청소부, 면도사, 이발사, 구두닦이, 그리고 기억도 하지 못하는 수많은 사람들이 자신의 건강과 피를 아끼지 않고, 심지어 조국의 영광을 위해서라면 죽음도 불사하면서 온 몸과 마음으로 조국을 위해 봉사했던 사람들과 동급 혹은 그 이상의 대접을 받고 있다. 내 집이 깨끗하게 정돈되어 있다 해서 당신들에게 좋을 것은 무엇이란 말인가? 나의 음식이 당신들보다 더 좋고, 나의 잔에 세계의 온갖 곳에서 온 술로 넘쳐흐른다 해서 당신이 배부른 것과 무슨 상관이 있겠는가? 내 마차가 금칠이 되어 있고 말들은 살쪘다 해서 날이 궂은 날 당신이 길을 떠난다고 피할 곳을 찾을 수 있단 말인가? 나의 취미 생활을 위해 당신의 초지에서 말을 달린다고 당신의 땅이 더 많은 결실을 가져다줄 것이며, 더 푸르러지겠는가? 당신은 안타까운 감정으로 미소 지어 보일 것이다. 하지만 정당하게 화가 났다면 많은 사람들이 우리에게 이렇게 말할 것이다.

"당신의 궁궐 건설을 담당하는 사람, 그곳에 불을 때는 사람, 당신의 지쳐 버린 위장과 마비된 미각을 되살리기 위해 열대 식물의 매운 향신료를 북방의 비곗덩어리가 가진 차가운 끈끈한 맛과 섞는 사람, 당신의 술잔에 아프리카 포도로 달콤한 주스 거품을 만들어 주는 사람, 당신의 마차 바퀴에 광을 내고 말에게 먹이를 주며 물을 먹이는 사람, 당신을 위해 숲 속의 짐승들과 하늘의 새들을 상대로 피비린내 나는 전투를 수행한 사람. 이 모든 기생충들, 이 모든 아첨꾼들과 이런 부류의 인간들은 당신의 도시와 궁궐을 지킨다며 전쟁터에서 끊임없이 피를 흘리고, 내 몸에 없어서는 안 될 부위를 잃어버린 나보다 콧대가 높다. 그곳에서 당신들의 비겁함은 용맹함과 위험의 장막 뒤에 감추어져 있었다. 나는 세금의 부담을 줄이기 위해 동전 한 닢이라도 가능한 한 아껴 가며 나의 젊음, 쾌락, 기쁨의 날들을 저당 잡았으며, 낮이나 밤이나 공공의 복지를 위해 일하느라 정작 나의 재산은 제대로 관리하지 못했다. 법정에서 당신을 위해 진실을 말함으로써 당신이 사랑받게 하려고 나의 친척들과, 피와 마음을 나눈 친구들을 소홀히 하였다. 이런 나보다 당신들이 콧대가 높은 것이다. 머리카락은 공적을 세우느라 세어 버렸고, 기력은 임무를 수행하느라 다해 버렸으며, 무덤에 누울 때에나 겨우 당신의 은혜를 입게 된다. 그런데도 악덕과 아첨의 젖을 먹고 살찐 송아지들, 조국의 사생아들은 우리가 이룬 업적을 물려받을 것이다."

많은 이들이 이렇게, 그리고 이보다 더욱 정당하게 목소리를 높여 이야기할 것이다. 권력의 지배자인 우리는 어떤 대답을 내놓을 것인가? 우리는 그것을 철저히 무시하는 무관심으로 감추어 버리면서 동시에 우리의 눈은 그 말을 한 사람들에게 불타오르는 분노를 보일 것이다. 진리를 말하는 사람들에 대한 우리의 응답은 거의 이래 왔다. 우리 중에서 최고의 사람이 이러한 태도를 가지고 있다 해도 아무도 놀라지 않을 것이다. 그 역시 아첨꾼들과 살며, 아첨꾼들과 토론하고, 아부 속에서 잠들며, 아부 속에서 산책하기 때문이다. 아첨과 아부는 귀를 멀게 하고 눈을 멀게 하여, 무감각하게 만들어 버린다.

하지만 그런 질책이 우리에게로 향하지 않게 해야 한다. 어렸을 때부터 아첨을 증오해 온 우리는 오늘날까지 아첨이 가진 독의 달콤함을 경계해 왔다. 이제 당신들에 대한 우리의 애정과 헌신은 새로운 경험에 의해 분명히 드러날 것이다. 우리는 이제 궁정에서의 복무를, 무관과 문관의 일을 동일하게 대우하는 것을 철폐할 것이다. 수치스러울 만큼 오랫동안 지속되어 온 관습은 우리 기억 속에서 사라져 버릴 것이다. 진정한 공로와 가치, 공공선을 위한 노력이 대가를 받을 것이고, 그것만이 빛날 것이다.

오랜 기간 동안 우리를 억압했던 참기 힘든 짐들을 우리 마음에서 내려놓음으로써, 우리는 공로와 가치를 농단하는 관료 체계의 폐지 이유를 밝히고자 한다. 이미 말했듯이, 똑같은 생각을 가진 우리의 선조들은, 황제의 권좌는 시민들의 의견 속에 그 권력의 뿌리가 있기 때문에 외적인 광휘로 구별되어야 한다. 그래야 권좌의 위엄이 전일적이며 불가침성을 지니게 되는 것이다. 그 때문에 인민의 주권자는 화려한 외양을 했던 것이고, 그를 둘러싼 노예들이 있었던 것이다. 속 좁은 이성과 쩨쩨한 정신은 외양의 영향을 받는다는 데 모든 사람들이 동의할 것이다. 하지만 민중이 계몽되면 될수록, 외양의 영향력이 작아진다. 누마*는 여전히 미개했던 로마인들에게 에게리아 요정*이 자신을 입법자의 자리로 인도했다고 설득시킬 수 있었다. 소심한 페루인들은 망코 카파크*가 자신이 태양의 아들이며 자신의 법은 천상으로부터 온 것이라고 한 말을 기꺼이 믿었다. 마호메트는 자신의 몽상으로 떠돌아다니던 아라비아인들의 마음을 얻을 수 있었다. 그들 모두 외양을 이용했는데, 모세마저도 번개 치는 산에서 십계를 받았다.

하지만 오늘날 누군가가 남을 속여 마음을 얻고자 한다면, 화려한 외양은 필요 없다. 번지르르한 결론, 이렇게 말해도 된다면, 그럴듯한 확신만 있으면 된다. 오늘날 누군가가 천상으로부터 온 메시지를 주장하고 싶다면, 그것이 유용한 척만 하면 된다. 그러면 모두 감명받을 것이다. 그러나 우리는 모든 힘을 다해 개개인 모두에게 유용한 것을 추구하는데, 화려한 외양이 왜 필요하단 말인가? 국가의 행복에 우리의 신조가 얼마나 유용한가 아닌가에 따라 우리의 얼굴이 빛나고 말고 하는 게 아니던가? 우리를 쳐다보는 모든 사람들이 우리의 선한 의도를 볼 것이고, 우리가 이룬 것에서 자신의 이익을 찾을 것이며, 활개 치는 공포가 아니라, 온화함 속에 앉아 있는 우리에게 복종할 것이다. 만일 고대 페르시아인들이 항상 자비로 다스려졌다면, 아리만*이나 증오스러운 악의 근원 속에서 헤매지 않았을지도 모른다. 그러나 만일 허황된 외양이 무익한 것이라면, 그것을 지켜 온 사람들은 국가에 얼마나 큰 해를 끼치는 것인가. 그들의 유일한 의무는 우리의 비위를 맞추는 것으로, 그들은 어떻게든 우리 마음에 들게 하려고 애쓴다. 우리의 바람은 예정되어 있다. 우리에게 실현되지 못할 욕망은 허용되지 않는다. 왜냐하면 심지어 그러한 생각조차도 이미 만족을 위해 준비되어 있기 때문이다. 그러한 알랑방귀의 행위를 공포심을 가지고 보아야 한다. 강철 같은 의지를 지닌 사람도 자신의 원칙이 흔들리면, 달콤한 아첨에 귀를 내주고 잠들어 버릴 것이다. 이 달콤한 마술은 우리의 이성과 감정을 잠식해 버린다. 타인의 고통과 곤경은 지나가는 병처럼 우리에게 보일 것이다. 그들에게 공감을 표하고 그들에게 위로를 주는 일은 이상한 것이거나 혹은 적대적인 것으로 받아들여질 것이다. 가장 고통스러운 모욕과 상처 그리고 죽음마저도 우리에게는 삶의 순리에서 필수 불가결한 것으로 만들어 버리고, 두꺼운 장막 뒤에서만 등장하여 순간적인 것으로 만들어 버릴 것이다. 그것은 마치 우리가 연극 공연을 보는 것처럼 만들어 버리는 것이다. 왜냐하면 질병의 화살과 악의 바늘은 우리를 깊숙이 찌르지 못하기 때문이다.

이것은 차르의 허황된 행동이 보여 주는 그 모든 치명적인 결과의 일부일 뿐이다. 만일 우리의 선한 의도가 타도되는 것을 피하게만 할 수 있다면, 우리는 복되지 않겠는가? 만일 나쁜 선례라는 전염병에 차단 벽을 세울 수 있다면, 우리는 복된 것이 아니겠는가? 우리의 선한 마음이 확고하고, 타락을 피할 수 있다고 확신할 수 있으며, 우리의 욕망을 제어하는 데 확신할 수 있다면, 무사태평한 삶을 살 것이며, 또한 먼 후손들에게도 권력과 자유가 상호 이익을 위해 어떻게 결합해야만 하는지에 대한 좋은 예가 될 것이다.

토르조크

이곳 역참에서 누군가를 만났는데, 페테르부르크로 탄원서를 제출하기 위해 길을 나선 사람이었다. 탄원서는 이 도시에서 자유롭게 출판사를 설립할 수 있게 허락을 구하는 내용이었다. 나는 그러한 자유가 이미 누구에게나 보장되어 있기 때문에 허락을 구할 필요는 없다고 말했다.* 하지만 그는 검열로부터의 자유를 원했던 것이다. 아래는 이 문제에 대한 그의 생각이다.

우리의 출판업은 모두에게 허용되어 있다. 개인이 허가받기를 두려워하는 시대는 지나갔다. 그간 자유롭게 허가된 출판사에서 거짓 내용이 인쇄되고 유통될 수 있기 때문에 공공의 선과 이익을 보호하기 위해 금지하였다. 지금은 모두가 인쇄기를 소유할 수 있고, 출판할 수 있지만, 여전히 감독을 받는다. 검열은 이성, 기지, 상상력 그리고 모든 위대한 것과 세련된 것의 보모가 되어 있다.

하지만 보모가 있는 곳에는 종종 절름발이가 되어 보행기를 타고 다니는 아이가 있다. 후견인이 있는 곳에는 스스로를 감당하지 못하는 성숙하지 못한 아이들과 여물지 못한 이성이 있다. 그러나 만일 보모와 후견인이 항상 뒤를 봐준다면, 아이는 오랫동안 보행기를 타게 될 것이고, 나이가 들어서도 제대로 걷지 못할 것이다. 미성년은 언제나 미트로파누시카*로 남을 것이고, 시종이 없으면 걷지 못할 것이며, 후견인 없이는 자신의 상속 재산도 처분하지 못할 것이다. 일상적인 검열의 결과가 이러함은 도처에서 확인되고, 검열이 엄격할수록 그 결과는 더 파멸적일 것이다. 헤르더*의 말을 들어 보자.

"선을 촉구하는 최고의 방법은 모든 종류의 사상에 대한 비간섭, 허용, 자유이다. 학문의 세계에서 검열은 해롭다. 그것은 공기를 탁하게 만들고 숨을 막히게 한다. 세상의 빛을 보기 전에 열 번의 검열을 거친 책은 책이 아니라, 종교 재판의 조서일 뿐이다. 그것은 종종 채찍질을 당하고 입에 재갈이 물려진 불구자요, 언제나 노예일 뿐이다. 사유와 영혼의 왕국인 진리의 영역서는 어떠한 세속적 권력도 결론을 내릴 수 없으며, 그래서도 안 된다. 정부도 그렇게 할 수 없는데, 하물며 사제의 모자를 쓰고 있거나 관직의 직함을 가진 검열관은 말할 것도 없다. 진리의 왕국에서 그는 재판관이 아니며, 저자와 같이 앉아 있는 피고일 뿐이다.

계몽에 의해서만 수정이 이루어질 수 있다. 머리와 뇌가 없으면 팔과 다리는 꼼짝도 할 수 없다. 한 국가가 자신의 원칙에 튼튼하게 기초해 있을수록 그 스스로가 질서 잡혀 있으며, 투명하고 굳건할수록 모래알 같은 대중의 주장과 분노한 작가의 비웃음에 덜 흔들리며, 국가는 사상의 자유와 창작의 자유를 더욱더 인정할 것이다. 물론 그 끝에는 분명 이익이 있기 때문이다. 파괴자는 의심을 받을 것이며, 은밀한 악당은 숨어 버릴 것이다. 진실을 실천하며 자신의 원칙이 확고한 티끌 없는 사람은 자신에 대해 모든 것을 이야기할 것이다. 그는 대낮에도 다닐 수 있고, 악당들의 저주조차 자신에게 유리하게 만들 수 있다. 사상의 독점은 해로운 것이다. 국가의 지배자는 의견을 듣는 데 있어 치우침이 없어야 하고, 모든 사람의 의견을 포용함으로써 자신의 국가에서 의견을 내는 것이 자유로워야 하고, 공공의 선을 지향하도록 해야 한다. 바로 이런 이유 때문에 위대한 지배자가 그토록 드문 것이다."

출판의 유용함을 인식한 정부는 모두에게 그것을 허용하였다. 그러나 사상의 통제가 출판의 자유가 가진 좋은 의도를 무효화시킬 수 있다는 것을 잘 알았기 때문에, 출판물에 대한 검열과 감독을 경찰에 위임하였다. 이 일과 관련하여 경찰의 임무는 악랄한 작품을 판매 금지하는 것에 한정되어야 한다. 그러나 이러한 검열조차도 불필요한 것이다. 어리석은 경찰 하나가 계몽 운동과, 이성이 수년간 전진하여 이룩해 놓은 것에 심각한 해를 입힐 수도 있다. 유용한 발견, 새로운 사상을 금지할 것이며, 모두에게서 위대한 것을 빼앗을 것이다. 한 예가 있다. 경찰에 어느 소설의 번역을 확인받으러 가져갔다고 해 보자. 번역자는 원저자를 따라 사랑을 '교활한 신'이라고 하였다. 제복을 입은 검열관은 은총을 가득 입었기에, 이 표현에 "신을 교활하다고 부르는 것은 적절치 않음"이라 적고 검은 줄을 친다. 그것을 이해하지 못하는 사람은 관여해서는 안 된다. 신선한 공기를 마시고 싶다면 훈제 공장에서 멀리 달아나야 한다. 빛을 보고 싶으면, 그것을 가로막은 것을 치워야 한다. 아이들이 부끄러움을 타지 않게 하고 싶다면, 학교에서 매를 없애야 한다. 매질과 채찍질이 많은 집에서는 하인들도 술에 취해 있거나 도둑이거나 혹은 그 이하의 사람들이다.[3]

머릿속에 들어오는 모든 것을 출판하게 하라. 만일 누군가 출판물 속에서 자신에 대한 모욕을 발견했다면, 법정에 정식으로 호소하게 하라. 그저 웃자고 하는 이야기가 아니다. 말이 항상 행동인 것은 아니며, 생각 자체는 죄가 아니다. 이것은 '새로운 법령을 위한 교시'의 원칙이다.* 하지만 말과 출판물에 의한 모욕은 항상 모욕이다. 법에 의해 누구도 남을 중상모략할 수 없으며, 모두에게는 고소할 자유가 있다. 그러나 만일 누군가 다른 사람에 대해 진실을 이야기한다면, 법에 의해 비방이 되지 않는다. 그러니 경찰의 도장 없이 출판된다고 해서 어떻게 책이 해가 될 수 있겠는가? 해가 되기는커녕 오히려 이롭기까지 하다. 처음부터 끝까지, 사소한 부분에서부터 큰 부분에 이르기까지, 차르로부터 가장 낮은 시민에게까지 이롭기만 하다.

검열에 사용되는 일반적인 원칙은 이렇다. 즉, 자연 종교와 계시

---

3 검열관은 "나는 그와는 아무 관계도 없다"고 말하면서 신을 언급한 작품을 출판할 때 그러한 종류의 표현을 허용하지 않는다. 만일 어느 작품에서 이러저러한 국가의 풍속을 비판한다면, 검열관은 "러시아는 그 나라와 우호 조약을 체결했다"고 말하면서 이것은 승인될 수 없다고 간주한다. 또 공작이나 백작이 언급된다면, "우리의 공작과 백작은 존경받는 사람들이므로, 이것은 개인적인 것이다"라고 말하면서 출판을 허용하지 않을 것이다.

에 반하는 모든 것, 정부에 반하는 모든 것, 모든 개인적인 것, 그리고 미풍양속과 질서, 공공의 평온에 반대되는 모든 것을 삭제하고 지우며 금지하고 자르며 태워 버리는 것이다. 자세히 살펴보자. 만일 어느 멍청이가 마음속으로만 그렇게 생각하는 것이 아니라 실제로 "신이 없다"며 큰 소리로 헛소리를 한다면, 모든 멍청이들의 입에서 크고 빠른 메아리로 "신은 없다. 신은 없다"라는 소리가 울릴 것이다. 하지만 도대체 이것이 무엇이란 말인가? 메아리는 소리일 뿐, 공기에 파장을 일으켜 공기를 흔들고는 이내 사라질 뿐이다. 이것은 이성에 어떤 흔적도 남기지 못하고 설령 흔적을 남기더라도 아주 미미하며, 우리의 마음에는 전혀 흔적을 남기지 못한다. 신은 신을 믿지 않는 사람에게도 감각되는 신으로 언제나 남을 것이다. 하지만 생각해 보라. 전능하신 분께서 비방으로 모욕당한다면, 경찰이 그분을 대신하여 원고가 될 수 있겠는가? 전능하신 분은 재잘거리거나 경종을 울리는 사람에게는 위임장을 주지 않는다. 모든 자연력이 그에게 복종을 바치는, 천둥과 번개의 지배자이자 우주의 한계를 뛰어넘어 우리의 마음을 뒤흔드는 분께서는 스스로 지상의 대리인이라고 생각하는 차르가 복수하는 것을 거부하신다. 감히 누가 영원하신 아버지의 모욕을 다루는 재판장이 될 수 있으랴! 그분을 모욕하는 자는 그분에 대한 모욕을 재판할 수 있다고 생각하는 사람이다. 그는 그분 앞에 서서 응답을 받게 될 것이다.

러시아에서는 지금까지 계시적 종교의 이단자들이 신의 존재를 거부하는 무신론자들보다 더 많은 해악을 끼쳐 왔다. 우리는 형이상학을 공부하는 이들이 적기 때문에 무신론자들도 적다. 무신론자들은 형이상학에서 헤매고 있는 반면, 분리파는 세 손가락에 빠져 헤맨다.* 우리는 분리파를 그리스 교회의 일반적인 가르침에서 어떤 식으로든 벗어나 있는 모든 러시아인이라고 정의한다. 러시아에는 그들이 무척 많은데, 그래서 그들의 예배는 허용된다. 하지만 왜 모든 몽매가 밝혀지는 것이 허용되어선 안 되는 것인가? 그것이 더 명확하게 밝혀지면 밝혀질수록 더 빨리 무너지기 때문이다. 박해는 순교자들을 만들어 왔다. 잔인함은 교회법의 기둥이기 때문이다. 정교분리의 결과는 때때로 해롭다. 그것을 금지해야 한다. 그들은 전례(前例)를 통해 전파된다. 전례를 없애 버려라. 분리파는 인쇄된 책 때문에 불 속에 뛰어들지 않지만, 잘 만들어진 예를 따라서는 그렇게 한다. 어리석은 짓을 금지하는 것은 그것을 부추기는 짓과 같은 것이다. 자유를 주어, 무엇이 어리석은 것이며, 무엇이 현명한 것인지 모두가 보게 하라. 사람들은 금지된 것을 원하기 마련이다. 우리 모두는 이브의 아이들이 아니던가.

하지만 소심한 정부가 자유로운 출판업을 금지하는 것은 신성모독을 두려워해서가 아니라, 자신들에 대한 비판자들을 두려워하기 때문이다. 광란의 순간에 신의 자비를 구하지 않는 자는 이성이 돌아온 순간에 불법적인 권력에 자비를 구하지 않는다. 전능하신 분의 우렛소리를 두려워하지 않는 자는 교수대를 비웃는다. 그러므로 사상의 자유는 정부를 두려움에 떨게 한다. 마음 깊숙한 곳까지 자유사상가인 사람은 권력의 우상에 대항하여 불손하지만 강력하고 두려움을 모르는 팔을 뻗을 것이며, 그 장막과 가면을 찢어 버리고 그 진면모를 드러낼 것이다. 모든 이가 그의 더러운 발을 보게 될 것이고, 모두가 그에게 보냈던 지지를 거두어들일 것이다. 권력은 그 원천으로 되돌아가고 우상은 파괴될 것이다. 그러나 만일 권력이 수많은 견해들의 안개 속에 있지 않고, 그 권좌가 공공의 복리라는 진정한 사랑과 진정성에 기초해 있다면, 그 민낯이 드러날 때 더욱 공고해지지 않겠는가? 진정으로 사랑하는 사람은 더욱 큰 사랑을 받지 않겠는가? 상호성은 자연스러운 감정이며, 상호성에 대한 지향은 자연 속에 내재해 있는 것이다. 튼튼한 건물은 자신의 기초만으로도 충분하다. 지주나 부벽이 필요하지 않은 것이다. 오래되어 흔들릴 때만 측면의 지지대가 필요할 뿐이다. 정부가 진실되고 지도자들이 위선적이지 않다면, 모든 해악과 모든 토악질은 그것을 내뱉은 자에게 그 악취를 되돌려 줄 것이고, 진리는 언제나 순결하고 깨끗한 상태로 남아 있을 것이다. 말로 선동하는 자(편의상 진리에 기반을 두고 권력에 반대되는 모든 확고한 사상을 이렇게 부르자)는 신을 모독하는 말을 내뱉는 자만큼이나 멍청이이다. 권력이 자신에게 정해진 길을 간다면, 모든 권력의 주께서 온갖 모독에도 흔들리지 않는 것처럼, 정부 역시 알맹이 없는 비방에 괴로움을 겪지 않을 것이다. 하지만 자신의 탐욕 때문에 진리를 내팽개친다면, 아, 슬프도다! 그때는 단 하나의 사상만으로도 그 굳건함이 흔들릴 것이며 진실을 알리는 일갈이 그것을 파괴할 것이고 용감한 행동은 흩어져 버릴 것이다.

인신공격, 특히 악랄한 인신공격은 모욕적인 일이다. 하지만 진실을 말하는 인신공격은 그 자체가 진실이므로 허용 가능한 것이다. 만일 눈먼 재판관이 진실에 근거하지 않는 판결을 내린다면, 그리고 자신의 무죄를 주장하는 사람이 부당한 판결을 세상에 공개하여 재판관의 부정과 모략을 드러낸다면, 이 역시 인신공격이지만 허용될 수 있는 것이다. 만일 그가 재판관을 거짓되고, 어리석으며, 매수된 사람이라고 한다면, 그 역시 인신공격이지만 허용될 수 있는 것이다. 하지만 그가 재판관에게 모욕적인 욕을 퍼붓고 시장 통에서나 통하는 단어로 비방한다면, 그것은 인신공격일 뿐 아니라 비열하고 허용될 수 없는 것이다. 그러나 재판관이 옳은 일을 하고도 비방받았다고 정부가 끼어들 일은 아니다. 이 경우 원고가 되는 것은 재판관이 아니라 자연인으로서 비방받은 바로 그 사람이다. 재판관 자신이 오직 자신의 판결로써 세계와 그를 법정에 세운 사람 앞에서 자신의 무죄를 입증해야 한다.[4] 인신공격에 대한 판결은 이래야만 한다. 인신공격은 벌을 받아야 하지만, 출판물 속에서 이루어지는 것은 해악이 작고 이득은 더 크다. 모든 것이 제대로 돌아가고, 판결은 언제나 법에 의거하며, 법이 진리에 기반하고 있다면, 그리고 잘못된 것이 고루 시정된다면, 그

---

4 미스터 디킨슨*은 일전의 아메리카 변혁에 참여하여 이를 통해 명성을 얻은 사람이다. 그는 후에 펜실베이니아의 주지사가 되었는데, 그를 공격하는 사람들과 싸우는 것에 거부감을 가지지 않았다. 그에게 매우 불리한 선전지가 인쇄된 적이 있었는데, 그 지역의 최고 실력자인 주지사 스스로가 공론장으로 뛰어 들어가 자신을 방어하는 책을 펴냈고, 잘못을 바로잡았으며, 자신의 적대자들의 주장을 기각시켜 그들을 부끄럽게 만들었다……. 이는 출판물에 의해 자신의 명예가 훼손되었을 때 어떻게 복수해야 하는지를 보여 주는 좋은 예이다. 만일 출판물이 자신을 모욕하고 있다는 생각에 불같이 화를 내는 사람이 있다면, 그는 그 글이 다른 사람으로 하여금 사실이라고 생각하게 만들 뿐이며, 실제로 복수를 하고자 하는 사람은 출판물 속의 그 사람이 될 뿐이다.

때서야 인신공격은 해로운 것이 될 것이다.

이제 미풍양속과 말이 어떻게 미풍양속을 해치는지에 대해 이야기해 보자.

음란한 묘사로 가득 차 있으며, 악을 유발하고, 모든 페이지, 모든 단락이 치명적인 발톱을 벌리고 있는 욕정 가득한 작품은 젊은이들과 아직 성숙한 감성을 가지지 못한 사람들에게 해롭다. 불타오르는 상상력에 불을 더하고, 잠자고 있던 감각을 깨우며, 평온하던 마음을 자극함으로써 젊은이들은 굳건해야 할 그들의 감각을 속이고, 조로하게 만들어, 때 이르게 어른이 되어 버린다. 그런 작품들은 해롭다. 하지만 그것들이 타락의 근본 원인은 아니다. 만일 그런 책을 읽고 젊은이들이 극단적으로 정념을 추구한다면, 자신의 아름다움을 파는 사람들이 존재하지 않았더라면, 그런 작품은 없었을 것이라고 말할 수 있다. 러시아에는 아직 그런 책은 없다. 그러나 두 수도의 어느 거리에서나 화장이 짙은 매춘부들을 볼 수 있다. 행동은 말보다 더 쉽게 타락하고, 전례를 따라 하는 것은 다른 무엇보다 더 쉽게 타락시킨다. 경매에서 돈을 더 주는 사람에게 자기 몸을 주는 매춘부는 수천의 젊은이와 미래의 후손에게까지 병을 전염시킨다. 그러나 책은 병을 전염시키지 않는다. 따라서 몸을 사고파는 처녀들에 대한 검열은 계속되어야 하지만, 비록 정신이 타락했더라도 작품에 대해서는 그렇게 할 수 없다.

나는 다음과 같이 결론 내리고자 한다. 출판물에 대한 검열은 사회에 속해 있다. 사회는 저자에게 월계관을 씌워 줄 수도, 책 낱장을 포장지로 쓸 수 있게도 한다. 청중의 박수갈채가 극장의 주인이 아닌 희곡의 저자에게 바쳐지듯이, 검열자는 세상에 공개된 작품을 상찬할 수도 없고, 폄하할 수도 없는 것이다. 막이 오르면 모두의 시선은 무대로 향한다. 마음에 들면 박수를 보낼 것이고, 그렇지 않다면 발을 구르고 야유를 보낼 것이다. 별 볼일 없는 작품은 공공의 판단으로 남겨 두어야 한다. 그것들은 수많은 검열관들에 의해 발견될 것이다. 가장 날카로운 경찰이라 하더라도 쓸모없는 사상을 금지하는 데 있어서만큼은 그 사상에 분노한 군중들보다 못하다. 그런 사상은 한번 귀에 들어왔다가 소멸한 다음에는 영원히 다시 떠오르지 않는다. 우리가 만일 검열의 무용함과 학문의 영역에서 그것의 해로움을 시인해야 한다면, 출판의 자유가 가져다주는 광범위하고 한없는 유용성도 인식해야 할 것이다.

이에 대한 증거는 불필요해 보인다. 만일 모든 사람이 자유롭게 생각하고 자신의 생각을 누구에게나 자유롭게 말할 수 있다면, 고안해 내거나 발견한 모든 것들이 알려지리라는 것은 당연한 일이다. 위대한 것은 위대해질 것이고, 진리는 방해받지 않는다. 민중의 지배자들은 감히 진리의 길에서 벗어나려 하지 않을 것이고, 그들이 행해 왔던 방식과 사악함, 간교가 발각되는 것을 두려워할 것이다. 재판관들은 부당한 판결이 내려진다면 불안을 느낄 것이고 그것을 갈기갈기 찢어 버릴 것이다. 자신의 괴벽만을 만족시키기 위한 권력은 스스로를 부끄러워하게 될 것이다. 남몰래 한 강도 짓은 강도 짓이라 불릴 것이고, 은밀한 살인 역시 살인이라 불릴 것이다. 모든 악의 무리들은 진리의 엄한 눈초리를 두려워하게 될 것이다. 평온은 실제적인 것이 될 것이다. 왜냐하면 그곳에서는 쉰 냄새가 나지 않을 것이기 때문이다. 요즘은 표면만 매끄럽고 바닥에 가라앉은 진흙 때문에 점점 혼탁해져 맑은 물을 흐리고 있다.

검열제의 비판자는 나와 헤어지면서 작은 노트 한 권을 주었다. 독자들이여, 당신들이 지루해하지만 않는다면, 당신 앞에 놓인 것을 읽어 보라. 만일 당신이 검열 위원회에 속한 사람이라면, 페이지를 어서 넘겨 버리시라.

검열의 기원에 대한 짧은 역사

만일 우리가 검열이 종교 재판과 같은 기원을 가지고 있으며, 종교 재판소의 설립자가 출판되기 전의 책을 살펴보는 검열이라는 제도를 발명했다고 자신 있게 말할 수 있다면, 우리는 전혀 새로운 것을 이야기하는 것이 아니다. 하지만 성직자들이 다양한 시대에 걸쳐 항상 인간의 이성을 억압하는 족쇄를 발명해 왔다는 것에 대한 명백한 증거를 지난 시간의 어둠으로부터 길어 올려 또 다른 많은 증거에 추가할 수 있다. 그런 까닭에 그들은 인간 이성의 날개를 꺾어 위대함과 자유를 향한 비상을 방해해 온 것이다.

지난 시간과 세기를 거쳐 오면서 우리는 도처에서 권력의 파괴적인 측면과 진리에 대항하는 권력을 목도하였으며, 때로는 미신을 몰아내기 위해 미신으로 무장하는 광경을 보아 왔다. 아테네의 민중은 사제들에게 속아서 프로타고라스*의 책들을 금지하였으며, 모든 사본들을 모아 불태울 것을 명령했다. 어리석음에 빠져 영원히 씻을 수 없이 치욕적으로 진리의 화신인 소크라테스에게 사형을 언도한 것도 그들이 아니었던가? 로마에서 우리는 이보다 더한 광란의 예를 찾을 수 있다. 티투스 리비우스*는 누마의 무덤에서 발견된 글들이 원로원의 명령으로 불태워졌다고 전하고 있다. 다양한 시대에서 예언서들을 집정관에게 넘기라고 명령한 예는 많다. 수에토니우스*는 아우구스투스 카이사르가 2천 권에 가까운 예언서들을 불태우라고 한 명령을 기록하고 있다. 이 역시 인간의 황당무계한 행동의 한 예일 뿐이로다! 정녕 지배자들은 미신적인 책들을 금지함으로써 미신의 뿌리를 뽑을 수 있다고 생각한 것일까? 모든 사람들이 개인적인 이유로 점치러 가는 것이 금지되었는데, 깊은 슬픔을 잠시나마 위로받기 위해 들르는 곳으로, 그것도 새점과 같이 국가의 길운을 점치는 곳만 명확히 남아 있을 뿐이다. 그러나 요즘과 같은 계몽의 시대에 점술을 가르치고 미신을 설파하는 책을 금지하거나 불태우려 한다면, 마치 진리가 미신을 쫓기 위해 몽둥이를 드는 것처럼 우스운 일이 되고 말 것 아닌가? 무지몽매는 그것을 바라보는 것 자체가 이미 가장 잔혹한 체벌일진대, 진리가 몽매의 공격에 권력이나 칼에 의존한다면 그것도 우스운 일이 아니겠는가?

그러나 아우구스투스 카이사르는 점치는 일까지 박해했을 뿐만 아니라, 티투스 라비에누스*의 책들을 태워 버리라고 명령했다. 웅변가였던 세네카는 이렇게 말했다.

"그의 적들은 그를 위해 새로운 종류의 벌을 만들어 냈다. 그의 학설 때문에 벌을 준다는 것은 전대미문의 일이며 예외적인 것이다. 하지만 국가를 위해서는 다행스럽게도 이런 이성적인 잔인함은 키케로 이후에나 일어났다. 만일 삼두정에서 키케로의 지성을 판단하는 데 이를 적용하였다면 과연 어떤 일이 일어났을 것인가?"

하지만 박해자는 곧바로 라비에누스의 책들을 불태워 버리라고 지시한 사람에게 라비에누스의 복수를 해 주었다. 그는 자신이 살아 있을 때 그의 책들이 불에 던져지는 것을 보았기 때문이다.[5] 세네카가 말하길, "이 나쁜 예를 따라 하는 것은 바로 그 자신이다".[6] 하늘이시여! 악은 언제나 악을 만들어 낸 사람에게 되돌아가고, 사상의 박해자는 언제나 자기 자신이 조롱의 대상이 되어 죄인으로 경멸과 파멸의 대상이 된다는 것을 알게 하소서! 만일 복수가 용서받을 수 있다면, 이런 경우에만 해당할 것이다.

로마의 민주정 시기에는 이러한 종류의 박해가 단지 미신에만 해당되었다. 그러나 왕정 시기에는 모든 확고한 사상들까지로 확대되었다. 크레무티우스 코르두스는 자신의 역사책에서, 라비에누스의 저작에 대한 아우구스투스의 박해를 감히 조롱하였던 카시우스를 최후의 로마인이라 칭하였다.* 티베리우스 황제 앞에서 설설 기던 로마의 원로원은 황제의 환심을 사기 위해 크레무티우스의 책을 불살라야 한다고 했다. 그러나 많은 사본이 남아 있다. 타키투스는 이렇게 말했다.

---

5 네덜란드에서 최초로 금서 목록을 발간한 아리아스 몬타노(16세기 스페인의 신학자이자 동양학자)의 저작들 역시 같은 목록에 기재되어 있다.

6 라비에누스의 친구인 카시우스 세베루스는 불에 타고 있는 그의 책을 보면서, "이제 나를 불태워야겠군. 나는 책들을 외우고 있으니 말이야"라고 말했다. 이것은 아우구스투스 시대에 모욕적인 저작들을 금지하는 입법으로 귀결되었다. 인간의 모방 심리 때문에 영국과 다른 나라에서도 마찬가지였다.

“자신들의 권력을 휘두르며 과거에 대한 후세대의 기억을 없애 버릴 수 있다고 생각하는 사람들의 의도를 더욱더 비웃어야 한다. 권력은 지성의 번뇌에 광분할 수 있다. 하지만 그러한 광분에 의해 권력은 스스로에게는 수치와 모독을 준비했던 것이며, 지성의 번뇌에는 영광을 선사했던 것이다.”

시리아의 왕 안티오쿠스 에피파네스의 치세에는 유대교의 책들이 분서를 피할 수 없었다. 이와 함께 기독교의 책들도 마찬가지 운명에 놓였다. 디오클레티아누스 황제는 성서를 불에 처넣으라고 명령했다. 그러나 기독교의 법은 박해자들에 대한 승리를 거두었고, 박해자들의 무릎을 꿇게 만들었다. 그리고 이것은, 사상과 견해에 대한 박해는 그것을 강제로 절멸시킬 수 없음은 물론이거니와 오히려 더욱 강화하고 널리 전파시킬 뿐이라는 움직일 수 없는 증거로 남아 있다. 아르노비우스는 그러한 박해에 반대하며 다음과 같이 정당하게 반박했다.

“누군가는 원로원이 고대 종교의 중요성을 반박하면서 기독교의 가르침을 증명하는 책들을 없애 버리는 것이 국가에 이익이 될 것이라고 말한다. 그러나 책을 금지하고 그것의 공표를 금지하고자 하는 것은 신을 방어하는 것이 아니라, 진리가 드러나는 것을 두려워하는 것이다.”

하지만 기독교의 가르침이 널리 퍼지면서, 기독교의 사제들 역시 자신에게 반대하거나 도움이 되지 않는 책들에 적의를 가지게 되었다. 최근에는 이교도들의 가혹함을 비판하고, 그 가혹함은 자신이 모시고 있는 종교에 대한 믿음이 부족한 징표라고 여기게 되었다. 그리고 재빨리 자신들이 전지전능한 것처럼 무장을 하였다. 그리스의 황제들은 국가의 일보다는 교회의 부정부패에 보다 몰두했기 때문에 성직자들에게 지배당했다. 그들은 예수의 가르침과 행동을 자신과 다르게 이해하고 있다는 이유로 사람들을 박해하였다. 그러한 박해는 이성과 지성으로 만들어진 저작들에게까지 뻗쳤다. 대제라 불리는 콘스탄티누스 역시 박해자였다. 그는 아리우스 학파를 파문시킨 니케아 공의회의 신조에 따라 아리우스의 책들을 금지시키고 불태웠으며, 그 책을 가진 사람들을 죽였다. 테오도시우스 2세 황제는 네스토리우스의 저주받은 책들을 모아 불구덩이에 던지라고 명령했다. 칼케돈 공의회에서는 에우티케스의 저술에 대해 동일한 교리가 공포되었다. 유스티아누스 법전에는 그 신조 몇 가지가 보전되어 있다. 생각 없는 것들! 그들은 기독교 교리에 대한 어리석고 왜곡된 해석을 박해하고, 여하한 모든 종류의 견해들을 연구하며 이성을 단련시키는 것을 금지하였다. 그리고 바로 이 때문에 자기 자신들이 발전을 멈추어 버린 것을 몰랐다. 그들은 진리로부터 강력한 후원자를 빼앗아 버린 것이다. 의견의 다양함과 자신의 사상을 말할 수 있는 자유를 말이다. 네스토리우스, 아리우스, 에우티케스와 그 외 이단자들이 루터의 선조가 아니라고 누가 보증하겠는가? 또 수차례에 걸친 공의회가 소집되지 않았더라면, 데카르트가 10세기 일찍 태어나지 않았을 것이라고 누가 확신하겠는가? 어둠 속에서 우리는 몽매를 향해 얼마나 뒷걸음을 쳤던가!

로마 제국이 멸망할 때 수도사들은 유럽에서 학문과 가르침의 수호자였다. 그러나 누구도 그들로부터 그들이 원하는 것을 쓸 자유를 부정하지 않았다. 768년 베네딕트회 수도사인 암브로시우스 아우트페르투스는 「요한 계시록」에 대한 자신의 해석을 교황 스테파노 3세에게 보내면서 작업을 계속할 수 있도록, 그리고 그것을 출판할 수 있도록 허락을 구했다. 그리고 그는 이러한 허락을 구하는 저자는 처음이라고 말했다. 그는 이어서 말했다. "제 스스로에 대한 비하는 자발적인 것이므로, 이것을 계속해서 쓸 자유가 없어지지 않게 해 주십시오." 1140년 상스 공의회에서는 아벨라르의 견해가 심리되었고, 교황은 그의 저작들을 불태울 것을 명령했다.

그리스에서도, 로마에서도, 그 어디에서도 감히 다음과 같이 말할 수 있는 사상을 가진 재판관을 찾을 수는 없었다. "만일 당신의 입을 열어 웅변하고 싶거든 나의 허락을 구하도록 하라. 이성과 학문, 계몽은 우리의 도장을 받는다. 그리고 우리의 도장 없이 세상에 등장하는 모든 것은 어리석고 무용하며 가증스러운 것임을 미리 선언하노라." 하지만 부끄럽게도 기독교의 성직 사회에서는 이러한 것이 발견된다. 그리고 검열은 현대의 종교 재판이다.

역사를 살펴보면 우리는 이성 속에서 미신을, 동시대인들에게 가장 유용한 발견에서 가장 조야한 무식을 드물지 않게 발견한다. 주장된 것에 대한 비열한 불신이 성직자들로 하여금 검열을 제도화하도록 만들었고 한 생각이 태어나자마자 그것을 없애 버리도록 만들었다. 그리고 바로 그 순간에 콜럼버스는 아메리카를 찾기 위해 미지의 바다로 용기 있게 나섰다. 또한 케플러는 후에 뉴턴에 의해 증명된 중력의 존재를 예측했다. 동시에 천구에서 천체의 운행을 예측했던 코페르니쿠스도 태어났다. 하지만 우리는 매우 유감스럽게도 인간이 가진 지성의 운명에 의해 때때로 위대한 사상이 무식을 낳는다고 말할 수밖에 없다. 출판업은 검열을 낳았고, 18세기에 철학적 이성은 일루미나티를 만들었기 때문이다.

1479년에는 지금까지 알려진 것 중 가장 오래된 서적 출판 허가가 있었다. 1480년에 출판된 이 책 마지막에는 '너 자신을 알라'라는 제목의 장이 있다. 그리고 그 끝에 다음과 같은 글이 이어진다. "베네치아의 대주교이자 달마시아의 총대주교인 마페오 지라르디는 앞서 언급된 창작물에 대한 사람들의 이야기를 청취하여 그들의 결정을 존중하고, 또한 부가적인 확인 절차에 따라 이 책이 정교회적이며 신앙심에 기초해 있음을 신의 자비로 보증한다." 검열에 대한 가장 오래된 기념비이지만, 그렇다고 가장 오래된 어리석음은 아니다.

지금까지 알려진 검열에 대한 가장 오래된 법제화는 1486년에 출판 인쇄의 발상지인 바로 그 도시에서 시작되었다.* 수도원 권력은 출판 인쇄가 자기들의 권력을 파괴하는 도구가 될 것이며, 보편적인 지성의 확산을 가속화할 것이고, 공익이 아니라 사견에 입각한 세력은 출판업에서 자신의 끝을 보게 되리라 예감했다. 우리는 여기서 오늘까지 우리의 사상을 파괴하고 계몽을 더럽히는 여러 문서들을 덧붙일 수 있을 것이다.

학자들의 예비적 검증을 거치지 않은 그리스어·라틴어 및 각

민족어로 된 미출간 도서에 관한 법령. 1486년[7]

신의 은총을 입은 성도 마인츠의 대주교이자 독일의 수상이고 선정후인 베르톨트.

인간 지식의 획득을 위하여 신성한 인쇄 기술을 통해 다양한 학문에 대한 책들을 풍부하고 자유롭게 만들어 내는 것이 가능해졌다. 하지만 일부 사람들은 헛된 공명심과 부를 바라면서, 이 기술을 이용하여 인간의 삶을 위한 교훈이 되어야 하는 것들을 파괴와 악의 소리로 바꾸어 버렸다는 소식이 우리에게 들려온다.

우리는 신성한 의무와 의식에 관한 책들이 라틴어에서 독일어로 번역되어, 교회법에 적절치 않게 민간인들 사이에서 유통되고 있음을 목격했다. 그리하여 결국 교회의 계율과 법에 대해 무슨 말을 할 수 있게 되었는가. 비록 그러한 책들이 교리에 능숙한 사람들, 즉 매우 지혜롭고 수사학에 능숙한 사람들에 의해 이치에 맞게 공들여 쓰였다고 하더라도, 신학 그 자체가 복잡한 것이기 때문에 최고의 수사학자, 최고의 학자들조차 일생을 바쳐도 모자라는 것이다.

어리석고 경솔하며 무식한 일부 사람들이 그러한 책들을 일반인의 언어로 번역하여 출판했다. 많은 학자들은 이 번역들을 읽어 본 후, 잘못된 용어 사용과 적절치 않은 단어 선택 때문에

7 구데누스(Gudenus), 외교 문서 대장(Codex Diplomaticus) 4권.

원본에 비하면 전혀 이해할 수 없는 것들이라 고백한다. 그렇다면 다른 학문들에 대한 책은 더 말할 필요도 없다. 그 속에는 대개의 경우 거짓말이 섞여 있으며, 거짓 제목을 달아 고명한 저자들의 이름을 자신의 공상과 뒤섞어 구매자들을 보다 쉽게 끌어들일 뿐이다.

그러한 번역자들은 그들이 만일 진리를 사랑한다면 좋은 의도이든 나쁜 의도이든 어떤 의도로 그렇게 번역했는지 명백하게 밝히도록 해야 한다. 그리고 또한 그들은 독일어가, 저명한 그리스-라틴어 저자들이 기독교의 가르침과 여타 학문들에 대하여 정교하고 논리적으로 피력했던 바를 번역하는 데 적합한 말인지도 밝혀야만 한다. 우리는 우리 말이 그 빈곤함 때문에 이러한 목적에 전혀 부합하지 않는다는 사실을 고백해야 한다. 우선 우리 뇌 속에 있는 사물들에 새로운 명사를 만들어 주어야 한다. 그렇다고 예전의 표현을 다시 활용한다면, 성서에서 그 중요성을 판단함에 가장 경계해야 할 것이, 그 본래 의미를 왜곡할 수 있다. 따라서 성서를 손에 들었지만 무지하고 무식한 사람들은 물론 여성들에게 누가 그 본래 의미를 보여 주겠는가? 복음서나 사도 바울의 편지를 자세히 살펴보라. 모든 학식 높은 학자들이 그 책들 속에 많은 수정과 교정이 있다는 것을 인정한다.

지금까지 말한 것은 충분히 알고 있는 내용이다. 왜 우리는 가톨릭교회의 저술가들이 이미 가장 정교하게 매달렸던 문제를 다시 고민해야 하는가? 우리는 더 많은 예들을 제시할 수 있지만, 우리가 이미 말한 것만으로도 충분하다.

진실로써 말하노니, 이 기술은 신의 은총으로 우리의 축복받은 도시 마인츠에서 처음 등장하였고 그곳에서 발전하고 더욱 풍부해졌기에, 우리 자신을 보호하기 위해서라도 그 기술의 중요성을 받아들여야 하는 것이 정당하다. 우리의 의무는 성서를 타락시키지 않고 순수하게 보전하는 것이기 때문이다. 거만하고 사악한 사람들의 무모하고 황당한 짓에 대해서는 이와 같이 말하였거니와, 주님의 가르침에 따라 우리에게 가능한 한 이하의 모든 사람들에게 재갈을 물려 이러한 일을 예방하기 바란다. 우리 영토 내의 성직자이든 속인이든, 또한 그들이 어떠한 직함과 신분을 가졌든 국경을 넘어 무역하는 자들 모두에게 명하노니, 모든 학문, 예술 그리고 갖가지 지식 분야 등 어떠한 저작들도 그리스어, 라틴어 혹은 다른 언어에서 독일어로 번역되어서는 안 되며, 또한 단지 제목만 바꾸거나 다른 수작을 부려 이미 번역된 작품들도, 인쇄되었건 인쇄되기 전의 것이든 그것이 출판되기 전에는, 대학의 고명하시고 현명하신 박사와 석사들로부터 명확한 허락을 받지 않는다면, 가령 마인츠 시에서는 신학 저술에 관해서는 요하네스 디트리히 폰 나움부르크, 법률은 알렉산드르 디트리히, 의학은 테오데리히 폰 메셰데, 그리고 문학은 안드레아스 욀러 등 우리 에르푸르트 시에서 이러한 목적을 위해 특별히 선출된 사람들에게 허락을 받지 않는다면, 공개적으로 또는 은밀하게, 그리고 직접적으로나 간접적으로 출판되거나 유통되어서는 안 된다. 프랑크푸르트 시에서는 우리가 인정하여 시 의회로부터 매년 자격을 부여받은 한 명의 신학 석사와 한두 명의 박사와 검열자에 의해 검토되어 승인받지 못한다면 출판이 되었더라도 판매될 수 없다.

만일 누군가가 이와 같은 우리의 보호 정책을 어기거나 법령에 반하여 스스로 혹은 타인을 통해 충고와 도움과 위안을 주려 한다면, 그는 파문에 처하게 될 것이며, 그 책들은 압수당하고 국고 귀속의 벌금으로 금화 1백 굴덴을 지불하게 될 것이다. 이 결정은 특별한 예외 사유 없이는 감히 어겨서는 안 된다. 마인츠 시 성 마르틴 성. 서명 첨부. 1486년 1월 4일.

위의 문서에는 어떻게 검열관이 판결할 것인가에 대한 내용도 있다.

1486년. 베르톨트 등. 가장 존경받으며 학식이 높으시고 경애를 받으시는 신학자 크리스트 베르트람과, 법학자 A. 디트리히, 의학 박사 메셰데, 그리고 문학 석사 A. 욀러에게 안부를. 다음의 내용에 관심을 가질 것.

일부 학문의 번역자 및 출판업자의 범죄와 사기 행각을 보고받았기에, 가능한 한 이를 방지하고 제한하기 위해 우리의 대주교 관구 혹은 우리의 영토 안에 있는 어느 누구도 감히 서적을 독일어로 번역하고 인쇄할 수 없으며, 이미 인쇄된 책은 마인츠 시에서는 여러분의 전공 영역에 따라 검토되지 않는다면, 또한 상기 언급한 법률에 의거하지 않는다면 번역된 것으로 판매되고 유통될 수 없음을 명합니다.

여러분의 신중함과 분별력을 확고히 믿고 있기에 다음의 임무를 부여합니다. 번역, 출판, 판매 등을 목적으로 저작물과 저서가 여러분에게 주어졌을 때, 그 내용을 검토하시다가 그것들의 진실된 의미를 파악하기 쉽지 않거나 오류와 거짓이 발견되고 순결함이 훼손된다면, 그것들을 거부해야 합니다. 만일 자유롭게 출판할 것을 허락한다면, 책 끝에 당신들 중 두 명이 자필 서명을 해 주십시오. 그래야 그 책들이 여러분의 검토를 거쳐 확정받았다는 것이 분명해질 테니 말입니다. 우리의 신과 조국에 기쁨이 되고 유용한 이 직무에 열과 성을 다해 주십시오. 성 마르틴 성. 1486년 1월 10일.

당시의 관점에서는 새로운 이 법령을 살펴보면, 우리는 이것이 독일어 서적의 출판을 제한함으로써 결국 그것을 금지하고자 한다는 것을 알 수 있다. 다른 말로 하면, 민중을 영원한 무지 속에 거주하도록 하고 있는 것이다. 라틴어로 쓰인 책들에게까지 검열이 손을 뻗은 일은 없었다. 왜냐하면 이미 라틴어를 알고 있는 자들은, 거만하게도 오류에 빠지지 않으며, 편견 없이 정확히 읽을 수 있다고 간주되기 때문이다.[8] 따라서 성직자들은 자신들의 권력을 옹호하는 세력들만 계몽되기를 바랐으며, 일반인들은 감히 학문에 손을 대어서는 안 된다고 생각하기를 원했다. 그리하여 이성이 미신에 이르는 길을 끊어 버리고, 진리가 더욱더 빛을 발하며,

8 이들이 모든 종류의 외국 서적을 소유할 수 있지만, 원어 책을 소유하는 것은 금지된 상황과 비교해 보라.

배움의 물줄기가 사회 구석구석까지 흘러 들어가, 여러 나라 행정 각부가 무지를 뿌리 뽑고 이성에게 진리로 이르는 대로를 열어주는 데 온갖 노력을 기울이고 있는, 학문과 지혜가 융성하고 있는 오늘날, 가장 좁은 울타리에 진리와 계몽을 감금시키기 위해 발명되었으며, 자신의 능력을 믿지 못하는 권력을 위해 고안되었고, 무지와 암흑을 연장시키기 위해 고안된 바로 이것은, 공포에 떠는 권력이 수치스러운 수도원의 방식으로 만들어 낸 것이다. 이것은 이제 모든 곳에서 깊게 뿌리박고 오류를 시정하기 위한 자비로운 것이라 받아들여지고 있다. 광란에 사로잡힌 사람들이여, 제대로 살펴보라! 당신들은 진리에 왜곡이라는 받침대를 괴고, 사람들을 오류로써 계몽시키려 한다. 어둠이 되살아나지 않도록 살필지어다. 자연에 대한 무지, 좀 더 정확히는 자연이 주는 단순함에 파묻혀 살아온 사람들은 계몽에 필요한 수단이 없어서가 아니라 계몽을 향해 이미 발걸음을 떼었음에도 불구하고 또다시 그 발걸음 속에서 어둠에 의해 박해당하고 있는 것이다. 이렇듯 더욱 거칠게 되어 버린 무지몽매한 사람들을 지배한다고 해서 당신들에게 좋을 것이 무엇인가? 오른손이 심어 놓은 것을 왼손으로 뽑아 버리듯, 당신들끼리 싸운다면 그게 무슨 소용인가? 이것을 기쁘게 생각하는 성직자를 보라. 당신들은 이미 그전부터 이러한 일에 복무하고 있었다. 어둠을 퍼뜨리고 스스로의 족쇄를 느껴 보라. 항상 성직자에게 미신이 족쇄인 것은 아니라 할지라도, 정치적인 미신은 비웃음거리일 뿐만 아니라 파멸적인 것이리라.

사회에는 다행스럽게도, 출판은 아직까지 당신들의 지역에서 추방되지 않았다. 매년 봄에 심은 나무가 초록을 잃지 않듯이, 출판 기계가 작동하지 않을 수는 있어도 파괴될 수는 없으리라.

출판의 자유로 자신들의 권력이 위험에 처했다는 사실을 인식한 사제들은 검열에 대한 법률을 만들었고, 이는 곧이어 로마에서 열린 공회를 통해 보편법의 효력을 가지게 되었다. 티베리아의 성인, 교황 알렉산데르 6세는 1507년 검열을 입법화한 첫 번째 교황이 되었다. 온갖 악에 몰두한 그는 부끄러움도 모른 채 기독교 교리의 순결성에 관심을 보였다. 그러나 권력이 제 얼굴을 붉힌 적이 한 번이라도 있었던가! 그는 교황의 모자를 쓴 악마가 밀알을 뿌리듯 교황 교서를 시작했다.

앞서 말한 기술을 이용하여 세계 도처에서, 특히 쾰른과 마인츠, 트리어, 마그데부르크에서 출판된 수많은 책들과 저작들이 기독교에 적대적인 무수한 오류와 치명적인 가르침을 담고 있으며, 그러한 책들이 특정 지역에서는 여전히 출판되고 있음을 이미 알고 있다. 따라서 우리는 이와 같은 혐오스러운 전염병을 지체 없이 방지하고자 하기에, 앞서 말한 기술을 지닌 출판업자들, 그리고 그들에게 일을 의뢰한 모든 사람들과 앞서 언급한 지역에서 출판업에 관련된 모든 사람들은, 영예로운 형제 대주교들, 쾰른, 마인츠, 트리어, 마그데부르크의 대주교 혹은 그 지역 지방 장관의 결정과 감독에 따라 파문의 벌과 금전적 벌금으로 다스려질 것이다. 그들에게 미리 보고하거나 특정한 허락을 구하지 않고서는 교황청과 교황의 권위로 책과 저작, 글 들을 소지하고 출판하며 유통시키는 것을 금지한다. 그들 대주교와 검열 관련자들은 출판 허가를 내리기 앞서 스스로 성실하게 검토하거나, 학자들과 교리에 밝은 사람들로 하여금 그 책들을 면밀히 검토하여, 정통적인 신앙에 반대되는 그 어떤 것, 신을 부정하거나 죄를 불러일으킬 수도 있는 그 어떤 것도 출판될 수 없게 하라는 양심의 짐을 지우노라.

이전의 책들이 더 이상 문제 되지 않도록 하기 위해, 목록에 오른 모든 책들과 출판된 모든 책들을 살펴보고, 가톨릭 교리에 반하는 어떤 것이라도 발견되면 그것을 불태우라 명령했다. 오, 검열제의 주창자들이여! 당신들은 알렉산데르 6세에 비교되어 기억될 것이고, 이를 부끄러워할지어다!

1515년 라터란 공회는 성직자의 확인을 받지 않은 모든 책의 출판을 금지하는 검열법을 입법하였다.

지금까지 살펴본 바에 따르면, 우리는 검열 제도가 성직자에 의해 발명되었으며, 그것은 그들만의 것이었다는 것을 알 수 있었다. 파문과 금전적 벌금을 수반하고 있었기에, 당시 그 법을 어긴 사람들에게는 끔찍한 파괴자가 될 수 있었다. 하지만 교황권에 대한 루터의 부정, 로마 교회로부터 벗어난 다양한 신앙 고백의 분화, 그리고 30년 전쟁 기간 동안의 권력 충돌 때문에 많은 책들이 통상적인 '검열필' 도장 없이도 출판될 수 있었다. 그럼에도 불구하고 도처에서 사제들은 출판물에 대한 검열권을 사유화했다. 그리하여 1650년 프랑스에서 시민에 의한 새로운 검열제가 수립되었을 때, 파리 대학의 신학부 교수들은 이 새로운 법령에 항의하였다. 그들이 내세운 이유는 검열권은 2백 년간 자신들이 행사했다는 것이었다.

영국에서는 인쇄술이 도입된 직후에 바로 검열 제도가 수립되었다.[9] 당시 스페인의 종교 재판소나 러시아의 각료 회의와 같이 무소불위의 영국 성실청(星室廳, Star chamber)은 출판업자와 출판사의 수를 결정했고, 감찰관 제도를 도입했는데, 그들의 허락 없이는 감히 어떤 책도 출판할 수 없었다. 정부에 저항하여 글을 쓴 사람들에게 자행된 잔인한 행위는 헤아릴 수 없을 만큼 많았으며, 역사는 그러한 행위들로 가득 차 있다. 따라서 만일 영국에서 성직자의 미신이 억지로라도 이성의 기반 위에 검열을 묶어 두지 않았다면, 검열은 정치적 미신이 되었을 것이다. 하지만 둘 모두는 권력이 온전한 채로 남아 있게 하였으며, 계몽의 눈이 망상의 안개에 영원히 가려지도록 하였고, 이성 대신 폭력이 지배하도록 했다.

스트래퍼드 백작이 죽으면서 성실청은 무너졌다. 그러나 이것이 없어졌다고 한들, 또한 찰스 1세에 대한 법적 처형이 이루어졌다고 한들, 영국에 출판의 자유가 확립되었다고 할 수는 없다. 장기 의회*는 이전의 법령을 개정하였고, 찰스 2세와 제임스 2세 치하에서 그것은 또다시 개정되었다. 1692년 혁명*이 완수된 시점에서

9 런던의 윌리엄 칵스톤(William Caxton)이 1474년 에드워드 4세 치하에서 영국에 인쇄술을 도입하였다. 영어로 출판된 최초의 책은 프랑스어에서 번역한 'The game and playe of the chesse'였다. 두 번째 책은 'The Dictes and sayings of the philosophers'로, 리버스 경에 의해 번역되었다.

도 이 법령은 유효하였지만, 이후 2년간만이었다. 1694년 그 효력을 상실하자, 영국에서 출판의 자유가 완전히 수립되었고, 마지막으로 발악하던 검열 제도 역시 소멸되고 말았다.[10]

미국 정부는 시민의 자유를 확립하고 있는 가장 기초적인 법률에서 출판의 자유를 채택하고 있다. 펜실베이니아 주는 자신들의 기본법 제1장, 펜실베이니아 주민들의 권리 선언 제12조에서 "시민은 자신의 의견을 말하고 쓰며 공표할 권리를 가진다. 따라서 출판의 자유는 어떠한 방해를 받아서도 안 된다"라고 적혀 있다. 정부 조직에 관련된 제2장, 특히 제351항에서는 "출판은 입법부의 활동 및 제반 행정 부처들의 활동을 열람하고자 하는 모든 사람들에게 자유롭다"고 쓰고 있다. 1776년 7월, 주민들의 의견을 공유하기 위한 취지로 만들어진 '펜실베이니아 주 정부 형태에 관한 안'(1776년 7월) 속의 제35항은 "출판의 자유는 의회의 활동을 열람하고자 하는 모든 사람들에게 개방되어 있다. 의회는 어떤 법으로도 이 자유를 건드릴 수 없다. 모든 출판업자는 자신들의 직업 활동의 일환으로 의회, 정부 부처, 공무 또는 공무원의 행위에 대한 언급이나 통계, 보고서를 출판한다고 해도 법정으로 소환되지 않는다"라고 되어 있다. 델라웨어 주는 권리 선언 제23조에서 "출판의 자유는 불가침한 것으로 보호받는다"고 말한다. 메릴랜드 주도 제38조에서 같은 말을 사용하고 있다. 버지니아 주는 제14항에서 "출판의 자유는 자유 국가의 가장 위대한 보루이다"

10 덴마크에서는 출판의 자유가 아주 잠시 동안만 존재했었다. 덴마크 국왕에게 보낸 이와 관련된 볼테르의 시는 현명한 법에 대한 칭송은 서두를 필요가 없음을 보여 주는 좋은 예이다.*

라고 적고 있다.

1789년 이전까지 프랑스의 출판업은 여기만큼 위축된 곳이 없다고 할 만큼 최악이었다. 백 개의 눈을 가진 아르고스, 백 개의 팔을 가진 브리아레오스인 파리 경찰은 책과 작가들에 대해 광포하게 굴었다. 바스티유 감옥 안에는 감히 장관들의 방탕과 탐욕을 비판한 불행한 사람들이 죽어 가고 있었다. 만일 프랑스어가 유럽에서 그토록 일반적으로 사용되지 않았더라면, 프랑스는 검열의 채찍 아래 신음하면서, 수많은 작가들이 보여 주었던 그 사상의 위대함을 얻지 못했을 것이다. 그렇지만 프랑스어의 광범위한 사용 덕택에, 프랑스에서는 감히 출판될 수 없었던 것들이 네덜란드, 영국, 스위스, 독일과 같은 곳에서는 자유롭게 출판되었다. 따라서 힘을 내세우던 권력은 조롱을 받게 되었고 그에 대한 공포 또한 없어져 버렸다. 분노의 거품을 물고 있던 턱은 공허해져 버렸고, 용기 가득한 말들은 속으로 삼켜지지 않고 그들의 입에서 빠져나왔다.

하지만 인간의 이성은 얼마나 모순적인 것인가. 모든 사람들이 자유를 말하고 무질서와 무정부 상태가 극단으로 치달은 지금에도, 프랑스의 검열제는 철폐되지 않았다. 현재 그곳에서는 모든 것이 자유롭게 출판되고 있는 것처럼 보이지만, 그것은 비밀리에 출판되고 있기 때문이다. 우리가 최근에 읽은 바에 따르면 — 프랑스인과 온 인류가 그들의 운명을 한탄하도다! — 의회가 마치 이전의 군주처럼 전제화되어 가고 있으며, 그래서 의회에 반대하는 글을 감히 썼다는 명분으로 그 책은 폭력적으로 압수되고 저자는 법정에 세워졌다고 한다. 라파예트가 이 선고의 집행관이었다. 오, 프랑스여, 너는 여전히 바스티유의 심연 근처에 머물고 있구나!

독일 출판업의 증가는 권력으로부터 그 설비들을 숨기면서 이루어졌고, 권력이 이성과 계몽을 짓누르며 이에 분노할 기회를 앗아 버렸다. 소독일 국가들은 출판의 자유에 제한을 두려고 노력하였지만 성공하지 못했다. 베클린은 그에게 복수하는 권력에 의해 수감되었지만, '회색 괴물'은 모두의 손에 들려 있다.* 프로이센의 왕 프리드리히 2세는 자신의 왕국에서 특정한 법령에 의해서가 아니라 자신의 사상에 따라 출판을 거의 자유화시켰다. 그가 검열을 철폐하지 않았다고 해서 무엇이 그리 놀라운가.* 그는 전지전능을 가장 탐내는 한 명의 전제 군주였을 뿐이다. 그렇더라도 비웃음을 참으시라. 그는 자신의 법령들을 모아 누군가가 출판하려 한다는 사실을 알았다. 이 작업에 그는 두 명의 검열관, 보다 정확히 말하면 두 명의 통제원을 임명했다. 오, 권력이여, 오오, 힘이여, 너는 네 자신의 근육을 믿지 못하는구나! 너는 네 자신이 비난받을 것을, 그리고 네 자신의 혀가 스스로를 부끄럽게 만들 것을, 또 네 자신의 손이 스스로 따귀 때릴 것을 두려워하는구나! 하지만 이런 폭력적인 검열관들이 무슨 좋은 일을 할 수 있을까? 좋은 일이 아니라 해가 되는 일만 할 뿐이다. 그들은 후손들의 눈을 눈먼 법령으로부터 가려 버렸다. 그 어리석은 법령은 미래의 권력에 수치로 남을 것이다. 그러나 만일 그것이 세상에 공개되었더라면, 아마도 권력의 고삐가 되어 추한 꼴을 하게 놔두지 않았을 것이다. 요제프 2세 황제는 마리아 테레지아 치하의 오스트리아 왕위 계승지에서, 이성을 억압하였던 계몽의 장벽을 부분적으로나마 철폐했다. 하지만 그는 편견의 무게에서 완전히 벗어나지 못했고, 검열에 관한 긴 훈령을 제정했다. 우리는 그가 자신의 결정에 대해 비난하는 것을 금지하지 않았고, 그 자신의 모자란 행동을 비판하는 것도 금지하지 않았으며, 그러한 비판을 출판하는 것도 금지하지 않았으므로 칭송해야만 한다. 그러나 사상을 표명하는 자유에 굴레를 남겨 놓았다는 점에서 비난받아 마땅하다. 그 굴레를 나쁜 목적에 사용하는 것은 얼마나 쉬운 일인가![11] 이것이 놀라운 일인가? 한 번 더 말하지만, 그는 무엇보다도 황제였다. 황제의 머릿속보다 더 변덕스러운 사람의 머리가 있다면 말해 주시오.

러시아에서는…… 검열 제도와 관련하여 러시아에서 어떤 일이 발생했는지는 다음 기회에 알게 될 것이다. 자, 지금은 역마를 검열할 일은 없으니 서둘러 길을 나서자.

11 최근의 소식에 따르면, 요제프 2세의 계승자는 그의 전임자가 철폐시켰던 검열 위원회를 다시 부활시키려 한다.

메드노예

"들판에 자작나무가 서 있네. 들판에 무성한 자작나무가 서 있네. 오이, 률리, 률리, 률리……."

'젊은 아낙네와 처녀들이 춤추고 있구나. 좀 더 가까이 가 봐야겠다.' 나는 친구의 종이 뭉치를 넘기면서 혼잣말을 했다. 그렇지만 이내 다음 내용을 읽었다. 나는 저들이 춤추는 곳에 다가갈 수 없었다. 슬픔이 내 귀를 막아 버렸고, 담백한 즐거움이 가득한 기쁨에 겨운 목소리도 내 마음속까지 파고들지 못했다. 아, 나의 친구여,* 자네가 어디에 있든 내 이야기를 듣고 판단해 보게.

일주일에 두 번,* 러시아 제국은 모모(某某) 혹은 아무개가 그들이 빌린 것이나 훔쳤던 것, 또는 그들에게 요구되는 것을 지불할 수 없거나 그럴 뜻조차 없다는 소식을 접하게 된다. 그 돈은 도박, 여행, 생계, 먹을거리, 음주 등에 탕진되었거나, 물이나 불 속에 버려졌을 수도 있다. 그것도 아니라면 모모 씨나 아무개 씨처럼 여러 가지 이유로 빚을 내거나 독촉에 시달리게 된다. 이와 비슷한 이야기가 또 신문에 났다.

오늘 오전 10시, 현 판사의 결정에 따라 퇴역 대위 G의 부동산인 E……의 근교에 있는 ××번지와 남녀 합쳐 6명의 노예를 공매함. 경매 장소는 상기의 부동산이며, 구매 지원자들은 그전에 둘러볼 수 있음.

헐값에 물건이 나오면 언제나 구매자들은 많다. 그날 그 시간이 되었고, 구매자인 고객들이 모여들었다. 공매가 열리는 홀에는 팔려 갈 사람들이 움직이지 않고 가만히 서 있다.

느릅나무 지팡이에 기댄 일흔다섯 살의 노인은 자신의 운명이 누구의 손에 넘어갈지, 그리하여 누가 자기의 눈을 감겨 줄 것인지를 간절히 알고 싶어 했다. 그는 크림 원정에서 자기 주인의 아버지와 함께 뮈니히 원수 휘하에 배속되었다. 그는 프랑크푸르트 전투 당시에는 부상당한 주인을 어깨에 메고 전장을 빠져나왔다. 집에 돌아와서는 새 젊은 주인을 돌보는 종이 되었다. 그는 그 젊은 주인이 어렸을 때, 배에서 떨어져 강물에 빠진 것을 보자 생명의 위협을 무릅쓰고 강에 뛰어들어 구해 준 적이 있었다. 청년이 된 주인이 근위대 부사관으로 있을 때에는, 빚을 지고 수감되어 있는 곳으로 가 그를 감옥에서 꺼내 주기도 했다.

여든 먹은 노파는 그의 아내로, 그녀는 젊은 주인의 어머니의 유모였다. 후에 그녀는 그의 보모가 되었으며, 공매 처분에 부쳐진 바로 이 순간까지 집을 감독하고 있었다. 이 집에서 일하는 내내 그녀는 주인의 것을 낭비하지 않았고, 이기심을 품은 적도 없으며, 결코 거짓말을 하지 않았다. 그녀가 종종 주인들을 몰아세운 일이 있다면, 그것은 그녀가 공명정대하였기 때문이다.

마흔 살 된 여인은 과부로, 젊은 주인의 유모이다. 이 순간까지 그녀는 주인에게서 어떤 다정함을 느끼고 있다. 그의 핏줄 속에는 그녀의 피가 흐르고 있다. 그녀는 그에게 제2의 어머니였고, 그는 생모보다 더 오래 그녀의 배에 앉혀서 지냈다. 생모는 쾌락을 즐기는 중에 그를 임신했기 때문에, 어린 그를 돌보지 않았다. 유모들이 그를 길러 주었던 것이다. 그들은 자신의 아들과 헤어지듯 그와 헤어졌다.

열여덟 살 소녀는 그녀의 딸로, 노인의 손녀다. 가혹한 짐승, 괴물, 쓰레기! 그녀를 보라! 그녀의 붉은 두 뺨, 두 눈에 흐르는 눈물을 보라! 당신은 유혹과 약속으로 그녀의 순결을 사로잡을 수 없었고, 위협과 체벌로 그녀를 겁박하였지만 실패하고 말았다. 그러자 당신은 사기를 쳤다. 그녀를 당신의 야비한 친구와 결혼시킨 것이다. 그리고 당신은 그인 체하며 그녀가 당신과는 절대로 함께하려 하지 않았던 쾌락을 즐기지 않았던가? 그녀는 당신의 속임수를 알아 버렸다. 남편은 그녀의 침대를 건드리지 않았고, 당신은 쾌락의 대상을 빼앗겼으므로 폭력을 사용했다. 당신의 하수인인 네 명의 악당이 그녀의 팔다리를 잡았다……. 이 이야기는 여기서 마치자. 그녀의 이마에는 슬픔이, 두 눈에는 절망이 비쳤다. 그녀는 기만과 폭력의 비참한 열매이긴 하지만, 탐욕스러운 아버지를 그대로 닮은 아이를 뱄다. 그녀는 아이를 낳자, 아이 아버지의 야만성을 잊었고 그녀의 가슴은 아이에게 사랑을 느끼기 시작했다. 그녀는 이제 아버지를 닮은 아이가 다른 사람의 손에 떨어질지 모른다는 생각에 두려워하고 있다.

어린아이라니……. 야만인이여, 당신의 아들이고, 당신의 혈통이 아니던가. 당신은 교회 의식이 없었던 곳이라, 아무 의무가 없다고 생각하는 것인가? 그도 아니라면, 당신은 당신에게 고용된, 신의 말씀을 대리하는 사제가 전해 준 은총이 정녕 그들의 결합을 이루어 주었다고 생각하는가? 혹은 신의 사원에서 치른 결혼식이라면 그것이 강제로 이루어졌더라도 진짜 결혼이라고 생각한단 말인가? 하느님은 강제적인 것을 증오하시며, 진정한 바람에 기뻐하신다. 그러한 것들은 모두 한결같이 순결한 것이다. 아, 그분의 아들이 될 자격도 없는 우리 사이에서, 그분이 지켜보는 가운데 얼마나 많은 간음과 강간이 기쁨과 슬픔의 위안자이신 아버지의 이름으로 자행되고 있는가!

그녀와 결혼한 스물다섯 살의 청년은 주인의 친구이자 측근이었다. 그의 두 눈에는 흉포함과 복수심이 서려 있다. 자신의 주인을 위해 한 일을 후회하고 있다. 그는 주머니 속의 칼을 움켜쥐었다. 그의 생각을 추측하기란 어려운 일이 아니다…… 하지만 그것은 부질없는 치기에 불과하다. 왜냐하면 이제 다른 사람의 손아귀에 들어갈 것이기 때문이다. 노예의 머리 위로 끊임없이 올라가는 주인의 팔은 자신의 편의를 위해서라면 당신의 목을 죌 수도 있다. 배고픔, 추위, 더위, 체벌, 이 모든 것이 당신을 기다리고 있다. 당신의 이성은 고상한 생각이라고는 알지 못한다. 당신은 마음대로 죽을 수도 없다. 당신은 허리를 조아리며 실제 당신의 신분과 같이 정신적 노예가 될 뿐이다. 만일 저항하고자 한다면, 당신은 족쇄에 묶여 괴로움 속에서 죽을 것이다. 당신에게 재판관은 존재하지 않는다. 당신을 학대하는 자는 그 자신이 당신을 처벌하려 하지 않을 것이다. 그는 당신을 고소하여, 시 법원에 넘길 뿐이다. 재판이라니! 그곳에서 피의자는 자신을 변호할 권리를 거의 가지지 못한다. 공매에 부쳐질 다른 사람 이야기는 생략하기로 하자.

경매사의 망치가 둔탁한 소리를 내며 내리쳐지자 네 명의 불쌍한 사람이 자신들의 운명을 알게 되었다. 그러자 눈물과 탄식, 신음이 모여 있는 사람들의 귀에 파고들었다. 아무리 둔감한 사람도 감동할 수밖에 없었다. 식어 버린 가슴들이여! 아무 결실 없는 동정이 웬 말이냐? 오, 당신들 퀘이커 교도들이여!* 우리가 만일 당신들의 정신을 가졌다면, 우리는 조직을 만들어 그 불행한 사람들을 산 뒤에 자유를 선물했을 것이다. 오랜 세월을 서로 부둥켜안고 견뎌 왔기에, 이 불쌍한 사람들은 추악한 경매를 통해 이별의 아픔을 맛볼 것이다. 하지만 설령 법이, 아니 법에는 그러한 것이 쓰여 있지 않으므로 차라리 야만스러운 관습이라 말하는 편이 좋겠지만, 인간에 대한 모독을 허용한다고 하더라도, 당신에게 그 어린애까지 사고팔 권리가 있단 말이냐? 그 애는 사생아이다. 법은 그 아이를 자유롭게 하리라. 멈추어라! 내가 폭로자가 되겠으니, 내가 그 아이를 해방시켜 주겠다. 그 아이와 함께 다른 사람들도 구할 수만 있다면! 아, 행운이여, 나에게로 오라! 왜 당신은 저를 외따로 두어 모욕하시나이까! 오늘 저는 당신의 매혹적인 시선에 흠뻑 젖고 싶습니다. 내 가슴은 꽉 조여 들어왔고, 사람들 사이를 뚫고 나와 주머니 속 마지막 1그리브나까지 모두 그 불행한 사람들에게 건네준 다음 그곳에서 도망 나왔다. 계단에서 나의 외국인 친구를 만났다.

"무슨 일이 있었나? 왜 울고 있어?"

나는 그에게 말했다.

"돌아가게. 이 추악한 광경을 보아선 안 되네. 언젠가 자네는 자네 조국의 먼 마을에서 흑인 노예들을 사고파는 야만적인 관습을 저주한 적이 있었지. 돌아가게. 자네는 우리의 미개함을 보아서는 안 되네. 왜냐하면 자네는 우리의 관습에 대해 자네 나라 사람들과 토론하면서 우리의 치부를 알릴 수도 있기 때문이야."

그러자 친구가 말했다.

"믿을 수 없네. 누구나 자기가 원하는 대로 생각하고 믿을 수 있는 것이 허용된 곳에서 그토록 수치스러운 관습이 존재할 순 없지 않은가."

내가 대답했다.

"놀라지 말게. 종교의 자유를 수립하면 사제와 수도승만 기분이 상하지. 그렇게 되면 그들은 예수의 양으로서가 아니라 오직 자기만을 위해 양을 얻으려 할 것이네. 한편, 농민들의 자유는 재산권의 침해 같은 것이라고 다들 받아들이고 있네. 그런데 자유를 위해 싸울 수 있는 자들은 모두 대지주뿐이잖나. 그러니 자유를 그들의 조언에 기대할 수는 없는 노릇이지. 오히려 노예제가 더 가혹해지길 기다리는 수밖에 없네."

트베리

"우리의 시작법(詩作法)은 그것이 이해되고 있는 다양한 의미에서 위대해지려면 아직 멀었지. 시가는 깨어났지만, 요즘 다시 잠이 들려고 해. 시작법에 대한 논쟁은 한 번 진전되었다가 그대로 주저앉고 말았다네."

선술집에서 식사를 같이하던 친구가 말했다.

"로모노소프는 우리의 시가 폴란드의 옷*을 입고 있는 것이 우습다는 것을 알고 있었기 때문에, 어울리지 않는 옷을 벗겨 버렸네. 새로운 좋은 시를 선보임으로써 이후의 사람들에게 위대한 전례라는 옷을 입혔지. 그리고 누구도 지금까지 그것으로부터 감히 벗어나려 하지 않았네. 하지만 불행히도 수마로코프 역시 같은 시대 사람이었지. 그러나 그도 뛰어난 시인이네. 그는 로모노소프라는 모범을 따라 썼다네. 그리고 이제는 그들의 예를 따라 그 누구도 이 두 명의 천재가 활용했던 약강격 말고 다른 시 형식이 있다고는 생각할 수 없게 되었지. 비록 두 시인이 다른 형식의 시작법에 대한 규범들을 만들었고, 수마로코프는 모든 종류의 전례를 남겼다고 하더라도, 따라 쓸 만한 가치가 없었기 때문에 중요하게 다루어지지 않았다네. 만일 로모노소프가 「욥기」와 「시편」을 강약약격으로 번역했다거나, 수마로코프가 『세미라』나 『참칭자 드미트리』*를 강약격으로 썼더라면 헤라스코프가 약강격 이외의 다른 시를 쓸 수도 있었다고 생각할 수 있었을 거네. 게다가 8년 동안 작업에 매달린, 카잔의 정복에 대한 작품을* 서사시에 더 적절한 형식으로 묘사함으로써 더 큰 칭송을 받았을 거야. 그들이 베르길리우스를 로모노소프 식으로 덮어썼다고 해도 놀라운 일이 아니지. 하지만 나는 호메로스의 여러 시들이 약강격은 아닐지 몰라도, 6음보로 번역되어야 했다고 생각하네. 그렇다면 코스트로프*는, 비록 시인이 아니라 번역가이기는 하지만, 우리 시작법에 새로운 시대를 열었을 거야. 전 세대에 우리 시의 진보를 촉진했을 거라네.

로모노소프와 수마로코프만 러시아의 시작법을 지체시킨 것은 아니라네. 지치지 않는 화물 마차 같은 트레디아코프스키는 자신의 『틸레마히다』를 통해 이에 적지 않게 힘을 보탰지.* 이제 새로운 시작법의 예를 제시하기란 어려운 일이라네. 왜냐하면 좋든 싫든 예전의 시 형식들이 뿌리 깊게 내려오고 있기 때문이지. 『파르나스』*는 약강역의 환상운이고, 그래서 압운이 도처에 경계를 서고 있지. 만일 누군가가 강약약격의 시를 쓸 생각을 하고 있다면, 트레디아코프스키는 즉시 그에게 꼰대 짓을 할 걸세. 아무리 아름다운 아이라고 해도 밀턴이나 셰익스피어, 볼테르가 태어나기 전까지는 괴물이 될 거야. 그때도 사람들은 이끼 낀 트레디아코프스키의 무덤을 파내, 『틸레마히다』에서 좋은 예를 찾아내 모범적인 예로 내세울 거야.

압운에 익숙한 사람들의 귀 때문에 작시상의 변화는 오랫동안 방해받을 걸세. 사람들은 오랫동안 시의 조화로운 어미를 들어왔기 때문에, 압운이 없는 시는 조야하고 거칠며 조직화되지 않은 것처럼 여길 거네. 프랑스어가 러시아에서 다른 어떤 나라 말보다 많이 쓰일 때까지 이런 현상은 계속될 거야. 우리의 감성은 연약하고 어린 나무처럼 똑바로든 비스듬히든 제멋대로 자랄 거야. 무엇보다도 다른 모든 것처럼, 유행이 시를 지배하네. 그래서 만일 그 내부에 무엇이라도 자연스러운 것이 있다면, 그것은 편견 없이 수용될 거야. 그러나 유행이란 순간적인 법이고, 특히 시는 더욱 그렇다네. 겉만 번지르르한 것은 녹슬어 버리지만, 진정한 아름다움은 결코 시들지 않으니까. 호메로스, 베르길리우스, 밀턴, 라신, 볼테르, 셰익스피어, 타소 등 많은 작가들이 인류가 멸종될 때까지 영원히 읽힐 걸세.

자네와 함께 러시아어에 어울리는 여러 시에 대해 토론하는 것은 불필요한 일이지. 시작법의 규범에 대해 조금이라도 고민해 본 사람이라면 누구나 약강격, 강약약격, 강약격 그리고 약약강격이 무엇인지 알고 있어. 하지만 내가 각각에 대한 충분한 예를 들어 보는 것이 불필요한 일은 아닐 걸세. 내 지력과 지혜는 짧아. 그런데 만일 내 조언으로 무엇인가 이룰 수 있다면, 그래서 시 작품이 항상 약강격으로만 번역되지 않는다면, 러시아의 시와 러시아어가 훨씬 풍요로워질 것이라고 말할 수 있어. 『앙리아드』*가 약강격으로 번역되지 않았다면 훨씬 더 서사시 특유의 성격이 살아났을 거야. 압운이 없는 약강격은 산문보다 못하다네."

친구는 이 모든 이야기를 한번에 열정적으로 쏟아 놓았다. 그리고 매우 재빠르게 이야기했기 때문에, 내가 약강격과 약강격의 시를 쓴 모든 사람들을 옹호하기 위해 할 말이 많았음에도 불구하고, 친구의 의견에 반하는 어떤 말도 할 수 없었다. 그가 다시 말을 이었다.

"나 역시 전염성 강한 본보기를 따라 약강격의 시를 써 왔다네. 하지만 그건 송시였다네. 모두 불에 태워 버렸지만 여기 그중에 남은 것이 있네. 이것 역시 그것들과 같은 운명을 기다리고 있어. 모스크바에서는 두 가지 이유 때문에 출판되지 않았지. 첫째, 시의 의미가 불명확하고 많은 시가 조잡하다는 것. 둘째, 시의 대상이 우리에게 어울리지 않는다는 것. 그래서 나는 지금 페테르부르크로 출판을 부탁하러 가는 길이라네. 모스크바에서는 첫 번째 이유를 무시하듯 간주하기 때문에, 자신의 아이에게 관대한 아버지를 기대하며 두 번째 이유를 설득시키러 가는 거지. 자네가 그중 몇 연을 읽어 보는 게 힘든 일이 아니라면……."

그는 내게 종이 꾸러미를 전해 주면서 말했다. 나는 그것을 펼쳐 읽었다. '자유…… 송시……'였다.

"제목 때문에 출판이 거부당했지. 하지만 나는 예카테리나가 입법 위원회에 내린 '교시' 역시 자유에 대해 이야기하고 있다는 걸 분명히 기억하고 있네. '자유란 모든 사람이 동일한 법률에 복종하는 것을 일컫는다.' 그러니 우리도 자유에 대해 말하는 것 아닌가?"

1.
오! 축복받은 천상의 선물,
모든 위대한 일의 원천,
오 자유, 자유여. 값이 없는 선물이여!
노예도 너를 위해 노래를 하게 해 다오.
자유의 열기로 가슴을 채워 다오.
힘찬 근육을 움직여 한 번의 타격으로
농노제의 어둠을 빛으로 바꾸어라,
그리하여 브루투스와 텔이 다시 한 번 깨어나,
너희의 목소리로 차르를 곤경에 빠뜨려
권좌에 오르거라.

"이 연은 두 가지 이유로 비난받았어. '농노제의 어둠을 빛으로 바꾸어라(во свет рабства тьму претвори)'라는 구절. T음이 너무 많았다는 것, 그리고 너무 많은 자음 때문에 발음하기 힘들고 딱딱하다는 것. '농노제의 어둠을 바꾸다(бства тьму претв)' 만 해도 자음은 열 개인데, 모음은 세 개가 아닌가. 그렇지만 이탈리아어처럼 러시아어로도 멜로디 있게 쓸 수 있어. 동의하는 바이지. 비록 어떤 이들은 이 시의 투박함에서도 행위를 조형적으로 표현하는 것이 어렵다는 걸 찾아내 이 시가 성공적이라고 생각하지. 하지만 다른 지적도 있지. '너희의 목소리로 차르를 곤경에 빠뜨려……'인데, 차르가 곤경에 빠진다는 건 결국 그가 잘못되기를 바란다는 말이지……. 하지만 나는 내 시를 평한 그 모든 평가들로 자네를 지루하게 하고 싶지 않아. 고백건대, 그것들 중 상당수는 반박당했어. 내가 남은 시를 읽어 주겠네."

2.
내가 세상에 나왔노라. 그리고 너와 함께.

"이 연은 넘어가자고. 내용은 이렇다네. 인간은 태어날 때부터 자유를 가진다는 것."

3.
하지만 무엇이 나의 자유를 가로막고 있는가?
도처에서 이 갈망을 가로막고 있음을 본다.
모든 사람의 권력을 나누어 가진,
민중 속에서 보편의 권력이 일어났다.
사회의 모든 사람이 그 권력에 복종하고,
그것은 어디에서든 동일한 것이다.
공리를 위함에 제한이란 없다.
모든 이의 권력에서 나의 의무를 보느니,
모든 이의 의지를 실현하며 나의 의지를 실현한다.
이것이야말로 사회의 법이다.

4.
비옥한 골짜기 한가운데,
풍년이 들고,
아름다운 백합이 만발한 곳에,
조용한 올리브 나무 아래,
파로스 섬의 대리석보다 더 흰,
햇빛보다 더 눈부신
어디서든 훤히 보이는 사원이 서 있다.
그곳에서는 거짓 희생으로 연기를 피우지 않으며,
그곳에는 불도장이 보인다.

"무고한 사람들의 불행의 끝."

5.
올리브 가지 월계관을 쓴
귀머거리 신이,
딱딱한 돌에,
냉정하고 매정하게 앉아 있다…….

"……등등. 신전에 앉아 있는 신의 모습을 한 법이 묘사되어 있네. 신전의 보초는 진리와 공평한 재판이지."

6.

그는 엄숙한 시선을 거두고,

자기 주위에 기쁨과 인내를 뿌린다.

모든 사람의 얼굴을 공평하게,

증오도 사랑도 없이 바라본다.

그는 거짓도, 위선도,

아첨도, 가문도, 부(富)도,

뇌물도 거부한다.

혈연도 알지 못하며, 우정도 모르고,

보상과 벌을 공평하게 집행한다.

그는 지상에 나타난 신의 모습이다.

7.

그리고 이 끔찍한 괴물은,

히드라처럼 백 개의 머리가 달려 있으며,

부드럽고 항상 눈물이 고여 있지만,

아가리에는 독이 가득 차 있다.

지상의 권력을 짓밟으며,

머리를 하늘로 들어,

"그의 고향은 저곳"이라 말한다.

이 괴물은 도처에 어둠을 뿌리고,

속이고 기만할 줄 알며,

맹목적인 믿음을 명령한다.

8.
이성은 어둠 속에 묻히고,
서서히 스며드는 독을 도처에 뿌리느니…….

"인간에게서 감정을 빼앗고, 인간을 노예제의 멍에로 꾀어 들이며, 잘못의 갑옷을 입히는 것이 종교적인 미신의 형상이라네."

명령하노니, 진리를 무서워하라.

"권력이란 이를 일컬어 신이라고 한다네. 이성은 기만일 뿐이고."

9.
노예제라는 어둠의 왕좌가 있는
이 거대한 영역을 보자.

"평화와 평온 속에서 종교적이고 정치적인 미신은 서로를 강화시켜 주는 법이라네."

그들은 동시에 사회를 억압한다.
하나는 이성을 묶어 두려 하고,
또 하나는 의지를 없애려 한다.
'공공선을 위함'이라 이야기하면서.

10.
노예제의 평온한 그늘 아래에서는
황금의 열매가 자라지 않는다!
모두가 이성의 활동을 금지하는 곳에서는,
위대함이 생장할 수 없다.

“노예제 최악의 결과는 무심, 게으름, 교활함, 기아 등이라네.”

11.
차르가 거만한 얼굴을 들고,
철의 왕홀을 부여쥔 채,
공포의 왕좌에 위엄 있게 앉아,
백성들을 비천한 존재로만 바라보고 있다.
자신이 손에 생과 사를 쥔 채,
“나의 권한으로 악인을 용서할 수도,
권력을 나누어 줄 수도 있다.
내가 웃는 곳에서는 모두가 웃고,
매섭게 찌푸리거든, 모두가 곤경에 빠질 것이다.
너희들은 내가 살라고 명령할 때만 사는 것이다.”

12.
그리고 우리는 냉정하게 이야기를 들어 보았다…….

"탐욕스러운 뱀은 모든 사람을 저주하고 기쁨과 행복의 순간에 독을 뿌리지. 하지만 모든 사람들이 왕좌 주위에서 무릎 꿇고 두려움에 떨고 있어도, 자유를 예언하며 복수할 사람이 찾아올 거야……."

13.

도처에서 대군의 군인들이 일어나
모두가 희망으로 무장한다.
박해자의 피로 월계관을 쓰고
모두가 자신의 수치를 씻어 내려 서두른다.
나는 본다. 도처에 날카로운 칼이
번뜩이는 것을.
오만한 자랑스러운 머리 위에
오만 가지 모습으로 죽음이 날아다니는구나.
기뻐하라, 족쇄를 찬 민중이여!
자연이 가진 복수의 법은
차르를 단두대에 올렸노라.

14.

천지를 흔드는 천둥소리 속에서
거짓의 장막을 찢어 버리고
거대하고 끄떡없던 권력의
우상을 던져 버리고
백 개의 손을 가진 족쇄를 채우고

그를 왕좌에 앉은 시민에게로
끌고 간다.
"이 악당아! 네 죄를 알렸다!
권력의 하수인이여! 그 권력은 내가 준 것이로다!
내가 준 왕관을 쓰고
어찌 감히 나에게 대항하는냐!"

15.
너는 내가 홍포를 입혀 주었다.
과부와 고아를 돌보고
죄 없는 사람을 고통에서 구해 주며
어린것들의 아버지가 되어
사회의 평등을 실현해야 했다.
악덕과 거짓, 모략에는
타협하지 않는 복수자가 되고
공로에는 명예를 수여하며
악은 질서로 예방하여
순수한 도덕을 지켰어야 했느니라.

16.
나는 바다를 배로 뒤덮었으며…….

"부와 복지를 달성하기 위한 방법을 주었지. 나는 농부가 자신의 농지에 갇힌 노예가 되지 않기를, 그래서 당신에게 축복이 있기를 바랐다…….”

17.
나는 피도 눈물도 없이 무자비하게
대군을 일으켰노라.
나는 명백한 적을 물리치기 위해
청동의 무기*를 만들었다.
당신에게 명령하노니 복종하라.
그리고 영광을 위해 싸워라.
공리를 위해서라면
나는 모든 것이 가능하다.
땅의 심연을 파내어
번쩍이는 쇠를 뽑아내고
당신을 치장하였다.

18.
그러나 내게 한 맹세를 잊고,
내가 너를 선택했다는 것도 잊고,
자신의 쾌락을 위해 월계관을 쓴 것이며,
내가 아니라, 네가 주인이라 생각하였다.
너는 나의 칼로써 그 법을 파괴하였도다.

너는 모든 법을 철폐해 버리고
진리를 부끄럽게 만들었다.
추악한 것에 길을 터 주었고,
내가 아니라 신을 호출하였다.
그리고 너는 나를 거부하고자 하였다.

19.
나는 생존을 위해 내가 심은 과일을
피를 토해 가며 모았고,
너와 나눠 가졌다.
이를 위해 내 몸도 돌보지 않았다.
너에겐 온갖 보물도 부족하구나!
말해 다오, 내 누더기 옷을 찢어 버리는 것도
충분치 않단 말이냐?
아첨하는 첩에게 줄 것이더냐!
아니면 너는 신을 황금으로 만들었단 말인가?

20.
너는 파렴치한에게 훈장을 수여하였다.
너는 죄 없는 사람에게
나의 잘 벼린 칼을 휘둘렀다.
그것은 악당들에게 향해야 할 것이었다.
방어를 위해 대군을 보냈지만,

그것이 과연 사람들을 지키기 위한
영광스러운 군대였던가?
피 흐르는 계곡에서 싸운 이유가
만취한 아테네인들이 하품을 하며
영웅이라는 소리를 할지도 몰라서가
아니던가!

21.
악당 놈! 최악의 악당이여……!

"너는 오만 가지 나쁜 행동을 하였고, 내게 침을 겨누었구나……."

죽어라, 죽어. 백번 천번 죽어라!

"민중이 말했지."

22.
교활한 위인이여!
위선자여, 아첨꾼이여, 신성 모독자여!
오직 위대한 너만이 세상에
선의 본보기를 보여 줄 수 있었다.
크롬웰, 너 악당이여,

네 손의 권력으로
튼튼한 자유를 파괴했도다.
그러나 너는 자신의 민족과 모든 민족들에게
민중이 어떻게 복수해야 하는지를
가르쳐 주었다.
너는 찰스를 법정에서 처형하였다.

23.
"그리고 이제 자유의 목소리가 천지에 울린다네."

온 민중이 베체로 몰려왔다.
철로 된 왕좌를 부수어 버렸고,
예전의 삼손처럼 교활함이 가득한
궁궐을 파괴해 버렸다.
그리고 법으로 자연의 성채를 세운다.
위대할지니, 위대할지니,
너 자유의 정신이여!
너는 신과 함께 창조자이니라!

24.
"다음의 열한 연은 자유의 왕국과 그 실현을 묘사한 것이야. 즉, 안보와 평화, 복지, 위대함 등에 관한 것이라네……."

34.
그러나 정념은 악을 더욱 벼리고……

"시민의 평화를 파멸로 바꾸지. 또."

아버지와 아들을 싸움 붙이고,
결혼의 결합을 갈라놓는다.

"이 모든 것은 무절제하게 자신의 욕망을 마음대로 사용한 것의 결과일세."

35. 36. 37.

"사치의 파멸적 결과를 묘사. 내전. 시민들 사이의 불화. 마리우스, 술라,* 아우구스투스……."

그는 불안한 자유를 잠재우고,
쇠로 만든 왕홀에 꽃으로 장식했다.

"그 결과는…… 노예제라네."

38. 39.
"이것은 자연의 법칙이라네. 박해로부터 자유가 태어나고, 자유로부터 노예제가 태어나기 마련…….”

40.

“이것이 그리 놀라운 일인가? 인간은 죽기 위해 태어나지 않나……. 다음 여덟 연은 여러 갈래로 찢어지는 조국의 미래 운명에 대한 예언을 담고 있다네. 빨리 말할수록 더 장황해질 거야. 하지만 그 시간은 아직 오지 않았어. 그때가 오면, 그때는.”

무거운 밤의 족쇄는 부서지리라.

“강력한 권력은 마지막 숨이 넘어가면서도 사람들의 입에 재갈을 물리기 위한 보초를 세우고, 자신의 모든 힘을 다해 일어나는 자유를 분쇄하고자 최후의 몸부림을 칠 것이라네…….”

49.

“하지만 인류는 족쇄를 차고서도 울부짖을 것이며, 자유에의 희망과 무너지지 않을 자연법에 힘입어 전진할 거라네……. 그리고 권력은 두려움에 떨게 되고, 그때 모든 권력은, 그리고 억압적인 권력은…….”

한순간에 흩어져 버릴 것이다.

오, 행복하고도 행복한 날이여!

50.

아직까지도 나는 듣노라, 자연의 목소리를,

최초의 목소리를, 신의 목소리를.

"어둠의 성채는 흔들리고, 자유는 찬란한 빛을 내뿜지. 이게 끝이라네."

유행에 민감한 시인이 내게 말했다.

나는 그 말이 매우 기뻤으며, 가능하다면 그의 의견에 반해 그리 반갑지 않을 이야기를 해 주고 싶었다. 하지만 종소리가 울렸고, 길을 나섰을 때는 페가수스를 타고 억지로 날아오르는 것보다 늙은 역참의 말이라도 가려고 고집을 피울 때 서두르는 것이 낫다는 것을 내게 일깨워 주었다.

고로드냐

이 마을에 들어왔을 때, 시적인 노랫소리가 아니라 아낙네와 어린이, 늙은이 들의 마음을 태우는 듯한 곡소리가 내 귀를 때렸다. 나는 거리에서 들려온 흐느낌 소리가 무슨 연유로 그런 것인지 궁금해 마차에서 내려 역참으로 다가갔다.

한 무리의 사람들이 모여 있는 곳으로 다가갔을 때, 나는 징병 때문에 그곳에 모인 사람들이 흐느끼며 눈물을 흘리고 있다는 것을 알았다. 징병된 사람들은 공노비이거나 사노비 중에서 차출되어 이곳으로 모여들었다.*

어느 무리에서 쉰 살가량의 노파가 스무 살 청년의 머리를 감싸 안은 채 통곡하고 있었다.

"어쩌나, 내 새끼, 내 아기. 너는 누구에게 나를 버려두고 가는 거니? 넌 누구에게 네가 태어난 집을 맡길 게냐? 우리 밭은 잡초만 자랄 테고, 집에는 이끼가 덮이겠지. 불쌍한 네 어미는 세상을 떠돌아다니겠지. 누가 이 늙은 어미를 추운 날 따뜻하게 해 주고,

더위로부터 막아 주겠니? 누가 먹여 준단 말이냐? 그러나 내 가슴을 무겁게 하는 건 이런 것들이 아니란다. 내가 숨을 거두면 누가 내 눈을 감겨 주겠니? 누가 이 어미의 축복을 받겠니? 내 몸을 우리 모두의 어머니인 저 습기 찬 땅에 바칠 사람은 누구란 말이냐? 누가 나를 추모하기 위해 내 무덤에 찾아오겠니? 너의 따뜻한 눈물은 그 무덤 위에 떨어지지도 않을 텐데 말이다. 나에게 그런 기쁨은 없을 것이다."

노파 곁에는 이미 다 큰 처녀가 서 있었다. 그녀 역시 통곡했다.

"잘 가요, 내 마음의 친구여. 잘 가요, 아름다운 나의 태양이여. 당신의 약혼녀인 저는 이제 더 이상 위안이나 기쁨이 없을 거예요. 친구들도 나를 질투하지 않겠지요. 태양도 내 머리 위로 즐겁게 떠오르지 않을 테지요. 당신은 과부도 아니고, 한 남자의 아내도 아닌 채로 저를 한탄스럽게 버려두었어요. 인간 같지도 않은 영감들이 우리의 결혼을 허락만 해 주었어도! 정말이지, 내 사랑, 당신이 단 하룻밤이라도 내 뽀얀 가슴에 묻혀 보냈더라면! 아마도 하느님께서 불쌍히 여겨 위안으로 아기를 보내 주셨을 텐데."

젊은이가 그들에게 말했다.

"그만 우세요. 제 가슴을 그만 찢어지게 하세요. 황제가 우리를 부른 겁니다. 닥친 운명이고, 하느님의 뜻입니다. 죽지 않으면 돌아오겠지요. 아마 저는 연대 병력을 이끌고 돌아올지도 모릅니다. 또 공직에 나갈지도 모르지요. 어머니, 제발 슬퍼하지 마세요. 나를 대신해서 프라스코뷰시카를 살펴 주세요."

경제 마을*에서 보낸 신병이었다.

근처의 다른 무리에서 나는 완전히 다른 말을 들었다. 나는 그 무리 속에 위엄 있게 서서 주위 사람들을 행복하게 바라보고 있는, 중키에 서른 살가량의 사람을 보았다.

그는 이렇게 말했다.

"주님이 제 기도를 들어주셨습니다. 불행한 이의 눈물이 만인의 위안자에게까지 닿았습니다. 이제 나는 내 운명이 좋은 것이든 나쁜 것이든 내 행실에 달려 있음을 알게 될 것입니다. 지금까지 나의 운명은 한 여자의 변덕에 달려 있었습니다. 이제부터 재판 없이는 채찍질을 당하지 않겠다고 생각하니 위로가 됩니다."

그의 말을 듣고, 그가 주인 있는 몸이라는 것을 알게 되었다. 나는 그의 비정상적인 만족감의 이유를 알고 싶었다. 그가 이러한 내 질문에 대답했다.

"나리, 한쪽에는 교수대가 있고, 다른 쪽에는 깊은 강이 놓여 있습니다. 나리가 그 두 죽음 사이에 서 있고, 오른쪽으로 가든 왼쪽으로 가든, 그러니까 올가미에 머리를 집어넣든, 물속으로 들어가든 반드시 택해야 한다면, 나리의 이성과 감성은 어느 쪽을 택하게 할 것 같습니까? 내 생각엔 모두 강물에 몸을 던질 것 같습니다. 왜냐하면 건너편으로 헤엄쳐 가면 위기를 벗어날 수 있다는 희망을 가지고 있기 때문입죠. 어느 누구도 올가미가 튼튼한지 어떤지 자기 목으로 시험하려는 사람은 없습니다. 제 경우가 그랬습죠. 병사의 삶이란 쉽지 않겠지요. 그래도 올가미보다는 낫습니다. 저의 최후가 어떨지는 모르겠으나, 매와 채찍을 맞으며 사슬에 묶인 채, 감옥에 갇혀, 목마르고, 벌거벗고 신발도 없이 학대를 받느니 그편이 훨씬 좋을 겁니다. 나리, 당신들이야 비록 농민들을 소유물로 생각하고, 때로는 가축보다 못하게 생각한다고 해도, 매우 불행하게도 그들이라고 감정이 없는 것은 아닙니다. 당신께서는 농노의 입에서 이런 말이 나왔다고 놀라시는 것 같군요. 하지만 나리가 이런 말을 들을 때, 나리는 왜 나리의 형제들, 그러니까 귀족들의 잔인함에는 놀라지 않습니까?"

실제로 나는 머리를 모두 밀고 허접한 카프탄을 입은 사내가 이런 말을 하리라곤 전혀 기대하지 않았다. 하지만 나는 나의 호기심이 해결되기를 고대하면서, 그에게 그처럼 낮은 신분으로 어떻게 고상한 가문의 사람들도 쉽게 도달하기 힘든 지력을 가지게 되었는지를 물었다.

"내 이야기가 당신을 지루하게 만들지 않는다면 말씀드리겠습니다. 저는 노예로 태어났습니다. 시종의 아들이었죠. 나는 사람들이 이제 더 이상 나를 '방카야' 하고 부르지 않거나, 다른 모욕적인 이름으로 부르지 않고, 또 휘파람으로 부르지 않을 것이라고 생각하니 얼마나 좋은지 모르겠습니다. 저의 큰 주인은 친절하고 이치에 맞으며 덕이 있었기에, 종종 자기 노예들의 운명을 불쌍히 여겼습니다. 큰 주인은 제 아버지가 오랫동안 일한 대가로 저를 특별히 아꼈습죠. 그래서 그분은 자신의 아들과 똑같이 키웠습니다. 우리 둘 사이에 차이는 거의 없었는데, 단지 우리가 입은 카프탄의 옷감 정도가 차이라면 차이였지요. 작은 주인이 배우는 것이라면 저도 배웠고, 모든 훈육을 똑같이 받았습니다. 외람되지만, 많은 점에서 내가 작은 주인보다 뛰어났습니다.

큰 주인은 저에게 이렇게 말씀하셨습니다. '바뉴샤, 네 행복은 온전히 네게 달려 있다. 너는 내 아들보다 배움에 임하는 동기와 도덕성이 뛰어나다. 그놈은 내가 죽으면 부자가 되어 부족함이 뭔지 모를 것이다. 그런데 너는 태어날 때부터 그것이 무엇인지 알지. 그러니 너는 내가 너에게 보이는 관심에 걸맞게 노력해야 하느니라.'

작은 주인이 열일곱이 되었을 때, 우리는 가정 교사와 함께 해외로 떠나게 되었습죠. 가정 교사에겐 내가 하인이 아니라 작은 주인의 친구로 동행하는 것이라고 일러 둔 터였습니다. 나를 떠나보내시면서 큰 주인은 이렇게 말씀하셨습니다. '나는 네가 돌아와 나와 네 부모님에게 기쁨을 주기 바란다. 너는 이 나라의 국경선 안에서는 노예이지만, 그것을 벗어나면 자유이다. 다시 돌아온다면, 태어날 때부터 채워져 있는 그 족쇄를 더 이상 보지 않게 될 것이다.'

우리는 5년 동안 자리를 비웠고, 그 뒤에 러시아로 돌아왔습니다. 작은 주인은 자기 아버지를 보게 된다고 기뻐했으며, 고백건대, 나는 저에게 약속했던 것을 누리게 될 것이라고 기대했습니다. 우리의 조국 국경 안으로 다시 들어왔을 때, 내 심장은 불안을 느꼈습니다. 실제로 예감은 틀리지 않는 법이죠. 리가에서 작은 주인은 아버지가 돌아가셨다는 소식을 받았습니다. 그 소식에 그는 큰 충격을 받았고, 저는 절망에 빠졌습니다. 왜냐하면 작은 주인으로부터 우정과 신임을 얻고자 했던 나의 모든 노력이 이미 예전부터 헛된 것이었으니까요. 그는 나를 결코 좋아하지 않았을 뿐만 아니라, 속 좁은 사람 특유의 질투심 때문에 나를 증오했습니다.

그는 큰 주인의 죽음이 내게 불러일으킨 곤혹스러움을 눈치채고, 내가 그에게 그럴 만한 가치만 있다면, 내게 한 약속을 잊어버리지 않겠다고 말했습니다. 내게 그렇게 말한 것은 처음이었죠. 그래서 자기 아버지의 죽음으로 자유를 얻은 그는 리가에서 가정교사에게 돈을 후하게 준 후 돌려보냈습니다. 큰 주인은 너무 많은 장점을 가지고 있었습니다만, 소심함과 경솔함이 그 장점들을 가려 버렸죠.

모스크바에 도착한 지 일주일 후, 나의 나리는 아름다운 처녀와 사랑에 빠졌습니다. 하지만 그녀는 신체의 아름다움과 인색함을 연결지어 생각했고, 잔인함과 난폭함도 마찬가지로 생각했죠. 자신의 출신 성분 때문에 외모와 지위, 부를 중요하게 생각했던 것입니다. 두 달 후에 그녀는 우리 나리의 아내가 되었고, 나의 여주인이 되었습니다. 그때까지 나는 제 상황이 전혀 달라지지 않은 채 주인집에서 그의 친구로 살았습니다. 비록 그는 내게 아무것도 명령하지 않았지만, 그의 권력과 내 처지를 직감하고 있었기에 그가 원하는 것을 미리 해 주었습니다. 젊은 안주인이 자기가 다스리게 될 집 문턱을 넘을 때까지, 나는 내 운명이 가혹할 것이라곤 느끼지 못했습니다. 결혼한 후 하루가 지나고 그다음 날, 주인은 나를 자기 친구라며 그녀에게 소개해 주었습니다. 그때 그녀는 새로운 신혼부부가 챙겨야 되는 일반적인 일에 바빴습니다. 하지만 저녁 무렵 많은 사람들이 식탁으로 모여 신혼부부와의 첫 만찬을 위해 자리에 앉았을 때, 저는 평상시처럼 식탁 맨 끝의 제 자리에 앉았습니다. 그러자 새로운 안주인이 모두 들을 만큼 큰 목소리로 남편에게 말했습니다. 만일 그가 손님들이 있을 때 자신과 같은 식탁에 앉고 싶다면, 농노는 식탁에 앉으면 안 된다는 것이었습죠. 그는 나를 쳐다보고 그녀가 시키는 대로, 제가 식탁을 떠나 내 방에서 식사해야 한다고 말했습니다. 이러한 무시에 제가 어떤 감정을 느꼈을지 상상해 보십시오! 하지만 저는 쏟아지는 눈물을 숨기고 나왔습니다. 다음 날 저는 모습을 드러낼 용기가 없었습니다. 그들은 저에 대해 일언반구도 하지 않았고, 점심 저녁 식사 모두 저에게 가져다주었습니다. 다음 날도 마찬가지였습니다. 결혼식 일주일 후 어느 날, 점심 식사 후에 새 안주인은 집 안을 둘러보면서 모든 하인들의 일과 거처를 정해 주었고 내 방에도 들렀습니다. 내가 쓰는 방들은 큰 주인이 저를 위해 마련해 준 것이지요. 그때 저는 집에 없었습니다. 저는 그곳에서 그녀가 나를 조롱하려고 했던 말들을 되풀이하지는 않겠습니다. 하지만 집에 돌아왔을 때, 저에게 그녀의 명령을 전해 주더군요. 저는 독신인 하인들과 함께 아래층 구석방으로 보내졌습니다. 그곳에 이미 침대와 옷 그리고 침대보 등이 든 가방이 있더군요. 나머지 물건들은 이전의 방에 그대로 남겨 두었는데, 그 방은 그녀의 시중을 드는 하녀들의 방으로 바뀌어 있었습니다.

그 이야기를 들었을 때 내 마음속에서 무슨 일이 일어났는지는, 만약 가능하다면 그것을 묘사하는 것보다 직접 느껴 보는 게 더 쉬울 겁니다. 하지만 나리가 쓸데없는 이야기를 들을 필요는 없겠지요. 집을 완전히 장악한 여주인은 내게 특별한 재주가 없다는 걸 알자, 나를 하인으로 만들어 제복을 입혔습죠. 한순간이라도 일하는 게 게으르다고 생각하면 여주인은 따귀를 올리고 매를 때리며 채찍을 휘둘렀습니다. 오, 신이시여, 차라리 태어나지 않았더라면! 감정에 정신을 심어 주신 나의 죽어 버린 은인에게 얼마나 화가 나던지요. 차라리 무식하게 자라 인간이 모두 동등하다는 것을 전혀 알지 못한 채 사는 게 좋을 뻔했단 말입니다. 높은 곳에서 우리의 모든 것을 굽어보시는 분께서 말리시지만 않았다면, 저는 이미 오래전에 진절머리 나는 제 삶을 버렸을지도 모릅니다. 나는 내 운명을 참을성 있게 벼텨 보기로 작정했습니다. 그래서 육체적 고통은 물론이고, 그녀가 내 영혼에 가한 고통까지 견뎠습니다. 하지만 내 영혼에 새롭게 새겨진 상처 때문에 저는 맹세를 거의 깨뜨리고 저주스러운 내 남은 삶을 줄여 버릴 뻔했습니다.

여주인의 조카는 열여덟 살의 청년으로 근위대 부사관이었습니다. 그는 모스크바 멋쟁이들의 취향대로 자랐습죠. 그러다 숙모가 데리고 있는 하녀와 사랑에 빠졌습니다. 그는 곧바로 그녀의 열정을 장악한 다음 그녀를 어머니로 만들었죠. 그는 자신의 애정 행각을 그리 심각하게 받아들이는 편이 아니었지만, 이 경우에는 꽤 당황했습니다. 왜냐하면 그의 숙모가 이 사실을 알고는 하녀에게 접근하는 것을 막았고, 자비로운 주인이라면 가져야 하는 방식으로 부드럽게 그를 비난했기 때문입니다. 그녀는 그 하녀를 이전에 그 하녀가 마음을 품었던 마부에게 시집보내라고 일렀습니다. 하지만 그들 모두 이미 결혼해 버린 상태였습니다. 그래도 집안의 체면 때문에 임신한 여자에게는 남편이 필요했죠. 그리고 하인들 중에서 저보다 더 불행한 사람은 없었던 것이죠. 여주인은 아주 특별한 은혜를 베푸는 듯한 태도로 자기 남편이 있는 곳에서 저에게 선포해 버렸습니다. 나는 더 이상 능욕을 참을 수 없었습니다. '인간 같지도 않은 여자 같으니! 그래, 당신은 나를 괴롭히고 내 몸에 상처를 낼 권력을 가졌소. 당신이 말하길, 법이 당신에게 이러한 권리를 주었다고 하오. 하지만 나는 조금도 믿을 수 없소이다. 나는 누구도 결혼을 강요할 수 없다는 것을 명백히 알고 있기 때문이오.'

그녀의 짐승과 같은 침묵 속에서 내 말이 튀어나왔습니다. 그녀의 남편에게 몸을 돌려 이야기했죠.

'인류애의 모범을 보이신 아버지의 어처구니없는 아들이여, 당신은 아버지의 유언을 잊어버렸고, 당신 스스로 뱉은 말도 잊어버렸소이다. 그렇다 하더라도, 당신들이 고상한 사람들이라고 한다면 한 사람의 영혼을 절망에 빠뜨리지는 말아야지요. 조심해야 할 거요.'

그러나 더 이상 말을 할 수 없었습니다. 왜냐하면 여주인의 명령에 따라 마구간으로 끌려가 무자비하게 채찍으로 매질을 당했기 때문입니다. 너무 많이 맞아서 다음 날 침대에서 일어나기도 힘들 지경이었죠. 그리고 다시 여주인 앞으로 끌려갔습니다. 그녀는 말했습니다.

'어제 네놈이 저지른 난폭한 짓은 용서해 주마. 그러니 마브류시카와 결혼하거라. 그녀가 너를 원하고 있고, 나도, 그녀가 비록 죄를 지었지만 그녀를 사랑하기 때문에, 그녀를 위해 그렇게 해주고 싶다.'

나는 그녀에게 이렇게 말했습니다.

'내 대답은 어제 당신이 들었소. 다른 대답은 없소이다. 다만 나는 당신에게 아무 권리도 없이 내게 그런 일을 강요했다는 걸 당국에 고소하겠다는 것만 알아 두시오.'

'그렇다면 할 수 없지. 군대를 갈 수밖에!'

여주인은 분노에 차 이렇게 소리를 질렀습니다. 그 말을 들었을 때 저의 기쁨은 끔찍한 황야 한가운데서 길을 잃은 여행자가 다시 길을 찾았을 때의 기쁨보다 더한 것이었습니다. 그녀는 '군대로 보내'라는 말을 한 번 더 했습니다. 그리고 다음 날로 나는 군대에 가게 되었습니다.

어리석기는! 그 여자는 다른 농부들에게 하듯이 내가 군에 입대하는 것을 벌로 생각했던 것입니다. 저에겐 오히려 기쁨이었는데도 말이죠. 그래서 머리를 깎자마자, 다시 태어난 듯한 기분을 느꼈습니다. 힘이 불끈 솟았고, 이성과 정신이 다시 작동하기 시작했습니다. 오, 희망이여! 불행한 이에게 찾아오는 달콤한 감정이여, 나에게 오소서!"

굵직한 눈물이 그의 눈에서 터져 나왔다. 하지만 그것은 슬픔과 절망의 눈물이 아니었다. 나는 그를 끌어안았다. 그의 표정은 새로운 기쁨으로 빛났다. 그는 이렇게 말했다.

"아직 모든 것이 사라져 버린 건 아닙니다. 당신은 나의 정신을 무장시켜 주었습니다. 슬픔에 맞선 나의 고난이 끝없는 게 아니라는 걸 느끼게 해 주었습니다."

나는 이 불행한 사내에게서 떠나 다른 무리에게로 갔다. 그들 사이에서 단단한 쇠사슬에 결박당한 세 사람을 보았다. '이거 놀라운 일이로군.' 죄수들을 보고 혼자 속으로 중얼거렸다. 이 우울하고 애련하며 겁먹은 자들은 군인이 되고 싶어 하지 않을 뿐 아니라, 이런 상태로 만들기 위해선 끔찍한 짓을 해야만 했겠지. 그래도 자신의 직무를 엄격하게 수행하는 데 일단 적응하면 용감하고 정력적으로 활동할 테지. 이전의 태도를 경멸하면서.

나는 가까이 있는 사람 중에 입고 있는 옷으로 보건대 관청 관리로 보이는 사람에게 물었다.

"당연하겠지만, 저 사람들이 도망가는 걸 방지하려고 저렇게 무거운 쇠사슬에 채워 놓은 거요?"

"그렇게 생각하고 싶다면야. 저 사람들은 어느 지주의 소유였죠. 그런데 그는 새 마차를 사기 위해 돈이 필요했고, 그래서 군대에 입대한 공노비에게 저들을 팔았습니다."

나. "이보게, 친구. 뭔가 실수가 있는 것 같군요. 공노비들은 자신들의 형제를 살 수 없지 않소."

그. "판매가 아니니까요. 이 불쌍한 사람들의 주인은 계약을 하고 돈을 받은 다음 저 사람들에게 자유를 주었죠. 따라서 그들은, 자신의 의사에 따라, 그들의 몸값을 치른 이 마을의 공노비로 등록되었습니다. 그리고 마을의 결정에 따라 저들을 군대에 보내는 것입니다. 저들은 이제 우리 공동체의 농노 해방 증서를 가지고 등록된 것이지요."

어떤 죄도 짓지 않은 자유인들이 쇠사슬에 묶여 가축처럼 팔려 나가다니! 아, 법이란! 너의 지혜는 귀에 걸면 귀걸이 코에 걸면 코걸이로구나! 명백한 웃음거리가 아닌가! 더구나 자유라는 신성한 이름으로 이따위 짓을 벌이다니! 아, 만일 무거운 족쇄를 찬 노예들이 자신들의 절망에 분노하여 그들의 자유를 가로막고 있는 쇠사슬로, 우리의 머리를, 비인간적인 주인의 머리를 내리쳐 들판을 우리의 피로 흥건히 적신다면! 그렇다면 국가가 잃어버리는 것은 무엇인가? 살해당한 종족을 지키기 위해 곧 그들 중에서 위대한 인간들이 나올 것이다. 하지만 그들은 전혀 다른 생각을 지녔을 것이고, 타인을 억압할 권리가 없는 사람일 것이다. 이는 한갓 공상이 아니다. 나의 시선은 우리 눈으로부터 미래를 가리고 있는 두꺼운 시간의 장막을 뚫어 본다. 나는 전 세대를 꿰뚫어 본다. 분노에 찬 상태로 나는 무리를 벗어났다.

그때 사슬에 결박당했던 죄수들이 풀려났다. 만일 그들이 작은 용기나마 가지고 있다면, 그들은 자신들의 폭군이 가진 폭압적인 사고 구조를 제거할 수도 있었을 것이다…… 다시 돌아가 보자…….

나는 자신의 조국에서 포로가 된 사람들에게 말했다.

"이보게, 친구들. 만일 당신들 스스로 군대에 가고 싶지 않다면, 이제 아무도 당신들을 강요할 수 없다는 걸 알고는 있습니까?"

"나리, 불쌍한 사람들을 놀리지 마세요. 당신의 농담이 아니더라도 우리는 무척 고통스럽게 헤어진 사람들입니다. 한 사람은 늙은 아버지와, 또 한 사람은 어린 자매들과, 세 번째 사람은 젊은 아내와 말입니다. 우리는 주인이 천 루블을 받고 우리를 군대에 넘겼다는 사실을 알고 있습니다."

"지금까지 몰랐다면 알아 두어야 합니다. 군인으로 사람을 파는 것은 금지되어 있습니다. 또 농민들 역시 사람을 사고팔 수 없지요. 주인이 당신들에게 노예 해방 증서를 준 다음 당신을 산 사람들이 그것을 당신들의 자유 의사인 것처럼 꾸며 자기네 마을에 등록시키려고 했다는 것도 알아야 합니다."

"오, 나리, 그게 그렇다면 정말 감사드립니다. 징집되어 정렬하게 되면 우리는 군인이 되고 싶지 않으며, 우리는 자유인이라는 사실을 모두 다 말하겠습니다."

"또 거기에 덧붙여, 당신의 주인이 여러분을 법령이 정한 기간이 아닌 중에 팔았다는 사실과, 여러분을 억지로 내주었다는 사실도 함께 말하시기 바랍니다."[12]

이 불행한 사람들의 얼굴에 퍼진 기쁨이 어떤 것인지는 쉽게 짐작될 것이다. 그들은 그 자리에서 날뛰며 족쇄를 용감하게 흔들어, 자신의 힘으로 그것을 벗어 던질 것만 같았다. 그러나 이 대화는 나를 큰 곤경에 빠뜨렸다. 내 말을 들은 징병관들이 격분하여 달려왔던 것이다.

"나리, 자기 일이 아니면 참견하지 마시오. 큰일이 벌어지기 전에 어서 가시오."

그들은 거부하는 나를 힘으로 밀어내어, 내가 무리에서 떨어지게 만들었다.

역참에 거의 다 왔을 때, 나는 다 찢어진 프록코트를 입은 사람을 둘러싸고 있는 농민 무리를 보았다. 그는 약간 술에 취한 듯했

---

12 징병 기간 동안에는 권리 이전을 위한 농노의 매매가 금지된다.

고, 자신을 보며 눈물이 날 때까지 웃어 대는 사람들 때문에 얼굴을 찌푸리고 있었다.

"여긴 또 무슨 일이냐? 무엇 때문에 웃고 있는 거지?"

나는 한 소년에게 물어보았다.

"이 사람은 외국인 신병인데, 러시아어는 한마디도 할 줄 모른답니다."

그가 드문드문 내뱉은 말로 미루어, 나는 그가 프랑스인임을 알았다. 나의 호기심은 한층 더해졌다. 나는 어떻게 외국인이 농민들에게 신병으로 제공되었는지 알고 싶어졌던 것이다. 그래서 그의 모국어로 물었다.

"이보게, 친구. 어떤 운명으로 여기에 있게 되었는가?"

프랑스인. "운명이란 그런 법이죠. 좋은 곳에 살아야 하지 않겠습니까."

나. "그러니까 어떻게 신병 처지가 되었냔 말이오?"

프랑스인. "나는 군대 생활을 좋아합니다. 저는 그게 어떤 것인지 이미 알고 있었고, 또 내 스스로 원했습니다."

나. "그래도 마을에서 어떻게 당신을 보낼 수 있단 말이오? 보통은 농민들, 그것도 러시아인을 차출하잖소. 보아하니 당신은 농민도 아니고, 더구나 러시아인도 아닌데."

프랑스인. "사정은 이렇습니다. 저는 어릴 때부터 파리에서 이발기술을 배웠습니다. 그러다가 러시아로 한 귀족과 떠났지요. 그리고 1년 동안 페테르부르크에서 그분의 머리를 다듬어 주었지요. 하지만 그는 지불할 돈이 없었습니다. 그래서 나는 그를 떠났지만,

거의 굶어 죽을 지경이 될 때까지 일자리를 찾지 못했죠. 하지만 운 좋게 러시아 국기를 달고 있던 배에 선원으로 탈 수 있었습니다. 바다로 나가기 전, 나는 러시아 시민으로서의 서약을 해야 했고, 그다음 뤼베크를 향해 출발했습니다. 선장은 제가 게으르다며 로프로 만든 채찍으로 저를 벌주었죠. 나는 부주의한 탓에 돛대 로프에서 갑판으로 떨어져 손가락 세 개가 부러졌습니다. 그 때문에 다시는 빗질을 할 수 없게 되었지요. 뤼베크에 도착한 나는 프로이센의 징병관을 우연히 만나 여러 연대에서 복무했습니다. 그들은 종종 게으르거나 술에 취했다는 이유로 몽둥이질을 했습니다. 하루는 제가 술에 취해 동료를 찔렀고, 그래서 당시 주둔해 있던 메멜*에서 도망 나왔습니다. 나는 나의 서약으로 러시아에 은혜를 입었다는 사실을 기억했습니다. 그래서 마치 조국의 충실한 아들처럼, 2탈러를 주머니에 넣고 리가로 향했습니다. 가는 도중에는 동냥으로 근근이 살았지만, 리가에선 제가 가진 기술과 운 덕택에 일을 해서 먹고살 수 있었습니다. 어느 선술집에서 대략 20루블 정도를 벌었습니다. 그중 10루블은 좋은 카프탄을 산 다음, 카잔의 상인과 함께 그의 하인이 되어 카잔으로 길을 떠났지요. 그런데 모스크바를 지나갈 때, 길에서 고향 사람 둘을 만났습니다. 그들은 나에게 주인을 떠나 모스크바에서 교사 일을 찾아보라고 조언했지요. 나는 그들에게 저는 제대로 읽지도 못한다고 말해 주었습니다. 그러자 그들이 대답하길, '프랑스어를 할 줄 알잖아. 그거면 충분해'라고 하더군요. 주인은 내가 어느 거리에서 사라졌는지도 보지 못하고 그냥 가 버렸습니다. 그리고 나는 모스크바에 남게 되었지요. 제 고향 사람들은 곧 가정 교사 자리를 찾아 주었는데, 1년에 150루블, 설탕 한 푸드, 커피 한 푸드, 차 10푼트, 식탁, 하인, 마차가 그 대가였지요. 하지만 시골에서 살아야 했어요. 그게 오히려 낫습니다. 그곳에선 사람들이 내가 글을 쓸 줄 모른다는 걸 1년 내내 알지 못했으니까요. 하지만 그곳에 살고 있던 주인의 어느 사돈에게 내 비밀이 탄로 나 버렸고, 그래서 저를 모스크바로 돌려보냈습니다. 이와 비슷한 다른 멍청이를 찾을 수도 없었고, 또 부러진 손가락으로는 내 기술을 쓸 수도 없으니, 굶어 죽을까 겁이 났습니다. 그래서 저 자신을 2백 루블에 팔았지요. 그들은 나를 농민으로 등록시킨 뒤 이렇게 신병으로 넘겨 버렸습니다."

그가 젠체하면서 말을 이었다.

"저는 되도록이면 빨리 전쟁이 나서 장군이 되었으면 합니다. 그리고 전쟁이 일어나지 않는다면, 주머니를 가득 채우고(최대한 많이) 월계관을 쓴 채, 평온을 찾아 내 조국으로 돌아갈 것입니다."

이 부랑자의 이야기를 들으면서 몇 차례 어깨를 움츠렸다. 그리고 치욕스러운 심정으로 마차에 누워 길을 나섰다.

자비도보

말들을 마차에 묶고 막 떠날 준비를 하던 차에 갑자기 거리에서 큰 소동이 일어났다. 사람들이 마을 끝에서 끝으로 우왕좌왕하며 달렸다. 거리에서 나는 한 병사가 수류탄 투척병 모자를 쓰고 거만한 걸음걸이로 채찍을 들고 이렇게 소리치는 것을 보았다.

"어서 말을 대령해. 영감은 어디 있나? 각하께서 곧 이곳에 오실 거란 말이다. 어서 영감을 내게 데려와."

호령이 떨어지자마자 백 보쯤 떨어진 곳에서 모자를 벗은 노인이 부리나케 달려왔다.

"어서 말을 내놓게."

"즉시 대령하겠습니다요, 나리. 역마권을 보여 주시지요."

"여기. 어서 서둘러. 그렇지 않으면 내가 자네를……."

이렇게 말하면서 떨고 있는 노인의 머리 위로 채찍을 들었다. 끝맺지 못한 말꼬리는 베르길리우스의 『아이네이스』에서 아이올로스가 바람에게 말하는 표현 같았다. "내 당신을……!" 노인은 수

류탄병이 위압적으로 채찍을 든 모습을 보고 움츠러들어, 거센 바람이 아이올로스의 창의 위력을 느끼듯, 위협적인 병사의 오른손의 위력을 생생하게 느꼈다. 노인은 이 새로운 폴칸에게 역마권을 돌려주면서 말했다.

"고귀한 가족과 함께 오실 각하께서는 쉰 마리의 말이 필요하지만, 우리에겐 서른 마리밖에 없습니다. 나머지는 길을 따라나섰습죠."

"뭐라고! 이 늙은 악마가. 말이 준비되어 있지 않으면 네놈을 불구로 만들어 버릴 것이다."

"하지만 어디서 그 많은 말을 끌고 온단 말입니까."

"말이 너무 많구나. 이제 곧 말이 생기게 해 주지……."

그러고는 노인의 수염을 잡아채고 채찍으로 그의 어깨를 무자비하게 내리치기 시작했다.

"이제 충분하냐? 저기 생생한 말 세 마리가 보이네. 우리에게 끌고 와."

역참의 무자비한 재판관이 내 마차에 묶여 있는 말을 가리키며 말했다.

"저 나리님이 내주셔야죠."

"어찌 내놓지 않을 수가 있겠는가! 그자에게도 똑같이 해 주지. 그래, 저자는 누군가?"

"모릅니다요."

그가 나를 어떻게 불렀는지 기억나지 않는다.

그사이 나는 거리로 나왔다. 나는 각하의 용감한 첨병이 내 말을 풀어 내가 역참에서 하루 더 보내게 하려는 그들의 의도를 저지했다.

근위대 폴칸과의 논쟁은 각하가 도착하면서 중단되었다. 멀리서부터 마부의 외침과 전속력으로 질주하는 말발굽 소리가 들렸다. 빠르게 달리는 말발굽과 눈이 따라갈 수도 없을 정도로 움직이는 바퀴 때문에 자욱이 먼지가 일었다. 그래서 각하의 마차는 먹구름으로 뒤덮여 그것이 오기만을 기다리는 마부의 시선에서 자취를 감추었다. 물론 돈키호테라면 여기서 무엇인가 기적적인 것을 보았을 것이다. 왜냐하면 각하 주변의 먼지구름이 갑자기 사라져 흩어졌고, 그가 먼지 사이로 희뿌연 악마의 자식처럼 우리 앞에 나타났기 때문이다.

내가 역참에 도착한 시각부터 시작하여 말을 다시 바꿔 매기까지는 최소 한 시간이 걸렸다. 하지만 각하의 마차 행렬은 15분 만에 말을 바꿔 매었다……. 그리고 그들은 바람의 날개를 달고 질주해 사라져 버렸다. 나의 말들은 늙은 말이었지만, 각하의 마차를 끄는 말들보다 더 가치 있는 일을 하는 것처럼 보였다. 수류탄병의 채찍을 무서워하지 않았기 때문에 보통 속도로 달릴 수 있었다.

한 국가에서 고관들은 존경받는다. 띠와 훈장으로 장식한 사람은 존경받는다. 모든 자연이 그에게 복종한다. 심지어 생각 없는 가축들도 그의 비위를 맞추는데, 여행이 지루하지 않게 하려고 다리와 폐를 아끼지 않고, 간혹 지쳐 죽기까지 하면서도 전력 질주를 한다. 한 번 더 말하지만, 외경심을 품게 만드는 외양을 가진 사람들은 모든 사람의 존경을 받는다. 그러나 누가 알겠는가? 자신의 이름으로 사람들을 위협하는 자는 궁중 문법서에 따르면 묵음이며, 그래서 그들은 A나 O도 평생 강세를 주어 발음할 수 없는 것이다.*13 그들은 자신을 승진시켜 준 사람에게 말하는 것을 수치

13 폰비진의 『궁중 문법서』를 보라.

스러워하며, 정신적으로 가장 타락한 존재인데 사기, 불신, 배반, 호색, 약물 중독, 절도, 살인조차도 그들에게는 한 잔의 물을 마시는 것보다 어려운 일이 아니다. 그들의 두 뺨은 수치심 때문에 붉게 물든 적이 없으며, 오직 분노로 인해 혹은 뺨을 맞았기 때문에 붉어진다. 그들은 모든 궁중 화부의 친구이며 궁중에 있는 모든 사람들의 노예일 뿐이다. 그들이 이런 사람이라는 걸 위협적인 채찍 아래 벌벌 떠는 사람들은 알기나 할까? 하지만 자신의 비천함과 비열함을 모르는 사람들 앞에선 권력이 있는 척 업신여긴다. 진실된 가치를 가지지 못한 고위 인사는 우리네 마을의 마법사일 뿐이다. 농민들은 그들이 초자연적인 힘을 다루는 사람이라고 생각하여 두려워할 뿐이다. 사기꾼들은 이러한 사람들을 자기 마음대로 지배하기 마련이다. 그런데 그들을 모시는 사람들 중에 터무니없는 무지몽매에서 조금이라도 벗어나는 사람이 나타나면, 그들의 속임수는 만천하에 드러나게 될 것이다. 그들은 자신들이 기적을 행하는 장소에 선견지명을 가진 이가 있는 것을 참지 못한다. 이와 마찬가지로 고관들의 속임수를 폭로하고자 하는 사람들은 당연히 경계의 대상이 되는 것이다.

각하를 뒤쫓아 간다고 내게 무슨 소용인가! 그는 쏜살같이 사라지면서 먼지기둥을 일으켰을 뿐이다. 그리고 나는 클린에 도착했을 때, 그 시끌벅적했던 소란과 함께 그가 완전히 내 기억에서 없어져 버렸음을 알았다.

클린

“옛날 로마라는 도시에 유페미우스 공작이 살았다네…….”

눈먼 노인이 역참 문가에 앉아 대부분 아이들과 젊은이들인 무리에 둘러싸여 「신의 아들 알렉세이」라는 민요를 부르고 있었다. 은색 머리, 감은 두 눈, 얼굴에 보이는 평온한 모습은 이 가수를 보는 사람으로 하여금 공경심을 가지게 하였다. 그의 노래는 그리 훌륭하다고 할 수는 없었지만, 모스크바와 페테르부르크 시민들의 귀가 가브리엘리, 마르케시 혹은 토디*의 정교하고 구성진 음률에 익숙한 것만큼이나 자연의 소리에 익숙한 이곳 청중의 마음에 깊이 파고들었다. 앞에 있는 누구도 클린의 이 가수가, 노래 속 주인공이 이별하는 순간에 거의 끊어질 듯한 목소리로 이야기를 겨우 이어 나갈 때, 마음 깊은 곳의 전율을 피할 수 없었다. 그의 두 눈이 있었던 자리에서는 영혼의 고난에 의해 감수성이 풍부해진 눈물이 흘러내렸다. 아, 자연이여, 당신은 얼마나 위력적이란 말이냐! 눈물 흘리는 노인을 보자 여자들이 흐느꼈다. 젊은이들의 입술에서는 항상 입에 달고 다니던 미소마저 사라져 버렸다. 어린 애들의 얼굴에는 고통스러운 감정의 확실한 표지인 소심함이 드러났다. 이미 잔인함에 익숙해진 용감한 어른들조차 근엄한 모습을 하고 있었다. 아! 자연이여! 다시 한 번 외쳤다.

악의 없는 슬픔의 감정은 얼마나 달콤한가! 그것은 우리의 마음과 감정을 얼마나 새롭게 부활시키는가! 나는 역참에 모여 있는 사람들을 뒤따라 웃었다. 그때 나의 눈물은 얼마나 달콤하게 느껴졌는지. 그것은 마치 베르테르가 지었던 눈물과 같은 것이었다. 아, 나의 친구여! 나의 친구여! 자네는 왜 이 장면을 보지 않았던 것이냐? 자네는 나와 함께 눈물을 흘렸을 테고, 둘이 함께 느끼는 그 달콤함은 훨씬 더 행복했을 텐데!

노래가 끝나자, 주위에 서 있던 모두가 노인에게 마치 훈장을 내리는 것처럼 무엇인가를 주었다. 그는 푼돈과 빵 조각 따위를 매우 무심하게 받았다. 하지만 모두에게 허리를 숙여 감사를 표했고, 성호를 그으며 "평안하시길 바랍니다"라고 말했다. 나는 천국에서도 당연히 환영받을 이 노인의 기도를 받지 않고서는 자리를 뜨고 싶지 않았다. 그래서 여행이 무사히 끝나길, 그리고 내 소원들이 이루어지길 바라며 그에게 축복을 원했다. 나는 예민한 영혼을 가진 사람이 내리는 축복은 여정의 길을 가벼이 해 주고 의심의 가시덤불을 없애 줄 것 같다는 생각을 항상 가지고 있었다. 나는 그에게 다가가 그의 떨리는 손에, 허세가 아니라 두려움에 똑같이 떨고 있는 나의 손으로 1루블을 쥐여 주었다. 하지만 그는 동냥을 준 사람에게 말하는 통상적인 축복의 말을 건네기 전에 멈추었고, 손

안에 있는 것이 평소의 것과는 다른 느낌 때문에 멈칫하였다. 이것이 내 마음에 상처를 주었다. 나는 나 스스로에게 말했다.

'푼돈이라도 받는 것이 그에게는 훨씬 더 반가운 것이 아니더냐! 그는 거기에서 가난에 대한 인류의 동정심을 느낄 것이다. 내가 준 1루블에서는 나의 자만심을 느낄지도 모르겠다. 어쩌면 그가 축복을 내리지 않을지도 모르겠는걸.' 아, 그 순간 내가 얼마나 작게 느껴졌는지! 그리고 푼돈이나 빵 부스러기를 준 사람들을 얼마나 부러워했는지!

"5코페이카입니까?"

그는 그의 모든 말이 늘 그렇듯, 누구를 특정하지 않고 이렇게 말했다.

"아니에요, 할아버지. 1루블이에요."

그의 곁에 가장 가까이 있는 아이가 말했다.

"왜 이런 자비를?"

장님은 눈이 있던 자리를 떨구어 밑을 보면서, 자신의 손에 무엇이 놓여 있는지 억지로 상상하는 듯했다.

"이걸 사용할 수도 없는 사람에게 주어 무엇하겠소? 내 시력을 잃지만 않았더라면, 이 은혜에 얼마나 고마워했겠소만 말이오. 이 돈이 필요하지 않다면, 아무것도 가지지 못한 사람에게 주었을 거요. 아아! 이곳에서 불이 난 직후에 내가 이것을 받았더라면! 하루 동안만이라도 내 이웃의 굶주린 갓난아기들을 조용하게 만들 수 있었을 텐데. 그런데 지금 이게 무슨 소용입니까? 나는 그 돈이 누구 손에 들어갈지 볼 수도 없습니다. 어쩌면 범죄에 사용될 수도 있겠지요. 푼돈이라면 훔쳐 가지도 않겠지만, 1루블이라면 모두가 손을 뻗칠 것이오. 고맙지만, 나리, 이 돈을 도로 가져가십시오. 그렇지 않으면 저와 당신은 당신의 1루블로 누군가를 도둑으로 만들 수도 있습니다."

아, 진실이여! 당신이 책망한다면, 예민한 마음을 가진 이에게 얼마나 큰 부담이 된단 말인가!

"도로 가져가십시오. 정말 저에겐 그 돈이 필요치 않습니다. 그리고 저는 그 돈의 값어치를 하지도 못합니다. 왜냐하면 저는 돈에 새겨진 군주를 위해 일하지 않기 때문입니다. 창조주는 이미 나의 전성기 때 나의 두 길잡이를 앗아 가는 것으로 만족하셨습니다. 저는 그분의 벌을 달게 받았습니다. 그분은 나의 죄 때문에 오신 것입니다…….

저는 군인이었습니다. 수많은 전투에서 조국의 적들에 맞서 언제나 용감하게 싸웠습니다. 그러나 군인은 필요할 때만 군인이 되어야 합니다. 전투가 시작되면 제 마음은 언제나 분노로 가득 차 있었습니다. 저는 제 발아래 누워, 무장이 해제된 채 자비를 애원하는 적들에게 단 한 번도 자비를 베푼 적이 없습니다. 우리 군의 승리에 도취되어 복수심과 전리품 획득에 눈이 멀어 돌진하다가, 눈앞에 날아온 위력적인 포탄 때문에 쓰러져 시력과 감각을 잃게 되었습니다. 아! 나를 따르는 자들아! 당신은 용감해야 하지만 또한 스스로 한 명의 인간임을 항상 기억하거라!"

그는 내게 1루블을 돌려주고 자기 자리에 조용히 앉았다.

"할아버지, 저희 명절 피로그*를 받으세요."

50줄의 한 여인이 장님에게 다가오며 말했다. 그는 매우 기뻐하면서 두 손으로 피로그를 받았다.

"이것이 진정한 자비요, 이것이 진정한 은혜입니다. 저는 30년 내내 명절과 일요일에 이 피로그를 먹었습니다. 내가 죽어서 무덤에 갈 때까지 당신이 나를 잊지 못하게 하는 것이 무엇입니까? 고인이 되신 당신 아버지를 위해 제가 해 준 것은 그럴 만한 가치가 있는 것이었습니까? 친구들이여, 나는 이곳을 지나가는 병사들이 흔히 농민들에게 가하는 매질로부터 그녀의 아버지를 구해 주었습니다. 병사들은 그에게서 무엇인가를 빼앗으려 했죠. 그녀의 아버지는 그들과 흥정을 하고 있었습니다. 곡식 창고 뒤편이었습니다. 병사들이 그를 때리기 시작했고, 저는 그 중대의 병장이었습니다. 우연히 그곳에 있게 되었지요. 농부의 외침에 그곳으로 달려갔고 매질에서 벗어나게 해 주었습니다. 무슨 일이 더 일어날 수도 있었지만, 일어나서는 안 되었습니다. 오늘 저에게 먹을 것을 준 여인이 거지꼴을 하고 있는 저를 보고 떠올린 것은 바로 이것이었습니다. 그녀는 휴일이면 이 사건을 잊어버리지 않는 것입니다. 제가 한 일은 위대한 것이 아니지만 선한 것입니다. 그리고 선한 것은 주님을 기쁘게 합니다. 그분을 따른다면 절대로 무엇이든 사라지지 않습니다."

나는 그에게 말했다.

"노인, 이렇게 많은 사람들 앞에서 나를 망신 주시는 겁니까? 저의 동냥은 끝내 거절하시는 겁니까? 저의 동정이 죄인의 동정이기라도 한 것입니까? 만일 제 동냥이 그의 굳어 버린 마음을 풀어 줄 수만 있다면 쓸모가 있을 겁니다."

노인이 말했다.

"당신은 이미 오래전에 자연의 벌을 받아 고통받는 마음에 또다시 고통을 더하시는군요. 해가 될지도 모를 동냥을 제가 받지 않아서 당신이 모욕당했을 거라곤 생각지 못했습니다. 저의 잘못을 용서해 주세요. 하지만 당신이 무엇인가를 주고 싶다면, 저에게 쓸모 있는 것을 주십시오……. 봄 날씨가 춥습니다. 목이 아프네요. 목에 두를 목도리가 없습니다. 신이 자비를 베푸셔서 병이 나지는 않았습니다……. 당신에게 낡은 목도리가 있습니까? 목이 아프면 그걸 두르겠습니다. 제 목을 따듯하게 만들어 목의 병을 낫게 해 주겠지요. 만일 당신이 이 거지의 기억 속에 남고 싶다면 그렇게 당신을 기억하겠습니다."

나는 목도리를 풀어 맹인의 목에 둘러 주었다. 그리고 그와 헤어졌다.

돌아오면서 클린에 들렀을 때, 장님 가수를 찾을 수 없었다. 그는 내가 도착하기 3일 전에 죽었다. 그러나 휴일이면 그에게 피로그를 가져다준 아낙이 말해 주길, 그가 죽기 전 병이 들었을 때 나의 목도리를 목에 둘렀고, 그것과 함께 무덤에 묻혔다고 한다. 오! 이 목도리의 가치를 느끼는 사람이라면, 이 소식을 들었을 때 내 안에서 어떤 일이 일어났는지 공감하리라.

페시키

여행을 아무리 서둘러 끝내고 싶어도, "배고픔은 친구가 아니다"라는 속담도 있듯이 배가 고파 어느 농가에 들러야 했다. 그리고 나는 라구니 프리카세니, 파테처럼 독을 마시는 듯한 프랑스 요리에 전혀 익숙해지지 못했기 때문에, 비상식량으로 가지고 다니던 오래된 구운 소고기 조각을 점심으로 먹을 수밖에 없었다. 먼 원정 길에 있는 수많은 대령들(장군들은 말할 필요도 없이)보다 훨씬 못한 식사를 한 후, 일반적인 관습을 존중하여 나를 위해 준비된 찻잔에 커피를 따랐다. 그리고 불행한 아프리카 노예들의 땀의 결실로 나의 까다로운 입맛을 만족시켰다.

내 앞에 있는 설탕을 보자, 밀가루 반죽을 하던 여주인이 어린아이를 내게 보내 이 귀족적인 음식을 조금이라도 얻을 수 있느냐고 물어보았다. 나는 남은 설탕을 아이에게 건네주며 그녀에게 물어보았다.

"이게 왜 귀족적이라는 거지요? 당신도 이걸 쓸 수 있잖소?"

"우리가 무슨 돈으로 그것을 산단 말입니까. 그러니 귀족적인 것이지요. 귀족들이야 설탕 살 돈을 모은 다음에 설탕을 사지는 않잖아요. 우리 영지 관리인은 모스크바에 다니러 올 때마다 설탕을 사는 게 사실이지만, 그건 우리 눈물을 사는 것이기도 하지요."

"그러니까 당신은 설탕을 사용하는 사람은 당신을 울게 만든다는 것인가요?"

"모두는 아니지요. 하지만 모든 귀족 나리들은 그렇죠. 당신의 농민들이 우리와 똑같은 빵을 먹는다면, 당신은 그들의 눈물을 마시는 것이 아닌가요?"

그녀는 이렇게 말하면서 자신의 반죽이 무엇으로 만들어지는지 보여 주었다. 그것은 4분의 3은 왕겨, 나머지 4분의 1은 채를 치지 않은 밀가루였다.

"또 불행하게도 지금은 흉년입니다. 많은 우리 이웃들은 상황이 더 안 좋습니다. 우리는 굶고 있는데, 당신들은 설탕을 먹고, 이게 무슨 경우입니까, 귀족들은? 아이도 죽어 가고 어른들도 죽어 가고 있어요. 하지만 어쩌겠어요. 슬퍼하고 슬퍼하다 주인이 시키는 대로 해야지요."

그리고 반죽을 난로에 넣어 굽기 시작했다.

화가 나거나 분노에 찬 비난이 아니라 영혼 속 깊은 슬픈 감정에 의한 비난이어서 나의 마음은 슬픔으로 가득 찼다. 나는 처음으로 농부의 집에 있는 세간살이를 주의 깊게 살펴보았다. 그러자 지금까지는 그저 스쳐 지나갔던 것들이 내 마음에 들어왔다. 사방의 벽 절반과 또한 천장이 그을음으로 덮여 있었다. 바닥은 온

통 금이 갔고, 최소한 1베르쇼크는 진흙으로 덮여 있었다. 난로는 굴뚝이 없어 추위를 막는 데 제격이었으며, 연기는 겨울이나 여름 할 것 없이 아침마다 집을 가득 메웠다. 기포가 덮여 있는 창문으로 정오의 일렁이는 빛이 통과하고 있었다. 두어 개의 냄비(그중 하나에라도 하루 종일 볼품없는 수프라도 들어 있다면 다행한 집이다!), 나무 잔과 쟁반이라 부르기도 민망한 둥근 판, 휴일이면 끌로 고르기를 하는 도끼로 잘라 만든 식탁, 돼지와 송아지를 먹이는 구유 통. 그들은 마치 안개나 휘장 뒤에서 촛불이 어른거리는 곳에서만 보이는 듯한 공기를 마시며 이들과 함께 먹고 잔다. 운이 좋으면 거의 식초가 되어 버린 크바스 한 통과 뜰에 바냐가 있을 터인데, 증기를 넣어 데우지 않는다면 가축이나 자는 곳이다. 손으로 짠 셔츠와 자연이 준 신발, 외출할 때 쓰는 발싸개. 공평하게 보자면 바로 이러한 것들에서 한 국가의 생산량, 권력, 힘의 원천이 있다고 여겨지지만, 또 한편으로는 법의 오남용과 비엄격성 등이 참혹하게 드러나기도 한다. 이것은 귀족의 탐욕과 우리의 강탈이며 박해로, 하층 계급 사람들이 전혀 보호받지 못하고 있음을 보여 주는 것이다. 탐욕스러운 짐승이며, 게걸스러운 흡혈귀인 우리가 농민들에게 남겨 준 것이 무엇인가? 우리가 그들에게서 빼앗을 수 없는 것은 공기뿐이다. 그렇다. 오직 공기뿐이다. 우리는 종종 그들에게서 대지의 선물인 빵과 물만 아니라 빛도 빼앗는다. 법은 그들의 생명을 빼앗는 것을 금지한다. 특히 급작스러운 죽음을. 하지만 그들의 생명을 천천히 앗아 가는 방법은 수천 가지가 아니던가! 한편으로는 전제 권력이, 또 한편에는 무기력한 자기방어가 있다. 따라서 농민들에게는 지주가 곧 입법관이자 판관이며 자신의 결정을 실행하는 집행관이다. 또 자신의 의사에 따라 피고가 그에 대항해 아무 말도 할 수 없게 만드는 검사이기도 하다. 이것이 족쇄를 찬 사람들의 운명이며, 이것이 더러운 감옥에 수감된 사람의 운명이고, 이것이 굴레를 이고 있는 황소의 운명이다…….

잔인한 지주! 당신이 지배하고 있는 농민의 아이들을 보라. 그들은 거의 헐벗었다. 왜냐고? 당신이 병과 슬픔 속에 아이들을 낳게 해놓고는 소작료를 받으면서까지 농민들을 밭에서 일하게 만들지 않았던가? 당신은 다 짜지도 않은 천을 제 것으로 만들어 버리지 않았던가? 안락한 삶에 이미 익숙해져 그것을 들어 올리기도 꺼려지는 더러운 누더기 옷이 당신에겐 무엇인가? 하인들은 그것으로 가축을 닦기도 힘들어 한다. 당신의 농민들이 아무것도 입지 못한다는 사실이 고소 사유가 됨에도 불구하고, 당신은 쓸모없는 것들을 모두 긁어모은다. 만일 여기서 당신을 재판할 수 없다면, 언젠가 당신에게 선의 길잡이가 되어 주시고 양심을 주셨던 위선을 모르는 재판관 앞에서 재판을 받을 것이다. 물론 이미 오래전에 당신의 비뚤어진 이성은 그분의 거처인 당신의 마음에서 빠져나왔지만 말이다. 하지만 그저 무사히 넘어갈 생각은 하지 말아라. 잠도 자지 않고 당신의 행동을 지켜보는 보초는 당신이 홀로 있을 때 당신을 사로잡을 것이고, 당신은 그분의 징벌을 느끼게 될 것이다. 오! 징벌이 당신과 당신에게 지배받고 있는 사람들에게 도움이 될 수만 있다면…… 오! 인간들이 자신의 내면을 들여다보고 자신의 엄한 재판관인 양심에 자신의 행동을 고백할 수만 있다면…… 그는 양심의 거대한 소리에도 끄떡없는 돌기둥으로 바뀌어 은밀한 범죄를 저지르지 못할 것이다. 그리하면 황폐화, 파멸과 같은 것들이 점차 드물어지지 않겠는가…….

초르나야 그랴즈

이 마을에서도 나는 귀족들이 농민들을 제멋대로 부리는 좋은 예를 보았다. 그곳에서는 결혼식이 진행되고 있었다. 하지만 즐거운 행렬과 신부의 겁 많은, 그러다 곧 기쁨으로 바뀌는 눈물 대신 결혼식에 들어가는 사람들의 얼굴에서 슬픔과 우울을 보았다. 그들은 서로를 증오하며 주인의 권력에 의해 처형장으로 끌려왔다. 그 처형장은 모든 선의 아버지이신 분의 제단이며, 사랑과 기쁨의 감정을 주는 제단이며, 진정한 선의 창조주이자 저 세계의 조물주이신 분의 제단이다. 그리고 사제는 힘에 의해 강제된 서약을 받아들여 결혼을 선포할 것이다! 이것은 신성한 결합으로 불릴 것이다! 또한 이 신성 모독은 다른 이들에게 하나의 선례로 남게 될 것이다! 그리고 이러한 불법은 처벌받지 않을 것이리라! 이것이 그토록 놀라운 일인가? 고용된 사람들이 결혼을 축하할 것이고, 법을 수호해야 하는 이 마을의 수장은 귀족일 텐데! 그 둘은 공동의 이익이 있다. 전자는 보수를 받는 것에, 후자는, 다른 사람에 대한 위력 과시를 근절시킨다면, 사람들을 자기 마음껏 부릴 수 있는 특권을 박탈당하지 않는 데 관심이 있다. 아아, 수백만 사람의 고통스러운 운명이여! 그 운명의 끝은 내 손자들의 눈에도 가려져 있도다…….

독자들이여, 나는 트베리에서 만나 함께 식사했던 고리타분한 재판관이 내게 선물을 주었다는 사실을 말하지 않았다. 그의 머리는 많은 분야에서 자신의 힘을 시험해 왔다. 만일 당신이 원한다면, 그의 실험이 얼마나 성공적이었는지 스스로 판단하라. 그런데 당신들이 어떻게 여기는지는 내 귀에 대고 말해 주시오. 만일 책을 읽다가 졸리면, 책을 덮고 잠을 자도 된다. 불면증을 위해서라도 아껴 읽으시길.

로모노소프에 대하여

여름의 무더운 한낮이 지나고 저녁의 신선함이 나를 방 밖으로 내몰았다. 나의 발걸음은 넵스키 수도원으로 향했고 뒤편에 있는[14] 숲 속을 한동안 거닐었다. 태양은 이미 그 얼굴을 감추었지만, 밤의 얇은 장막이 푸른 창공 위에 살포시 그 모습을 드러내고 있었다.[15] 집으로 돌아오면서 나는 넵스키 수도원 옆을 지나갔다. 문이 활짝 열려 있었다. 안으로 들어갔다…….

이곳은 가장 강인한 사람조차 '모든 빛나는 업적 역시 반드시 종말을 맞아야 한다'는 생각을 하며 얼굴을 찌푸릴 수밖에 없는 영원한 침묵의 장소이다. 또 이 견고한 정적과 절대적인 무관심의 장소에서는 자만심과 허영 그리고 교만이 함께 있을 수 없는 것처럼 보인다. 하지만 웅장한 묘비는 무엇인가? 그것들은 인간 자부심의 틀림없는 표지인 동시에, 영원히 살고자 하는 인간적 욕

14 작은 호수.
15 6월이었다.

망의 표식이기도 하다. 그러나 인간이 그토록 갈구하는 영원이란 무엇인가? 후손들에게까지 당신에 대한 기억을 간직하게 하는 것은 이미 부패해 버린 당신의 시체 위로 솟아난 기둥이 아니다. 당신의 명성을 먼 미래에까지 전달해 주는 것은 당신의 이름을 새겨 넣은 돌이 아니다. 영원히 당신의 작품 속에서 살아 있는 말, 당신에 의해 쇄신되는 러시아 민족의 말은 미래의 끝없는 지평선 너머까지 사람들의 입에서 떠나지 않을 것이다. 흉포한 자연이 날뛰고 지상의 깊은 심연이 아가리를 벌려, 광활한 러시아 땅 끝까지 당신의 우렁찬 노래가 울려 퍼지는 이 위대한 도시를 삼켜 버리도록 내버려 두어라. 몇몇 포악한 정복자들이 당신이 사랑하는 조국의 이름까지 파괴하도록 하라. 그러나 러시아어가 귓전을 때리는 한, 당신은 살 것이며 결코 죽지 않으리라. 러시아어가 침묵할 때, 당신의 영광은 소멸해 버릴 것이다. 그렇다면 그렇게 죽는 것이 오히려 잘된 일일 것이다. 그러나 만일 그것이 얼마나 오래 지속될 것인지 가늠하는 자가 있다면, 즉 운명이 당신 이름의 한계를 분명히 할 수 있다면, 그것 또한 영원함이 아니겠는가?

나는 로모노소프의 유해 위에 세워진 묘비 앞에 서서, 열광적으로 이렇게 말했다. 아니다. 당신이 러시아라는 이름의 영광을 위해 살았다는 것을 우리에게 말해 주는 것은 차가운 돌이 아니다. 그것은 당신이 어떤 사람이었는지를 알려 주지 못한다. 당신의 작품이 그것을 말하라고 하라! 당신의 생애가 스스로, 당신이 어떻게 그런 명예를 가지게 되었는지 말하게 하라!

아! 어디에 있는가, 사랑하는 내 친구여! 대체 자네는 어디에 있는가? 이리 와서 우리 이 위대한 인간에 대해 이야기를 나누어 보세. 여기 와서 우리 러시아어의 보급자에게 바칠 화관을 엮어 보세. 다른 사람들은 권력 앞에 비굴하게 굴고, 그 위력과 힘을 칭송하라지. 자네와 난 사회에 대한 봉사의 노래를 높이 부를 테니…….

미하일 바실리예비치 로모노소프는 홀모고리에서 태어났다. 그는 유용하고 즐거운 지식을 통해 자신의 사상을 단련시키고 증식시킬 수 있는 교육을 해 줄 수 없었던 사람의 아들로 태어났다. 그는 정황상 자신의 삶을, 사상적 외연이 소소한 직업적 기술을 넘어서지 못하는 사람들 틈에 살도록 되어 있었다. 즉, 그는 자신의 시간을 고기잡이나 금 캐는 사람들과 함께 공유하며 그에 걸맞은 보수만 받으며 지내도록 운명지어졌던 것이다. 그래서 아직 젊은 로모노소프의 이성은 자연 실험에 몰두하면서 얻을 수 있는 지식의 폭을 획득하지 못했고, 그의 목소리가 순수한 뮤즈와의 교제를 통해 얻을 수 있는 부드러움도 얻지 못했다. 그는 자신이 태어난 집에서 받은 교육을 통하여, 중요해 보이지는 않지만 배움의 핵심인 읽기와 쓰기를 알게 되었으며, 자연을 통해서는 호기심을 가지게 되었다. 자연은 당신에게 승리의 상징이니라! 당신이 우리의 정신에 이식한 탐욕스럽기까지 한 호기심은 모든 사물들에 대한 인식을 추구하게 하며, 불타는 가슴은 명예를 위해서라도 옥죄는 족쇄를 견딜 수 없어 한다. 불붙은 마음은 고삐를 끊어 내며 울부짖고 들끓으며 순식간에 (어떤 장애물도 없이) 자신에게 주어진 삶의 이유를 위해 날아간다. 모든 것은 잊히며, 오직 이성에는 그 이유만 있을 뿐이다. 그것 때문에 우리는 숨을 쉴 수 있고, 살 수 있다.

젊은이는 자신을 자극하는 대상들을 시야에서 벗어나지 않게 하면서, 학문의 수원지에서 유래되었다면 아무리 작은 실개천에서부터라고 할지라도 사회의 가장 밑바닥에 있는 온갖 사물에 대한 지식 모두를 흡수한다. 그는 이해를 촉진시키는 데 필수적이라 할 수 있는 누군가의 지도도 없이, 자신의 이성이 가진 최고의 힘인 기억력을 연마하고 훈련시켰다. 그것은 그의 지성을 예리하게 만들기 위해서는 의무적인 것이었다. 그의 고향에서 얻을 수 있는 제한된 정보로는 정신의 갈증이 만족되지 않았다. 그것은 오히려 젊은이의 가슴속에 배움을 향한 억제할 수 없는 열정에 불을 지폈을 뿐이다. 천만다행이도다! 정념이 밀려와 처음으로 우리를 무분별한 상태로 내모는 성인에 가까워졌을 때, 그의 목표는 지식 탐구가 되었던 것이다.

학문에 대한 열정은 로모노소프가 고향을 떠나 수도로 향하게 만들었다. 그는 수도승과 같은 뮤즈들이 모인 거주지*로 가서 자유로운 학문과 신의 말씀을 공부하는 데 자신을 바친 젊은이들 사이에 끼어들었다.

배움의 입구는 언어들에 대한 지식이다. 하지만 그것은 가시덤불로 뒤덮인 들판이거나 날카로운 바위산 같은 것이다. 그러한 광경에서 즐거운 것이라곤 하나도 발견하지 못하고, 여행자의 발은 편히 쉴 평지를 찾지 못하며, 지친 사람은 이곳에서 초록의 은신처를 발견하지 못한다. 마찬가지로 외국어를 막 배우기 시작한 사람들은 오만 가지 발음에 놀라게 된다. 그의 목구멍은 어색하게 빠져나오는 공기 때문에 지쳐 버리고, 새로운 방식으로 고부라져야 하는 혀는 얼얼해진다. 이성은 굳어 버리고, 지성은 활동하지 않아 쇠약해지며, 상상력은 자신의 날개를 잃어버린다. 오직 기억력만 깨어 있으면서 예리해지는데, 모든 주름과 구멍에 지금껏 알지 못했던 소리들을 가득 채워 넣는다. 언어를 배울 때는 모든 것이 거북하며 어려운 법이다. 들어 보지 못했던 소리에 익숙해지고 또 낯선 발음이 완전히 자기 것이 된 다음에는, 찬란한 것들이 자기 앞에 열릴 것이라는 희망이 없다면, 누가 이토록 험한 길에 접어들려 하겠는가. 그러나 이런 어려움이 극복된 후에는, 이 어려움을 참고 견딘 확고부동함은 크나큰 보상을 받을 것이다. 자연을 바라보는 새로운 관점, 즉 새로운 상상력의 고리가 등장한다. 외국어를 배운다는 것은 그 말을 사용하는 지역의 시민이 되는 것이고, 수천 년 전에 살았던 사람들과 대화를 나누는 것이며, 그들의 사상을 우리 것으로 만드는 것이다. 그때 우리는 모든 시대, 모든 사람들의 발명품과 사상을 결합하고 하나의 줄기로 엮어 낼 수 있게 되는 것이다.

언어를 습득하는 데 있어 완고한 근면성은 로모노소프를 아테네와 로마의 시민으로 만들었다. 그리고 그의 인내는 보답받았다. 그것은 마치 어머니의 배에서 나온 이후 빛을 전혀 보지 못한 장님이 안과 의사의 솜씨로 갑자기 눈을 떠 한낮의 거대한 빛을 받게 되고 자연의 모든 아름다움이 그의 시선에 들어와 자연의 다채로움과 단순함을 보게 된 때와 같은 것이다. 모든 것이 그를 매혹시키며, 모든 것이 놀라운 것이다. 그는 보는 데 항상 익숙해 있는 사람들보다 훨씬 생생하게 느끼고 전율하며 광휘를 맛본다. 로모노소프 역시 마찬가지로, 라틴어와 그리스어 지식을 획득한 후에는 그 역시 고대 웅변가들과 시인들의 아름다움에 마음을 빼앗겼다. 그는 그들로부터 자연의 아름다움을 느끼는 법을 배웠으며, 시에 의해 새 생명을 얻게 된 형식들 뒤에 가려져 있던 예술의 기법들을 이해하는 방법을 배웠다. 또한 그들에게서, 사상에는 실체를, 죽어 있는 것에는 영혼을 부여하는 방법, 즉 자신의 감정을 표현하는 법을 배웠다.

만일 내 능력이 충분하였다면, 위대한 인간이 점차 자신의 정신과 이성 속에 있는 것들이 어떻게 변형되어 그의 창작품 속에 완전히 새로운 모습으로 나타내거나, 혹은 이제까지 인류가 전혀 알지 못했던 전혀 새로운 지혜를 만들어 내어, 자신의 개념 속에서 다른 사람의 사상을 어떻게 확립하는지 보여 줄 수도 있었으리라. 또한 나는 고대의 문서 속에서 어떻게 지식을 찾으며, 지식이 보존되어 있으리라 생각되는 모든 곳에서 자신의 학문을 연마해 가는 그의 모습도 보여 줄 수 있었을 것이다. 그는 자신의 기대에 수차례 기만당하였다. 하지만 그는 끊임없이 교회 서적들을 읽으면서, 자신만의 훌륭한 문체를 만드는 기반을 다졌다. 그는 교회 서적을 읽으면서 모든 이들이 러시아어를 읽게 되길 바랐다.

그의 호기심은 곧 만족스러운 결과를 얻었다. 위대한 볼프*의 제자가 되었던 것이다. 스콜라주의자들의 원칙들 혹은 수도원 학교에서 배운 잘못들을 거부하면서, 그는 철학의 사원에 이르는 명확하고도 튼튼한 계단을 차근차근 쌓아 나갔다. 논리학은 그에게 사고하는 방법을 가르쳐 주었다. 수학은 정확한 결론을 이끌어 내는 법과, 오직 명확할 때만 확신할 수 있다는 것을 가르쳐 주었다. 형이상학은 종종 오류로 인도할 수도 있는 잠정적인 진리에 대해 가르쳤다. 물리학과 화학은, 아마 정교한 상상력을 배양하는 데 도움이 되었기 때문인지는 몰라도, 매우 정성을 들였으며, 그를 자연의 제단으로 끌고 가 그 신비를 열어 보여 주었다. 이 과목들의 실용적 응용 과목으로서 야금술과 광물학은 그의 이목을 끌었다. 실제로 로모노소프는 이 학문들을 지배하고 있는 원리를 배우려 했다.

풍성한 열매와 생산품들로 사람들은 자기들에게 모자란 것을 바꾸어 얻게 해야 한다. 이것이 상업을 만들었다. 물물 교환의 가장 큰 어려움은 모든 종류의 부와 소유물을 어떻게 표시할 것인가이다. 그리고 돈이 발명되었다. 그 자체로 완벽한 금속이어서 가장 귀했던, 그래서 그때까지는 장식물로만 사용되던 금과 은이 모든 재산을 상징하는 기호로 바뀌었다. 이렇게 되자, 음식을 먹으면 먹을수록 더욱 탐욕스레 먹게 되듯이, 더욱더 강해지게 마련인 부에 대한 만족할 줄 모르는 더러운 열정이 인간의 가슴속에서 활활 타오르게 되었다. 그리하여 인간은 최초의 단순노동이자 자연에 대한 육체노동이었던 농사를 등한시하게 되었고, 자신의 삶을 거친 파도 속에 내맡기거나 혹은 굶주림과 사막의 열기도 아랑곳하지 않고, 부와 보물을 찾아 미지의 나라로 흘러들어 갔다. 그러다 살아남은 사람들은 태양을 저주하며 무덤 속으로 기어 들어가, 땅을 파며 광물을 구했다. 그것은 마치 밤에 먹이를 찾는 파충류가 구멍을 파는 꼴이다. 스스로를 땅속 깊은 곳에 묻어 버린 인간은 반짝거리는 쇳덩이를 찾았을지는 몰라도, 땅이 내뿜는 독이 섞인 증기를 마셨기 때문에 자신의 생명을 절반으로 줄여 버렸다. 하지만 독이 익숙해지면 인간에게 필요한 것이 되듯이, 광부의 생명을 단축시킨다 하더라도 금속 채굴은 그 치명성을 이유로 거부되지 않았다. 심지어 오히려 가장 쉬운 방법으로 가장 많은 금속을 채굴하는 방법을 찾았다.

로모노소프는 직접 이것을 공부하고자 하였고, 이 목적을 실현하기 위해 프라이부르크로 갔다. 땅에서 금속을 파내는 입구에 도착한 그를 보고 있다고 생각하자. 그는 해가 전혀 들어오지 않는 심연 속에서 어두운 길을 밝혀 줄 등불 하나를 가지고 들어갔다. 첫걸음을 내디딘 것이었다. 이성이 그에게 외친다. "무엇을 하느냐? 네 형제들을 해치는 데 사용하라고 자연이 너에게 뛰어난 재능을 주었단 말이더냐? 무슨 생각으로 이 깊은 곳까지 내려왔느냐? 금과 은을 캐내는 더 좋은 기술을 발견하려고 내려온 것이더냐? 아니면 그것이 세상에 얼마나 큰 죄악이 될지 몰라서 그러는 것이냐? 혹은 아메리카의 전쟁을 잊어버리기라도 한 것이냐……? 아니다. 내려가라. 내려가서 땅속 인간들의 탐욕을 배워, 다시 너의 조국으로 돌아가거라. 수천의 사람들이 산 채로 묻혀 있는 무덤들을 다시 덮어 평평하게 하는 일에 조언할 수 있을 만큼의 굳건한 정신을 가지거라."

그는 몸을 떨면서 입구를 통해 내려갔고 곧 생명을 주는 태양빛을 볼 수 없게 되었다. 내가 의도한 바는 그의 땅속 여행을 추적

하는 것이었다. 그의 의도들을 모아 그의 이성 속에서 원래 하고자 했던 순서와 질서에 따라 그것을 제시하는 것이었다. 그가 생각한 그림은 우리에게 즐겁고 교훈적인 것이었을 것이다. 땅속 첫 번째 지층, 즉 모든 생명을 잉태시키는 원천을 지나자, 땅속 여행자는 내려갈수록 비옥도에서 큰 차이가 있음을 지층의 순서를 통해 알게 되었다.

그는 이러한 사실에서 아마 땅의 표면은 동식물의 사체로 구성되어 있다고 결론 내렸을 것이다. 그는 비옥도, 즉 생장력과 재생력은 파괴 불가능하고 제일의 존재에 그 기원을 두고 있으며, 그 본질은 바뀌지 않지만 우연적인 합성에 의해 겉모습만 바뀐다고 생각했을 것이다. 더 깊이 들어가자 땅속 여행자는 그곳이 층층으로 배열되어 있다는 사실을 보았다. 각 지층에서는 때때로 바다의 동물과 식물들을 발견했는데, 이에 기반하여 그는 땅속의 층화(層化)가 조수의 간만에서 유래했으며, 바다는 지구의 한쪽 끝에서 다른 쪽 끝으로 흐르면서 땅의 심연에 이와 같은 형태를 만들었다고 결론 내릴 수 있었다. 지층의 배열에 대한 이 같은 단일한 설명은 종종 그 의미를 잃었는데, 가끔씩 다양한 지층들이 섞인 모습도 나타났기 때문이다. 이것은 흉포한 자연의 힘인 불이 땅속으로 침투했다가 그와 반대되는 습기를 만나 그 반작용으로서 완강하게 저항한 것으로, 모든 것을 파괴하고 뒤엎었으며, 뒤흔들어 놓고, 뒤집고, 던져 버린 것이라고 결론 내렸다. 그것은 다양한 것들이 뒤섞인 후, 자신의 더운 생명의 입김을 불어넣어 원초적인 금속에 아름다움의 힘을 깨웠고 그것과 하나로 만들었다. 바로 그곳에서 로모노소프는 죽어 있는 자연 상태의 보물을 보았다. 그는 인간의 탐욕과 인색함이 생각나자, 슬픈 마음을 안은 채, 만족이라곤 모르는 인간의 탐욕이 가득한 어두운 처소를 떠났다.

그는 자연에 대한 연구를 하면서도 자기가 좋아하는 작시법을 등한시하지 않았다. 그가 아직 조국에 있을 때, 자연은 그가 위대해질 것이라 지명하였기에, 자신은 보통의 인간이 다니는 평범한 길에서 헤매지 않으리라는 것을 보여 준 일이 있었다. 시메온 폴로츠키가 운문으로 번역한 「시편」은 그에게 자연의 비밀을 열어 보여 주었고, 그 또한 시인이라는 것을 보여 주었다. 오래전부터 호라티우스, 베르길리우스 같은 고전 작가들과 대화를 하고 있었기에, 그는 러시아의 작시법이 우리 언어의 아름다움과 위엄에 전혀 어울리지 않는다고 확신했다. 그는 독일 시인들의 작품을 읽으면서, 그들의 문체가 러시아어보다 훨씬 유려하며, 그들의 운율은 그 나라 말의 특성에 맞게 이루어졌다는 것을 알았다. 그래서 그는 우선 우리 말의 음의 조화를 고려하여 러시아 작시법의 규범들을 새롭게 만들어 실험하기로 했다. 그는 마르부르크에서 러시아 학술원에 편지를 써서 보낸, 러시아군이 터키와 타타르에 거둔 승리와 호틴의 함락에 대한 송시*로써 이를 실현했다. 스타일의 새로움, 표현의 힘, 거의 살아 있는 듯한 묘사는 이 새 작품을 읽어 본 사람들을 깜짝 놀라게 만들었다. 그리고 없는 길을 상상력으로 개척해 나가는 이 최초의 인간은, 한 나라가 일단 그 완성을 위해 다 함께 전진해 나간다면 하나의 오솔길이 아니라 수많은 길 위에서 영광을 향해 나아간다는 사실의 증거가 되었다.

상상력의 힘과 살아 있는 감성은 세세한 것들에 대한 탐구를 배척하지 않는다. 로모노소프는 화음의 아름다움을 예로 들면서, 문체의 아름다움이 언어의 고유한 규범에 근거한다는 것을 알고 있었다. 그는 언제나 관례가 단어들을 접합시키는 최초의 예이며, 관용어는 관례에 의해서만 정확한 것이 된다는 점을 간과하지 않으면서도, 말의 규범을 말 그 자체로부터 이끌어 내고 싶어 했다. 로모노소프는 언어의 모든 부분들을 분석하고 그것들을 용법에 따라 분류하여 자신의 문법을 구성하였다.* 하지만 그는 러시아어의 규범을 가르치는 것만으로는 만족하지 않고, 인간이 자신의 사상을 널리 알리기 위해 이성이 인간에게 준 가장 고귀한 선물인 인간의 언어에 대한 보편적인 개념을 잡아 나갔다. 다음은 그의 보편 문법에 대한 요약이다.

말이란 곧 생각이고, 음성은 말의 도구이다. 음성은 교육과 맥락에 따라 변한다. 음성의 다양한 변화는 생각의 다양함을 표현한 것이다. 따라서 말이란 필요한 신체 기관을 통해 목소리가 만들어져 우리의 생각을 표현하는 것이다. 이러한 전제를 기반으로, 로모노소프는 말과 불가분의 것으로서 문자를 정의한다. 말의 최소한의 구성 요소들의 조합은 음절을 형성한다. 그것은 음성의 변별성과는 달리 작시법이 기초하고 있는 이른바 강세라는 차이를 가진다. 음절의 병렬은 말의 중요한 부분인 특정한 표현을 만든다. 이것은 사물이나 그것의 행위를 표현한다. 사물을 언어적으로 표현한 것이 명사이고, 어떤 행위를 묘사한 것은 동사이다. 사물들의 상호 관계와 그것들을 말 속에 축약하는 것은 언어의 다른 기능에 속한다. 전자는 반드시 필요한 기능이며 언어의 주요 부분이라고 정의되지만, 후자는 부차적이다. 로모노소프는 언어의 다양한 부분들을 이야기하면서, 그중 어떤 것들은 변화한다는 것을 발견하였다. 사물은 다른 사물들과의 관계에서 매우 다양한 상황에 처한다. 그러한 상황과 관계를 표현하는 것이 격(格)이다. 모든 행위는 시간 속에서 일어난다. 따라서 동사는 일어난 행위를 시간 속에서 묘사하기 위해 시제에 따라 변화해야 한다. 마지막으로 로모노소프는 발화를 가능케 하는 언어의 조합에 대해 이야기한다.

인간 신체의 과학적 이해에 기초하여 언어 일반에 대한 철학적 사고를 전개시킨 다음, 로모노소프는 러시아어의 규범을 설파했다. 그런데 그것들을 묘사하는 이성은, 그토록 어려운 문법 속에서도 지혜라는 작은 등불만을 의지한 채 어찌 그토록 쉽게 서술될 수 있었던가? 위대한 인간이여, 이 칭찬을 거부하지 마시라. 당신의 문법만이 시민들 사이에 당신의 명성을 떨치게 한 것은 아니었다. 러시아어에 대한 당신의 공적은 매우 다양하다. 그리고 당신은 이러한 저작들 속에서 우리 말의 진정한 규칙을 처음으로 세운 사람이며, 또한 모든 언어의 자연적 질서를 처음으로 탐구한 사람으로 인정받는다. 당신의 문법은 당신의 수사학을 읽기 위한 입문서에 불과하다.* 당신의 문법과 수사학은 당신 작품 속에 나타난 말의 아름다움을 느끼는 길잡이 역할을 하고 있다. 로모노소프는 그러한 규범들을 설파함으로써 시민들을 헬리콘*의 가시밭길로 인도하고자 했다. 그들에게 수사학과 시의 규범을 보여 주어 수사학에 이르는 길을 알려 줄 참이었다. 하지만 그는 단명하였기 때문에, 자기가 해야 할 일의 겨우 절반만 이룩했다.

따뜻한 감정과 풍부한 상상력을 가지고 있으며 야망에 찬 인간은 민중 속에서 나온다. 그는 형장에 오른다. 모든 사람들의 시선이 그에게로 향하고, 모두가 그의 말을 초조하게 기다린다. 그를 기다리는 것은 박수 혹은 죽음보다 더 괴로운 비웃음뿐. 그러니 어찌 그가 평범할 수 있겠는가? 데모스테네스*가 그러했고, 키케로가 그랬으며, 피트* 역시 그랬다. 오늘날에는 버크*와 폭스*, 미라보* 등이 그렇다. 그들의 연설법은 어떠한 환경 속에서도 쉽게 알아들을 수 있으며, 자신들의 감정을 달콤하게 표현하고, 예리한 지성으로 결론을 이끌어 내는 힘이 있다.

위대한 사람들의 언어를 숭상했던 냉혹한 비평가들은 그들의 연설을 분석한 결과, 기지와 상상력으로 그 규칙들을 설명할 수 있으며, 매혹으로 향하는 길은 고통스럽게 많이 써 보는 방법으로 도달할 수 있다고 생각했다. 이것이 수사학의 기원이다. 이것을 알아채지 못하고, 고대 작가들과의 대화를 통해 자신의 상상력으로 이를 좇았던 로모노소프조차 자신의 영혼을 채우고 있던 열정을 시민들에게 알릴 수 있었다. 그리고 비록 이 같은 그의 노력이 헛되이 끝나 버렸음에도 불구하고, 그가 자신의 규범들을 지지하고 설명하기 위해 들었던 예들은 의심할 여지 없이 언어에 대한 학문을 추구하여 명성을 얻고자 하는 사람들에게 길잡이 노릇을 하고 있다.

그러나 반복해 외우는 게 아니라 느껴야만 하는 것에 대한 규범을 가르쳤던 그의 노력이 헛되었다고 하더라도, 로모노소프는 러시아어를 사랑하는 사람들에게 자기 작품 속에 가장 탁월한 사례들을 남겨 놓았다. 그의 작품에는 키케로와 데모스테네스의 달콤함을 핥았던 입술이 아름다운 말을 내뱉는다. 그곳에서는 모든 문장, 모든 압운 그리고 모든 음절에서—내가 왜 모든 문자라고 말하지 못하는지 모르겠지만—그 특유의, 보기 드물고 감히 흉내조차 내기 힘든, 정제되고 조화로운 음의 울림이 들린다.

천부적으로 동시대인에게 영향을 줄 수 있는 미증유의 권리와 창조력을 부여받아 민중의 한복판으로 뛰어들 수 있는 위대한 인물은 항상 동일한 방향은 아니지만, 그들을 움직인다. 중심으로부터 변방의 마지막 지점까지 뻗쳐 나가 그 영향력을 어디에서나 느낄 수 있는 자연의 힘처럼, 로모노소프 역시 시민들에게 다양한 영향을 주어 배움의 길로 향하는 모든 이성에게 활짝 문을 열어 주었다. 그는 어지러운 언어를 미사여구와 아름다움으로 풀어내면서 그들을 이끌어 갔으며, 사상이 없는 조야한 문학의 샘에 그들을 내버려 두지 않았다. 그는 상상력으로써 이렇게 말했다. "공상과 가능성의 한계가 없는 곳으로 날아가, 찬란한 영감의 꽃을 모으거라. 그리고 그 향기에 취해, 한 번도 느껴 보지 못한 것을 꽃들로 장식해 보라. 올림픽에서 울려 퍼졌던 핀다르의 나팔*이 다윗 왕을 뒤따라 다시 신에게 바치는 찬송으로 울려 퍼지게 하라."

로모노소프는 그 속에서 천둥과 번개를 앞세우고 바람의 날개 위에 올라앉아 태양 속에서 존재의 본질인 생명을 사람들에게 드러내 보이는 신의 위대함을 선포했다. 그는 핀다르의 나팔 소리를 누그러뜨리고 인간의 무상함과 지식의 좁은 한계를 노래했다. 파도에 휩쓸리는 작은 모래 알갱이와 같고, 결코 녹지 않는 얼음 속에서 간혹 반짝이는 빛과 같으며, 매서운 회오리바람 속의 먼지와 같은, 이 끝도 없는 세상의 심연 속에서 인간의 이성은 무엇이란 말인가? 이 역시 당신일지어니, 아아 로모노소프여, 나의 외투로는 당신을 가릴 수 없도다!

나는 당신을 시기하지 않는다. 왜냐하면 많은 경우 칭송받을 가치도 없고, 심지어 짤랑거리는 소리조차 받을 만한 가치가 없는 왕들에게 그러하듯이, 일반적인 관습이라는 이유로, 당신은 엘리자베타를 시로써 거짓 칭송하였기 때문이다.* 그리고 만일 진실과 후세에 상처가 되지 않았더라면, 나는 당신을 용서해 주었을지도 모른다. 왜냐하면 당신의 정신이 행한 업적에는 호의를 가지고 있기 때문이다. 하지만 당신의 뒤를 따를 수 없는 송시의 작가는 당신을 시기할 것이다. 그는 나라의 평화와 평온에 대한 묘사, 즉 도시는 물론 작은 마을, 왕국 그리고 황제의 위안인 강력한 성벽에 대한 아름다운 묘사 때문에 당신을 시기할 것이다. 지금까지 한 번도 성공한 사람이 없었지만, 만일 그가 언젠가 당신의 시에 나타난 멈추지 않는 화음의 수준에 도달한다 하더라도, 그는 당신이 가진 언어의 그 끝없는 아름다움을 질투할 것이다. 누구라도 달콤한 노래로 당신을 능가하게 하고, 우리의 후손들이 당신의 사상은 무질서하며 당신의 시는 정제되지 않았다고 여기게 하라……!

끝이 보이지도 않는 넓은 경기장, 수많은 군중 한가운데서 그 누구보다 앞장서서 경기장 문을 열고 들어오는 이, 바로 당신이다.

모두가 각자의 공적으로 칭송받지만, 그중에서도 당신이 으뜸이었다. 전능하신 분이 당신에게 주었던 것도 다시 앗아 갈 수는 없다. 그분은 다른 누구보다도 당신을 낳았고, 당신을 지도자로 낳았으니, 그리하여 당신의 영광은 지도자의 영광이다. 아, 이제까지 헛되이 영혼의 본질이 무엇인지 탐구해 왔던 이들이여, 또한 그것이 우리의 신체에 어떻게 영향을 미치는지 무의미하게 연구해 왔던 자들이여, 여기에 그대들이 풀기 어려운 문제가 있노라. 하나의 정신은 다른 정신에 어떻게 영향을 미치며, 그 상호 관계가 무엇인지 알고 있느냐? 만일 한 사람의 육체가 인접한 다른 사람의 육체에 어떠한 영향을 미치는지 알고 있다면, 감각되지 않는 것은 다른 감각되지 않는 것에 어떠한 영향을 미치는지 알려 다오. 그것은 물질을 생산하지 않더냐. 그것도 아니라면 비물질적인 것 사이의 관계가 무엇인지라도 알려 다오. 그런 관계가 있다는 것을 당신은 알고 있지 않느냐. 하지만 당신이 한 사람의 위대한 이성이 보편적인 이성에 어떠한 영향을 미치는지 알고 있다면, 당신은 위대한 인간이 또 다른 위대한 인간을 낳는다는 사실을 알고 있어야 할 것이다. 그리고 이것이야말로 당신이 가진 승리의 월계관이다. 오! 로모노소프여, 당신은 수마로코프를 낳았다!

그러나 로모노소프 시의 영향력이 동시대인들에게 시적 개념들을 형성하는 데 큰 진보를 만들어 냈다면, 그의 감정적이고 명확한 강세를 동반한 수사학은 그렇지 못했다. 데모스테네스의 표현력과 키케로의 아름다운 웅변처럼 아테네와 로마에서 그가 모은 꽃들은 자신의 언어 속으로는 그토록 성공적으로 이식하였지만, 오늘날에는 제대로 쓰이지 않고 있으며 미래의 어둠 속에 갇혀 있다.* 그리고 누가 그것을 가능케 하겠는가? 비록 당신의 문체와 같이 요란하지는 않지만, 당신 송가의 그 풍부한 수사에 이미 질려 버린 사람들이 당신의 제자가 될 수 있겠는가? 그러한 때는 혹은 가까울 수도 있으나, 미래를 알지 못하는 상황에서 그 흔들리는 시선은 편히 쉴 만한 곳을 찾지 못할 것이다. 그러나 우리가 로모노소프 웅변술의 직접적인 계승자를 찾지 못하더라도, 그의 음보 없는 연설에서조차 발견되는 하모니와 운율로 가득 찬 구조의 영향력은 여전히 보편적이다. 비록 그에게 대중 연설 분야에서 어떠한 계승자도 없다고 하더라도, 그의 문체는 글쓰기의 보편적인 형식에까지 그 영향력을 미쳤다. 로모노소프 전후에 쓰인 글들을 비교해 보라. 그의 산문이 끼친 영향력은 누구에게나 명백해 보일 것이다.

그런데 우리의 결론에 오류가 있는 것은 아닐까? 로모노소프 이전부터 러시아에는 교회의 사제들이 사용하던 수사학이 있었다. 그들은 그들의 언어로 찬송하고 가르치며 신의 말씀을 설교해 왔다. 그래, 그런 적이 있었다. 하지만 그들의 문체는 러시아적인 것이 아니었다. 그들은 타타르인들의 침입 이전에, 그리고 러시아인들이 유럽인들과 접촉하기 이전의 방식대로 썼다. 그들은 슬라브어로 썼던 것이다. 하지만 실제 로모노소프를 본 적이 있고, 또 그의 작품에서 수사학을 배웠을지도 모르는 당신을 나는 잊지 않을 것이다.* 러시아군이 오만한 오토만을 격파했을 때, 무관심하거나 질투 섞인 눈으로 그 공적을 보았던 모든 사람들에게 그것은 자신의 기대를 뛰어넘는 것이었다. 그때, 오! 당신은 전쟁의 신에게 승리의 감사를 올리기 위해 호출되었다. 그리고 당신은 표트르의 무덤 위에서, 표트르에게 여기로 와 자신이 맺은 결실을 보라고 "표트르여, 일어나시라!" 하며 환희에 차 소리쳤다. 그런데 당신을 홀렸던 귀가 당신의 눈을 홀렸을 때, 그리고 당신이 하늘로부터 부여받은 능력으로 표트르를 일으켜 세우기 위해 그의 무덤에 다가갔을 때, 나라면 로모노소프에게 다가가 이렇게 말했을 것이다. "보시오. 여기 당신이 맺은 결실이 있소이다!"라고. 하지만 그가 당신에게 말을 가르쳤다고 하더라도…… 플라톤에게는 플라톤의 정신이 있는 것이고, 우리를 흥분시키고 깨닫게 하는 것은 그 자신의 마음이 가르친 것이다.*

우리에게 경외심을 불러일으키거나 우리가 사랑한다고 해서 그것에 노예처럼 추종하는 것을 우리는 알지 못한다. 따라서 우리는 위대한 인간을 공정하게 평가하면서 그를 만물을 창조하는 신으로 생각하지 않는다. 우리는 그가 사회를 숭배한다고 해서 우상으로 신성화하지 않을 것이며, 그를 이용하여 편견과 거짓 결론을 공고화하는 데 일조할 생각이 없다. 진리는 우리에게 최고의 가치를 지니는 신성이다. 만일 신이 스스로의 모습을 바꾸어 진리 속에 스스로를 드러내지 않는다면, 우리는 그조차도 외면할 것이다.

진리를 추구하기 때문에 우리는 로모노소프를 위대한 역사가로 간주하지 않을 것이며, 따라서 그를 타키투스나 레날* 혹은 로버트슨*과 비교하지 않을 것이다. 또 우리는 그가 화학을 연구했다고 해서 마그라프*나 뤼디거* 같은 수준에 그를 올려놓지는 않을 것이다. 비록 그가 이러한 학문을 좋아했고, 그의 생애 한 시기 동안 자연 과학에 많은 시간을 할애했다고 하더라도, 그가 이룬 업적은 후발 주자의 그것에 불과할 뿐이다. 그는 이미 개척되어 있던 길을 갔던 것이고, 자연의 끝없는 풍요로움 속에 그보다 더 예리한 눈이었다면 충분히 발견했을 법한 아주 작은 잎사귀 하나도 찾아내지 못했다. 또한 그의 선배들이라면 발견했을 법한 사물의 가장 간단한 원리조차 관찰하지 못했다.

우리는 아첨 가득한 헌사가 그림 아래 달려 있고 사람들이 언제든 그 형상을 볼 수 있는 그런 곳에 그를 놓아두겠는가? 그것은 아첨이 아니라 감히 진리에 의해 새겨진 각인이다. "그는 하늘로부터 번갯불을, 그리고 전제자의 손으로부터는 왕홀을 낚아챘노라."* 우리는 로모노소프를, 전기를 탐구했다고 해서 그의 가까이에 세워 둘 것인가?* 로모노소프는 자기 스승이 전기에 의해 죽는 것을 보았고, 그럼에도 그 연구에서 손을 떼지 않았다. 로모노소프는 전기를 생산할 수 있었고, 벼락을 피하는 방법도 알았다. 하지만 이 학문에서 프랭클린이 건축가라면, 로모노소프는 일꾼이었다.

자연의 실험에서는 위대한 업적을 이루지 못했지만, 로모노소프는 자연의 위대한 영향력을 정확하고 이해하기 쉬운 문체로 그려 냈다. 비록 자연 과학에 관해서라면 자신의 저작 속 그는 괜찮은 학자가 아니라 할지라도, 그의 표현 속에서는 언제나 본받을 만한 가치가 있는 모범을 가르쳐 주는 교사라는 걸 알 수 있다.

따라서 위대한 인간을 공정하게 평가하여, 우리는 로모노소프의 이름을 그에 걸맞은 자리에 정확히 놓을 것이고, 그가 실제로 행하지 않았거나 별 영향력이 없었던 일들을 그의 공이나 탓으로 돌리지 않을 것이다. 또한 요란한 말들을 억제하여 흥분과 편견에 사로잡히지 않게 할 것이다. 우리의 목표는 그런 것이 아니다. 우리는 러시아 문학에서 영광의 사원에 이르는 길을 놓았던 사람은, 비록 그 자신은 사원에 들어갈 수 없었더라도, 그 영광을 얻을 최초의 사람이라는 사실을 보여 주고 싶었다. 가령 베룰람의 베이컨*은 학문이 어떻게 뻗어 나갈 수 있는지를 보여 준 것만으로도 기억되기에 충분하지 않은가? 파멸과 전제에 맞섰던 용기 있는 작가들이 인류를 족쇄와 감금으로부터 해방시킬 수 없었다고 해서 감사받을 자격이 없는가? 그리고 로모노소프가 저급 시의 규범을 이해하지 못한 채 서사시에 몰두했기 때문에, 또 그의 시 속에는 감정적 파토스가 없으며 그의 판단력이 항상 예리한 것만은 아니라는 이유 때문에, 그리고 송시에서 사상보다 말을 더 많이 사용했다고 해서 로모노소프를 그리 생각할 수 없단 말인가? 하지만 들어 보라! 시간이 존재하기 전에는 어떤 확실한 존재도 존재하지 않았으며, 모든 것이 영원성과 무한성에서 길을 잃고 있을 때였다. 그때 모든 힘의 원천을 가진 자에게는 무엇이든 가능했다. 우주의 모든 아름다움은 그분의 생각 속에 존재했으나, 어떠한 행위도 없었고 어떠한 시작도 없었다. 그리고 그의 전지전능한 손이 물질을 공간 속에 던져 넣어 그것을 움직이게 했다. 태양은 빛나기 시작했고, 달은 빛을 받아들였으며, 천체들이 만들어졌다. 전능하신 분의 첫 창조는 손을 한 번 휘두르는 것으로 이루어졌다. 세상의 모든 기적과 모든 아름다움은 단지 결과일 뿐이다. 한 사람의 위대한 정신이 동시대인이나 후손에게 미치는 영향도 바로 이와 같다고 생각한다. 이성이 이성에게 영향을 미치는 방식도 마찬가지다. 러시아의 문학이 걸어온 길에서 로모노소프는 첫자리에 있다. 질투하는 자들이여, 썩 꺼지거라! 후손들이 이를 판단할 것이며, 그들은 위선을 알지 못한다.

하지만 사랑하는 독자여, 내가 흰소리를 너무 길게 늘어 놓았구나…… 벌써 프세스뱌츠코예에 왔다. 내가 여러분을 지루하게 하지 않았다면, 마을 어귀에서 나를 기다리시게. 돌아가는 길에 만날 수도 있을 테니. 이제, 안녕. 마부여, 속도를 높이게…….

모스크바! 모스크바!

—— ○ ——

경찰 검열국 승인

주

16 **메스트니체스트보** 공직자들에게 토지를 나누어 주던 제도. 가문의 명성과 선조가 누린 직급, 자신의 관직 경력에 따라 토지를 나누어 주었다. 1682년에 폐지.

관등표 표트르 대제가 제정한 것으로 모든 귀족들에게 일정한 관등(1~14등관)을 부여하여 모든 귀족이 의무적으로 평생 국가의 일을 하도록 강요하였다. 그러나 18세기 중반을 넘어가면서 귀족의 의무 봉직 제도 연한은 점차 줄어들다가 라디셰프의 작품이 나올 시점 이전에 이미 철폐된다.

17 **피테르** 페테르부르크의 애칭.

18 **소작료** 농민들이 지주에게 바쳐야 하는 현물 또는 현금.

23 **시르테르베크** 혹은 '세스트로레츠크'라고도 한다.

24 **파포스와 아마투스** 키프로스 섬에 있는 고대 도시. 미의 여신 아프로디테의 신전이 있는 곳이다.

베르네 클로드 조셉 베르네. 프랑스의 풍경화가.

29 **백 사젠** 약 210미터.

31 **나봅** 무굴 제국의 통치자.

35 **굴 먹는 법을 배운 후 애호가가 되었지** 이하의 에피소드는 예카테리나 2세의 총신이었던 G. A. 포템킨 공의 괴벽을 비유적으로 이

야기한 것이다.

38 **트로이카** 세 마리 말이 끄는 마차.

50 **프랴모브조라** Прямовзора, 똑바로 보는 사람이라는 뜻.

55 **쿡** 여행자 제임스 쿡을 일컫는다.

60 **크바스** 전통 발효 음료.

61 **쿠테이킨** 데니스 폰비진의 희곡 『미성년(Недоросль)』에 등장하는 인물.

63 **프리드리히** 프로이센의 프리드리히 2세(1712~1786)를 일컫는다.

66 **벨(Bayle)의 사전, 아키바 항목을 보라** 프랑스 계몽주의자 피에르 벨의 『역사적 · 비평적사전』을 말함.

68 **포사드니키** 고대 러시아 국가에서 한 도시의 우두머리. 민회에 종속된다.

티샤츠키 천부장. 고대 러시아 국가에서 한 도시의 군사적 수장.

베체 민회(民會).

내 기억 속에 되살아났다 작가는 이반 3세와 4세를 헷갈려 한다. 1478년 이반 3세 치하에서 노브고로드는 모스크바 공국에 병합되었다.

71 **명예시민** 상인 계급은 세 길드(계급)으로 나뉘었고, 그중 제3 길드가 가장 낮았다. 명예시민은 1785년 예카테리나 2세 시대에 처음 제정된 것으로 신체형을 면하는 등 특권층을 이루었다.

72 **가르쳐 주었기 때문이지** 초상화의 실루엣을 그리는 기술은 18세기에 특히 유행하였는데, 외모보다 인간의 내면에 관심을 기울인 라바테르의 관상학에 따른 것이었다.

베르쇼크 1베르쇼크는 4.445센티미터.

73 **푸드** 1푸드는 16.38킬로그램.

푼드 1푼드는 0.41킬로그램.

아르신 71.12센티미터.

이는 마치 석탄과 같았다 17~18세기의 멋쟁이 여성들은 이를 검게 칠했다.

78 **페룬** Perun. 슬라브 신화의 최고신으로, 천둥과 번개의 신.

84 **헌작 시종** 술을 관장하는 시종.

8등 문관이 부여되었네 당시의 관등표에 따르면 8등관부터 세습 가능한 귀족이었다.

호가트 윌리엄 호가트(1697~1764). 영국의 화가, 동판화가이자 풍자가.

85 **메샤치나** месячина. 땅을 가지지 못한 농노에게 지주가 매달 얼마간 주는 현물.

고대 라케데몬 즉, 스파르타.

자포로지예 세치 16세기부터 18세기까지 드네프르 강 하류 유역에 존재했던 카자크인들의 집단 거주지를 일컫는다. 끈끈한 우정과 유대감으로 구성원들의 결속이 이루어졌으며, 외부적으로는 난폭함으로 악명이 높았다.

90 **신체형** 보통은 광장에서의 태형이었다.

97 **바바** 페테르부르크에서 페테르고프로 가는 길에 있는 영국식 정원의 산책로. 핀란드 만에 접해 있다.

101 **세상은 3일도 제대로 굴러가지 못할 걸세** 이 에피소드는 예카테리나 2세를 풍자한 것이다.

102 **복무를 명령받는다** 당시 러시아의 남자 귀족들은 일반적으로 16세가 되면 문관이든 무관이든 관직에 나아가야 했다.

103 **닭 다리를 하고 돌아다니면서** 러시아 민담에서는 마귀할멈을 뜻한다.

111 **스코모로히** 러시아 광대 혹은 유랑 극단.

114 **아이기스** Aegis. 제우스의 방패. 수호의 상징

121 **조국을 위해 보여 준 행위** 그는 약 기원전 4세기경 로마에 갑자기 나타난 거대한 구멍을 메우기 위해 스스로 몸을 던져 하계의 신 플루토에게 자신을 바쳤다. 이후 그곳은 메워져 호수가 되었다.

122 **암비티오** 라틴어 Ambitio.

133 **정착한 곳이라고 한다** 알렉세이 미하일로비치는 1654~1667년 사이에 폴란드와 전쟁을 치렀다. 이 도시는 이곳의 거주민들, 특히 미혼 여성들의 호색으로 이름이 높다.

바냐 러시아식 사우나.

134 **라다** 슬라브 신화에서 사랑과 쾌락의 여신.

135 **레안드로스** 고대 그리스의 시에 등장하는 인물로 '히어로(Hero)'의 애인이다. 히어로는 레안드로스가 다르다넬스 해협을 건너 자신을 매일 만나러 올 수 있도록 등불을 켜 놓았다. 하지만 어느 날 태풍이 불어 등불을 꺼뜨렸고, 레안드로스는 다음 날 아침 시체로 발견되었다. 히어로는 바다에 몸을 던졌다.

136 **시레나** 세이렌. 아름다운 노랫소리로 뱃사람들을 유혹해 죽게 만드는 여신.

137 **루바하** 정통 여성 복장.

138 **방문하지는 않아야 하니 말이다** 당시에는 실제 고아만이 아니라 합법적인 부부 사이에서 태어난 아이가 아닌 경우 일반적으로 고아원으로 보내졌다.

142 **구하려 하다니** 푸가초프는 스스로 황제라 참칭하였다.

156 **영광의 자식들은** 당시에는 '슬라브인(Slavyanin)'의 어원이 '영광(Slava)'에서 유래하였다고 생각했다.

관습을 받아들이게 되었다 13~14세기의 러시아의 몽골에 의한 지배를 암시한다.

168 **복수의 즐거움을 갈구했던 것이다** 이를 통해 보건대, 라디셰프는 푸가초프의 반란을 절대 왕정을 전복하는 데 있어 긍정적으로 보지 않는다.

171 **결혼 허가비** 남자인 농노가 다른 지주에게 속한 농노 처녀와 결혼하고자 할 때, 처녀의 지주에게 지불해야 되는 돈.

농민 재판소 18~19세기경 국가 농노와 소토지 소유자들을 위해 특별히 설치된 재판소.

176 **오누치** 겨울에 발을 감싸는 싸개. 보통 짚신과 같이 착용한다.

183 **누마** 폼플리우스 누마. 높은 인격으로 황제가 된 로마의 전설적인 황제.

에게리아 요정 누마 황제는 에게리아에게 법률과 종교 등 통치에 대한 학문을 전수받았다고 알려져 있다.

망코 카파크 잉카 제국의 초대 황제.

184 **아리만** 고대 페르시아 종교에서 어둠과 죽음의 지배자.

186 **구할 필요는 없다고 말했다** 러시아에서는 1783년의 법령으로 개인이 자유롭게 출판사를 설립할 수 있었다.

187 **미트로파누시카** 폰비진의 희곡 『미성년』의 주인공. 부모와 보모의 도움이 없으면 아무것도 하지 못하며 성격까지 파탄이 난 귀족집 도련님.

헤르더 요한 고트프리트 헤르더는 독일의 철학자이자 시인이다. 아래의 인용은 헤르더의 『학문에 미치는 정부의 영향과 정부에 미치는 학문의 영향』(1778) 일부이다.

189 **'새로운 법령을 위한 교시'의 원칙이다** '교시'는 예카테리나 2세가 1766년에 새로운 법령을 준비하면서 준비 위원들에게 내린 교시이다.

191 **세 손가락에 빠져 헤맨다** 17세기 말의 러시아 분리파 교도(구교도)들은 교회 개혁파에 맞서 두 손가락으로 성호를 그을 것을 주장했다.

193 **미스터 디킨슨** 존 디킨슨. 1732~1808. 미국의 독립을 위해 싸웠던 인물이다.

196 **프로타고라스** 고대 그리스의 소피스트. 무신론자라는 의심을 받아 추방당했다.

197 **티투스 리비우스** 고대 로마의 역사가.

수에토니우스 로마의 역사가이자 전기 작가.

티투스 라비에누스 로마 군인으로, 공화정의 옹호자이다.

198 **최후의 로마인이라 칭하였다** 실제로 코르두스가 최후의 로마인이라고 불렀던 사람은 카시우스 세베루스(기원후 32년에 사망)가 아니라 가이우스 카시우스 롱기누스(기원전 1년전에 사망)였다. 라디셰프의 실수이다.

202 **그 도시에서 시작되었다** 1445년 구텐베르크는 마인츠에서 처음으로 책을 인쇄했다.

211 **장기 의회** 1640~1660년 동안 존속했다.

1692년 혁명 명예혁명을 일컫는다.

212 **보여 주는 좋은 예이다** 덴마크에서는 1770년에 출판의 자유가 허용되었으나 1년간만 유효하였다. 그사이 볼테르는 이를 상찬하는 작품을 썼다.

214 **모두의 손에 들려 있다** 빌헬름 루트비히 베클린은 계몽주의자로 당시 잡지『회색 괴물』의 편집인이었다.

무엇이 그리 놀라운가 프리드리히 2세는 계몽 군주를 자처했고 실제로 그런 정책을 폈던 것으로 유명하다.

216 **나의 친구여** 이 책을 바치는 라디셰프의 친구 쿠투조프를 일컫는다.

일주일에 두 번 당시 러시아의 신문은「상트페테르부르크 통보」와「모스크바 통보」두 종류밖에 없었다. 이 신문들은 일주일에 두 번 발행되었다.

220 **퀘이커 교도들이여** 퀘이커 교도들의 슬로건은 이웃에 대한 사랑과 자기완성이다.

222 **폴란드의 옷** 폴란드의 시는 음절 시 위주로 러시아어에 맞지 않았음을 일컫는다. 음절 시는 폴란드와 서양시의 전통에 있다.

223 **세미라, 참칭자 드미트리** 각각 1768년과 1771년에 발표된 수마로코프의 비극.

카잔의 정복에 대한 작품을 헤라스코프의 서사시『로시야다』

(1771~1779)를 말함.

코스트로프 당시 『일리아드』의 번역자이자 저명한 문헌학자. 코스트로프는 『일리아드』를 러시아어로 6음보로 옮겼다. 『일리아드』 원문이 6음보로 되어 있다.

적지 않게 힘을 보탰지 『틸레마히다』는 6음보로 다섯 번의 강약약격과 한 번의 강약격으로 쓰였다.

파르나스 И. A. 크릴로프의 운문 작품.

225 **앙리아드** 볼테르의 서사시.

234 **청동의 무기** 대포.

238 **마리우스, 술라** 마리우스와 술라는 권력을 잡기 위해 반목하였다.

241 **이곳으로 모여들었다** 당시에는 농민 백 명당 한 명이 차출되어 입대해야 했다.

242 **경제 마을** 수도원 소속의 영지였다가 1762년 표트르 3세의 조치로 세속화된 마을. 주로 농노가 마을 구성원의 대부분이다.

255 **메멜** 오늘날 리투아니아의 클라이페다(Klaipeda).

259 **발음할 수 없는 것이다** 폰비진의 『궁중 문법서』는 풍자적인 작품으로 이 책에 따르면, 궁중의 타락한 귀족들은 러시아어 알파벳 'Ъ'와 같다. 왜냐하면 이 기호는 자신의 음가가 없으며 다른 철자가 있을 때만 제 역할을 하기 때문이다.

261 **가브리엘리, 마르케시 혹은 토디** 18세기 후반의 유명한 이탈리아 가수들.

264 **피로그** 주로 명절에 만들어 먹는 러시아식 만두.

277 **뮤즈들이 모인 거주지** 모스크바에 있던 '슬라브-그리스-라틴 아카데미'를 일컫는다. 러시아에 학술원이 세워지기 전 최고의 교육 · 연구 기관이었다.

279 **위대한 볼프** 크리스티안 볼프(1679~1754). 독일의 계몽 철학자로, 과학자이자 철학자이다.

283 **송시** 1739년의 「호틴 함락에 부치는 송시」를 일컫는다.

284　**문법을 구성하였다**　로모노소프는 1757년 『러시아어 문법』을 발간하였다.

285　**입문서에 불과하다**　1748년에 출간된 로모노소프의 『수사학 입문』을 말한다.

헬리콘　그리스 남부의 신성한 산으로, 학문과 예술의 영감의 원천으로 간주된다.

286　**데모스테네스**　고대 그리스 최고의 웅변가. 사형을 선고받자 음독자살하였다.

피트　윌리엄 피트. 혹은 대(The Elder)피트. 휘그 당원으로 1768년 사실상 수상 직을 역임하였다.

버크　에드먼드 버크. 아일랜드 출신의 영국 정치 지도자이자 연설가. 근대 최초의 보수주의자라는 평을 받는다.

폭스　찰스 제임스 폭스. 영국 휘그당의 대표적 정치 지도자이자 웅변가였다.

미라보　오노레 가브리엘 빅토르 리케티 미라보 백작. 프랑스의 정치 지도자이자 연설가.

287　**핀다르의 나팔**　핀다르는 그리스의 시인이자 올림픽 경기의 승자를 위한 송시를 만들었다.

288　**거짓 칭송하였기 때문이다**　1747년 로모노소프는 엘리자베타 페트로브나 여제의 즉위식에 바치는 송시를 썼다.

290　**미래의 어둠 속에 갇혀 있다**　저자는 수사학이 그 이후인 예카테리나 2세 시대에는 불가능하다는 것을 비판하고 있다. 왜냐하면 예카테리나 2세의 시대에는 표현의 자유가 없어졌다고 생각하기 때문이다.

나는 잊지 않을 것이다　이 문단 끝까지 '당신'은 당시의 대주교였던 플라톤을 일컫는 것이다.

291　**자신의 마음이 가르친 것이다**　당시 러시아의 대주교 플라톤과 철학자 플라톤을 비교하고 있다. 예카테리나 2세의 재위 시절인

1770년 러시아는 표트르 이후 또다시 대터키 전쟁에서 큰 승리를 거둔다. 대주교 플라톤은 이때 표트르의 묘에서 연설을 하는데, "표트르여, 일어나시라!"라는 말은 이때 그가 행한 연설에 포함되어 있다.

레날 G. T. F. 레날. 프랑스의 역사가.

로버트슨 윌리엄 로버트슨. 영국의 역사가.

마그라프 독일의 화학자 안드레아스 마그라프. 아연을 발견함.

뤼디거 안드레아스 뤼디거. 독일의 관념론자.

292 **왕홀을 낚아챘노라** 벤저민 프랭클린에게 바친 투고(Tugot)의 헌사이다.

가까이에 세워 둘 것인가 여기서 '그'는 게오르크 빌헬름 리흐만으로 로모노소프의 친구였다. 그는 전기를 실험하는 도중 벼락으로 사망했다.

293 **베이컨** 영국의 경험주의 철학자 프랜시스 베이컨. 근대 경험론 철학의 비조로 평가된다.

해설

18세기 러시아에 대한 '거대한 고발장'

서광진(서울대 강사)

우리는 공감하는 사람들이다(Мы сочувственники).

1918년 7월 30일 개최된 소비에트 인민위원회(Совет Народных Комиссаров)는 레닌의 주도 아래 '사회주의와 혁명의 위대한 활동가들' 및 작가, 시인들의 동상 제작을 의결했는데, 그 첫 번째 결과물이 라디셰프 동상이었다. 혁명 직후 교육인민위원으로 활동하면서 소비에트 초기 문화 정책을 총괄하였던 루나차르스키(А.В. Луначарский)는 1918년 9월 22일 페트로그라드(현 상트페테르부르크)의 라디셰프 동상 제막식에서 그에 대한 연설을 하게 된다. 루나차르스키의 이 연설은 라디셰프를 혁명가로 보는 전형적인 평가의 기원이 되었다. 그에 의해 소비에트 시절 라디셰프는 명실상부 '혁명의 예언자이자 선구자'가 되었고, 러시아적 저항 정신의 첫 자리에 놓이게 되었으며, 러시아 혁명 정신의 선조로 자리매김하였다.

굳이 루나차르스키의 평가를 강조하지 않더라도 라디셰프는 이

전부터 이미 '투사'라는 타이틀을 가지고 있었다. 19세기에 이미 게르첸은 그를 일컬어 "우리의 신성한 선구자이며 첫 투사"라고 평가하였으며, 라디셰프의 이념을 "우리의 꿈이며, 데카브리스트의 꿈"이라며 그 역사적 업적을 평가했다. 라디셰프가 문학 작가로 연구되기 시작한 것은 1930년대 이후부터이다. 이때서야 라디셰프는 『페테르부르크에서 모스크바로의 여행』(이하 『여행』)의 '작가'로 인정받기 시작했고, 카람진과 함께 18세기 후반기를 대표하는 문학 작가로 인식되기 시작했다.

라디셰프에 대한 연구는 탄생 200주년인 1949년과 사망 150주기인 1952년을 전후로 활기를 띠었다. 이 시기에는 문학 연구자들뿐만 아니라, 철학자, 역사학자, 경제학자, 법학자 등이 참여하여 라디셰프의 다양한 면모를 밝혀내었다. 이러한 과정을 통해 18세기 후반의 러시아 문학사를 위시하여 당대의 사회와 문화를 연구하는 데 있어 라디셰프를 우회하는 것은 불가능하게 되었다.

이러한 수많은 연구에도 불구하고 라디셰프는 어느 하나의 문학사적, 예술사적, 철학사적 경향으로 포착되기 쉽지 않은 작가이다. 그를 정의하는 수많은 용어들 가운데는 서로 양립 불가능한 것들도 있다. 문학사조상으로 그는 리얼리스트이기도 하고 감상주의자기도 하며, 사상사적으로는 루소주의자이면서 동시에 볼테르주의자이고, 사회 계급적 견지에서 그는 귀족 혁명가이면서 또한 민주주의자이고 자유주의자로 정의된다. 라디셰프에 대한 이러한 다양한 평가들은 그를 통일적, 총체적으로 이해하는 데 있어 약점으로 부각되기도 하지만, 한편으로 라디셰프와 그를 둘러싼 지성사적 환경에 대한 풍성한 해석 가능성을 의미하는 것이기도 하다.

라디셰프와 당대 현실 — "인간은 카멜레온이다."

라디셰프에 따르면 인간은 주위 환경의 영향을 받아 인격을 형성하고 본보기를 따라 행동한다. 그는 철학적 에세이에서 "인간은 주위에 따라 자신의 색을 바꾸는 카멜레온"과 같다고 정의하기도 했다. 따라서 그에게 인간을 탐구하기 위한 선결 과제는 인간이 어떤 환경에 살고 있는가를 밝혀내는 것이었다. 같은 맥락에서 문학 작품 역시 한 시대의 산물일 수밖에 없다. 『여행』이 고유한 색깔을 가지고 있다면, 당시 사회의 색깔과 무관할 수 없을 것이다. 러시아의 18세기는 어떤 시대였는가?

근대 러시아는 18세기를 전후하여 시작되었다. 18세기와 더불어 시작된 표트르 1세(재위 1682~1725)의 근대적 개혁은 러시아 사회와 러시아인의 의식 구조를 송두리째 바꾸어 놓았다. 이 개혁은 이후(상당 부분은 오늘날까지도) 러시아인의 삶을 결정지었다. 근대 국가로서의 면모인 관료제, 상비군, 조세 제도, 통일된 사법 제도 등이 대략 이때를 전후로 갖추어졌기 때문이다. 가령 관등표(Table of Ranks)의 도입, 해군 창설, 국가 통치 체제의 개혁, 수도 이전 등은 표트르 1세가 이룩한 위대한 업적이었다. 그는 러시아가 여전히 중세에 머물러 있다고 판단하고, 위에서부터 아래로의 일방향적인 개혁을 추진했다.

근대화의 이념적 배경은 서유럽은 물론 18세기 러시아를 지배했던 계몽주의였다. 계몽주의는 인간이라면 누구나 가지고 있으며, 또 누구나 계발될 수 있다고 여겨지는 이성에 대한 믿음에 굳건한 뿌리를 두고 있다.

표트르 1세의 시대가 지나고 18세기 후반의 예카테리나 2세(재위 1762~1796)의 시대에도 이는 마찬가지였다. 예카테리나 2세 역시 자신의 통치 이념으로 계몽주의를 전면에 내세웠다. 남편인 표트르 3세를 살해하고 스스로 왕좌에 올랐다고 의심받았던 외국 출신의 여황제는 자신의 권력에 대한 정통성을 확립할 필요가 있었다. 그녀는 계몽 군주임을 자처하며 표트르의 개혁 노선을 이어 갔다. 표트르가 국가 통치 제도의 측면에서 개혁을 추진하였다면, 예카테리나는 보다 사회적인 영역까지 개혁의 범위를 확장하였다. 가령 각종 학교, 제국 학술원, 고아원 설립과 계몽적 법률의 입법 시도, 사회 복지 체제 정비, 지식인 잡지 발행 등은 그녀의 치세 초기에 빛나는 업적들이었다.

그러나 1773년의 '푸가초프의 난'은 모든 것을 바꾸어 놓기 시작했다. 이 사건으로 그녀는 계몽적 노선을 포기하고 '반동적' 행보로 방향을 180도 바꾼다. 더구나 미국의 독립(1776년)과 프랑스 혁명(1789년)은 그녀의 반동적 노선을 더욱 가속화시켰고 노골적으로 드러내게 했다. "계몽주의, 좋다. 마음껏 사유하라! 하지만 어디까지나 나 자신의 절대 군주권이 지켜지는 한에서이다." 그녀의 계몽주의는 절대 군주제의 위장된 형태였다.

자신의 통치권을 확고히 하기 위해 예카테리나에게 필요했던 것은 민중이 아니라 귀족들의 지지였다. 민중들은 지배의 대상으로 남아 있어야 했다. 그녀는 표트르가 관등표를 도입하면서 강제했던 귀족들의 평생 복무 의무를 폐지해 버렸고, 여행을 자유화하는 등 귀족들의 자유와 권리를 확장하는 여러 조치를 취했다. 러시아의 18세기 후반이 '귀족들의 전성기'가 된 것은 우연이 아니었다. 반면 민중들의 삶은 극도로 처참해질 수밖에 없었고, 따라서 예카테리나와 계몽적 지식인들과의 대결 구도는 점차 격화되었다.

그녀는 한때 계몽적 지식인들을 적극 지원하기도 하였고, 그들이 자신의 의견에 반대한다 하더라도 공론장에서의 논쟁을 꺼리지 않았다. 그러나 그녀는 이제 예전에 지지를 보냈던 지식인들의 계몽 운동을 탄압하기 시작한다. 계몽 잡지를 폐간시키고, 출판사를 폐쇄하는가 하면, 유능한 젊은이들을 계몽 이념으로 무장시키기 위해 시행하였던 국비 유학 제도까지 중단시켜 버렸다.

이 유학 제도의 혜택을 받아 라이프치히에서 법률을 공부하고 귀국하여 법률 관련 일을 하던 한 관리가 『여행』(1790년)을 발표하였다. 18세기 말 가장 떠들썩했던 스캔들 중의 하나였던 라디셰프의 작품 출간은 이러한 지성사적 환경 속에서 이루어졌다. 그의 작품은 당대 러시아의 현실을 적나라하게 고발했다. 핵심은 농노제와 당시의 전제정을 비판하는 것이었다.

농노제와 전제정 — "백 개의 아가리를 가진 괴물"

18세기 당대 지식인들에게 러시아 사회의 가장 큰 문제는 두 가지였다. 농노제와 전제정치가 바로 그것이다. 지배자들은 농노제가 사라진다면 전제정치는 붕괴한다고 생각하였고 두 체제를 유지하는 것이 자신들의 권리를 수호하는 것이라 생각했다. 농노제는 러시아 인구의 대부분을 차지하였던 농민들의 삶을 비참하게 만들었다. 농노제는 라디셰프가 『여행』에서 강력하게 비판한 이후에도 100여 년이 더 지난 1862년에 알렉산드르 2세 황제에 의해 공식적으로 철폐되었다. 그만큼 농노제는 당시 러시아 사회에 뿌리 깊은 것이었다(참고 삼아 이야기하면 1862년은 영국 런던에서 지하철 1호선이 개통되었던 해이다).

이 작품에서 농노제는 다양한 모습으로 묘사된다. 라디셰프가 보고하는 바에 따르면 농민들은 결혼조차 마음대로 할 수 없었다. 결혼 허가비를 영지의 주인에게 지급해야만 결혼 허락을 얻을 수 있었으며, 그나마도 거부될 수 있었다. 주인이 정해 준 짝과 결혼하는 일도 다반사였고, 강요에 의해 나이 차이가 많이 나는, 이른바 '불평등한 결혼'도 성행했다. 주인이 자신의 농노를 겁탈하는 일은 오히려 법정에서 옹호되기도 하였다.

토지 문제는 농노제의 가장 심각한 문제였다. 농민들은 국유지(황실령)의 농토에서 일하느냐 귀족 소유의 사유지에서 일하느냐 따라 운명이 나뉘었다. 국유지나 일부 마음씨 좋은 주인의 영지에서 일하는 농민들은 일정한 소작료만 지불하고 나머지 잉여 생산물은 자신이 처분할 수 있었지만, 농민의 대부분을 차지하였던 사유지의 농민들은 일주일의 6일은 주인의 부역에 동원되었고, 휴일과 밤이나 되어야 겨우 자신의 생계를 위해 일할 수 있었다. 이들은 지주(귀족)가 원하는 것은 무엇이든지 해 주어야 했으며, 부당한 대우를 받았더라도, 법에 제대로 호소할 수도 없었다. 이들이 지주를 법원에 고발한다 한들, 법원의 관리들은 모두 귀족이자 지주로서 농노들의 입장을 대변해 줄 리 없었기 때문이다. 라디셰프는 이러한 상황을 비판한다. "우리 중에서 누가 족쇄를 차고 있는가? 누가 노예의 짐을 지고 있는가? 농민들이다! 그들은 여윈 우리들을 먹여 주는 사람들이고 우리의 배고픔을 해결해 주는 사람이며, 우리에게 건강을 가져다주고 우리의 삶을 이어 주는 사람들이다. 그럼에도 자신이 수확하고 가공한 것에 대한 처분권이 없다." (본문 159쪽)

라디셰프는 토지에 대한 농민들의 권리가 박탈되어 있었던 당대의 상황을 자연법에 의거해 비판한다. "원시 사회에서는 땅을 경작하는 자가 땅을 소유할 권리를 가지며, 그가 땅을 독차지한다. 하지만 우리는 소유권과 관련하여 원시 사회로부터 얼마나 멀어졌는가. 우리는 땅에 대한 자연법적 권리를 가지고 있는 자가 땅으로부터 완전히 소외되어 있으며, 다른 사람의 땅을 경작하면서도, 그의 권력에 자신의 생계를 의탁하고 있다." (본문 159쪽)

핵심은 인간은 농노든 귀족이든 왕족이든 관계없이 모두 평등하다는 그의 급진적인 사상에 있었다. 당시에 농노제가 당연하게 받아들여졌다는 사실과 라디셰프가 귀족 신분이었음을 감안한다면,

이는 파격적인 주장이 아닐 수 없다. 작품에 등장하는 많은 귀족들은 당연히 이러한 사상을 불온한 것으로 여기고, 국가의 체계가 무너진다고 생각했다. 그러나 라디셰프는, 인간은 "자연으로부터 자연과 동일한 본질을 부여받았으며, 따라서 인간들 모두는 동일한 권리를 가지고 있다. 결과적으로 그들 모두는 동등하며 한 사람이 다른 사람을 지배할 수 없는 것이다"(본문 158쪽)라고 생각하고 있었다.

그러나 국가는 체제를 유지할 필요가 있었고, 그 체제 유지 메커니즘의 궁극에 있는 것은 시민들의 자기 노예화였다. 국가는 이를 조장한다. 국가는 사람들을 정념의 노예로 만든다. 라디셰프가 본문에서 예를 드는 매매춘은 국가가 시민들을 정념의 노예로 만드는 한 방식이다. "치명적인 병이 모든 국가에서 유행하고 있을 뿐만 아니라 현세대의 사람들은 물론이고 미래 사람들의 생명까지 단축시킨다면, 이것은 누구의 잘못이란 말인가? 정부가 아니라면 누구에게 잘못이 있는가? 정부는 매매춘을 허용하여 타락에 이르는 수많은 길을 열었을 뿐만 아니라, 시민들의 삶을 중독시켰다." (본문 131쪽)

권력자들이 원하는 것은 평온이다. 그러나 그들이 원하는 평온과 평화는 국민을 보호하기 위한 보안이나 안전의 문제가 아니었다. 라디셰프가 파악하는 바에 따르면, 당시 러시아 국가가 주장하는 평온과 평화의 레토릭은 체제 유지를 위한 위장된 수사일 뿐이었다. 라디셰프에게 평온은 근심과 슬픔의 동의어이며, 반대말은 용기이다. "너희들은 소동과 안녕과 용기가 아니라, 평온과 근심 그리고 슬픔을 선호한다. 그 입을 다물라, 파렴치한 서생들아. 너희들은 박해의 앞잡이일 뿐이니라! 너희들은 항상 평화와 평온을 설교하지만, 너희들이 내리는 결론은 족쇄를 달고 있는 사람의 아첨에 불과하다. 너희는 타인의 소동도 두려워한다. 너희들은 오직, 사람들이 권위에서 만족을 취하며 정념에 빠져 있기만을 바라고 있을 뿐이다…….”(본문 132쪽) 그 결과 사람들은 스스로 노예가 된다. “노예들에게는 자유의 정신이 이미 사라져 버렸기 때문에, 자신의 고통을 끝내려 하지도 않고, 다른 사람들이 해방되는 것을 보는 것도 힘든 일이다. 그들은 자신의 족쇄를 사랑한다.” (본문 167쪽) 이제 시민들은 노예의 상황을 기꺼이 즐길 뿐 아니라 노예 상태에서 탈출하려는 시민들을 시민들 스스로가 막아서게 된다.

전제정이 시민들을 통제하는 또 다른 방편은 검열이다. 『여행』에서 가장 긴 장은 ‘토르조크’인데, 이 장 전체에 걸쳐 라디셰프는 검열을 힘주어 비판하고 있다. 러시아에서는 1783년 이미 법에 의해 출판의 자유가 허용되었다. 그러나 이 법이 검열까지 금지한 것은 아니었다. 국가가 검열제를 시행하는 이유는 시민들의 입을 막기 위해서이다. 자유로운 의사 표현은 국가 권력의 존립을 위협한다고 지배자들이 생각했기 때문이다. 기득권을 비호하는 검열의 기능은 그 기원에서부터 드러난다. 라디셰프는 검열이란 사제 집단이 예수의 가르침을 독점하여 사제들 이외의 다른 모든 해석을 배제하고 경전 해석의 독점적 지위를 유지하기 위한 장치였다고 날카롭게 폭로한다.

마찬가지로 세속의 시대에 권력이 출판의 자유를 제한하는 것은 자신들의 비판자들을 두려워하기 때문이다. 자유로운 출판은 권력이라는 우상을 파괴하고 권력 뒤에 숨은 맨얼굴을 드러내게 한다. 검열이 사회에 끼치는 가장 나쁜 작용은 다음과 같다. "이성이 수년간 전진하여 이룩해 놓은 것에 심각한 해를 입힐 수도 있다. 유용한 발견, 새로운 사상을 금지할 것이며, 모두에게서 위대한 것을 빼앗을 것이다."(본문 188쪽) 우연이겠지만 라디셰프의 『여행』이 예카테리나 시대에 출판될 수 있었던 것이 검열을 수행하던 관리의 실수였다는 사실은 역사의 아이러니일 것이다.

그러나 라디셰프가 전제정 자체를 부정하는 것처럼 보이지는 않는다. 그에게 전제정은 좋은 군주, 나쁜 군주의 문제였다. 공화정, 민주정과 같은 정치적 상상력은 러시아에서 다음 세기에서나 가능한 것이었다. 라디셰프가 활동했던 당시의 러시아 사회에 미국의 독립전쟁, 프랑스 혁명에 대한 정보가 없었던 것은 아니지만, 전제정 부정에 대한 진지한 실천적 고민은 나폴레옹 전쟁이 지나고 1825년의 데카브리트의 난 전후에나 가능했다. 가령 라디셰프조차도 푸가초프의 난을 비판적으로 생각했다. 물론 비판의 핵심은 비참한 농민의 현실에 대한 푸가초프의 문제의식이 아니라 그것을 실현한 폭력적이고 기만적인 방식(푸가초프는 스스로를 황제라 참칭하였다)에 있었다.

라디셰프에게 좋은 정치 체제란 좋은 전제정을 의미했다. '스파스카야 폴레스치' 장에서 등장한 꿈의 에피소드는 이를 잘 보여 준다. 여행자의 꿈에 등장한 안과의사는 스스로 '진리'임을 밝히며, 진실을 제대로 보지 못했던 황제의 눈을 뜨게 해 준다. 이는 문자 그대로의 의미에서 '계몽(en-lighten-ment, 빛을 보게 함)'을 의미하는데, 거짓과 아첨으로 진실을 볼 수 없는 황제를 자신의 꿈으로 책망하고 있다. 황제는 "책임의 광범위함을 깨달"아야 하며, 자신의 "권위와 권력이 어디에서부터 유래되었는지" 항상 기억하고 있어야 한다. 그렇다면 황제의 일은 군림이 아니고 봉사이자 공무인 것이다.

라디셰프는 혁명가라기보다는 개혁가이다. 그는 유형 기간을 제외하면 평생 공직에서 법률 일을 하면서 사회 개조와 개혁에 힘을 썼던 인물이었다. 그에게 개혁의 대상은 분명하였다. 농노제와 전제정. 목표도 분명하였다. 인간이 인간답게 사는 것. "어떤 출신으로 태어나든 한 사람의 시민은 언제나 한 명의 인간이고 인간일 것입니다. 그리고 그가 인간인 이상, 자연법은 마르지 않는 지복의 원천과 같이 영원히 고갈되지 않을 것입니다. 그것의 신성불가침하고 자연적인 속성을 욕보이는 자는 죄인입니다."(본문 96쪽) 이토록 강력한 어조로 그리고 노골적인 방식으로 개혁 과제를 압축하여 제시한 인물은 러시아 역사에 없었다. 그렇다면 그는 어떻게 개혁을 달성하려 했던 것일까.

사회 개혁의 원리 — 공감과 용기

유물론자인 라디셰프의 사상 체계에서 사물의 운동을 위해서는 최초의 자극이 필요하다. 이는 사회 활동의 영역에서도 마찬가지이다. 『여행』에서 자주 등장하는 소크라테스의 예는 그의 영웅적인 '모범'에 있다. "덕을 실천함으로써는, 심지어 그렇게 생각하고자 하지 않는 사람들조차로부터도 보편적인 신임과 존경, 경탄을 얻을 수 있다. 그래서 교활한 아테네의 원로원이 소크라테스에게 독배를 내렸을 때, 내심으로는 그의 덕행에 몸서리를 쳤던 것이다." (본문 120쪽)

사회 개혁, 혹은 현실의 상황을 타개하기 위해 민중이나 시민들의 자발적이고 집단적인 움직임이 필수적이겠지만, 라디셰프에게는 이에 앞선 과정이 반드시 필요했다. 그것은 용기 있는 소수의 모범적인 행위로, 그들의 모범이 개인에게, 혹은 집단에게 '불씨'가 되어 영향을 주어 확산되어야 한다. 그의 철학 에세이는 이 점이 명확히 기술되어 있다. "위대한 인간은 갑자기 나타나지만, 그는 혼자가 아니다. 아주 작은 불씨라도 뜨거운 물건에 떨어지면 대화재를 불러온다. (…) 이는 인간의 이성에 있어서도 마찬가지이다."

위대한 인간이 가진 이념은 위와 같은 과정을 통해 확산된다. 그는 사회 개혁의 불씨가 되어야 한다. 위대한 사람은 자신의 이념이나 행위가 모범이 되어 다른 사람들에게 영향을 주었을 때만 위대한 것이다. 위대한 사람은 홀로 위대한 것이 아니라 그가 영향력을 행사하는 환경 속에서 위대하기 때문이다. 그리고 그러한 '위대한 인물'들은 죽음을 불사하는 용기라는 덕목을 갖추고 있어야 한다. "용감한 시민들이 학살됨으로써 남는 것은, 노예의 상태를 받아들일 준비가 된 영혼이 유약한 사람들이 당신에게 복종하는 것뿐이다."(본문 165쪽) 라디셰프에게 (타의적이고도 동시에 또한 자발적인) 노예 상태를 멈추게 할 수 있는 것은 이와 같은 용기이다. 그에게 용기란 사회적, 도덕적 의미를 지니며, 농노제와 전제정에 대항하는 가장 유력한 무기이자 훌륭한 시민이 될 수 있는 가장 중요한 덕목이다. '백 개의 머리를 지닌 괴물'을 무찌르고 자유를 얻을 수 있는 비밀은 용기에 있다. 만일 권력이 자신의 욕망 때문에 진리를 위반한다면, 그때는 단 하나의 견고한 사상만으로도 그 기초가 흔들린다. 진리의 말은 권력을 파괴하고, 용감한 행위는 권력을 없애 버리는 것이다.

따라서 라디셰프에게 인간이란 개념은 항상 용기와 관련되어 있다. '클린'의 장에서 눈먼 노인이 들려주는 경험담은 용기와 인간이 동의어임을 상기시켜 준다. "당신은 용감해야 하지만 또한 스스로 한 명의 인간임을 항상 기억하거라!" (본문 264쪽) 여기서 "용감하시오!"의 러시아어 원문은 "будьте мужественны"에 해당하는데 이것은 어원상 "인간이 되시오"라는 말과 같은 말이다.

라디셰프에게도 용기를 북돋아 주는 친구가 있었다. 작품 처음의 A. M. K.는 알렉세이 미하일로비치 쿠투조프를 지칭하는데, 『여행』은 그에게 헌정되었다. 그래서 쿠투조프 역시 라디셰프와 마찬가지로 『여행』의 출간 때문에 수배되었으며, 당시 독일에 체류하던 쿠투조프는 러시아로 귀국하지 못하고 이듬해인 1791년 그곳에서 죽고 말았다. 라디셰프와 쿠투조프는 동년배로 1762년 귀족학교(Пажеский корпус: 궁정의 관리를 양성하는 학교) 시절부터 친분을 쌓았으며, 예카테리나 여제가 직접 선발한 국비 유학 동기였다. 그들의 우정은 평생 동안 이어졌다. 『여행』은 물론 라이프치히 유학 시절을 회상하고 있는 라디셰프의 자전적 소설 『표도르 바실리예비치 우샤코프의 생애전』(1789년) 역시 쿠투조프에게 헌정되어 있을 만큼 둘 사이의 우정은 깊고 견고한 것이었다. 하지만 두 친구가 모든 면에서 생각을 같이한 것은 아니었다. 두 친구는 각자의 방식으로 사회에 헌신하였다. 라디셰프가 주로 관리로서 복무하였다면 쿠투조프는 공직을 버리고 사회 활동에 투신하였다(주로 신비주의적 프리메이슨 운동에 열중하였다). 둘은 때로 반목하였지만 항상 서로를 '공감하는 사람(сочувственник)'이라 생각하였다. 당시 러시아 인구의 대다수를 차지하고 있던 농민들에 대한 지식인들의 사회적 의무에 대해서 서로 공감하고 있었기 때문이다. 라디셰프는 신비주의에 대한 쿠투조프의 경도를 '이성적으로는' 이해할 수 없었으나, 그것이 유학 시절 같이 맹세했던 조국과 사회에 대한 봉사인 한에서 깊이 공감을 할 수 있었다.

라디셰프에게 쿠투조프가 없었다면, 그리고 쿠투조프에게 라디셰프가 없었다면 『여행』은 세상에 나올 수 없었을 것이다. 그리고 『여행』은 러시아의 어둠을 밝힌 최초의 촛불이었고, 손에서 손으로, 세대에서 세대로 번져 나갔다.

거대한 고발장

문학이 무엇이든 될 수 있던 시대가 있었다. 더 정확하게 이야기하면, 그때는 문학이 무엇인지 정확히 알 수 없었고 어떻게 진화할 지 모르던 시대였다. 그래서 문자로 쓰인 글 뭉치는 때로는 문학 작품으로 때로는 정치적 팸플릿으로 받아들여졌다. 그 둘 사이에 본질적인 차이는 없었다. 이것은 예술이 정치적 프로파간다로 오남용되었다는 비판의 취지와는 근본적으로 다르다. 언어예술로서 문학에 대한 개념이 오늘날의 그것과 같이 완전히 확립되기 이전이기 때문이다. 최소한 러시아의 18세기는 그랬던 것으로 보인다.

라디셰프의 『여행』은 이러한 문학적 상황을 보여 주는 대표적인 작품이다. 이 작품이 처음 출판되었을 때, 또 그 이후에 '정치적 팸플릿'이라고도 평해진 것은 우연이 아니다. 가령 예카테리나 2세는 이 작품을 읽고 라디셰프를 "푸가초프보다 더 나쁜 놈"이라며 격분했다. 또 다른 한편, 이 작품의 메시지를 옹호하는 지식인들도 비슷한 태도를 견지했다. 19세기의 위대한 망명 지식인이었던 게르첸은 이 작품을 두고 '거대한 고발장'이라 정의하였다. 실제 법정에 제출된 고발장이 아니기에 게르첸의 표현은 비유이겠으나, 그 속에는 일말의 진실이 있다. 18세기 당대의 관점에서 생각해 보면, 문학이 고발장의 역할을 한 것이 아니라, '고발장'도 문학이었던 것이다. 이 작품은 문학의 사회적 역할을 제시했다는 의미를 가짐과 동시에, 근대 러시아 소설이 태어나던 자리를 보여 주고 있다.

* * *

한참 번역하던 2016년 어느 날 비극적인 소식을 들었다. 저명한 문헌학자이자 시인이며 번역가이고 교육자이셨던 교수님이 돌아가셨다는 비보였다. 나의 기억 속에 그는 높은 인격과 문학에 대한 소년 같은 사랑을 맑고 푸른 눈에 간직하고 계신 분이었다. 검은색의 프린트보다 파란색의 글자가 더 많을 만큼 열과 성을 다해 부족한 논문을 읽어 주시고 고쳐 주셨던 분이셨다. 대부분 나의 오류로 밝혀졌던 의견 충돌에도 "자네의 주장도 이해가 간다. 우리는 서로 공감하는 사람(сочувственник)이니 괘념치 말라"며 늘 용기를 북돋아 주셨다. 이 작품을 한국어로 번역하겠다는 약속을 이제라도 지킬 수 있어 다행이지만, 너무 늦어 버렸다. 이 번역을 나의 지도교수 알렉산드르 아나톨리예비치 일류신(Александр Анатольевич Илюшин, 1940~2016) 선생님에게 바친다.

판본 소개

『페테르부르크에서 모스크바로의 여행』은 자파도프(В.А. Западов)가 편집한 А.Н. Радищев, Путешествие из Петербурга в Москву. Вольность. (СПб.: Наука, 1992)를 번역 대본으로 삼았다.

몇몇 경우를 제외하면 18세기 러시아 문학 텍스트는 원본을 확정하는 것이 쉽지 않지만, 『여행』의 경우에는 비교적 명확한 경우에 속한다. 처음 『여행』이 구상된 것은 1772년으로 추정되며, 1788년에 검열을 받기 위한 최초의 텍스트가 완성되었다. 검열 통과 후 몇 차례 개작이 이루어졌다. 1790년 라디셰프 자신에 의해 출판본이 세상에 나왔으며, 대략 640~650부를 인쇄하였다. 그중에서 30여 부가 유통되었으나, 얼마 안 가 이 책은 유통 금지되었다. 대신 사회적 주목도가 높았기 때문에, 사본은 물론 사본의 사본들이 생산되었다. 1985년까지 발견된 사본의 종수는 96개에 달하며, 개작의 정도에 따라 크게 4개의 판본으로 구별된다. 현재는 1992년의 자파도프의 편집본이 가장 권위 있는 것으로 받아들여지고 있다.

영어 번역으로는 탈러의 편집본인 A Journey from St. Petersburg to Moscow, R.P. Thaler (ed.), Leo Wiener (trans.), Harvard Univ. Press, 1958을 참조하였고, 또한 소련 시절 출판된 3권짜리 학술원판 전집, Полное собрание сочинений А.Н. Радищева в 3 томах (М.;Л.: Изд-во АН СССР, 1938~1952) 중 『여행』이 실려 있는 1권을 함께 참조하였다.

한편 이전에도 『여행』이 우리말로 번역이 된 적이 있었다. 김남일의 『길: 성페테르스부르그로부터 모스크바까지의 여행기』(학민사, 1987년)가 그것이다.

아울러 이 번역본의 문단은 가독성을 위해 역자가 임의대로 구분한 곳이 적지 않음을 밝힌다.

A. N. 라디셰프 연보

1749 8월. 현재의 사라토프(펜자) 현에서 니콜라이 아파나시예비치 라디셰프와 표클라 스테파노브나 라디셰바 사이에서 장남으로 출생.

1756 모스크바 대학이 설립되자 모스크바의 외삼촌 집으로 보내짐. 외삼촌으로부터 처음 계몽주의적 사고를 접하였으며, 모스크바 대학 교수의 강의를 수강.

1762 궁정 쿠데타로 예카테리나 2세가 집권. 라디셰프는 이때 외갓집의 알선으로 예카테리나의 시종이 됨. 이후 페테르부르크의 귀족 학교(Пажеский корпус)에 등록하여 학업. 이곳에서 알렉세이 미하일로비치 쿠투조프와 만나 교우 시작.

1767~1771 예카테리나가 선발한 12명의 국비 유학생 가운데 하나가 되어 독일의 라이프치히 대학으로 유학을 떠남. 예카테리나는 외국어, 철학, 법, 역사 과목에 열중하라고 지침을 내림. 유학생들은 인솔 장교 보쿰 소령과 끊임없이 불화.

1771 봄 페테르부르크로 귀국. 예카테리나의 명령에 따라 입법부의 9등관이 되어 법률가로 봉직.

1772 계몽주의자이자 저널리스트인 니콜라이 노비코프와 교우 시작. 그의 잡지 「화가(Живописец)」에 익명으로 「…로의 여행기 발췌(Отрывок путешествия в ***И***Т***)」를 발표(저자 논란 있음).

1773 입법부의 법률 사무직에 염증을 느껴 핀란드 사단의 무관(사단급 군검찰)으로 이직. 「화가」에 마블리의 『그리스 역사에 대한 명상』을 번역하여 발표.

1775 안나 바실리예브나와 결혼. 푸가초프의 난이 발발하자 퇴직하여 자신의 영지로 내려가 조용히 지냄.

1777 페테르부르크로 돌아와 A. R. 보론초프 백작의 추천으로 상무부에서 상업과 무역 관련 일을 담당(8등관). 보론초프 백작과 깊은 교우 시작.

1783 안나 바실리예브나 사망.

1788~1790 보론초프의 추천으로 페테르부르크 부세관장에 임명됨. 이후 세관장으로 승진.

1789 『표도르 바실리예비치 우샤코프 생애전』 출간.

1790 『토볼스크의 친구에게 보내는 편지』, 5월 말 『여행』 출간. 예카테리나 여제 격분. 6월 체포되어 페트로파블로프스크 요새에 감금. 처음에는 사형이 언도되었으나 감형되어 11월 시베리아로 유형을 떠남.

1792 『중국 무역에 관하여』 출간

1792~1796 『인간, 죽음, 불멸에 관하여』 집필(사후 출판).

1796 파벨 1세 즉위. 황제의 명으로 11월 시베리아에서 귀환. 조건은 페테르부르크와 모스크바로 들어오지 못하는 것. 모스크바 근교의 칼루가 주 자신의 영지에서 머묾.

1801 알렉산드르 1세 즉위. 3월 라디셰프 완전 사면. 황제의 명에 의해 페테르부르크로 돌아와 입법위원회의 위원으로 임명됨.

1802 11월 11일 밤에서 12일 새벽 왕수(王水)를 마시고 사망.

새롭게 을유세계문학전집을 펴내며

을유문화사는 이미 지난 1959년부터 국내 최초로 세계문학전집을 출간한 바 있습니다. 이번에 을유세계문학전집을 완전히 새롭게 마련하게 된 것은 우리가 직면한 문화적 상황에 적극적으로 대응하기 위해서입니다. 새로운 을유세계문학전집은 세계문학의 역할이 그 어느 때보다 중요해졌다는 인식에서 출발했습니다. 오늘날 세계에서 타자에 대한 이해는 우리의 안전과 행복에 직결되고 있습니다. 세계문학은 지구상의 다양한 문화들이 평등하게 소통하고, 이질적인 구성원들이 평화롭게 공존할 수 있는 문화적인 힘을 길러 줍니다.

을유세계문학전집은 세계문학을 통해 우리가 이런 힘을 길러 나가야 한다는 믿음으로 만들어졌습니다. 지난 5년간 이를 준비하기 위해 많은 노력을 기울였습니다. 세계 각국의 다양한 삶의 방식과 문화적 성취가 살아 있는 작품들, 새로운 번역이 필요한 고전들과 새롭게 소개해야 할 우리 시대의 작품들을 선정했습니다. 우리나라 최고의 역자들이 이들 작품 속 한 문장 한 문장의 숨결을 생생히 전하기 위해 심혈을 기울였습니다. 또한 역자들은 단순히 번역만 한 것이 아니라 다른 작품의 번역을 꼼꼼히 검토해 주었습니다. 을유세계문학전집은 번역된 작품 하나하나가 정본(定本)으로 인정받고 대우받을 수 있도록 최선을 다했습니다. 세계문학이 여러 경계를 넘어 우리 사회 안에서 주어진 소임을 하게 되기를 바라며 을유세계문학전집을 내놓습니다.

을유세계문학전집

BC 458 **오레스테이아 3부작**
아이스퀼로스 | 김기영 옮김 | 77 |
수록 작품: 아가멤논, 제주를 바치는 여인들, 자비로운 여신들
그리스어 원전 번역
서울대 선정 동서고전 200선
시카고 대학 선정 그레이트 북스

BC 434 /432 **오이디푸스 왕 외**
소포클레스 | 김기영 옮김 | 42 |
수록 작품: 안티고네, 오이디푸스 왕, 콜로노스의 오이디푸스
그리스어 원전 번역
「동아일보」 선정 '세계를 움직인 100권의 책'
서울대 권장 도서 200선
고려대 선정 교양 명저 60선
시카고 대학 선정 그레이트 북스

1191 **그라알 이야기**
크레티앵 드 트루아 | 최애리 옮김 | 26 |
국내 초역

1225 **에다 이야기**
스노리 스툴루손 | 이민용 옮김 | 66 |

1241 **원잡극선**
관한경 외 | 김우석·홍영림 옮김 | 78 |

1496 **라 셀레스티나**
페르난도 데 로하스 | 안영옥 옮김 | 31 |

1595 **로미오와 줄리엣**
윌리엄 셰익스피어 | 서경희 옮김 | 82 |
미국대학위원회 선정 SAT 추천 도서

1608 **리어 왕 · 맥베스**
윌리엄 셰익스피어 | 이미영 옮김 | 3 |

1630 **돈 후안 외**
티르소 데 몰리나 | 전기순 옮김 | 34 |
국내 초역 「불신자로 징계받은 자」 수록

1670 **팡세**
블레즈 파스칼 | 현미애 옮김 | 63 |

1699 **도화선**
공상임 | 이정재 옮김 | 10 |
국내 초역

1719 **로빈슨 크루소**
대니얼 디포 | 윤혜준 옮김 | 5 |

1749 **유림외사**
오경재 | 홍상훈 외 옮김 | 27, 28 |

1759 **신사 트리스트럼 섄디의 인생과 생각 이야기**
로렌스 스턴 | 김정희 옮김 | 51 |
노벨연구소 선정 100대 세계 문학

1774 **젊은 베르터의 고통**
요한 볼프강 폰 괴테 | 정현규 옮김 | 35 |

1790 **페테르부르크에서 모스크바로의 여행**
A. N. 라디셰프 | 서광진 옮김 | 88 |

1799 **휘페리온**
프리드리히 횔덜린 | 장영태 옮김 | 11 |

1804 **빌헬름 텔**
프리드리히 폰 쉴러 | 이재영 옮김 | 18 |

1813 **오만과 편견**
제인 오스틴 | 조선정 옮김 | 60 |

1817 **노생거 사원**
제인 오스틴 | 조선정 옮김 | 73 |

1818 **프랑켄슈타인**
메리 셸리 | 한애경 옮김 | 67 |
뉴스위크 선정 세계 명저 100
옵서버 선정 최고의 소설 100
미국대학위원회 선정 SAT 추천 도서

1831 **예브게니 오네긴**
알렉산드르 푸슈킨 | 김진영 옮김 | 25 |

파우스트
요한 볼프강 폰 괴테 | 장희창 옮김 | 74 |
서울대 권장 도서 100선
미국대학위원회 SAT 권장 도서

1835 **고리오 영감**
오노레 드 발자크 | 이동렬 옮김 | 32 |
서머싯 몸 선정 세계 10대 소설
연세 필독 도서 200선

1836 **골짜기의 백합**
오노레 드 발자크 | 정예영 옮김 |4|

1844 **러시아의 밤**
블라지미르 오도예프스키 | 김희숙 옮김 |75|

1847 **워더링 하이츠**
에밀리 브론테 | 유명숙 옮김 |38|
서머싯 몸 선정 세계 10대 소설
서울대 선정 동서 고전 200선
미국대학위원회 SAT 권장 도서

제인 에어
샬럿 브론테 | 조애리 옮김 |64|
연세 필독 도서 200선
미국대학위원회 SAT 권장 도서
BBC 선정 영국인들이 가장 사랑하는 소설 100선
「가디언」 선정 가장 위대한 소설 100선

1850 **주홍 글자**
너새니얼 호손 | 양석원 옮김 |40|

1855 **죽은 혼**
니콜라이 고골 | 이경완 옮김 |37|
국내 최초 원전 완역

1866 **죄와 벌**
표도르 도스토예프스키 | 김희숙 옮김 |55, 56|
미국대학위원회 SAT 권장 도서
하버드 대학교 권장 도서

1880 **워싱턴 스퀘어**
헨리 제임스 | 유명숙 옮김 |21|

1886 **지킬 박사와 하이드 씨·존 니컬슨**
로버트 루이스 스티븐슨 | 윤혜준 옮김 |81|

1888 **꿈**
에밀 졸라 | 최애영 옮김 |13|
국내 초역

1889 **쾌락**
가브리엘레 단눈치오 | 이현경 옮김 |80|
국내 초역

1890 **인형**
볼레스와프 프루스 | 정병권 옮김 |85, 86|
국내 초역

1896 **키 재기 외**
히구치 이치요 | 임경화 옮김 |33|
수록 작품: 섣달그믐, 키 재기, 탁류, 십삼야, 갈림길, 나 때문에

1896 **체호프 희곡선**
안톤 파블로비치 체호프 | 박현섭 옮김 |53|
수록 작품: 갈매기, 바냐 삼촌, 세 자매, 벚나무 동산

1899 **어둠의 심연**
조지프 콘래드 | 이석구 옮김 |9|
수록 작품: 어둠의 심연, 진보의 전초기지, 『청춘과 다른 두 이야기』 작가 노트, 『나르시서스호의 검둥이』 서문
미국대학위원회 SAT 권장 도서
연세 필독 도서 200선

1900 **라이겐**
아르투어 슈니츨러 | 홍진호 옮김 |14|
수록 작품: 라이겐, 아나톨, 구스틀 소위

1903 **문명소사**
이보가 | 백승도 옮김 |68|

1908 **무사시노 외**
구니키다 돗포 | 김영식 옮김 |46|
수록 작품: 겐 노인, 무사시노, 잊을 수 없는 사람들, 쇠고기와 감자, 소년의 비애, 그림의 슬픔, 가마쿠라 부인, 비범한 범인, 운명론자, 정직자, 여난, 봄 새, 궁사, 대나무 쪽문, 거짓 없는 기록
국내 초역 다수

1909 **좁은 문 · 전원 교향곡**
앙드레 지드 | 이동렬 옮김 |24|
1947년 노벨문학상 수상

1914 **플라테로와 나**
후안 라몬 히메네스 | 박채연 옮김 |59|
1956년 노벨문학상 수상

1915 **변신 · 선고 외**
프란츠 카프카 | 김태환 옮김 |72|
수록 작품: 선고, 변신, 유형지에서, 신임 변호사, 시골 의사, 관람석에서, 낡은 책장, 법 앞에서, 자칼과 아랍인, 광산의 방문, 이웃 마을, 황제의 전갈, 가장의 근심, 열한 명의 아들, 형제 살해, 어떤 꿈, 학술원 보고, 최초의 고뇌, 단식술사
서울대 권장 도서 100선
연세 필독 도서 200선
미국대학위원회 SAT 권장 도서

1919 **데미안**
헤르만 헤세 | 이영임 옮김 |65|

1920 **사랑에 빠진 여인들**
데이비드 허버트 로렌스 | 손영주 옮김 |70|

1924 **마의 산**
토마스 만 | 홍성광 옮김 |1, 2|
1929년 노벨문학상 수상
서울대 권장 도서 100선
연세 필독 도서 200선
「뉴욕타임스」 선정 '20세기 최고의 책 100선'
미국대학위원회 SAT 권장 도서

송사삼백수
주조모 엮음 | 김지현 옮김 |62|

1925 **소송**
프란츠 카프카 | 이재황 옮김 |16|

요양객
헤르만 헤세 | 김현진 옮김 |20|
수록 작품: 방랑, 요양객, 뉘른베르크 여행
1946년 노벨문학상 수상
국내 초역 「뉘른베르크 여행」 수록

위대한 개츠비
프랜시스 스콧 피츠제럴드 | 김태우 옮김 |47|
미 대학생 선정 '20세기 100대 영문 소설' 1위
모던 라이브러리 선정 '20세기 100대 영문학' 중 2위
미국대학위원회 추천 '서양 고전 100선'
「르몽드」 선정 '20세기의 책 100선'
「타임」 선정 '20세기 100대 영문 소설'

서푼짜리 오페라 · 남자는 남자다
베르톨트 브레히트 | 김길웅 옮김 |54|

1927 **젊은 의사의 수기 · 모르핀**
미하일 불가코프 | 이병훈 옮김 |41|
국내 초역

1928 **체벤구르**
안드레이 플라토노프 | 윤영순 옮김 |57|
국내 초역

마쿠나이마
마리우 지 안드라지 | 임호준 옮김 |83|
국내 초역

1929 **첫 번째 주머니 속 이야기**
카렐 차페크 | 김규진 옮김 |87|

베를린 알렉산더 광장
알프레트 되블린 | 권혁준 옮김 |52|

1930 **식(蝕) 3부작**
마오둔 | 심혜영 옮김 |44|
국내 초역

안전 통행증 · 사람들과 상황
보리스 파스테르나크 | 임혜영 옮김 |79|
원전 국내 초역

1934 **브루노 슐츠 작품집**
브루노 슐츠 | 정보라 옮김 |61|

1935 **루쉰 소설 전집**
루쉰 | 김시준 옮김 |12|
서울대 권장 도서 100선
연세 필독 도서 200선

1936 **로르카 시 선집**
페데리코 가르시아 로르카 | 민용태 옮김 |15|
국내 초역 시 다수 수록

1937 **재능**
블라디미르 나보코프 | 박소연 옮김 |84|
국내 초역

1938 **사형장으로의 초대**
블라디미르 나보코프 | 박혜경 옮김 |23|
국내 초역

1946 **대통령 각하**
미겔 앙헬 아스투리아스 | 송상기 옮김 | 50 |
1967년 노벨문학상 수상 작가

1949 **1984년**
조지 오웰 | 권진아 옮김 |48|
1999년 모던 라이브러리 선정 '20세기 100대 영문학'
2005년 「타임」 선정 '20세기 100대 영문 소설'
2009년 「뉴스위크」 선정 '역대 세계 최고의 명저' 2위

1954 **이즈의 무희 · 천 마리 학 · 호수**
가와바타 야스나리 | 신인섭 옮김 |39|
1952년 일본 예술원상 수상
1968년 노벨문학상 수상

1955 **엿보는 자**
알랭 로브그리예 | 최애영 옮김 |45|
1955년 비평가상 수상